国家出版基金项目
NATIONAL PUBLICATION FOUNDATION

田野中国·当代民俗学术文库

个人叙事与地方记忆：鲁中地区的颜文姜传说

张帅　著

齊魯書社

图书在版编目（CIP）数据

个人叙事与地方记忆：鲁中地区的颜文姜传说 / 张帅著. -- 济南 ：齐鲁书社，2019.12
（田野中国 · 当代民俗学术文库）
ISBN 978-7-5333-4251-7

Ⅰ.①个… Ⅱ.①张… Ⅲ.①民间故事－文学研究－山东 Ⅳ.①I207.73

中国版本图书馆CIP数据核字(2019)第292441号

个人叙事与地方记忆：鲁中地区的颜文姜传说

张帅　著

主管单位	山东出版传媒股份有限公司
出版发行	齊魯書社
社　　址	济南市英雄山路189号
邮　　编	250002
网　　址	www.qlss.com.cn
电子邮箱	qilupress@126.com
营销中心	（0531）82098521　82098519
印　　刷	山东临沂新华印刷物流集团有限责任公司
开　　本	710mm × 1000mm　1/16
印　　张	17.75
插　　页	3
字　　数	282千
版　　次	2019年12月第1版
印　　次	2019年12月第1次印刷
印　　数	1-1000
标准书号	ISBN 978-7-5333-4251-7
定　　价	72.00元

在田野中理解中国（总序）

张士闪

近年来学界劲吹“田野风”，行走田野成为时尚。田野调查并不专属于哪一学科，讲究的是深入民间，以参与式观察获得实证材料，当下能有红火气象，诚然可喜。田野调查在我国有着悠久传统，西周时期就已有“问俗知政”制度，专设负责采风的官员即“行人”，到民间搜集歌谣，供当政者了解民情风俗，考察政治得失。据说《诗经》中《国风》和《小雅》的部分诗篇，其由来便与此有关。“礼失求诸野”这句话是否真为孔子所说，一直存有争议，但它赋予“田野”的那种沉甸甸的神圣感，至今还能感受到。

不过，“田野”究竟意味着什么呢？这是我一直萦绕于心的问题。

一

我所理解的“田野”，就是我等众生于其中生老病死的日常生活世界。田野是人类知识的本原，是人类总体行为的发生场所。套用柯林武德的话来说，即生活是“自我—授权”① 的。如果仅依据书面材料分析人性乃至人类，就既高估了人类的理性能力，也低估了日常生活世界的复杂程度。

日常生活是琐碎、模糊的，它当然也会受到国家制度的巨大影响，虽

① ［英］R. G. 柯林武德著，何兆武、张文杰译：《历史的观念》，中国社会科学出版社1986年版，第331页。

然后者并不见得总是直接发挥作用。① 我们都在日常生活中，视听言行皆为日常，但常被选择性地赋予不同价值，导致我们身在其中却忘了我们在学术视野中的“日常”之理。田野研究作为方法，首要之义就是需要警觉与反思人之常情的缺失。

在现代西方文化研究转向中，日常生活被提升到空前高度予以关注。胡塞尔强调的对“生活世界”的回归，海德格尔的“日常共在”观念，维特根斯坦的“生活形式”分析，福柯关于“规训”的微观性权力的分析等，都是产生了巨大影响的思想。晚近的布迪厄则以人的“习性”为关键性概念，通过对其历史养成与现实运用的观察，试图理解日常生活实践。②在他看来，“习性”研究的特别意义，在于它代表了一种相对稳定的社会行为规范，在日常生活与社会运行之间提供了一条便捷的阐释路径。

许多著名思想家都惊叹于日常生活力量的不可低估，如黄遵宪说：

> 风俗之端始于至微，抟之而无物，察之而无形，听之而无声，然一二人倡之，千百人和之，人与人相接，人与人相续，又踵而行之。及其既成，虽其极陋甚弊者，举国之人习以为然，上智所不能察，大力所不能挽，严刑峻法所不能变。夫事有是有非，有美有恶，旁观者或一览而知之，而彼国称之为礼，沿之为俗，乃至举国之人，展转沉

---

① 张士闪：“毫无疑问，国家制度‘深深地影响着乡村社会的日常生活’，但在乡村社会语境中，‘国家制度’又经常被视作一种可供谈论、交流、改装或化用的‘文化文本’。”（张士闪：《礼俗互动与中国社会研究》，载《民俗研究》2016 年第 6 期）在民间，这一文本或许会被漠视或忽略，也许会在不断的强化中嵌入地方传统之中，甚或在新语境的诱发之下衍生出新意与价值。从本原的意义上，国家制度是世俗化的产物，而国家制度的实施又在社会中形成新的常识，这亦可视为世俗化的过程。刘铁梁曾提及村落中一种散漫的、冲击着国家想象的“民俗现象”的存在，认为它是任何国家力量也无法消除的，“任何大一统的文化到了民间，都有一个民间化的过程，而这个民间化过程是紧密联系其社区自身存在和发展的需要”，这可视为对上述现象的自下而上的论证。参见王铭铭、刘铁梁：《村落研究二人谈》，载《民俗研究》2003 年第 1 期。

② ［法］皮埃尔·布迪厄著，蒋梓骅译：《实践感》，译林出版社 2012 年版，第 79 页。

锢于其中，而莫能少越，则习之囿人也大矣！[1]

詹姆斯·C. 斯科特也说：

> 正如成千上万的珊瑚虫杂乱无章地形成的珊瑚礁一样，成千上万的以个体形式出现的不服从与逃避行动构建了其自身的政治或经济屏障……当国家的航船搁浅在这些礁石上时，人们的注意力被典型地吸引到船只失事本身，而不会看到正是这些微不足道的行动的大量聚集才是造成失事的原因。[2]

黄遵宪认为民众“习俗”是自行其是的，因此以“习之囿人也大”推导变法维新思想的合法性，而斯科特则关注“微不足道的行动的大量聚集”对于国家权力的侵蚀，认为应从日常生活政治理解社会变迁。二人的共同之处，则是都将日常生活与国家命运相提并论。类似思想，早在两千多年前的《史记》中即有表达：

> 鲁公伯禽之初受封之鲁，三年而后报政周公。周公曰：“何迟也?”伯禽曰：“变其俗，革其礼，丧三年然后除之，故迟。”太公亦封于齐，五月而报政周公。周公曰：“何疾也?”曰：“吾简其君臣礼，从其俗为也。”及后闻伯禽报政迟，乃叹曰：“呜呼，鲁后世其北面事齐矣！夫政不简不易，民不有近；平易近民，民必归之。”[3]

在这则案例中，君王对于民众日常生活的态度（或者说“民俗政策”），对于王朝命运的影响是如此巨大而直接，难怪被后世视为治国之鉴。其中反复述及的“礼”“俗”话语，既是对中国传统社会形态

---

① 〔清〕黄遵宪：《日本国志·礼俗志一》。

② ［美］詹姆斯·C. 斯科特著，郑广怀等译：《弱者的武器》，译林出版社 2007 年版，第 43 页。

③ 《史记》卷三三《鲁周公世家》。

的化约表述，又表征着颇富弹性的中国传统政治模式。源远流长的中国传统政治，绝非近代以来西方学者所谓“东方专制主义”一语所能盖棺论定的。

二

在我的家乡鲁中山区洼子村，村民至今有讲礼论俗的传统。村里老人也知道，他们的生活本身是“民俗”，却在分家、葬礼等一些重要场合，依然拿“礼”或“老礼”说事。面对已有或潜存的世俗纠纷，“礼”（而非“理”）是管用的。再看遍及全国各地的庙会节庆、冠婚丧祭、修志续谱、传统游艺等活动，在看似不同的文化表达中，都体现出“礼治社会”的共同特征。如民间祭祀中“天地君亲师”牌位的摆设，乡村巡游时“普天同庆”“天下太平”等旗号的彰显，庙碑家谱中“礼曰”“诗云”的征引，民间口头传统中“圣人言”“老人言”“老礼”“老话”的强调等，都在借用国家权威（礼）而建立地方秩序，却在持续的仪式活动实践中，经由形式模仿而逐渐嵌套于国家政治格局之中，形成了各地同中有异的“家国一体化”传统。我们意识到，民间之“礼”固然是含混的，但这正是民众参与国家礼制建构所留下的文化印迹，并已成为中国传统文化完整谱系中不可或缺的部分。

我还注意到，为各地民众所运用的“礼”“俗”话语，既与国家历史进程中的教化实践有关，也对应于乡村日常生活本身的复杂性质。在乡村社会中，也会出现家庭内部的分化或分工的问题。兄长可能是讲究礼仪、在乡里素有声望的人士，瞧不上“时俗”；兄弟却喜好参与地方信仰仪式、乡民游艺之类的热闹活动。当国家致力于“礼仪下行”之时，对这类家族造成的影响可能就是分裂，最终在地方社会中形成既有分治又有整合的状态。每逢灾乱年头，民众挣扎于生存底线，也会使得社会上“礼”与“俗”的裂缝加大，国家行政难以贯彻基层。这已是每次大的社会灾乱过后，历代王朝总要“整顿风俗”的根本原因，并成为中华文明逐渐建构、整合和传承的有机部分。

我相信，中国传统社会的良性运转，正在于礼俗互动的政治制度框架与弹性实践机制的设计：在社会理念上，国家讲究礼制而不至于脱离俗情，民众以贴近国家正统为正途；在国家政治层面，倡导“为政必先究风俗”“居官以正风俗为先”等民俗政治原则，注重因俗制礼与以礼化俗相结合的社会实践，冀望通过礼仪教化达致礼俗融合的社会理想状态。

当然，村民的讲礼论俗，与国家制度或文化典籍中的礼俗话语并不一致，亦不见得是要谋求上层社会的支持，而重在自树影响，以强调传统伦理、化解民间纠纷或动员公益事务等。但更重要的是，这种民间之“礼”虽与国家礼制有异，却又以贴近国家礼仪正统自命，并自觉调适于国家一统进程中。村民为什么要将自身“民俗”的一部分界定为“礼”？他们在援引“礼”的话语时，如何确信就是（或符合）国家之“礼”？这就是田野研究一展身手的地方了。

田野研究的一大优势，是可以直接碰触已在民间存在久远、至今仍在发挥作用的一些知识和思想，无论它们是以怎样的形式存在（如村志、族谱、庙碑、俗语、节庆、礼仪等），还可以持续观察它们为民众继续使用的过程与样态。这些知识和思想并不见得就完全属于民间，因而与一般意义上的“中国原理”相联系。长期行走田野的学者，都曾有类似经历：有时候偶然听到一两句俗语，忽然就对国家一统进程中积淀一方民众的某种心态心领神会。哈布瓦赫认为“言语的习俗构成了集体记忆最基本同时又是最稳定的框架”①，那么为村民频繁使用的俗语，就可以视为理解地方社会生活的一种捷径。重要历史事件和影响较大的社会观念，必然会在俗语中有所表达。还有些流行更广泛的俗语，如“不经一事，不长一智”“谋事在人，成事在天”等，则代表了中华民族更普遍的文化心性。前者是说人类个体“成人”的过程离不开社会历练，而后者则在激发一种积极奋发精神的同时，并不否认社会条件的制约性。

何谓“下田野”？即指学者走进民众的日常生活，以具体的人和事为研究对象，发现其背后的“人情世故”及其文化意义的过程。古往今来，

---

① ［法］莫里斯·哈布瓦赫著，毕然、郭金华译：《论集体记忆》，上海人民出版社2002年版，第80页。

无论是古代文人的采风问俗实践，还是现代史上知识分子“向民间去”的社会运动，都具有某种“下田野”的色彩。但这些活动往往因为忽视民众的自我表达，难以对民众的日常生活有充分认知。我以为，田野调查之要义，是一种特定的人际交往方式和文化互动实践。民众口述所表达的知识（田野资料）与口述本身所代表的交流行为（田野关系），其实都是具有学术意义的素材。比如一位村民讲同一件事，面对家人、邻居或陌生人的表述肯定会有所不同。不同的社会语境，影响了他的知识表达。

田野研究既以民众日常生活为研究对象，首先就要关注“野”，就是探究以人与自然的互动为基础而形成的人地关系，即“非社会”状态。人总是宿命般地存在于自然环境之中，自然环境是人与社会的共同起点。自然环境凭借其物质构成，不仅为人们提供生计资源，还是人类情感、意志及广泛意义上的实践行为的投射对象，并以意象的方式参与人类心智结构的发育。自然环境通过人的生计劳动，再转化为合乎人需要的物，而富有人文气息的“田野”亦由此生成，这就是更广泛意义上的“文化”发生的过程。譬如那些以凤凰、凤翅、龙头、卧龙、回龙等命名的地理地貌或人工建筑，就是人们附会宏大历史或赋予吉祥寓意所营造的族群认同符号。人与自然环境之间的交互作用看似微不足道，却坚韧地影响着整体社会系统的运行与变迁。因此，马克思曾将“市民社会”界定为“物质的生活关系的总和”①，并认为它是“全部历史的真正发源地和舞台”②。

按照赖特·米尔斯的说法，社会科学应“探讨个人生活历程、历史和它们在社会结构中交织的问题”③，这需要研究者贴近日常生活，体察民众感受，并以田野的眼光理解个人所处的社会结构与历史传统。虽然，生活总如流水般不断逝去，但承载流水的河床还在，田野研究便有章可循。

---

① 《马克思恩格斯选集》第二卷，人民出版社2012年版，第2页。

② 《马克思恩格斯选集》第一卷，人民出版社2012年版，第167页。

③ ［美］C. 赖特·米尔斯著，陈强、张永强译：《社会学的想像力》，生活·读书·新知三联书店2001年版，第158页。

三

田野研究的学术共识，是从地方生活细节入手，在民间与国家的相互建构中理解中国政治传统。如果说“地方性知识”（克利福德·格尔兹语）是人类文化的起点与载体，那么我们常说的“文化传统”无非是稳定化了的文化，而“传统文化”则是做大做强了的“文化传统”。文化的意义在于为生活提供价值，但对于文化的价值判断，却长期来自政治系统、学术系统，而非占据人类绝大多数的芸芸众生的生活系统，诚为咄咄怪事。久而久之，人们甚至会淡忘“生活是文化之根”的常识，以至于需要一种“眼光向下”的学问，长期在田野中观察民众生活系统，做相关的价值辨别及清理工作，提醒整个社会不要忽略或淡忘来自民众生活系统的文化判断。

中华民族是众多族群的集合，中华传统文化是在对多元地方文化的融会、提炼中形成的，而与礼俗相关的话语形式与社会实践，涉及中华民族自古及今持续的思想构成与社会运作，因而成为理解这一过程的重要路径。历经波澜起伏的近现代社会变迁，其精髓仍在当今社会生活中潜在传承。近年来，已有不少学者以田野调查为基础，对国家之“礼”与民间之“俗”之间复杂的互动关系进行研究，显示出“在田野中理解中国”的广阔前景。

长期在中国做田野调查的科大卫教授，将地方信仰、祖先祭祀、社区节诞、民众文字传统、庙宇建筑等视作“有意义的礼仪标签”，试图以此“重建地方社会整合到中华帝国的过程”①。近年来，他又提出“国家对地

---

① 科大卫、刘志伟：“在不同时间不同空间，尽管人们都同样追求大一统，但他们用来定义大一统的标签往往不一定相同。在把地方传统纳入大一统范畴的过程中，尽管他们总是会努力把对自我的认知与对大一统认知之间的距离拉近，他们建构的大一统样式与其他人建构的大一统样式在概念和行为上仍然可以有很大的差异，问题不在于这种差异有多大，而在于他们对正统的理解和定义是否有规律可循。”见氏著《“标准化”还是“正统化”？——从民间信仰与礼仪看中国文化的大一统》，载《历史人类学学刊》2008 年 10 月第一、二期合刊。

方社会的影响，不一定是控制，也可以是地方社会很主动、很巧妙地把国家制度引入来处理地方上的问题。所谓地方整合到国家，就是一种认同的过程”，因为“我们在田野考察的基础上注意到，这种认同跟地方社会与国家机构打交道的形式很有关系”①。在他看来，国家政治建构与地方社会发展之间的互动过程，即“形成中国的历史”，而在这一互动过程中形成的“礼仪标签”，就是“理解中国”的关键。无独有偶，在历代王朝“礼下庶人”的教化过程中，刘志伟、孙歌看到的却是“礼俗互动”的基层政治实践，“读书人在民间推行士人之‘礼’的过程，常常是通过把原来民间社会秩序中的‘俗’纳入‘礼’的体系之中来实现的……礼教在民间的渗透推广，并不是一个自上而下的过程，而是读书人和士大夫阶层自觉地把民间的社会秩序之‘俗’纳入礼的规范中来的过程”②。或许正鉴于此，郑振满将历史人类学的研究范式归结为“注重民间文献，注重田野调查，力求回到历史现场，从民俗研究历史”③，我相信这一理念也适用于更多的学科。

如此，以田野的眼光看文献，以历史的眼光看民俗，就在“礼”“俗”之间看到了“俗化之礼”“礼化之俗”等所谓“礼俗相交”的社会状态。其实，南宋思想家吕祖谦本来就说得很是清楚：“礼俗不可分为两事，制而用之谓之礼，习而安之谓之俗。”④ 历代县志中常见的“俗成民化”之说，是地方官普遍设定的社会治理目标，“俗成”即社会风气明显好转，“民化”则指民众经由教化达致“礼仪自觉”，彻底成为“化内之民”。

再看国家之“礼”，也并非成于一时、定于一尊，其本身即屡经重建、多元复合的产物。在不同的历史时期，所谓“礼制”并未由儒学所垄断，

---

① 科大卫、张士闪：《“大一统”与差异化——历史人类学视野下的中国社会研究——科大卫教授访谈录》，载《民俗研究》2016 年第 2 期。

② 刘志伟、孙歌：《在历史中寻找中国——关于区域史研究认识论的对话》，香港大家良友书局有限公司 2014 年版，第 115 ~ 117 页。

③ 郑振满：《华南学者的历史人类学：传承与互动》，载《开放时代》2016 年第 4 期。

④ 〔宋〕王应麟：《困学纪闻》卷四。

佛道之学对于“礼”的建构也各有绵延的传统。譬如在春秋战国时期，有楚礼也有夷礼，礼的相对性极为明显。在元朝时期，全真教曾力压儒、佛而以“国家之礼”自居，一度在众多地区担当起社会教化与组织的职责，成为沟通王朝政治与地方社会的重要方式。时过境迁，历史上国家礼制的多元建构却依然会对地方社会持续发生影响。我们在田野中见到的多种民间文献，如族谱、碑刻、契约文书、诉讼文书、日用类书、民间礼仪本、宗教科仪书、宝卷、善书、唱本、剧本、账本、杂记等，就生动地显示出了这一点。

赵世瑜曾为田野研究树立了一个宏大目标：

> 我们要研究的，就不只是中国文化的“大一统”的结构本身，而是形成其结构的复杂历史过程，尤其需要对不同地域历史演变作比较的研究……中国社会秩序是以“礼仪”为核心，建筑形式、行政制度、产权代表、武装力量等都是礼仪的表征，因此可以作为理解统一性的切入点。①

当然，这需要无数田野个案的长期累积和以小见大的层进拓展。

四

在田野中遭逢的一切，既是现实，也是历史，足可展开绵密而深邃的思考。钟敬文说“一滴水的意义是不能低估的”②，罗志田说“历史的共性完全可以展现在个人的经历和体验之中”③，都说的是个案研究之长。不过在田野研究中，现实的多重面相与人性纠结需要辨析，历史的杂乱堆积与回环嵌套也需要厘清，因而抱持一种谦卑心态是必要的，因为“历史留

---

① 赵世瑜、申斌：《从社会史到中国社会的历史人类学》，载日本中国史学会《中国史学》第25卷，2015年10月。

② 钟敬文：《民间美术与民间文化问题——在山东高密民间艺术展览座谈会上的讲话》，载《民间工艺》创刊号，1984年10月。

③ 罗志田：《知人论世：回归以人为主体的历史》，载《读书》2019年第11期。

给后人的本来就不可能是一个完整的图像，本来就都是些‘碎片’，关键在于人们如何发现它们之间的联系及其意义，把它们连缀起来”①。在田野中搜集“碎片”的工作固然辛苦，而在纷然“碎片”中发现和建立关联则尤费斟酌，这需要有足够的想象力。我曾试图这样概括我的田野研究思路：

> 一是注重人地互动的关系，从人与自然之间长时段的相互塑造关系来理解民俗传统；二是注重中国社会发展进程中礼俗互动的关系，从乡村生活实践中观察整个社会的礼俗互动态势，梳理其价值演化的脉络、机制与逻辑；三是关注田野调查中的人际互动关系，将田野访谈视作一种特定的人际交往方式和文化互动实践。②

这样的表达并不完整，但是有感而发，意在提醒田野同道们应兼顾多维思考。就上述三种互动关系而论，任何一维的些许变化又都会影响其他，并在复杂联动中将这一微变放大或削弱，从而影响整个社会系统的运行和演化。比如人际关系固然是在人地关系的基础上发展起来，但既同为社会性的存在，人地关系又可视为人际关系的延伸，并连同在长期礼俗互动中凝结而成的社会结构，一起汇作我们当下正在观察的社会关系整体。

我相信，就学术方法而言，唯有置身于田野之中，才能真正理解一种地方传统的约定俗成，并在更长时段、更广阔区域被传承，乃至与国家政治形成因应互动的关系。换句话说，当我们在田野中亲密接触一个个活生生的人，体会“芸芸众生”内部的千差万别，内心就有了五味杂陈。在田野故事多种版本的背后，映照的恰是人情世故众生相。田野研究是凸显“人的实践”的研究模式，贯穿于整个工作过程的，应是那种持之以恒地探究个体日常生活的好奇心。海外学者萧凤霞曾说：

---

① 赵世瑜等：《走向多元开放的社会史——中国社会史研究 30 年的回顾与前瞻（超越名实之辨的社会史）》，载《光明日报》2009 年 3 月 24 日。

② 张清俐：《“深描”中国村落文化变迁》，载《中国社会科学报》2017 年 7 月 10 日。

> 我着力研究在田野考察过程中碰到的一个个人，我探讨某些事物为什么对他们那么重要，尝试了解他们的选择和取向，是经过一个怎样复杂的历史过程而形成的。……像中国这样庞大的政治实体，不论在帝国时期还是在现代，有那么大的地区文化差异，又经过那么繁复的兴衰周期，它是怎样维系着人民共同的想象的呢?①

这席话是对田野研究目标的绝好概括。我们在田野中所接触的民众生活文化，与长期高居庙堂的儒家经义，以及道、法、墨等百家之学，同是秉承于中华民族古老的精神血脉，而各有损益，多元相通，并非势同水火，因此才会有“礼失求诸野”的说法。“呦呦鹿鸣，食野之苹。”我们真希望能有更多怀有学术良心与善意的人走进田野，联起手来，俯下身去，一步一步共同实现“在田野中理解中国”的宏愿。

---

① 萧凤霞：《廿载华南研究之旅》，载《清华社会学评论》2001 年第 1 期。

目 录

导 论

本书关注的是鲁中乡村地区的老人群体如何以地方社会历史记忆为资源，通过对民间叙事的建构与跨村落民俗仪式的组织，试图整肃社区秩序，从而体现出基于当下现实生活的文化创造精神。“历史记忆”既是本书的核心概念，同时也是本书重点观照的研究对象。自20世纪80年代以来，以斯蒂芬·格林布拉特和海登·怀特为代表的新历史主义者从历史与文本之间关系的角度对“历史”进行重新定义之后，“回忆历史就是重塑历史”的观点已经在学术界得到越来越多的认同，也引发了历史学、文学、人类学、民俗学等不同学科的学术转向以及多学科的融合。尤其在历史学与民俗学领域，“传说”作为历史记忆的一种记录形式被纳入历史学的研究范畴，而“历史记忆”则作为一种概念与方法被引入了民俗学的研究之中，民间记忆、民间叙事的虚构与真实成为两个学科共同讨论的对象。

就研究范式与学术传统而言，民俗学与历史学在地方社会的研究中有着明显不同的着眼点，所关心的问题存在着一定的差异性。在对具体时空社会的关注中，民俗学相较于历史学主要有以下三个特点：第一，民俗学习惯以基层社会为切入点，采用自下而上的视角观察底层民众的日常生活如何参与到地方社会乃至整个国家的历史创造的进程之中，也就是说民俗学更擅长观察底层民众如何经由日常生活介入到整个社会的时空阶层；第二，不同于一般历史学研究将民俗作为一项重要论据的资料来印证历史的真实过程，民俗学更多地关注历史与传统如何在当下被民众所传承、创新以及发展，体现出一种现代学的特点；第三，民俗学一般不会从政治经济制度的角度来解释文化何以发生以及形成与演变的过程，与之相反，民俗学更加关心文化怎样设置了历史上不同时期的社会制度和经济生活模式。因此，在对地方社会的关注中，同样以历史记忆为研究对象，民俗学更容易走上个案研究的路径，关注当地人在现实生活中所从事的文化实践，从文化传承与创造的角度来关注当代人的生活。

基于此，本书选择博山区八陡庄作为田野点，以村落的老人群体为访谈主体，以颜文姜的传说与信仰仪式为突出表现这一选题的核心个案，主要达成以下三个相互关联的意图：第一，通过田野调查和文献梳理，在对地方社会进行充分理解的基础之上，对鲁中八陡庄老年群体这一特殊人群在不同层级的时空结构中被形塑的历史过程及其当前的生活状态进行全面的梳理和描述；第二，在梳理和描述的过程中思考两个问题，即老人群体的历史记忆何以形成？又如何演变成富有历史感的生活叙事？第三，通过对颜文姜传说与信仰仪式的“深描”，揭示老人群体如何将历史记忆作为一种文化资本，来满足个人和社区生活中的各种需求，从而突出表现民众如何通过他们的文化传承与创造去创设新的生活，从而带动整个社会生活的发展和进步，即思考历史记忆如何在生活实践中被运用的问题。

一、概念界定及相关学术史梳理

1. 概念界定

历史记忆　本书所牵涉的历史记忆，其涵盖范围主要采用了民俗学领域对“记忆”惯有的认知，即将历史记忆看作“人们为了给‘现在’的生活赋予意义，而对‘过去’重新评价的行为”①。因此，本书所列举的民众历史记忆主要通过田野调查的方法来获取，一是通过访谈法来记录民众关于过去的口头叙事，并从中把握民众在日常生活和社会交往中形成的人生经验、思维方式和价值观念等有效信息；二是通过参与观察法记录民众生活实践过程中的身体叙事，注重民众形成的身体体验与主观感受。与历史学相比，民俗学的历史记忆更加注重其在当前社会中如何被叙述以及

① ［日］岩本通弥著，王晓葵译：《作为方法的记忆——民俗学研究中“记忆”概念的有效性》，载《文化遗产》2010 年第 4 期。

如何被运用的过程，因此本书不去鉴别所获取的历史记忆能否真切地反映地方社会的历史事实，也不过多地纠缠个人历史叙事与官方历史书写之间究竟是冲突对抗还是互相影响的关系，而是在其所描述的基础之上，无论是真实还是虚构，都将其看作叙述者的心意所属、情感所依和生活经验。也就是说，本书对历史记忆的关注归根结底离不开对历史记忆的行为主体——人的关注，在本书的个案中，重塑和利用地方历史记忆的行为主体是一群特殊的老人，我们可以称之为“老人群体”。

老人群体　首先需要明确的是，本书的“老人群体”从属却不等同于“老年人这一年龄群体”。后者泛指年龄超过65周岁的老年人，而前者则是特指在地方历史变迁的过程中所形成的一个以老年人为主的特殊的社会组织。本书所关注的老人群体具有独特性的一面，成长于传统乡土社会的他们普遍都在区域社会的发展中受到了工业化的影响，从而具有了亦工亦农的身份属性。到了社会急剧变迁的新时期，他们又进入了以城乡一体化为特征的现代化建设的历史阶段，他们既拥有了历史变迁见证者的身份，又成为诞生于农耕文明的传统民俗文化的主要传承者、主导者和权威解释者。换句话说，他们的历史记忆中，既有着个人参与工业化进程的生活历史，也包含着地域社会的古老的社会发展历史。在此不妨化用布罗代尔的长时段理论来定义上述两种历史记忆①，前者与个人生活的历史密切相关，因此可以称之为“短时段历史记忆”；后者包含了民众对地方社会漫长的历史发展过程的认知与想象，可谓是“长时段历史记忆”。短时段的个人生活史与长时段的历史经验相互交织、共同存在是老人群体的历史记忆的

① 年鉴学派大师布罗代尔以历史时段理论著称于世，他在《地中海》一书中提出了地理时间、社会时间、个体时间三个概念，后来他分别用“长时段”“中时段”“短时段”来称呼这三个时间概念，并把它们各自对应的历史事物分别称为“结构”（structures）、“局势”（conjunctures）和“事件”（evenements）。布罗代尔对不同层级的历史时间的理论阐述非常适用于对民众不同的历史观做出定义，因此我们在此借用了布罗代尔的相关概念。鉴于民众历史记忆的特殊性，为了更加清晰地予以区分，我们隐去了布罗代尔用以指代“地理时间”的“长时段”，而把他用以指代“社会时间”的“中时段”理论改称“长时段”，分别用“短时段历史记忆”与“长时段历史记忆”来定义民众主体的两种记忆观。

重要特征。

两种不同的历史记忆在老人们的实践中分别发挥了不同的作用，短时段历史记忆深刻地影响了记忆主体的日常生活和行为选择，而长时段历史记忆则通常会成为乡村社会中的日常生活知识而左右民众的生活，能赋予社会共同体一个更具核心价值和传统规范的神圣化的意义。在日常生活之中，社会经历不同的人可以拥有不同的短时段历史记忆，但是大家所遵循的生活知识是基本相同的，往往与长久的历史记忆连在一起，所以说长时段历史记忆反而更具影响现实生活的效用。

总之，这两种历史记忆统一为老人群体的生活记忆存在于他们的身体之中，呈现于日常生活，而呈现的主要方式是个人叙事。

个人叙事　个人叙事指的是个人对日常生活中的故事进行叙述与实践，它既包括与个体人生经历直接相关的人生故事，又包含由个体转述的其在生活中习得却并不一定亲身参与的地方性故事。个人叙事与集体叙事的概念相比最显著的特点在于个人叙事中有着更加鲜活的角色意识和感情色彩，是具体的人在特定的时空对某一事件的直接参与或认知。因此，本书在针对个案的民俗志写作中，将极力避免落入对民俗事象本身的过分关注，而是充分利用这些个人叙事，将民俗事象背后的人呈现出来。进一步讲，要呈现具体的“小写”的人，而非概括性的“大写”的人，那么就必须要将人限定在一定的地域范围或群体范围之内，才能更好地总结出人群的特殊性。

另外，历史记忆还通过叙事来形成认同。历史记忆原本就是个人根据自己的想象和现实的需求而对亲历或者听说的历史事件进行重塑的结果，带有很强的主观感情色彩，再加上个人在参与具体的历史事件时自身的知识素养以及所处的身份、地位、立场等也有所不同，因此不同个体对于同一历史事件所形成的记忆极大概率地会出现相异甚至相互对抗的可能。那么在同一民间集团中，如何形成共同的历史记忆，所依赖的就是在反复的个人叙事中不断地交流，最后在相互印证中逐渐趋向一致，并最终清晰起来。不同叙事交流的过程既是相互说服的过程，也在一定程度上强化了历史记忆。

八陡庄　尽管在当前全球化和社会大流动的背景之下，人们的交往与交流早已超越了原来的地域社会，进入了一个看似没有明显边界的更加广阔的交流空间，社区内部的文化持有者与来自外部世界的话语交流者进行文化上的交流已经是一种非常普遍的现象，但这种“超边界感”仅仅体现在文化互动的范围和文化交流的方式上，一旦涉及具体的文化内容和类型，又必将回归到有着明确边界的地方社会之中。

本书所涉及的社区主要指的是鲁中八陡庄，实际上八陡庄自1984年以来就已经不再是一个行政村，其原有的村落空间被分成六个行政村，但当地老一辈的百姓还是习惯以八陡庄人自居，在与地域社区相关的个人叙事中八陡庄也是反复出现，再加上无论是颜文姜传说故事的发生地还是信仰仪式的举办地都最终指向了八陡庄。因此，本书将八陡庄作为最基本的社区单元。

八陡庄地处鲁中山区，属孝妇河流域，在民间传说中为颜文姜娘家村所在地，是颜文姜传说与信仰的核心地带之一。八陡庄所在的博山地区因区内丰富的矿产资源和工场手工业的早期发展形成了自己的经济和文化特色，并在德、日等列强的侵略和开发中较早进入了工业化发展阶段，八陡庄的民众因此拥有了独特的人生历程。进入新时期以后，随着城镇化战略的实施、城乡一体化的进程进一步加快，八陡庄也在政治、区划、经济方面迎来了全方位的变革，开始由一个与工业化相结合的历史阶段转入到一个与新兴城市更加紧密结合的现代阶段，这也就意味着八陡庄原有的生活和文化空间存在着被城市文化所逐渐溶解的极大可能性，村落的传统文化传承也面临着断裂的危机。在这样的社会背景之下，经历过工业化时代的八陡庄的老人们开始在传承中华优秀传统文化方面积极地发挥作用。

2. 相关学术史梳理

(1) 记忆的研究

尽管心理学家早就已经开始在实验室中关注记忆的相关问题，但实际上社会记忆作为一种理论发端于20世纪。20世纪20年代，哈布瓦赫提出了“集体记忆”的理论，用来研究在家庭、宗教和社会阶级的环境中，过去是如何被记住的。与传统心理学意义上的“记忆”概念不同，哈布瓦赫更强调记忆的社会性，他关注的是人们的想法怎样在社会中整合在一起，在他看来，所有的记忆都具有社会性，即便是最隐秘的回忆也是在与他人的互动中形成的："我之所以回忆，正是因为别人刺激了我；他们的记忆帮助了我的记忆，我的记忆借助了他们的记忆。至少在这些情况下，记忆的唤起并无神秘之处可言。"① 因此，他强调社会记忆"交际性"的短时特征，因为人类记忆所依赖的语言、逻辑和概念都是在社会交往中实现的。显然，哈布瓦赫在一定程度上忽略了媒介、时间结构等因素对记忆的影响，比如留在文献上的历史记忆就能够突破同时段和同场域的限定，而对于社会记忆的功能，哈布瓦赫同样没有过多涉及。

在此之后，保罗·康纳顿重拾社会记忆，他的著作《社会如何记忆》一书分三个部分——社会记忆、纪念仪式、身体实践，讨论了两大问题，即什么是社会记忆以及社会如何记忆，并将论述的重点放在了第二大问题上。他认为社会也有记忆，社会通过纪念仪式来传递记忆，而由于仪式通过身体来完成，所以社会是通过身体化的实践来传达和维持社会记忆的。

艺术史学家阿拜·瓦尔堡几乎在同一时间也投入到社会记忆研究中，他所关注的是艺术形式的重复和回归的现象。他认为，艺术形式的重复与其说是后代艺术家有意识地对古代艺术的模仿，不如说是发源于文化符号所具有的引发记忆的能量。只可惜后来由于战争爆发，他的言论并未引起重视。直到20世纪90年代，文化学和历史人类学框架下的"文化记忆"研究在德国蓬勃展开，德国海德堡大学的扬·阿斯曼教授才重新提起了瓦尔堡的理论："如果我们可以回顾人类的过去的话，会发现它一直生活在充满记号的世界里，它所生活的群体、组织和集体越庞大、越复杂，这个世界就越丰富、越复杂。这些记号为人类开发'世界'，使之象征化并唤回它。"② 他认为，社会记忆主要作用在于赋予人类精神的内心和中间世界以稳定性和持续性，取消其易逝性和生命的短暂性。他受到埃里希将文本定义为"再次接收的消息"的启发，认为文本的存在导致原本必须要在同一个场景中的说话者和听话者可以在时间和空间上分离，形成了一个"延

---

① ［法］莫里斯·哈布瓦赫著，毕然、郭金华译：《论集体记忆》，上海人民出版社2002年版，第69页。

② ［德］扬·阿斯曼著，甄飞译，陈玲玲校：《文化记忆》，见［德］阿斯特莉特·埃尔、冯亚琳主编《文化记忆理论读本》，北京大学出版社2012年版，第3页。

伸的场景”。因此，他还强调作为文本的文化记忆的长时性。

更重要的是，他从记忆的角度对仪式重新进行了定义：“要求稳定化的愿望在围绕着人类的物质世界中显现为追求形式的意志。……成为形式的意志不只影响客体，而且影响行为自身，这些行为越被认为是标记，这种影响就越是强烈，这些行为要跨越其完成的时间，持续保持有效，比如使得某些关系持续地具有约束力，一劳永逸地确定有效的约定，确保长期的期待的实现等等。这样一些被形式化了的行为，我们称之为仪式。这些仪式在某种程度上超越了纯粹的程序，即形式不是简单地为行为减负，而是在记号功能意义上，在某种程度上将一种意义内容长久地稳定化，而这一意义内容不是为服务于行为的首要目的而产生的。”① 但遗憾的是，他对记忆之功能的描述仅仅是为了重新解释仪式的定义，因此还只是稍有涉及，停留在表面，并没有深入展开。

对于一个学术概念的界定，有时候需要在与其他相近或相似概念的比较中来理解。而对于“地方历史记忆”或者说“记忆”，人们往往会将它与“历史”归为一类。弗兰西斯·培根就认为：“历史与记忆相关，诗与想象相关，哲学与理性相关。”②

在法国，“从20世纪70年代末开始，‘记忆’以历史叛逆者的面貌出现了，这种记忆的觉醒，意味着‘历史—记忆’这对‘连体婴儿’的解体。……不久，历史又将主动权抓在自己手里，它的做法就是将记忆转化为历史研究的新对象，构建了被称为‘记忆史’的新领域”③。沈坚根据法国多位历史学家的相关论述，总结了历史与记忆的区别：“首先，记忆是鲜活的和生动的，它总是与活着的人联系在一起，随着人们回忆与失忆的不断变换而处在永久的变动之中，经常在不知不觉中遭到扭曲，并且极

---

① ［德］扬·阿斯曼著，甄飞译，陈玲玲校：《文化记忆》，见［德］阿斯特莉特·埃尔、冯亚琳主编《文化记忆理论读本》，北京大学出版社2012年版，第4页。

② 何兆武主编：《历史理论与史学理论——近现代西方史学著作选》，商务印书馆1999年版，第13页。

③ 沈坚：《记忆与历史的博弈：法国记忆史的建构》，载《中国社会科学》2010年第3期。

易受到利用和操纵，历史则是对一切不复存在的事物或以往‘死亡’的事物进行问题式的和不完全的重建；记忆是现在的过去，而历史则是过去的复现。第二，记忆总是主观的，以自我为中心的，总是可以用第一人称来指代——‘我的’记忆和‘我们的’记忆。它处在自我意识之中，寻求的是对自己感官的忠实，它受制于人的信仰；……历史追求的是真实，它受制于理性。第三，记忆总是具体的，带有感情色彩的，并且是复数的，有多少个个体和群体就有多少种记忆，记忆与记忆之间充满着错位和冲突；历史则带有抽象的批判意味，需要对问题进行分析和解释，需要冷静的思考，追求的是终极真理。第四，记忆与遗忘相辅相成，有记忆必有遗忘，记忆允许有缺口和断裂……”① 然而，在后现代的语境中，这样的区别实际上是不明显的，因为以后现代的视角来看，历史也具备了上述记忆所拥有的特点。

保罗·康纳顿则讨论社会记忆与历史重构的关系，他主张应该将社会记忆与历史重构区分开，认为历史学家依据推论进行历史重构，因此“历史重构不依赖社会记忆”②，并通过事例证明“历史重构的实践可以在主要方面从社会群体的记忆获得指导性动力，也可以显著地塑造他们的记忆”③。与此同时，他还特别注意到有一种现象比历史重构导致成文历史这样的历史生产活动有着更广泛的文化分布，那就是口述史，他认为“或多或少属于非正式的口述史，是描述人类行为的基本活动。这是所有社群记忆的特征”④。

赵世瑜教授在《传说·历史·历史记忆——从20世纪的新史学到后现代史学》中分别对传说、历史、历史记忆的概念作了界定，他从后现代

① 沈坚：《记忆与历史的博弈：法国记忆史的建构》，载《中国社会科学》2010年第3期。

② ［美］保罗·康纳顿著，纳日碧力戈译：《社会如何记忆》，上海人民出版社2000年版，第10页。

③ ［美］保罗·康纳顿著，纳日碧力戈译：《社会如何记忆》，上海人民出版社2000年版，第10页。

④ ［美］保罗·康纳顿著，纳日碧力戈译：《社会如何记忆》，上海人民出版社2000年版，第13页。

的视角出发，认为“无论口头传说还是历史文献，都是历史记忆的不同表述方式”“传说和小写的历史是用不同方式表达的历史记忆”①。这样的表述将虚构的传说和相对真实的历史统一于历史记忆中，也从从属关系上确立了历史记忆与历史之间的区别。不过赵世瑜教授关于历史记忆的相关讨论还是服务于历史学领域，写这篇文章的目的在于希望为历史学打开一扇新的窗户，所以对于历史记忆的内涵仅仅局限在文献（成文历史与传说）以及口述史的范围内。无独有偶，王明珂教授在《历史事实、历史记忆与历史心性》一文中也致力于拓宽历史学的研究范围，他也将文献与口述历史视为“历史记忆”，强调一种兼顾历史事实、历史心性与历史记忆的研究。相比之下，本书所采用的“历史记忆”的概念则在内涵与外延上都更加宽泛，它既包括语言、身体实践等社会性或者交际性的内容，又包含了文字、建筑空间的营造等长时段性的内容。

另外，赵世瑜教授的《大历史与小历史——区域社会史的理念、方法与实践》一书虽然并没有论及社会记忆的内容，但是书中对个人性的、地方性的、常态的小历史的关注对本书进一步探讨普通民众的历史记忆提供了有益启发。简单来说，赵世瑜教授所关注的小历史是官方参与其中的区域社会史，而本书则试图在此基础之上进一步关注区域社会史中普通民众自身所叙述、实践和运用的历史。

（2）地方社会历史记忆的主体

保尔·汤普逊的《过去的声音——口述史》是一部比较系统的专门介绍口述历史的著作，实际上保尔·汤普逊并没有将口述史与以往的政治史、军事史、精英人物史作出清晰的区分，而是致力于通过口述史的引入来拓宽历史学的研究范围和研究视野，因此他提出了“昔日的声音是谁的声音？”② 这一问题，这就将讨论的话题进一步引申到了历史或者记忆的主体问题上。

---

① 赵世瑜：《传说·历史·历史记忆——从20世纪的新史学到后现代史学》，载《中国社会科学》2003年第2期。

② ［英］保尔·汤普逊著，覃方明、渠东、张旅平译：《过去的声音——口述史》，辽宁教育出版社、牛津大学出版社2000年版，第2页。

哈布瓦赫认为社会记忆是集体性的，“对同一事实的记忆也可以被置于多个框架之中，而这些框架是不同的集体记忆的产物”，同时“集体记忆的框架把我们最私密的记忆都给彼此限定并约束住了”，按照他的理解，个体记忆受制于一种外在的、结构化的东西，所以他并没有看到个体记忆所具有的能动性与积极性。

赵世瑜教授在讨论历史与记忆的关系时，强调了历史记忆所具有的几大特点，“第一，历史是一种集体记忆。……任何个人对历史事件的记忆都具有社会性，某个群体当中对某一事件的记忆大体上是相同的。第二，记忆具有传承性和延续性。……第三，那些具有所谓的负面影响的历史事件，或者是由于政府的禁止，或者由于让人难堪而不便公开的记忆，或者是人们强迫自己去遗忘或不去思考的记忆。但对于某些事件来说，人们强迫遗忘的企图往往是不成功的，一旦人们被告知说不要去谈论某件事情的时候，这些事情却往往被记忆下来”。赵世瑜教授强调了历史记忆在其形成和阐发过程中所具有的集体性和社会性，但并没有涉及社会个体在其中所发挥的作用。从记忆的主体来看，集体记忆是由个人记忆所构成的，而从历史记忆的叙述来看，集体记忆的阐发往往由个体来完成，即民间故事家。所以，个体的记忆与叙事也非常重要。

保罗·康纳顿则在“社会如何记忆”这个问题上，强调了权力之于社会记忆的重要作用。对于社会记忆的传播，不论是声势浩大的纪念仪式，还是看似个体化的身体实践，事实上都是一部“权力控制”传播的历史。那么我们不禁要问，如果简单地把民间记忆与官方记忆当作对抗性的存在来看，是谁在代表大众，替大众发出声音呢？雷颐认为：“在历史叙述中，以个体经验为基础的‘私人叙事’与以群体抽象为基础的‘宏大叙事’构成了一对相互紧张的对应关系。”方慧容则提到了民众叙事的代理人，即村民往往会把叙事的权力交给某个特别能讲的人，也就是所谓的“民间故事家”，在这个过程中，“村民所记住的已经不是发生的事件‘本身’，而是叙事者在重复的讲述中所制造出来的事件。在这种集体记忆的生产中，事件的亲历者并没有权威性，而只有有能力发布有趣的叙述的叙述者才具有权威性"①。也就是说，个人的叙事往往充当的是补充群体叙事的作用，而宏大叙事又经常会被国家主流意识形态所操控，因此个人叙事总会被湮没在宏大叙事之中。

本书所述的"历史记忆"拥有明确的主体，即八陡庄的老人与老人群体，其中既包括了建立在个人记忆基础之上的个体叙事，又包括了建立在群体记忆基础之上，由民间故事家等掌握了集体话语权的老人所讲述和实践的集体叙事。

（3）地方历史记忆的呈现与运用

在记忆理论诞生之初，学者就意识到了记忆与当下社会所具有的生活意义上的勾连，学者们基于"建构论"或"工具论"的立场，去讨论历史或者记忆是如何被建构和发明的。雅斯贝斯认为人类历史通过记忆与现在联系起来，"历史是记忆。我们不仅懂得记忆，而且还根据它生活。如果我们不想化为虚无，而想获得部分人性的话，历史就是奠定了的基础，我们继续受它束缚"②。哈布瓦赫也强调："我们关于过去的概念，是受我们用来解决现在问题的心智意象影响的，因此，集体记忆在本质上是立足现在而对过去的一种重构。"③ 刘亚秋认为："如果记忆研究一定被认为是处理关于过去、现在与未来的关系研究，那么可以说，记忆是现在处理过去的方法。这种观点，在某种意义上，表达出记忆是一种社会机制的观点，它可以生产和再生产某种意义，而这种生产本身离不开社会情境及其过程。"④

刘铁梁教授近年来尤其关注村落中的民众对自身生活史的记忆及叙事，他在论文《劳作模式与村落认同——以北京房山农村为案例》中解释

① 赵世瑜：《传说·历史·历史记忆——从20世纪的新史学到后现代史学》，载《中国社会科学》2003年第2期。

② ［德］卡尔·雅斯贝斯著，魏楚雄、俞新天译：《历史的起源与目标》，华夏出版社1989年版。

③ ［法］莫里斯·哈布瓦赫著，毕然、郭金华译：《论集体记忆》，上海人民出版社2002年版，第59页。

④ 刘亚秋：《从集体记忆到个体记忆——对社会记忆研究的一个反思》，载《社会》2010年第5期。

"劳作模式"概念的提出之时解释道："本文之所以提出关于村落劳作模式的研究，首先是由出于在田野作业中所获得的一种强烈印象，农民在叙述个人生活史的时候，往往对自己日常劳作的经历保持着最为清晰的记忆，这种记忆与其他记忆一起构成了他们个人成长的鲜活叙事。"① 而在论文《村庄记忆—— 民俗学参与文化发展的一种学术路径》中，刘铁梁教授则明确提出："农村千百年来形成的社会情感纽带和生活文化传统正面临断裂的可能，因此当前有很多村庄在文化发展中都十分重视关于村史与个人生活史的记述，体现出一种自下而上的文化自觉精神。民俗学作为感受生活的学问，应该通过实地访谈等交流方式，参与、促进和强化这种'村庄记忆'的文化实践。"② 一方面，他认为村民对于个人生活史的回顾是村落记忆的文化实践的重要组成部分，民俗学者只有去关注这些文化实践，才能写出生动的民俗志；另一方面，民俗学对村落的调查与访谈过程实际上也是参与村庄记忆的文化实践过程，民俗学者再通过民俗志的写作来叙述这些记忆和呈现这一实践，从而能够促进整个社会的文化自觉。

不过，以上讨论都还只是强调历史记忆与社会现实的相关性，并没有铺陈记忆是如何用于解决现实问题的，对于历史记忆如何被运用的过程当然需要结合个案来呈现。章清教授在《"策问"中的"历史"——晚清中国"历史记忆"延续的一个侧面》③ 一文中，着重讨论历史记忆在晚清延续的原因，认为明显受两个因素的引导：一是由"反清"所催生的恢复汉族的记忆；一是西方因素开启的关乎中国历史的记忆。赵世瑜教授在《传说·历史·历史记忆——从 20 世纪的新史学到后现代史学》一文中，讲到了若干案例，包括东南沿海一些地方传说三月十九太阳生日的由来、明初宦官刚铁的塑造、山西洪洞大槐树的移民传说，论证了历史记忆如何承

---

① 刘铁梁：《劳作模式与村落认同——以北京房山农村为案例》，载《民俗研究》2013 年第 3 期。

② 刘铁梁：《村庄记忆——民俗学参与文化发展的一种学术路径》，载《温州大学学报（社会科学版）》2013 年第 5 期。

③ 章清：《"策问"中的"历史"——晚清中国"历史记忆"延续的一个侧面》，载《复旦学报（社会科学版）》2005 年第 5 期。

载主体的情感成为群体象征以及民众如何利用历史记忆来解决现实生活中的问题。不过上述二者最终的结论并不落脚于历史记忆的呈现与运用，所以并没有更进一步揭示历史记忆是如何被选择、改造的过程。

王明珂教授的《华夏边缘——历史记忆与族群认同》运用历史人类学的研究范式，通过对族群边缘的形成与历史回忆的描述来讨论“华夏如何借历史记忆来凝聚、扩张；华夏边缘族群如何借助历史回忆与失忆成为华夏或者非华夏”①。黄树民教授在《林村的故事》一书中以报道人的回忆为主线进行了对林村的研究，以福建厦门农村党支部书记叶文德富于戏剧性的个人生命史为主轴，展现出一幅贯穿时空背景的社会文化变迁图像。他的文章应用的材料来源主要是口述的历史。

刘晓春教授《历史与文化的互动——一个赣南客家家族制度的个案研究》充分利用了当地的族谱、县志、州志、乡规民约、艺文志以及民国的《民商事习惯调查报告录》等文献资料还原了赣南东山坝镇富东村的村落与家族历史以及家族谱系的构建过程。作者认为：“对于具体村落家族的研究只能是发掘村民在日常生活中创造的历史，以及这些具体的历史所具有的时空穿透力，也就是这些具体的历史背后所蕴含的时代意义和人们对生存方式多元化的理解。”②

陈春声、陈树良教授的《乡村故事与社区历史的建构——以东凤村陈氏为例兼论传统乡村社会的“历史记忆”》一文将村民口述的乡村故事视为乡民的“历史记忆”，认为“对乡村故事的解析，实际上也可视为重新建构乡村历史的过程。……‘口述资料’和本地人的记述，有助于我们更深刻地理解乡村历史的‘事实’或内在脉络”③。

纳日碧力戈教授的《作为操演的民间口述和作为行动的历史记忆》，

---

① 王明珂：《华夏边缘——历史记忆与族群认同》，台湾允晨文化实业股份有限公司 1997 年版，第 407 页。

② 刘晓春：《历史与文化的互动——一个赣南客家家族制度的个案研究》，见项楚主编《新国学》第三卷，巴蜀书社 2001 年版，第 429 页。

③ 陈春声、陈树良：《乡村故事与社区历史的建构——以东凤村陈氏为例兼论传统乡村社会的“历史记忆”》，载《历史研究》2003 年第 5 期。

强调“非文本的口述确实有许多文字表达所不及的优势……口述表达却有身势、表情、语调、场景的‘合谋’，生动地传达寓意，包括大量不可言传的直觉和不可推理的意识。……以特殊的记忆形式进入说唱者的操演并不断加深、重现、重构或重造地方社会记忆。”①

景军教授的《神堂记忆》通过对大川和那里的孔庙在两个不同历史时期的遭遇来说明了“一群自豪而富有创造力的人民在其文化认同、历史感和宗教信仰经受了痛苦打击之后重建生活的一个事例”。他对孔庙拆除和复建的描述与分析实际上已经体现了遗物遗址在历史记忆表达中的作用。

张梅兰博士在《隐喻：在历史与现实的双重叙事中完成》一书则将视角放在了土家族的跳丧仪式，她认为跳丧仪式实际上也是一种民族记忆的唤醒仪式。作为历史的叙事，仪式过程中对祖先的日常生活的重新呈现使其“具备了深厚的生活基础和情感基础，从而更易于得到土家民众的认同”②。因此，“仪式叙事忠实于历史，历史反过来也馈赠仪式以非凡的文化凝聚力和感召力”③。

以上这些成果都立足于历史记忆的某一方面，或者说呈现历史记忆的某一种方式，如文献资料、口述资料、庙宇的营造、信仰仪式等，它们用来描述历史记忆如何被运用的过程。实际上，对于民众来说，他们并没有对自身的历史记忆按照呈现方式的不同而明确分为几类，或者说他们对历史记忆的分类没有相对自觉的意识和明确的认知。在日常生活中，人们只关心运用历史记忆的结果，而不去关心采用了哪种方式，所以在具体的实践中，民众往往会综合地运用包括文献、口述、空间和行为在内的各种方式来实现自己的需求。更何况，村落本来就是一个整体的生活空间，在具体的实践层面，几种途径在很多情况下是相互交叉、同时进行的，并很有

① 纳日碧力戈：《作为操演的民间口述和作为行动的历史记忆》，载《广西民族学院学报（哲学社会科学版）》2003年第3期。

② 张梅兰：《隐喻：在历史与现实的双重叙事中完成》，华中科技大学出版社2013年版，第53页。

③ 张梅兰：《隐喻：在历史与现实的双重叙事中完成》，华中科技大学出版社2013年版，第52页。

可能统一于同一文化事象之中，如颜文姜的传说与信仰。所以本书的第四章、第五章作为核心章节详细描述了作为历史记忆的颜文姜传说、信仰与仪式如何在老人群体的操持下成为一种象征性的文化资本，从而在当下社会生活中发挥重要作用。

综上所述，本书所说的“地方历史记忆”可以理解为：由特定的群体或个人所拥有和实践的，根据现实需求而不断被选择和改造的，包含了地方性知识和民众生活经验的一整套民间知识系统。

二、研究方法说明与主要框架

1. 关于本书研究方法与角度的几项说明

（1）集体与个人：村落中的不同叙事

祭神仪式和村落研究一直以来都是国内人类学和民俗学重点关注的内容。虽然人类学与民俗学两门学科交融的趋势越来越明显，但由于二者各自的学科理论背景与研究范式的不同而呈现出不同的关注点与侧重，“人类学家更多的是考虑作为文化类型、社会类型，中国的乡土社会应该怎样被描述和解释”，因此，他们从村落权力网络、村落政治关系、村落秩序建构、村落自治组织以及村落道德与法律的运作等方面入手展开研究；而民俗学家“更多的是直接切入乡土社会中民众所拥有的知识，也就是去讨论生活层面的文化现象，理解它们的意义和表达的方式”①。可以说，村落占据主导地位的文化的意义以及村落的整体性格通常通过集体叙事展现出来。同时，集体叙事又是由个人叙事所建构的，因此对个人叙事的关注理应重视起来。所以，民俗学者除了关注村落整体文化之外，还将用更多的笔触描述村落中具体的、小写的“人”的行为与话语。本书则试图兼顾村落整体文化与具体个人的生活经历，并探讨作为集体的村落与构成集体的个人之间的辩证关系。

尽管民俗学始终有对具体的人的关怀与描写，但在以往民俗学的研究

---

① 罗树杰、刘铁梁：《民俗学与人类学——人类学学者访谈录之三十四》，载《广西民族学院学报（哲学社会科学版）》2005 年第 3 期。

中，民俗学者所乐于接触的还是能够提供更多地方性民俗知识的村落权威与村落文化精英。虽然这部分人对村落集体叙事的构建发挥着最主要的作用，但我们仍需要对村落象征性文化的拥有者和持有者作出明确区分，以调查事象为核心按照亲疏远近、轻重缓急抽离出不同圈层，充分分析每个圈层中人的个人叙事，将更好地体现出处在不同的生活高度的人对相同历史的不同记忆和表述。

需要特别说明的是，为了更好地展现与分析民众的个人叙事，必要时本书将直接引用访谈对象的话语表述，这些话语大多根据田野访谈时的录音逐字逐句整理而成，除对严重的语法错误以及对重复性的话语、无关的话语、无意义的语气词进行适当删减之外，笔者尽量不作其他改动，因此个别地方相对口语化。另外，笔者坚持民众话语表达的“原汁原味”，一是出于对民众话语权的尊重，二是出于学术研究的需要，并不代表笔者全盘认同或接受其中所表达的观点与态度。此外，出于保护当事人隐私的需要，本书在正文中对被访谈人与调查对象进行了匿名化处理。

（2）注重感受的民俗志书写

民俗学习惯回溯历史，注重传说、仪式与历史的关系。虽然人类学早在20世纪60年代就已经出现了历史化的趋向，但“历史人类学”的分支学科名称似乎被历史学抢先注册①。而历史学家则主要还是将视角集中在官方参与下的大历史与小历史的研究，很少去关注民众自身实践历史的过程，也就是历史如何被民众象征化、虚拟化，从而被民众在现实生活中所利用的。一方面，本书将通过从历史长时段的维度考察区域社会史的发展

① 张小军在《史学的人类学化和人类学的历史化——兼论被史学“抢注”的历史人类学》（发表于《历史人类学学刊》创刊号）中认为：“这个从名词（历史人类学）上看似乎应该属于人类学分支的学科，至今在人类学中还没有成熟的发展。诸多人类学辞典或者百科全书中，都难觅‘历史人类学（Historical Anthropology）’词条。”另外，宋怡明认为：“到底什么是历史人类学？我们现在可以从四个角度来谈这个问题：第一个是具有历史特色的人类学，而我觉得最流行的中国人类学可能没有受多少历史因素的影响；第二个就是历史学和人类学原来同根；第三个是把历史学和人类学合并起来；第四个是具有人类学特色的历史学。我感觉我们所讲的历史人类学只是第四个而已。”（见［美］萧凤霞、包弼德等：《区域·结构·秩序———历史学与人类学的对话》，载《文史哲》2007年第5期）

来看待村落注重强调自身历史个性的现象；另一方面，本书的研究重心就在于民众如何实践历史、如何运用历史记忆。

相较于力求实证的历史学而言，我们更加关注的是民众心中对于他们自身来说更加真实也更加充满个人情感的历史，这种类型的历史无疑在民众自为的村落生活秩序的构建中更加有力。这种历史记忆虽然来自过去，实践于当下，却面向未来。阿尔弗雷德·许茨认为："记忆历史总是从'预先回顾'出发，就是说人们将回顾某种尚待创造的事情曾经是怎样的。"① 这句话揭示了历史记忆的现实性特征。记忆的功能在于可以使人类追求一种文化的持续性与稳定性，不必从头再来，而持续和稳定的文化更容易形成一种长效的机制来规范和形塑区域社会及个人的个性。一旦这种现象真正出现，就意味着过去的历史重新进入到今天的社会并发挥了重要的作用，人们借由表达历史记忆的机会来实现利益的需求。

此时，记忆的过程实际上是历史文化在现实中再生产的过程，这种再生产既包括储存与展示，又包括重构与再造，还包括断裂与删除，最终历史记忆被民众象征化与虚拟化后成为一种可以运用的文化资本，与现实的利益需求发生勾连。可以推想，民众不断地对历史记忆进行实践，所追求的就是一种要求稳定化的愿望，希望能在某种程度上将一种具有意义的内容长久地稳定化，具有长期的约束力，满足民众对未来的期待。所以历史记忆传承于过去，实践于当下，最终指向未来。

从这一方面来说，正如刘铁梁教授一直倡导"感受生活的民俗学"，他认为"民俗志的调查和书写，就不是只用文字来进行资料搜集的工作，还是感受生活的研究过程"②。笔者在民俗志的写作过程中将尤其注重描写和刻画民众自身对生活的真切感受。

（3）民众记忆与生活实践

笔者认为历史记忆不是村落生活文化的一部分，而是与村落整体的生

① ［德］哈拉尔德·韦尔策编，季斌、王立君、白锡堃译：《社会记忆：历史、回忆、传承》，北京大学出版社2007年版。

② 刘铁梁：《感受生活的民俗学》，载《民俗研究》2011年第2期。

活文化有关，民众的日常生产生活实际上都是通过对历史记忆的反复实践实现的。笔者在查阅和总结相关学科论述的基础之上提出，乡土社会生活中的历史记忆实践方式可分为以下四种：空间、文字、叙述、行为。这四种实践方式恰好构成了村落民俗文化的整体。展开来讲，空间主要指的是人们通过营造某种空间设施或环境的方式来对历史记忆进行实践，它与人类在衣服上装饰各种花纹以代表不同意义或等级相类似。空间的营造往往代表着某种历史文化的依存空间的延续或再造，也就代表了这种文化的延续或再造。文字就是人们记载历史记忆的载体，历史记忆依赖于文字的出现并广泛使用。如果没有文字，恐怕人类的历史记忆期限将会大大缩短，凭借文字，几千年的回忆空间得以重新展现。叙述指的是口头叙事，民族学者简·万西纳认为："口头传承基本上只有两种根据：一种是存在于生者回忆中的新近的关于过去的信息（通常只追溯到三代以内）；另一种是来自起源时期的信息，也就是众神与英雄时代的神话传说。"① 尽管如此，我们却仍不能忽略口述表达法的重要性，它与文字相比，情节更加生动有趣，内容更加丰富充实。行为指的是通过反复实践具有了形式化特征的行为来表达历史记忆的过程，它既包括日常生产生活中的活动，又包括具有持续的强大约束力的仪式。

需要指出的是，所有的历史记忆的实践方式都是在交流中予以实现的，而且这四种方式的分类所展现出来的恰好是一个完整的、统一的整体实践，分类实际上是为了我们能够更好地更全面地从整体上理解村落的生活文化。而对于村落的当前生活而言，本书旨在在宏观介绍村落社会构成与整体生活的基础之上，着重研究那些与历史记忆联系更加密切的部分，如村落边界的重置、村落道德秩序的建设与维护、村落自治组织的促成与发展、村落公共文化服务体系的建立与完善、跨村落互动的实现等方面，以期更好地寻找和把握民众心目中历史与现实的平衡点。

---

① ［德］阿斯特莉特·埃尔、冯亚琳主编：《文化记忆理论读本》，北京大学出版社 2012 年版，第 24 页。

（4）传统村落的发展危机与老年人的作为

20世纪80年代以来的改革开放政策、计划生育政策，以及新世纪的新农村与新型城镇化建设使得广大农村的政治空间、经济发展、社会结构和社会交往都发生了更加深刻的变革，传统的乡土社会遭受了越来越多的挑战性破坏，逐渐开始向现代化的乡村社会转型。在变革和转型的过程中，许多以前从未有过的问题和现象开始显现出来。这些社会问题引发了许多学者的关注与思考。

第一，农村“原子化”现象。贺雪峰认为，在当今的村落“村庄内部村民与村民之间关系链条的强度和长度都很低”① 的情况下呈现出一种“原子化”的状况。田毅鹏也持相同观点，他详细解释了“原子化”的概念和表现，认为“原子化”概念主要是指“在单位制度变迁过程中社会联结状态发生变化的过程。主要表现为个人之间联系的弱化、个人与公共世界的疏离以及由此而衍生出来的个人与国家距离变远、道德规范失灵等一些基本的社会联结被破坏的现象”②。同时，他把社会“原子化”的表现归结为以下三点：1. 人际关系疏离化；2. 个人与公共世界的疏离；3. 规范失灵，社会道德水准下降。

第二，农村“空心化”现象。随着农村人口大量涌入城市，农村“空心化”的现象日益凸显。村落“空心化”首先表现在农村空间建设上，张昭认为：“空心村就是村庄面积盲目扩大，新住宅多向村外发展，村庄内部出现了大面积的空闲宅基地的一种特殊结构布局的村庄。”③ 刘彦随则把视角进一步扩展，除了宅基地“建新不拆旧”向外围扩展之外，还包括了“城乡转型发展进程中农村人口非农化引起的‘人走屋空’的现象”，此外，村落“空心化”还表现在经济和村落人口方面，近年来报刊媒体对这一方面关注较多，他们认为，“随着大量劳动力的外出务工，农村出现了

① 贺雪峰：《乡村治理的社会基础——转型期乡村社会性质研究》，中国社会科学出版社2003年版，第220页。

② 田毅鹏：《中国社会后单位时代来临?》，载《社会科学报》2010年8月26日。

③ 张昭：《关于河北省空心村治理的理论探讨》，载《河北师范大学学报（自然科学版）》1998年第4期。

越来越多的‘空心村’，人才短缺、资金流失、土地抛荒、组织涣散现象趋于严重”①。对于后者，有人曾编了“613899”这串数字来形容村里没有年轻人，只有70岁以上的老人、妇女和孩子。虽然民众仍旧可以以自嘲的方式来坦然面对所遭遇的困难，但是村落“空心化”所导致的老无所养、儿童失学等社会问题却不容忽视。

第三，农村工业化的影响。随着中国工业化进程的加速、城市规划的日益完善以及环境保护的需求，工业化开始逐步蔓延到农村地区，尤其是在东南沿海的发达农村，农村工业资本的注入已经给村落带来了翻天覆地的变化。但是，任何事情都有两面性，在解决了农民就业问题、提高收入水平之外，我们也应该注意到农村工业化对村落共同体相关事项的消极影响。“在农村工业化的结构性力量冲击下，经济理性逐步掌控社会生活的话语权，甚至社会变成以经济理性为中心，势必出现经济理性冲蚀德性伦理。”②

第四，新农村社区建设等政府行为的影响。随着城市化进程的加快，中国农村社会步入了新的发展阶段，出于统合地方资源的考虑，政府近年来开始实行新农村社区建设，鼓励农村以旧村改造和撤村并居的形式加快实现城镇化。这种以政府为主的“自上而下”的改造活动，促使“乡村社会旧有的社会空间结构和社群关系发生重大变化”。“村庄、村民最基本的社会联结被破坏，村民间的社会关联度降低，村庄和村民的集体意识减退，协作意识和能力下降，乡村社会出现严重的‘组织衰败’。”③

这些问题涉及村落日后的走向，学界对此形成了不同的意见。考虑到乡土社会的秩序或者地方认同正难以维系，因此越来越多的学者提出：随着现代化的发展，乡村必然会走向解体甚至灭亡，如李培林、田毅鹏④等。

---

① 王进业、张军：《“空心村”综合症》，载《乡镇经济》2003年第7期。

② 唐茂林、郝云宏、王淑贤：《农村工业化对村落共同体的冲击和农民的反应》，载《商业经济与管理》2014年第7期。

③ 田毅鹏：《“村落终结”与农民的再组织化》，载《人文杂志》2012年第1期。

④ 参见李培林：《村落终结的社会逻辑——羊城村的故事》，载《江苏社会科学》2004年第1期。李培林：《巨变：村落的终结——都市里的村庄研究》，载《中国社会科学》2002年第1期。李培林：《从“农民的终结”到“村落的终结”》，载《传承》2012年第15期。田毅鹏：《“村落终结”与农民的再组织化》，载《人文杂志》2012年第1期。

而有的学者则认为村落会在工业化和现代化的语境中走向一个有着诸多城乡之间的中间性的“超级村庄”①。一般说来，这是两种比较极端的看法，在实地调查的过程中，我们发现，有很多遭遇到上述问题的村庄，即便在社会剧烈转型的时代，青壮年都大规模地涌入了城市，村庄遇到了一些危机，但村落共同体仍能得以维系。那么我们不禁要问，面对同样复杂的社会背景，为什么有的村落可能走向灭亡，有的村落反而迎来了复兴？导致其复兴的内在机制是什么？

面对这个问题，鉴于中国广袤的领土、复杂多样的自然地理条件及风土人情，相信不同的地方造成问题的原因和解决问题的机制是不尽相同的。对于本书所关注的八陡庄而言，面对农村即将被溶解的社会现实，村落中的老年人非常自觉地承担起了维护与传承一个地方社会历史记忆的重大责任，这种在社会巨变时代的抗争性文化实践所展现出来的情怀与力量在当前城乡一体化的进程中别具一番悲壮的意味。对这种行为的关注和研究，有助于加深我们对今天群众所进行的自下而上的社会实践所具有的时代与现实意义的理解。

2. 本书的主要框架

本书围绕颜文姜传说这个核心个案，所观察和研究的一种生活文化现象就是乡村社会中的老人群体如何在城乡一体化的过程中从事着一种事关历史记忆的文化实践，并且把历史记忆作为影响和指导地方社会发展的一种文化资本，把自身的文化实践作为一种发展当地社会的实际的历史行动的。

因为当前社会发展的现实状况，“空心化”在当下的乡村社会中非常明显，但村里的老人群体并未如学者想象的那样成了村落中一个被孤立的群体，而是仍然在农村发展的进程中发挥着作为传统文化传承者与创造者的积极作用。严格说来，老年人发挥的这种积极作用既是被动的又是主动的：被动性主要体现在当下村落中居民主体主要是尚未离开乡村的老年群

---

① 折晓叶：《村庄的再造：一个“超级村庄”的社会变迁》，中国社会科学出版社 1997 年版。

体，他们虽然已经不再是日出而作、日落而息的传统农耕劳动者，但他们毕竟没有离开村落日常生活的空间，从这个意义上来讲，传承和创造村落文化的责任就自然而然地落在了他们的肩上；但他们又是主动的，老年群体拥有其他年龄群体所没有的一种文化传承者和创造者的优势，无论就他们的人生阅历而言，还是就他们知识积累的丰富性而言，他们必然要担当起文化传承与历史记忆维护的责任。

老人群体对于乡村生活文化的传承可以看作是一种社会历史记忆的文化实践行为。在城乡一体化的发展过程之中，很多村落本身就有被城市溶解的可能性，作为历史记忆主体的村落居民共同体将会随之被瓦解，因此当前社会发展中一个不容忽视的社会事实就是乡村历史生活的记忆存在断档的可能，这种可能性具体表现在人们对于祖祖辈辈曾有的村落生活历史难以完整地再次呈现。另外，随着社会的变迁和进步，文化大交融的过程有可能湮没了处在弱势地位的农村文化，以前相对自给自足的封闭性的村落正面临着各种各样的来自城市的、全球化的文化冲击。幸运的是，在这种情况下仍然有作为村落生活主体的老年群体还生活在村落的时空中，还生活在传统的聚族而居的居住空间之中，还生活在传统的文化环境之中，所以他们的文化传承与创造，实际上是主体对当地社会的一种文化建构，他们所传承与创造的文化，与乡村旅游地展演以及博物馆陈列所体现的农村文化相比，更具生活主体对地方社会的历史记忆的特性。

关于老人群体的历史记忆在当前的社会中还有一个历史上从未有过的突出的文化现象，就是村落中的老人群体普遍参与的历史记忆活动在方式上是多种多样的，家谱编修、村史写作、民俗陈列或者传统文化的保护工作等，都可以被认为是生于斯长于斯的老人们为了家乡的历史记忆能够被后代传承下去所做的努力。不过还有一种历史记忆往往被我们所忽略，那便是乡村社会中各种各样的仪式活动，一般来说，村落仪式通常不被当作历史记忆的实践方式来研究，而是用文化或者传统的延续与传承的观点来予以阐释，但实际上村落仪式也可以被看作是民众主体通过自己的身体实践以让历史再一次重演的方式来记忆历史。正如保罗·康纳顿所认为的那样，社会通过纪念仪式来传递记忆，而由于仪式通过身体来完成，所以社会是通过身体化的实践来传达和维持社会记忆。扬·阿斯曼也认为，仪式就是出于“使得某些关系持续地具有约束力，一劳永逸地确定有效的约定，确保长期的期待的实现等等”目的而进行的“被形式化了的行为”①。

总的来说，本书的基本目的就是要把当下一般民俗学所关注的民俗文化在现实中传承与发展的状况引向一个对文化承担者主体的理解的方向上去，而不是外在地去看待一个地方文化的传承与发展。诚然，在这个方向上学界已经有了很多成果，比如民俗学近年来对传承人的研究和关注，而本书试图在已有的对于主体行为的理解上更进一步，把主体作为一个在地方社会中生活的群体而不仅仅是个人予以关注，将个人和群体结合起来去理解乡村社会历史记忆的主体及其历史记忆实践的意义。正因如此，我们注意到了乡村社会中老人群体的文化行为所构成的当代农村生活中的一种文化的创造。在现实和一种文化意义赋予之间，我们发现民俗赋予生活一种很丰厚的人文情感，我们从老人的情怀中能够感受到民俗文化所拥有的一种力量，因此，老人群体怎样赋予现实生活以历史意义也是民俗学关心的核心问题，正如岩本通弥所说：“（民俗学）是一门探讨事实和认知之间关系的科学，它关注人们如何把包括以人类的智慧尚难理解的事实转换成可以解释的事物，观察人们如何认识事实、赋予其意义并建构一种现实感。”②

本书所做的民俗志描述也正是在这样一种认知的基础上进行的，这也就要求本书在面向当下的同时，还要回溯历史，既要呈现出老人群体生动的个人生活史，又要在地方社会的历史脉络中把握老人群体的生成及其历史记忆的形塑过程。因此，本书的正文大致分为三个部分，第一部分为第一、二章，讨论八陡庄老人群体及其历史记忆生成的时空背景和工业化历史进程的形塑作用，为文章其他部分的铺陈奠定基础；第二部分为第三章，系统介绍历史记忆的叙述和实践主体——八陡庄的老人群体在当前社

---

① ［德］扬·阿斯曼著，甄飞译，陈玲玲校：《文化记忆》，见［德］阿斯特莉特·埃尔、冯亚琳主编：《文化记忆理论读本》，北京大学出版社2012年版，第4页。

② ［日］岩本通弥著，施尧译：《城市化过程中家庭的变化》，载《民俗研究》2016年第5期。

会中的生活状态；第三部分为第四、五、六章，该部分是本书的重点，以老人群体在颜文姜传说与信仰仪式中的身体实践为个案，讨论历史记忆如何作为文化资本被应用于个人诉求的满足、社区秩序的整肃及社区公共文化的建设，并据此对老人群体的历史观及其应用作详细的介绍。具体各章节安排如下：

第一章“孝水之源：地理空间、历史沿革与长时段历史记忆”，分别从历史文献记载和民间叙事两个方面陈述了八陡庄所在的孝妇河流域的地理环境与历史沿革，既勾勒出八陡庄所在区域的地理全貌及历史变迁，又概括了民众对所生存社区的空间构成和历史发展的民间记忆与认知。

第二章“亦工亦农：工业化进程与个人生活记忆”，从民众的角度着重描述了该地区近百年工业化发展进程中劳作模式、生活空间、身份属性、文化传统以及村落主体在不同时期的发展变化。八陡庄的老人群体最大的特点就是出身于乡土却经历了工业化的时代，于是“亦工亦农”的身份属性成为工业化最鲜明的烙印，也直接影响了老人群体的生活方式和情感价值观念，既丰富了老年人的个人生活记忆，又促生了他们的集群观念和责任意识。也正因为如此，当地的老年人面对村落的危机，主动结群共同承担起了责任。

第三章“老人群体：地方历史记忆的叙事主体”，以青石关村的老人会为重点，旁涉八陡庄其他村落的老年人的结群方式，将其作为地方历史记忆的叙事主体加以描述。本章还介绍在特定的地域空间中，民众对老人的认知与评价以及老人在社区治理和农村文化建设中的角色担当，指出了老人作为历史记忆叙事主体所具有的责任意识。

第四章“颜神信仰：老人群体与颜文姜传说在当下的演绎”，系统介绍了八陡庄的信仰传统以及颜文姜传说与信仰的历史演变和主要仪式活动。本章采用“深描”的手法重点描述了“接颜奶奶回家歇伏”的仪式活动，体现了老年人围绕颜神信仰的身体实践。

第五章“文化资本：个人身份认同与公共文化建构”，结合具体个案，分别从个人诉求的满足和村落公共文化的建设两个方面阐释老年人如何将颜文姜传说作为一种文化资本来作用于当下的社会生活。

第六章“老人群体的历史观与历史记忆”，从学理上解释了老人群体中存在的短时段历史记忆和长时段历史记忆的两种历史观。本章重点分析以老年人为主体的民众如何选择、经营和再造历史记忆，在赋予历史以现实意义的同时，又如何赋予现实以历史感，从而借此整肃社区秩序，构建新的社区集体认同。

三、进入八陡庄：田野点的介绍

民俗学界有相当一部分人有着对家乡文化予以特别关注的情怀，笔者也正是怀着这样的想法选择了距离老家不到三十公里的博山区八陡庄作为自己的田野调查点。

博山因山多而得名，是一座处在群山环抱中的小城，孝妇河水穿城而过，诉说着流传了千百年的孝妇故事，孝妇河两岸则聚集了其全部的繁华与喧嚣。博山是一个古镇，明清时为青州府颜神镇，因盛产陶瓷而与景德镇并称于世，至今还保留大量的古迹、老店、古风、旧传统。

博山也是一座全国闻名的老工业城市。1903 年博山火车站建成通车，两米宽的铁轨打破了山城的宁静，煤炭和陶瓷让博山开始了波澜壮阔的工业化历程。德国人、日本人先后在这里经营得风生水起，他们修饰了博山的容颜，却也掏空了其身体。

博山还曾是淄博的“时尚之都”。20 世纪 50 年代到 90 年代，博山因为良好的工业基础而成为淄博地区最发达的城市，一度是淄博市的政治、经济和文化中心，代表了淄博当时最新颖、时尚的市民文化。电影院、俱乐部、照相馆、文化宫、百货大楼等公共设施一应俱全。

20 世纪 90 年代以后，博山资源枯竭，经济步入艰难阶段。曾经繁忙的火车道陷入荒凉与沉寂，“时尚之都”的称号也在其他城市的后来居上中被人遗忘，然而在“三十年河东，三十年河西”的时空变幻下，博山特有的市民文化却顽强地生存了下来。当走在博山大街上的时候，面对的同样是灰蒙蒙的水泥建筑，我们体会到的却是不一样的精气神和生活文化。“我们祖上也阔过”的历史记忆让当代博山人生发出一种维系精致的生活传统的使命感，也让博山成为鲁中地区最“另类”的城市。

博山一直以来都是一座小城，小小的城市承载不了种类太多的文化，所以对于博山来说，只有一个颜文姜就足够了。颜文姜原本是一位极普通的女性，因至孝而成神，从此受到当地民众的供奉和官府的推崇，久而久之逐渐成为当地的代表性文化。从博山旧时所称的“颜神镇”“孝妇乡”以及博山境内的“颜山”“孝妇河”等风物来看，博山城对颜文姜的文化标签的运用从几百年前就开始了，一直持续到今天。2017 年 2 月 7 日，中央电视台“记住乡愁”栏目组制作的《八陡镇——孝传一方》在中央电视台第四套播出，该栏目在对八陡镇颜文姜传说和信仰仪式展开描述的基础之上，着重展示了八陡镇的民众是如何践行孝道的。节目的一开始就简单讲述了颜文姜的传说故事：

> 相传周朝末年，八陡镇颜家的年轻姑娘颜文姜刚刚嫁进邻县的郭家，丈夫就不幸病死了。伤心欲绝的婆婆把儿子的死怪罪在刚刚过门的媳妇身上。心地善良的颜文姜体谅公婆的丧子之痛，对公婆不离不弃，把公婆当作自己的父母来供养、孝敬。婆婆喜欢喝离家三十里外的石马泉泉水，她就每天往返数趟把家里的水缸挑满。天长日久，这样的孝心传遍了乡里，也感动了神明。一位老神仙下凡了，在颜文姜挑水的半路遇到颜文姜，就表扬她、称赞她，甚至怜悯她、同情她，就说：“姑娘，我给你想个点子吧，我这有个神奇的宝贝，一条小的牛鞭，你带回去以后把它放到你厨房的水缸里边，盖上盖子。水少的时候，你掀开缸盖，提一提这个鞭子，水缸的水就满了，不用往返劳苦地担水来孝敬公婆了。”
>
> 有了神鞭以后，颜文姜就不再出门挑水，可是好景不长，疑惑的婆婆有一天在水缸里发现了牛鞭，她非常生气，顺手把鞭子扔到了地上。谁料这一扔触动了泉眼，水缸里的水汹涌而出，翻着浪头朝院子冲去，眼看大水就要冲走公婆，颜文姜顾不得自己的安危，双手把公婆高高托起，用身体堵住泉眼，牺牲了自己。……颜文姜殁而为神，相传她坐化的地方常年流淌着甘甜的泉水，而这泉眼就在颜文姜祠的

大殿门口。①

这个版本虽然在情节描述上有些简化，但大致还原了故事的主要情节，也代表了当地人对颜文姜最浅显和最基本的认知。2014 年，为了调查博山区的颜文姜传说与信仰仪式，笔者沿着孝妇河一路寻找博山关于孝妇颜文姜的历史记忆。在凤凰山上的颜文姜祠，这个被博山人称为"大庙"的古建筑中，笔者第一次见到了颜文姜。大庙本身其实并不大，为两进院落，大殿被确定为唐代木结构建筑，殿前是一处并不太大的泉眼——灵泉。殿内有颜文姜传说的完整故事情节，与山西晋祠"柳氏坐瓮"的传说如出一辙。"柳氏坐瓮"的传说因吴伯箫的《难老泉》一文而名噪天下，与吴伯箫的故乡莱芜仅有一山之隔的博山孝妇却始终是"处在深山人未识"。为了开发旅游，博山区政府在大庙后面扩建了两处仿古建筑群，一处为"二十四孝"蜡像馆，一处为依照民间碧霞元君与颜文姜结拜传说而修建的姊妹殿。两处建筑远远望去很有气势，但走近了就又会觉得在建筑细节上有些粗糙。

常驻在大庙内的一位吴姓先生告诉我："想知道颜文姜的文化得去八陡庄，那是颜文姜的娘家，这里是颜文姜的婆家，在城市里，大家顾着搞旅游已经不像样了，娘家是农村，没那么多心思，还是老样子。他们有一个仪式，叫作'接颜奶奶回家歇伏'，每年都抬着轿子来把颜奶奶接回家里去，待一个月再送回来，这个很传统，值得去看看。"②

这种简单的城乡二元对立的民俗主义式的传统观占据了大多数普通民众尤其是城里人对传统文化的看法，但吴先生的说法还是让笔者不由得眼前一亮，习惯了村落研究的笔者正愁找不到合适的村子呢，于是立马辞别吴先生，告别大庙，沿着孝妇河源头之一的岳阳河一路东去来到了八陡庄。

---

① 文本采录于《记住乡愁·第三季第二十四集·八陡镇——孝传一方》，中央电视台中文国际频道制作，2017 年 2 月 7 日播出。

② 被访谈人：吴师傅（男，中国周易研究会会员）。访谈人：张帅。访谈时间：2014 年 5 月 13 日。访谈地点：博山区凤凰山颜文姜祠（大庙）。

“村庄”的“庄”字作为正式村名的后缀在鲁中一带算是比较老旧的说法。“××庄”的称呼广泛地见于明清及民国时期的县志，“××村”则几近于无。新中国成立以后，随着国家历次农村改造热潮的潮起潮落，村落的名字与作为实体的村落一起被不断地冲刷、清洗甚至淹没。直到20世纪80年代生产队解体以后，村落的概念才重新回归到村民的日常生活中，人们才开始重新捡回一度被丢弃的村名，彼时按照行政上的规范人们开始以“村”字作为村名的书面后缀。即便有些村名本身含有“庄”字，如“岳庄”，在正式场合也应称呼为“岳庄村”；至于“××庄”的叫法则成为一段历史记忆，仅仅存在于老一辈村民的口头习惯中。所以说“八陡庄”并非时下的称呼，事实上当你从博山城区往东南方向去，行至九公里处就会到达“八陡镇”的地界。八陡镇于1981年正式建置，根据博山区政府2017年12月份统计数据，八陡镇目前辖17个行政村、19个居委会，全镇总面积40平方公里，总人口4万余人，是山东省百强乡镇之一。

八陡镇村落构成的一大特色便是各村聚集成四个小集合体，分别为福山，含福山、茂岭、大黑山后、小黑山后四村，原为福山镇，于1992年撤销并入八陡镇；石炭坞，是一个含新生、金桥、和平、向阳、增福、北峰峪六个行政村的自然村；苏家沟，含苏家沟一村，有村民1200多户，是八陡镇最大的行政村；八陡（老一辈村民多称之为八陡庄），含东顶、青石关、北河口、杏花崖、阁子前、虎头崖六个行政村，与石炭坞一样，八陡庄原本也是单独成村，新中国成立后随着村落的不断壮大，逐渐分裂出六个行政村。

对于这四个集合体，我们能很轻易地根据其历史渊源概括出它的属性，如旧乡镇、自然村等，但对于集合体存在的现实意义以及集合体内部各村落之间的相互关系，则很难用简单的语言描述出来。尽管这些集合体并不像我们想象中的那样是一个在经济、政治、社会交往方面盘根错节纠缠不清的利益共同体，但它们共享同一套文化传统，并且有着同样的历史传统和地域认同，因此可以说是一个文化共同体。当涉及村落传统、历史方面的问题时，同属一个集合体的村落之间往往桴鼓相应。不过也有例外的情况，八陡庄实际上自博山建县之初一直分属八陡（今青石关、东顶、北河口三村所在地）、黑山（今杏花崖、阁子前、虎头崖三村所在地）两村，直到解放战争时期两村才合二为一。八陡和黑山由于在经济发展模式与在此基础上形成的文化个性方面有着一定程度的差异性，所以相较于其他区域，八陡庄内部经常有各种文化上的碰撞与冲突。本书的主要田野点即作为自然村的八陡，为了强调其自然村属性，便于与八陡镇区分，文中沿用了老一辈村民使用的“八陡庄”的称呼。

八陡庄是一个有着悠久的历史与文化传统的古村落，又在中国近百年波澜壮阔的社会史中经历无数次的动荡与变迁，于是在今天当我们走进八陡庄，首先冲击眼球的便是传统与现代并不太自然地混搭在一起的社区形态：三百年前的老庭院在现代化小高层的围困中显得了无生机；一百年前的旧铁轨横跨在新建的镇政府的大门楼前，不知几天才有一次的小火车慢吞吞驶过，将“八陡镇综合服务中心”几个鲜红的大字吞没后又吐出来；弯弯绕绕的青石板路被笔直的柏油马路无情切割；郁郁葱葱的绿树丛中突然就会有冒着滚滚浓烟的大烟筒冒出头来，斑驳陆离的青砖墙上总是贴满了充话费送手机的广告……

当我继续在这个村落中前行，突然映入眼前的景象却使我无比感动。这是一个并不算大的村庙，庙门前老槐树的树冠基本上把庙的小庭院完全遮蔽了起来。步入庙中，一群老年人正在热火朝天地进行一项建筑工事——给文昌阁换顶，他们行动迟缓，略显笨拙，把工序细分到了极致，以尽量保证每个人都能在不需要频繁走动的情况下就能把自己负责的工序完成，因此传递成为最常见的动作。五月份的中午已经有些炎热，他们时不时需要停下来喝水擦汗，所以工程进行得非常缓慢，但是他们每个人脸上所呈现出来的状态给人以积极乐观的感觉。在交流中得知，他们是八陡庄青石关村的老人会，之所以在这里修庙，是“为了保留住村里的历史文化”①，这让我陷入了深深的思索之中。

① 被访谈人：陈会秋（男，1935年出生，三菱钢窗厂退休工人，青石关老人会会长）。访谈人：张帅。访谈时间：2014年5月15日中午。访谈地点：八陡镇青石关村陈会秋家。

进入新时期以来，随着我国城市化及新型城镇化进程的加快，传统乡土社会先后经历了由农耕文明向工业文明甚至后工业文明转变的过程。以往的社会学研究认为，农耕文明时期所孕育的传统文化与当下的城乡发展是对立的，一旦区域社会发展到新的阶段，传统文化必然会发生断裂，从而有了中断甚至消亡的可能。然而，在民俗学田野作业的实地调查中，我们却发现，一方面民众的居住空间和生产生活方式确实发生了翻天覆地的变化，工业化和现代化已经完全进入民众的日常生活之中，改变着民众的行为和思维习惯；另一方面，民众尤其是老年人却仍在固执地依循着自己的历史记忆，做着修庙、修祠堂、续族谱等恢复旧传统和旧事物的烦琐工作。这种现象的普遍存在至少表明“记忆历史和向前发展的梦想是并行不悖地统一于民众的生活实践之中的”①。

正是因为老人们积极主动的文化传承与创造行为所体现出来的文化情怀与人格力量深深打动了笔者，于是笔者决定将他们作为笔者的研究对象，用笔者的研究来将他们这种充满文化自尊的历史建构展现出来，去体味蕴藏其中的丰厚的人文情感。

---

① 此为刘铁梁教授于2014年10月27日授课时的讲课内容。此外，刘铁梁教授对“城乡一体化中的民俗传统”以及“民众如何叙述、利用历史记忆”的解读和阐发，为笔者写作思路的展开与理论框架的架构提供了巨大帮助，特此说明。

第一章　孝水之源：地理空间、历史沿革与长时段历史记忆

民俗学关注的是一种现实与文化建构之间的关系，即关注文化如何赋予现实以意义的过程，所以在展开具体论述之前，我们有必要先对地方社会的历史与现实作一番描述。随着社会变迁和文化巨变时代的到来，地方社会的发展呈现出更加复杂多变的态势，生活方式和文化事象也更加富有地方差异性，因此社区研究的物理范围被不断地缩小。聚焦于更加微型的社区单元，有助于清晰地描述文化事象的具体形态和互动关系，深刻理解研究主体的心理需求和行为意义；但对特定时空的严格限定也容易忽略区域性的地理环境和长时段的历史过程对社区文化整体形成和维系的重大影响，地方性的形成正是在长时段的历史文化过程中特定区域地理环境内的多重因素相互作用的结果。正如本书所关注的特定人群——八陡庄老人群体，如果不将其放置于博山孝妇河流域独特的地理和文化空间中去把握，就很难对其当前的行为作出正确的理解。

本章将从地理区位、城镇化的演变等几个视角入手，从空间、时间两个维度来看地理环境和历史发展对当地社会生活的深刻影响。在访谈的过程中，笔者发现在每个视角下村民主体都有可以讲述的鲜明的历史记忆的内容，也就是说，所有的视角下都有来自不同民众的大量的鲜明的个人叙事。可以说地理环境、城镇化历史既是一种客观的现实存在，同时也是一种由人们的记忆所呈现出来的现实，所以本书在从不同的历史文献中适当解读当地的基本地理、政治、文化信息的同时，更加着重呈现真正由底层民众的叙事中所呈现出来的寓于他们记忆之中的历史。

第一节 地理环境与空间记忆

一、地理环境

八陡庄位于鲁中山区，地形上属低山丘陵地段，隶属山东省淄博市博山区八陡镇，是一个拥有近 7000 人的自然村，1984 年后划分出青石关、东顶、北河口、杏花崖、阁子前、虎头崖六个行政村。八陡庄位于博山城东南九公里处。博山历史悠久，20 世纪 60 年代曾在境内发现距今约 4500 年的龙山文化遗存，齐长城、青州古道等遗址说明此地在春秋战国时期已经成为齐国的重要防御之地。西汉初期，该地域分属般阳、莱芜两县，东汉以后方成为统一的行政单位。北宋时期博山区始封为镇，因境内流传有女神颜文姜的传说与相关信仰而得名“颜神镇”。金代为淄川县重镇，时名“颜神店”①。元朝改入益都县，仍称颜神镇。“博山”的名称虽在隋代就已经出现②，但直到清雍正十二年（1734）在该地设县时，才正式取名为博山县，彼时博山县属青州府，行政区划共分四路，领 37 社、202 村，当时的八陡庄属正南路八陡社。

1949 年新中国成立以后，政府在此地设置博山市，属淄博工矿特区，并于 1951 年改称淄博市。1955 年，淄博工矿特区被撤销，改称淄博市，原淄博市建制为博山区，属新淄博市管辖。此后历经多次调整，博山区逐渐形成了辖 6 个镇、3 个街道和 1 个省级经济开发区，共 288 个村（社区）的局面。按照博山政务网的介绍，博山区目前面积 698 平方公里，人口约 45 万③，由此可计算出博山区的人口密度约为每平方公里 647 人，稍高于

---

① 《金史》记载：“淄川镇三：金岭、张店、颜神店。”

② 《今县释名》记载：“博山旧为益都县之颜神镇，清置县。有博山，在县东南五十里。隋大业九年，‘贼帅’左才相据长白山，自号博山公，盖指此山为名，抑或当时长白山有博山之名。”参见吕式斌：《今县释名》卷三《山东省》，恒和商行民国二十年（1931）版，第 7 页。

③ 数据来源：博山政务网—走进博山—博山概况—博山基本情况简介。发布时间：2016 年 1 月 22 日。网址：http：//www. boshan. gov. cn/bs/zjbs/bsgk/n7. html.

山东省平均人口密度（每平方公里 617 人[1]），明显低于淄博市平均水平（每平方公里约 780 人[2]）。

博山区的人口密度之所以低于淄博市平均水平，与其地形地势有着很大的关联。从“博山”名称的由来中也可见一斑，关于“博山”的由来民间有两种解释：一种可解释为境内有座山名为“博山”，以山名为区名；另一种解释则更为当地人所接受和推崇，博山区全境山岭众多，博山之名取的是多山之意。不过，无论哪种解释都与山脱不了干系，实际上也的确如此，正如民国《续修博山县志》记载：“环邑皆山也……蜿蜒盘折，绵亘全境”[3]、“博处万山之中，夙称岩邑。青石关峭壁奇险，长峪道险隘屈曲”[4]，等等。博山地势南高北低，南、东、西三面群山环绕，位于博山东南部的最高峰鲁山主峰海拔 1108. 3 米，为山东省内第四高山；北面为低山丘陵区，全区最低处位于孝妇河出界口，海拔 130 米。从地形上说，博山境内群山起伏，层峦叠嶂；丘陵逶迤，连绵不绝；山涧河谷，分立其中。多山多岭的地形地貌使得博山区主要聚居区都集中在山谷及河流两岸，因此翻阅博山地图会发现该地有许多村落名字中都含有“峪”字，如郝峪村、聂家峪村、七峪村、麻峪村、井峪村、五老峪村、王福峪村、峪口村、天门峪村等。单从相对有限的宜居地来看，博山区的人口密度低于市平均水平就不难理解了。

除此之外，“外则山也；瘠土也。通邑地不足二千顷，赋不盈九千，农产既不足供食，于是窑冶琉璃等工业兴焉。……舍本逐末，地使然也”[5]。多山多石的地理环境使得博山的耕地多集中在峡谷地段，地块狭小散乱，土层稀薄，土质贫瘠；温带季风性气候影响下降水季节分布不均的

---

① 数据来源：山东省政府官网—省情—行政区划—山东省行政区划简介。网址：http：//www. shandong. gov. cn/col/col165/index. html.

② 数据来源：山东省淄博市人民政府主网—走进淄博—淄博概况—淄博概述。网址：http：//www. zibo. gov. cn/col/col23/index. html.

③ 民国《续修博山县志》卷二《方舆志》。

④ 民国《续修博山县志》卷二《方舆志》。

⑤ 民国《续修博山县志》卷七《实业志》。

气候特征又容易导致旱涝灾害频发，有限的耕地和产出让当地民众在历史上始终处在贫困之中。

另一个影响当地民众生活水平的不容忽视的事实是自然灾害的频发。从历史上看，虽然博山一地的自然灾害既未频繁见有地震、山崩等对物理生存空间造成毁灭性破坏的大型地质运动，也未见有大规模的兵匪祸乱，但旱、涝、雹、霜冻、飓风、蝗螟、瘟疫等灾害的频发还是让传统的农业生态脆弱不堪，以致不足以承担区域内人口的有序繁衍。查阅民国时期《续修博山县志》，其中“灾祥”和“水旱”篇记载明清以来各种类型的自然灾害不下百条，其中导致“大饥”“人相食”等特大或重大灾害几乎涵盖了上述每一种类型。

（明）万历四十三年乙卯，山东大饥，（颜神）镇民剥树皮为食，骨肉相杀。市头有饥民仆地未起，稍强者即刮食之。至神宗朝出帑金十六万，差御史过庭训赈之。

（明）崇祯十四年辛巳，岁荐饥，斗米值一两八钱，人相食。龙泉、范泉尽涸，孝妇河十里下亦绝流。……十七年甲申三月初八日，大风尽晦，人不相见，其风自西北来，触人腥恶，蒙蒙欲沾衣。

（明）天启七年丁卯，孝妇河溢，范河尤甚，税务街民居漂没无算。

（清）顺治十三年丙申，蝗。大饥，饿尸枕藉，啖骸充饥，非执兵不敢行。

（清）康熙二年癸卯，多震雷，击死男子二、妇人一……三年甲辰四月二十四日，陨霜杀麦。……四年乙巳，夏，冰条高挂棘枝，无麦。多震雷，击死者三人。五年丙午，大无麦。……二十五年丙寅七月，雨雹，大蝗。四十三年甲申，大饥，人相食。次年亦如之。

（清）乾隆十一年丙寅，无麦。十二年丁卯，蚜蚄生，饥。十三年戊辰，又饥，流离者无算。三十九年甲午，大饥。

（清）同治元年壬戌，大疫，南博山一村死者百余人。十一年壬申七月，蚜蝗害稼，捕者数步之内即得升许。

（清）光绪元年乙亥七月十六，大风五日，谷无遗粒。三年丁丑春，大饥，人有饿死者。及麦熟，人亦有饱食死者。……十五年己丑二月，大雪，三日始霁。大洪泉水涌如六七月时。秋，大风害稼，人民饥苦，多有携家赴陕者。……二十四年五月雨雹，有大如碗者。六月，疫，盆泉一村死者六十余人。……二十八年壬寅六月，疫。南博山一村死者五十余口，姬姓一家死者八人。三十年甲辰，饥。

民国元年壬子八月，彗星见。六月大暑，人多暍死。……十四年乙丑，大疫，盆泉一村死者百余人。……二十一年壬申，瘟疫。白喉诸症甚烈，南博山一村小儿死者百余人。二十三年甲戌，大暑。人有暍死者。

民国时期，博山虽水旱灾害愈加频发，但有赖于政府保障，未见有“大饥”等“标签”见诸县志。无论如何，频繁的自然灾害使得当地的生民长期处在一个“愈加不稳定的、愈加动荡的、愈加充满不测之风险的生态脆弱区域”①，又加之地处偏远，路途崎岖不平，这里在明清以前相当长的时期内虽然在行政区划上被涵盖在王朝政治体系之中，但实际上，这里与王朝政府在政治和经济方面的互动几近于无。

不过，特殊的地理环境也同样为博山地区提供了丰富的煤、铁、黏土等资源，截至2015年底，博山区已探明的矿产有25种，其中大部分矿产的开采具有几百年以上的历史。明中期以后，博山地区的人口出现爆发式的增长，而由于先天条件的不足，土地的负载能力并未因生产技术的进步而出现大幅提高。面对更加尖锐的人地矛盾，当地人不再固守以农耕为主的传统生产方式，开始积极追求一种与区域地理环境更加和谐的劳作模式，于是制瓷、冶铁、采煤等手工业在博山逐渐兴盛起来，当时的颜神镇几乎成为专门化的手工业城镇。

① 夏明方：《民国时期自然灾害与乡村社会》，中华书局2000年版，第63页。

二、博山的母亲河——孝妇河

博山境内的水源主要有孝妇河、淄河、青阳河、牛角河等河流，分属小清河水系与黄河水系。孝妇河古时曾有袁水、拢水、笼水、陇水各名①，宋代以前因孝妇颜文姜传说和信仰的影响改称“孝水”②，明清时期改称“孝妇河”③。孝妇河发源于博山区南部的低山丘陵泉群，经博山、淄川、张店、周村、桓台、广饶等区县，在邹平分为两股，一股为胜利河，是1950年当地政府新挖的分洪河道，经清沙湖入小清河；一股为老河道，经桓台县马踏湖入小清河，随小清河注入渤海，河流主干道总长近136公里，其中在淄博境内长77公里。孝妇河过去受神头、秋谷、龙泉、岳庄、八陡一带的泉群补给，常年水流不断，水质清澈良好，再加上支流众多，是当地民众日常生活、农业灌溉及工业用水最主要的水源地。淄博各区县的核心地段基本都围绕在孝妇河两岸，因此淄博当地的民众都尊称孝妇河为母亲河。

除了孝妇河之外，小清河第一大支流——淄河也流经此地，乾隆《博山县志》云：“（博山）淄水东环而为带，陇水北折而为襟。”④ 虽然淄河为淄博境内最大的河流，但单从博山的区位发展的历史来看，孝妇河对当地更具影响力。这与两条河流所流经地域的地理环境有着很大关联，淄河以东为中低山区，区内黑石寨、黑虎寨、雁门寨、黄崖顶等山峰，海拔都在850米以上；淄河以西则为低山丘陵区，平均海拔也接近500米；更重

---

① 东晋郭缘生《续述征记》记载：“梁邹城西有笼水，云齐孝妇诚感神明，涌泉发于室内，潜以绩笼覆之，由是无瓮汲之劳。家人疑之，时其出而搜其室，试发此笼，而泉遂涌，流漂居宇，故名曰笼水。”后魏郦道元《水经注·济水二》记载：“陇水，即古袁水也。”又载：“陇，又作泷。”

② 宋熙宁六年立《增修孝妇庙记》碑记载：“距淄之南五十里，有水发源于山足……其地曰‘颜神’，水曰‘孝水’。”——州学教授商亿撰文，张洙书丹，现嵌于颜文姜祠东庑东墙之上。

③ 乾隆《博山县志·方舆志·河流》记载：“陇水，古袁水也，见《水经注》。因孝妇感灵泉之异，一名‘孝水’，又名‘孝妇河’……今俗名‘孝妇河’。”

④ 乾隆《博山县志》卷一《疆域·形势附》。

要的是淄河流域受地壳运动的影响，山势险峻，切割显著，相对落差较大，因此淄河流域并不适宜发展为较大规模的聚居区。而孝妇河流域则大为不同，孝妇河两岸多为低缓丘陵，地形相对平缓，越靠近河流两岸地势越低平，因此相较之下更加适合聚落的发展与城镇的出现。更重要的是，孝妇河流域不仅是城区的繁衍地，还是以孝为核心的博山主流文化的发生地，博山城的文化传统与颜文姜传说和信仰的落地紧密相关，而孝妇河则在传说中发挥了重要作用。对于孝妇河，当地人都有一种特殊的感情，因此很多人都习惯以“孝妇河”冠名的词汇来指称其所生活的地方，如在当地流传的“孝妇河两岸，门前盅不算”① 这句与喝酒的规矩有关的俗语中，博山就被“孝妇河两岸”这个特定称谓所代替。

孝妇河上源分为两条河流：一为白洋河（新中国成立后更名为白杨河），发源于博山城西与莱芜交界处的青石关口、禹王山一带；一为岳阳河（新中国成立前名为月牙河，当地老一辈民众仍习惯沿用月牙河的称呼），发源于城东南石灰岩低山丘陵区，水势曲折，形同新月，因此被称为月牙河，河流经八陡镇、山头镇，与白洋河在颜文姜祠所在的凤凰山下汇合流入孝妇河，八陡庄即处在岳阳河上源地段。

历史上的孝妇河尽管为当地的母亲河，但经常泛滥成灾，贻害四方。孝妇河处在群山夹谷之中、地势骤降之处，河道非常狭窄，再加上此处的山体多为沉积岩，蓄水能力有限，每逢降水集中之时，山洪往往倾泻而下灌入孝妇河，致使孝妇河水位猛涨，河道两岸顿成一片汪洋。民国《续修博山县志》所记载的孝妇河水患自清咸丰元年（1851）至民国二十四年（1935）85 年间有 19 次之多，严重的时候还经常伴有“山崩”。史料记载孝妇河最严重的一次水灾发生在 1945 年，《博山区志》记载：1945 年 7 月 26 日，凌晨暴雨，1 个多小时降雨 200 毫米，山头、八陡、石炭坞等地冲毁房屋 4250 间，死者上千人。对于这段历史，八陡庄的魏青祥仍然还有些许残存的记忆：

---

① 访谈对象：魏青祥、陈会志等。访谈时间：2014 年 11 月 19 日下午，访谈地点：八陡镇青石关村村委会，访谈人：张帅、张兴宇。

> 俺家地势高，离得远，没觉得啥，就听说是下边淹了，大人们也不叫我们出去。后来听他们说咱们八陡庄受灾情况还好点，咱们这边地势高，越往西北走越惨。那时候老一辈人都在传啊，说山头完了，整个村都没了。咱那时候小，他们说没了，咱就信实，就觉得山头那片地就像收了庄稼的地一样光秃秃的呢，实际上也不是，虽说不是，那边受灾也挺严重，说是死了好几百人。这场大水（之后）正好一个月，日本鬼子就跑了（注：1945 年 8 月 15 日，日本天皇宣布无条件投降，8 月 23 日，博山城解放）。①

在民间，除了像魏青祥这样的亲历者所保留的最直接的真实记忆之外，博山还存在着许多以“孝妇河泛滥成灾”为主题的民间传说故事，尤其是孝妇河附近几个村庄流传的传说几乎都与此相关。

20 世纪 80 年代以来，随着地下水的大量开采，作为孝妇河补给水源的泉群都已经干涸，再加上降雨量偏少，孝妇河水量大减，偶尔还会出现干涸的现象，甚至成为博山、淄川、周村三城区的排污主干道，曾让当地民众痛心不已。最近几年包括博山区政府在内的各地政府对孝妇河展开了集中整治，其中博山区政府尤其注重孝妇河整治工程中的文化建设。在全面实现孝妇河主干道河道硬化的同时，还在两侧的水泥河壁贴上了陶瓷壁画，壁画全长 5 公里，主要展现了博山创城历史、博山著名人物、博山地方传说以及“二十四孝”等慈孝文化，一时间成为淄博市河流综合治理的标杆。不过在民间，部分老人在支持政府整治河道的同时，也因换了“新颜”的孝妇河失去了“旧貌”而有些许黯然，可见孝妇河在他们心目中已经不仅仅是一条作过巨大贡献的河流，更是一种承载了群体历史记忆的文化象征。

三、沿河发展的八陡庄

八陡庄境域内山峰林立、沟壑纵横，共有大小山头 50 余座，皆属鲁中

---

① 被访谈人：魏青祥（男，1933 年出生，三菱钢窗厂退休工人）。访谈时间：2014 年 9 月 21 日，访谈地点：八陡镇青石关村魏家大院魏青祥家，访谈人：张帅。

山系，其中海拔 500 米以上的山头 10 余座，最高峰为八陡南部与石马镇交界处的雕狐峪顶，海拔 601 米。八陡也正是因为境内有东顶、八古台、南天门、凤凰岭、杏花崖、虎头崖、燕子崖、北大路八个陡坡而得名，尤其北大路最为险要，其上曾有一座铁板桥，民间用谚语“铁板桥，万丈高，花鹂头（喜鹊）下蛋不到底就出飞（破壳而出）了”① 来形容北大路的高。八陡的主要聚居区分布在黑山以南、五阳山以北的岳阳河谷地，村域呈现出南北短、东西长的特征。受地形条件的限制，也出于躲避洪灾、采光和出行等需要，八陡庄的住宅区多集中在黑山、五阳山等山脉的山脚至山腰地段，很多房屋都是凿山而建，以山壁为墙，院门与村道之间往往以青石搭成台阶，因此当地人经常用“无险不成寨”这个俗语来形容八陡庄的居住环境。聚居区以下则多为耕地和各种手工作坊，再往下才是主要的交通道路和岳阳河河道。

在八陡众多的山岭中，黑山占据了最重要的地位。黑山位于八陡庄北侧、八陡镇中心地带，由黑山、西黑山及其附属山头凤凰岭、黑虎岭、增福山、平岭、西山、封山、大山等组成。《博山县志》记载：黑山……石色黑……又多煤炭，故名。黑山还蕴藏丰富的铁矿，故又名“铁山”或“黑铁山”；又因半山腰处有一铁铝矿石层，故也称“金带山”；八陡当地人还因黑山前坡陡峭、后坡平缓，在阳光照射下基本看不到山影而又称之为“无影山”。得益于黑山丰富的煤、铁、黏土、铝土、矽砂等资源，周边村落成为中国较早开展采煤业、陶瓷业、冶炼业的地区之一。另外，黑山所拥有的齐长城、铁山寨等历史遗址，分雁石、貔狐楼、柳树井、鹰嘴石、石林等自然景观，黑山爷爷庙群、茂岭大庙、王母池等严肃空间，以及“丁老爷智斗狐仙”“亮兵台齐鲁会盟”“铁山寨阻敌”等民间传说，使得它几乎成为八陡庄乃至八陡镇的代表性文化事象。

如果说黑山决定了八陡庄的生产、劳作模式和经济水平，那么岳阳河则保障了八陡民众的日常生活。岳阳河旧称“八陡河”，全长 14.5 公里，

① 访谈对象：魏青祥、陈会志等，访谈时间：2014 年 11 月 19 日下午，访谈地点：八陡镇青石关村村委会，访谈人：张帅、张兴宇。

发源于八陡庄以东的岳庄村东大崖顶西麓，因自东向西汇入孝妇河干流，又称“西流水”；因邻近今北河口村的一段河道呈现新月型，故又称“月牙河”。岳阳河为“山溪性天然河道，河床因受地形制约比较稳定”①，支流众多，几乎覆盖八陡全境，过去曾是八陡民众从事灌溉、手工业等活动用水的主要来源。因为岳阳河为孝妇河的源头之一，居住在岳阳河周边的八陡人对岳阳河也有一种特殊的感情，尽管他们在村落内部普遍认同岳阳河或者月牙河的说法，但是在对外的交往中则总会声称自己来自“位于孝妇河上游的八陡庄”。

以前八陡庄地下水比较丰富，村民们往来岳阳河挑水又非常不便，所以经常几家共同出资出力就近凿井打水。八陡过去曾有“四多”，其中就包括“井多”。据青石关村的周兴桐老人回忆，当时整个八陡庄最甜的水井就位于五阳山下的青石关村东南部，名为耩沟。耩沟所在地有一片天然形成的巨大青石，人们取水必须从青石上经过。由于耩沟的水甜，周边有至少六个村的人都愿意提着陶罐来这里打水，时间一长青石的表面被磨得光滑无比，走在上面稍不注意就会人倒罐摔，所以此地才有了青石关的得名。

在岳阳河北侧，人们则主要去黑山的泉群取水，主要有接龙泉、柳树井、三龙泉、姜女泉、甜水沟泉、罗圈崖泉等。这些泉井曾经常年不干涸且水质优良，是最为理想的饮用水源。其中接龙泉所在地海拔最高，地势也最陡峭，接龙泉夏、秋两季水量丰沛之时会形成一股溪流，连接草龙沟与龙王沟两处水源，因此得名接龙泉。接龙泉的泉水在黑山泉群中最甘甜。因受颜文姜为公婆挑水的传说影响，过去要是谁家媳妇肯去接龙泉打水，那必定会被认定为全八陡庄最孝顺的人，因此很多新媳妇都会通过去接龙泉打水的方式来证明自己的孝心，但能真正坚持到最后的少之又少。从这一点也可以看出，挑水曾是八陡乃至博山的妇女最普遍也是最辛苦的家庭劳作之一，这与颜文姜传说中以挑水为核心事件不无关联。

之所以尤其强调区域地理中的山和水，不仅仅因为山水环绕是该地最

---

① 路延捷：《小清河》，气象出版社 1993 年版，第 101 页。

主要的地形特征，更重要的是，山和水构成了当地经济发展模式的基本要素。就博山区来说，博山的煤炭、陶瓷、冶铁三大支柱产业的确立与博山群山中所蕴藏的丰富的矿产资源有关，孝妇河则在工农业用水方面提供了支持；就八陡庄来说，黑山和岳阳河同样左右着当地民众的日常劳作和生活。另外，独特的区域地理环境还深刻地影响到了当地的历史发展与政治变迁。

第二节　历史变迁与时间记忆

一、从颜神镇到博山县

博山在春秋战国时期分属马陉邑与齐郡，两地都为齐国辖地。齐国曾修筑长城以抵御鲁、楚等国，博山作为齐鲁交界之地是齐国重要的战略据点，境内的原山、凤凰山、峨嵋山、围屏山、荆山、鸭咀山以及黑山等处都存有齐长城遗址。位于八陡的黑山因是齐国通向鲁、楚的咽喉之地而被格外重视，黑山上至今还保存有一段宽 8 米有余，长近 800 米，墙体最高处达 3. 5 米的齐长城，遗址中间的低洼处为点将台，现已被确定为淄博市重点文物保护单位。村里的文化人讲起黑山齐长城的历史头头是道："黑山是齐鲁边境上最高的山，站在黑山顶上往鲁国方向看，远景近况尽收眼底，风吹草动一目了然，所以齐国特意在黑山上设置了点将台，一是为了监视鲁国军队动向，若有来犯随时作出反应；二是为了扬齐国军威，对鲁国起到震慑作用。因此，博山境内的大小山头中有齐长城的不少，但是有点将台的只有这一处。后来楚国强大，齐鲁结盟，两国国君就在黑山顶会面，在点将台举行了亮兵仪式，从那以后点将台就改名为亮兵台。"① 这段话实际上是地方知识分子利用自己所掌握的历史知识，通过自己的想象，将民间传言连缀成一套完整的叙事话语，从而对地方文化遗存的历史存在

① 被访谈人：魏军祥（男，1947 年出生，退休教师）。访谈人：张帅。访谈时间：2014 年 11 月 14 日上午。访谈地点：八陡庄魏军祥家。

作出“合理”解释。这既反映了民众构建地方社会的历史过程的能动性，也从侧面反映出了当地人对其生活的地方在历史上的重要性的强大自信。

在行政区划方面，博山从汉代至清初的大部分历史时间内都仅仅作为一个地处偏远的小镇而存在，其归属地始终在莱芜、淄川、益都三大县城之间轮转。需要指出的是，博山至迟在宋金以前就被命名为颜神店。《金史·九域志》曾记载：“淄川……镇三：金岭、张店、颜神店。”颜神店的称呼，顾名思义是为了纪念当地一位历史悠久且有着深厚民间基础的女神——颜文姜。颜文姜以一个地方神灵的身份，能够成为一种象征符号和文化标签用以指称和概括地方社会，足见其在历史上的影响力。元代至元二年（1265），颜神店划归益都路益都县，改名为颜神镇。

颜神镇处在群山环绕之中，其距离淄川、益都、莱芜县城都至少有百里之远。无论颜神镇归属于哪个县城，对于管理者和民众来说都有很多不便，但鉴于颜神镇重要的地理位置，地方政府不得不设置专职，派专员来驻守此处。元至元二年（1265）政府在颜神镇特设巡检司。明弘治八年（1495），山东抚按以颜神镇为地方要害，建立行台一所，派地方官员轮值。明正德五年（1510），兵科官员奏准颜神镇添设青州道兵备佥事一员，要求每年在颜神镇驻扎八个月，不过由于地方上并无兵事，当职的兵备佥事往往常驻府城，非公事不至。明正德十二年（1517），因颜神镇山川环抱、地势险要，多有群盗马匪以众暴寡、倚强凌弱，政府特添设捕盗通判一员专管防盗之事。明嘉靖三十六年（1557），颜神镇的举人赵敬简与几位耆老一起向地方政府建言，认为颜神镇虽设捕盗通判，但其“出入无僚佐可属，进退无城池可守，诚所谓‘独坐穷山、放虎自卫’者也”①，于是他们请求建立石城一座以保地方。他们的建言得到了政府的同意，山东巡抚特率从府到县一众官员亲自到颜神镇与当地乡儒耆老一起堪舆卜吉择良辰宝地，督工建城。

清朝政府依循明制，所有建制都有保留，此时颜神镇已经地阔民众。

---

① 〔清〕孙廷铨著，李新庆校注：《〈颜山杂记〉校注》，齐鲁书社 2012 年版，第 35 页。

据《博山区地名志》提供的数据，康熙九年（1670），颜神镇已形成了辖孝妇、怀德二乡共269个聚落的局面，其中黑山与八陡同属于孝妇乡。随着地域面积的不断扩大、人口的不断增长，民间和官方先后出现了将颜神改镇立县的声音，最终在清朝雍正年间，朝廷以颜神孝妇、怀德二乡为核心，西南割莱芜七村，北割淄川县十七村，新置博山县，隶属青州府，从此博山正式成为东西广110里、南北袤50余里的县城。

实际上博山由镇到县的过程并不容易，据史料记载，早在康熙三十九年（1700），就有当地通判靳治梁面请藩司将颜神改镇立县，因藩司驳回，又提出改隶淄川，最终因士绅和民众的反对而中止。雍正二年（1724），巡抚陈世倌建议济南、青州二府共同商议割淄川、莱芜二县成立博山县，却因二县的强烈反对又一次宣告流产。此后，赵执信因在康熙帝佟皇后丧葬期间观看洪昇所作《长生殿》戏剧而被弹劾革职。返故里颜神镇兴办义塾终生不仕的赵执信也开始为立县奔走呼号，不但陈述了颜神立县的必要性，还针对如何分割淄川、莱芜两县地界提出了合理的建议，此建议让陈世倌大为赞赏，并决心采用，他立马让通判与当地士绅商议，拿出具体的计划，只可惜不久之后陈世倌离职远调，立县的事情也因此再一次不了了之。

雍正七年（1729），总督田文镜令青州知府李根云再次赴颜神镇勘察，确定颜神镇是改县还是改隶。李根云在勘察颜神镇山川地界之后，同样也去拜访了赵执信，最后得出了颜神需改县的结论，但他的意见并未被田文镜采纳。雍正九年（1731），一些淄川的盐商出于他们事业便利性的考虑重新提及此事，他们迎合田文镜欲将颜神改隶淄川的想法，假传民意，制造颜神百姓愿意改隶淄川的舆论。此事遭到了山东巡抚的质疑，其遂派官员赴颜神听取民意，发现民众既不愿让颜神镇改隶淄川，也不愿归属益都。民众趁此机会向朝廷提交了一份立县的呈请，却又一次未经批准，立县的事情再一次被搁置。

雍正十二年（1734），接任河东总督的王士俊在颜神镇视察时，听到了百姓立县的心声。因新官上任不熟悉当地风土人情，王士俊派两名官员具体负责此事，官员从赵执信处得到了赵执信与他人共同完成的《分境议》。王士俊吸纳赵执信等人的建议，写成奏疏上报朝廷，希望能割淄川、莱芜两县的部分乡镇与颜神镇一起建立新县，经商议后朝廷奏准颜神镇升级为博山县。从此，从明代就开始的“颜神立县之请”总算有了结果。

对于这一段历史，如果不翻阅地方史志文献资料，很难将其中的曲折讲述清楚，尤其是在很少使用文字的民间社会。实际上，除了像赵执信这样的退休官员和少数在地方上有话语权的大士绅之外，普通民众客观上既没有机会，主观上也没有意愿去参与和深入了解此过程。因此，对于立县的事情，民众自有其民间的叙事模式来解释，在这套叙事传播和传承的过程中，关于立县的民间记忆被保留了下来：

> 博山县的成立与博山两个大人物有关系，一个是孙国老孙廷铨，一个是他的孙女婿赵执信，那时候他们两个还不认识呢。孙国老刚刚告老还乡，皇帝赏赐他良田万亩。他回家种田，种田就得交税啊，交税得交到县衙门。孙国老一看，好家伙，从颜神镇到益都衙门正好180里路，其间还都是山路，送过去真不容易啊！孙家交的税还多，好几十大骡马车哐哐当当往那边运，既麻烦又不安全。
>
> 有一年孙国老心血来潮，就想亲自去看看交粮怎么交，以前他当大官，都是人家交给他粮，他还从来没交给人家粮呢。一大早就跟着骡马车走了，天黑才到，孙国老毕竟年纪大了，累得上气不接下气。到了衙门以后，还排着长长的队，孙国老一看，这得后半夜才交上，就跑到前面去问那些当差的：“我们离得远，你看能不能行个方便，我们先交？”当差的也不知道这是谁，就不耐烦了，回了句：“你嫌远，有本事你就让县衙开到你们家门口，就不远了。”孙国老一听好像也有道理，就立马回去操作这个事情。他想着自己年纪大了，就在博山城招募年轻人，看谁有这个能耐。这时候赵执信就出来了。
>
> 赵执信虽只有十八岁，但是刚刚中了进士，一肚子才华，赵执信就写了请愿书，一层层传到了皇帝手里。皇帝一看，这个年轻人有思想、有文采，不光听他的，还得吸引他来朝廷做官呢。于是，博山改成了县，县衙真就开在了孙国老家门口，赵执信也当上了大官，被皇

帝重用，同时还成了孙国老孙女婿，这就叫一举三得！①

在颜神镇改镇立县之前，由于地处偏远，当地民众与王朝政府之间的直接往来基本没有，政府委托的代理人与民间的关系极为紧张："其山自泰山至海七百里相连不断，幽深危险，自古设防。其民错杂伏处，不识城市，终身不能至县者甚多，钱粮惟托单头，词讼一听差役，侵蚀扰累，苦不可言。是以县中之人视（作者注：颜神）镇如庄屯……蹂躏之渔猎之无所不至，有差往二乡（作者注：孝妇乡、怀德乡）者，同侪莫不贺喜，小民痛心疾首。"② 从这段文字中不难看出，立县之前，颜神镇不甚发达，生活在这里的人们因为距离益都、淄川等县城比较遥远，甚至一辈子都没有见到过城市的模样。至于八陡，作为一个偏远乡镇中的边界村落，其生活的难处就更加难以想象了。

二、从八陡庄到八陡镇

立县以后，颜神镇改称博山县，由原先的二乡扩展为正东、正南、西北、东北四路，领37社、202村。彼时八陡庄尚分属八陡、黑山二社，两社同属正南路。博山设县之后，当地的民众不再受到差役的盘剥与蹂躏，按时按量缴纳田赋，负担大大减轻，人们开始专心利用得天独厚的资源条件发展手工业，并"凿山煮石以通商贾"③。历经数年发展，博山县"虽僻处岩阿而四方辐辏，俨然一都会也"④。博山立县后的飞速发展与当地丰富的物质资源不无关系，而八陡、黑山二社依托黑山这座盛产煤、铁、铝土的富矿也迅速崛起，成为一方强镇。

清末，随着西方宪政思想的传播，中国的知识分子开始倡导在全国上下实行地方自治制度，并得到了一大批政治精英的肯定与推广。维新变法

---

① 被访谈人：魏青祥（男，1933年出生，三菱钢窗厂退休工人）。访谈人：张帅。访谈时间：2015年2月7日。访谈地点：八陡庄魏青祥家。

② 乾隆《博山县志》卷十《杂志》。

③ 乾隆《博山县志》卷三《乡社》。

④ 乾隆《博山县志》卷三《乡社》。

之后，地方自治成为舆论的热点，在舆论的导向作用下，清政府开始尝试推行地方自治制度。清宣统二年（1910），博山县正式实行自治制，全县被划分为7个区，八陡、黑山隶属第三区敦化乡。民国初期的行政区划大多承袭清制，仅仅废除了府制，保留了博山县七区的设置，同时将博山县改隶济南道。民国十七年（1928），国民政府废除道制，博山县归山东省政府管辖。民国二十一年（1932），政府将社改换为乡镇，其中八陡社与黑山社分别改为八陡镇与黑山镇。民国二十四年（1935），博山县缩减乡镇数量，将原有的136个乡镇撤销或合并为22镇、22乡。在如此大规模缩减数量的情况下，八陡镇与黑山镇依然独立存在，且第三区的政府驻地就设在了黑山镇。

第二次世界大战爆发以后至解放战争时期，博山县是重要的革命根据地之一。迫于形势发展和革命工作需要，其建制和区划始终处在不断变动之中。根据《博山区地名志》，早在1944年以前原博山县第三区就已经改名为“黑山区”，不过黑山区当时已经是敌占区，军队的流动性很强，所以第三区的政府并没有固定的驻地。日本侵略者之所以首先占领了处在城区以外的黑山区，除了城区难以攻克之外，最主要的原因还是黑山丰富的矿产资源，以及日本在该地区的早期开发打下的基础。1948年，博山城第五次解放，鉴于博山在地理位置和经济方面的重要战略意义，国家特批准将博山城区、黑山区、西河区、原山区四区合并，成立淄博特区，由鲁中南区直接管辖。1949年，为了更好地组织和管理博山地区的工矿企业，淄博特区与华东财政经济办事处工矿部合并，成立淄博工矿特区。此后不久，博山县重新洗牌，黑山区等四个直辖区被撤销，重新归入博山县，博山县将所辖乡镇重新规划为一、二、三、四区，在此基础之上建立淄博市，市政府驻博山城。此时，八陡和黑山隶属淄博市三区所，区政府驻八陡，这是八陡第一次代替黑山成为政府驻地。1955年，新淄博市成立，原淄博市改为博山区，同时以黑山村为核心组建新黑山区，直接受淄博市管辖，这是黑山与八陡唯一一次隶属不同区县管辖，不过仅仅一年之后黑山区就被撤销，以黑山办事处的建制并入博山区。

1958年10月，人民公社化运动在博山区如火如荼地开展了起来。博山区以办事处和大乡为基础成立了11个人民公社，八陡与黑山同属黑山公社，驻八陡村。1962年，黑山公社分解为福山、岳庄、八陡三个公社，其中八陡公社含黑山和八陡二村。1964年，黑山从八陡公社中分离出来成为黑山街道办事处。1969年，黑山街道办事处被撤销，黑山重新并入八陡公社。后来随着家庭联产承包责任制的推行，人民公社政社合一的体制已不再适应生产力发展的需要。1981年，八陡人民公社与福山人民公社作为博山区的试点率先进行调整，分别建置为八陡镇与福山镇。到1984年博山区所有公社全部改制成乡镇，人民公社正式退出了博山的历史舞台。不过需要指出的是，在人民公社存在的二十多年中，高度集中和集体的日常生产生活给习惯于结社的当地民众留下了深刻的印象，时至今日，那些从那个年代走过来的老年人还是习惯将八陡镇政府称为八陡公社，将镇政府的工作人员称为公社领导。八陡设镇以后，八陡庄作为一个超大规模的自然村被切割成六个行政村，划分的依据基本遵循了当初生产大队的建制，村名也基本沿用了生产队的称呼，自东向西分别为青石关、东顶、北河口、杏花崖、阁子前、虎头崖六村。

从博山区行政区划的历史发展来看，博山长期以来一直作为一个偏远山区的落后小镇而存在，在相当长的历史发展阶段内都没有足以引起世人注意的大事件。但明末清初以后，博山迈入了一个飞速发展期，面积不断扩大，人口不断增长，当朝政府不得不予以重视，并在行政管理方法上不断作出调整，这大概与当时博山手工业生产的出现与兴盛有关。黑山和八陡二村作为手工业生产开展较早的地区，也受到了政府的重视，在博山区后期的行政区划调整中扮演了非常重要的角色，并最终合二为一。所以说，八陡庄手工业和工业的历史发展对当地的政治和社会起到了巨大的作用。

通过对八陡庄地理环境、历史变迁以及文化传统的梳理可以发现，八陡庄的历史基本可以划分为三个阶段，即工业化前、工业化中及工业化后。工业化前，受制于多山少田的地理环境，八陡的生产力水平低下，长期处于王朝政治的边缘，明清时期随着工场手工业的发展，博山地区的经济得到发展，出现了雇佣关系和社会分层，但传统的封建统治秩序和自然经济依然占据主流，社会性质未在根本上发生转变。从德国强占山东半岛开始，博山地区开始了工业化进程，工业化给博山整个地域社会带来了活力，对八陡庄的影响当然也是全方位、多方面的。

第一，工业化催生了新的社会群体。工业化的出现打破了八陡原有的生产关系，大批农民进入工厂，拥有了新的身份。新中国成立后，博山的工厂纷纷改制为国营或集体企业，当地民众经过自己的选择，一部分人成为国家工人，然而户口的转变并不意味着对传统的彻底告别：首先，工人们虽然在工厂上班，但实际上并未离开传统的村落，生活上依然遵循的是传统的村落秩序；其次，大部分工人在进入工厂以前曾长期从事农业生产；再次，由于“一个家庭、两种身份”的普遍存在，工人们即使进入了工厂，也未完全脱离传统的劳作模式，他们仍然需要从事农业生产。另外，有些人虽然保留了农民身份，但也大多以临时工的身份进入过工厂，因此在这批人身上普遍存在着“亦工亦农”的身份属性。

第二，工业化还改变了民众的生活空间以及文化传统。工业化的发展让八陡的外来流动人口陡然增多，工业对交通条件的改善也有着极为迫切的要求，因此，工业化出现后，八陡的生活空间发生了重大变化，着重表现在交通条件的提升、基础设施的完善、服务行业的兴起以及居住条件的改善。另外，工业化所带来的经济条件和价值观念的转变，让当地人的生活理念也不可避免地发生了变化，并因此在一定程度上改变了当地的文化传统，集中表现在岁时节日和人生仪礼中更加注重“排场”，所谓“耗财买脸”“过节烧包”成为人们过年过节时的口头语。

第三，博山区的工业化历史对一个传统农耕村落的直接影响还在于形塑了村里现有老人——上述亦工亦农的老人群体——对他们曾经经历的这段历史的短时段历史记忆。短时段历史记忆的最大特征就在于，历史记忆的主体同时也是创造和亲历这段历史的主体，短时段历史记忆虽不能直接指导传统村落社会的日常生活，却深刻地影响了记忆主体的日常生活和行为选择。

第二章　亦工亦农：工业化进程与个人生活记忆

本章将在详细阐述八陡三大支柱产业铸铁业、陶瓷业、煤炭业的历史发展的同时，兼顾当地人的个人叙事，着重展现个人如何参与其中，如何被工业化洪流所裹挟，又如何保留了自己的乡土底色。

第一节　工业化发展与劳作模式的变化

1869 年，德国地理地质学家李希霍芬怀揣着让德意志帝国更加强大的理想第三次踏足中国，在山东的郯城、泰安、临沂、济南、淄博、潍坊、烟台等地“游历”近半年，进行了详细的地理地质和政治经济考察，企图为德国政府在“如何在中国布局势力范围以获取最大经济利益”的课题上出谋划策。作为一个见多识广的专家，李希霍芬面对着博山境内鳞次栉比的工业烟筒赞叹不已，他在旅行日记中写道：“两边的山越来越靠近，在它们即将合拢在一起的时候，我们到了博山县，或者说烟囱镇，这是我在中国见过的最大的工业城镇。在路上的时候就遇到了长长的推车队伍，装载着煤、焦炭、铁器、陶器、烟草、谷物和一些包裹严实的货物（看来是玻璃）。我数了数，一小时内就有 65 辆装烟煤的车经过。”① 他在回国后提

① ［德］费迪南德·冯·李希霍芬著，［德］E. 蒂森选编，李岩、王彦会译，华林甫、于景涛审校：《李希霍芬中国旅行日记》（上册），商务印书馆 2016 年版，第 141 ~ 142 页。

交给德国政府的调查报告中也毫不掩饰对博山的赞美，并认为博山工业的发达源自以煤炭为主的矿产资源的丰富。他通过仔细勘察，预估当时的博山每日产煤量可达400吨左右，其中仅在八陡、黑山一带便可达140吨，从此八陡这个处在群山坳中的村落凭借其丰富的煤炭储备第一次展现在世界面前，继而也引发了德国、日本等帝国主义列强对八陡、黑山资源的掠夺和开发。但丰富的矿产资源绝非列强觊觎八陡庄的唯一理由，八陡庄因手工业的发展而积累下来的工业基础更受列强青睐。

八陡庄的土壤主要为淋溶褐土，土壤质地相对适中，但由于该地沟壑纵横、山势陡峭，导致水土流失比较严重，土层非常瘠薄，因此直到新中国成立前，当地农作物的平均产值每亩还不足200斤，再加上山区本身所能开垦出的耕地就非常稀少，所以在这个传统的农耕地区，当地民众长期以来都处在极度的贫困中。穷则思变，人们逐渐开始在耕作之外寻找新的谋生手段，正如清孙廷铨在其《颜山杂记》中所说："盖民之为道，本业不足然后有货殖。货殖非古也，不耕而食则长游惰，不织而衣则生僭侈，皆风俗之敝而仁义之碣也。然有异焉，孝乡山多田少，而生齿日益繁。生齿繁则食粟多，山多田少则得粟难，若是而不疾作也则饥甚，故其民力力焉。凿山煮石，履水蹈火，数犯难而不息，凡为饥驱也。此虽不耕不织，犹夫自食其力也。"① 这段话的主要目的是为博山土民"舍本逐末"的经济行为正名，之后作者还列举了博山最主要的"末业"，包括铁冶、瓷器、淄砚、黄丹、琉璃、煤炭等，详细描述了它们的制作技艺和工作流程，可见在康熙年间博山地区的手工业就已经非常发达了。而在八陡庄，手工业的种类主要有冶铁、陶瓷和煤炭开采等种类，恰巧与博山区的三大支柱产业相一致。

一、八陡的陈家镰

铁矿开采和冶炼在博山拥有悠久的历史，位于博山东南边界的鹿角山

---

① 〔清〕孙廷铨著，李新庆校注：《〈颜山杂记〉校注》，齐鲁书社2012年版，第108页。

曾发现矿洞遗址一处，后经专家认证，它被确定为明朝时期用以开采铁矿石的矿洞。不过博山地区冶铁业最兴盛的地方却是在黑山一带。康熙年间《颜山杂记》记载："采石黑山，铸而为铁。百石之垆，三合之屑。火烈石礁，风生地穴。清气如珠，玄精为液。得柔斯和，过刚或折。作为剑器，蛟龙可截。以钢性易脆，生不若熟也。"① 而关于黑山冶铁的起源则在清乾隆十八年（1753）《博山县志》、清咸丰九年（1859）《青州府志》、民国二十六年（1937）《续修博山县志》中都有记载，内容也基本相同，应是后两版借鉴了乾隆版。清乾隆十八年（1753）《博山县志》载："考石可作铁，其始乡之人不知也。康熙二年，孙文定公召山右人至此，乃得融铸之法。凿山取石，其精良者为矔石，次为硬石。击而碎之，和以煤，盛以筒，置方垆中，周以礁火。初犹未为铁也。复击之碎之，易其筒与垆，加大火。每石一石，得铁二斗，为生铁。复取其恶者，置圆垆中，木火攻其下，一人执长钩和搅成团。出之为熟铁，减其生之二焉。"② 县志将冶铁技术在黑山的出现归功于孙廷铨，认为是孙廷铨因发现黑山富含铁矿而乡民不知熔铸之法，特从山西请来工匠，从而将冶铁技术传入当地的结果。由于历史材料的匮乏，这一说法几乎成为定论，直到今天还被不断引用。

实际上，这种说法很难令人信服，首先它缺乏必要的佐证。孙廷铨自明崇祯十三年（1640）考中进士到康熙二年（1663）告病请归的二十余年间一直在外做官，即便辞官之后也直到康熙三年（1664）冬才返回故里颜神镇，并开始了《颜山杂记》的纂修。康熙四年（1665），《颜山杂记》成书，书中对"铁冶"的介绍非常简略，仅有五十余字，并且没有交代孙廷铨引荐山西工匠的事情。而从孙廷铨著《颜山杂记》一贯坚持的事无巨细的写作态度（如"琉璃"篇分17段详细介绍了烧造美术琉璃的原料、呈色、火候、作工、工具、吹制及历史考证等内容，后于乾隆年间被杨复吉从书中抽出，冠之以"琉璃志"的名字收录于《昭代丛书续集》中）来看，他不可能不在

① 〔清〕孙廷铨著，李新庆校注：《〈颜山杂记〉校注》，齐鲁书社2012年版，第110页。

② 乾隆《博山县志》卷四上《物产》。

“铁冶”篇中详述此事。其次，山东以及淄博地区冶铁的历史非常悠久，在目前已掌握的历史文献与考古资料中，距离黑山不到五十公里，位于张店区的铁山是中国最早从事冶铁的地方，其地保留至今的齐国故城阚家寨冶铁作坊遗址中所挖出的生铁冶炼渣被追溯到西周晚期。淄博铁山的冶铁业从古至今一直经久不衰，孙廷铨没有必要舍近求远。而且处于同一文化圈的黑山与铁山在历史的漫漫长河中很难始终彼此疏离，从无交集，更何况鹿角山明代就有的采铁矿洞距离黑山也不过15公里而已。因此，黑山冶铁的历史自康熙二年（1663）开始的说法值得进一步探讨。

清朝初年，八陡庄的冶铁业逐步走向繁盛，当时该地冶炼钢铁的手工业作坊有百余家，以生产锅、鏊子等生活用具及镰刀、锄头、镐头等生产工具为主，据传产品最远卖到了东北地区，其中尤以八陡镰刀最为出名。关于八陡镰刀技艺的由来与兴盛，民间有四种说法：一是由康熙年间孙廷铨所请山西铁匠禄士云传授；二是“李家镰”创始人李氏因避老家长白县水灾举家迁往八陡时带来；三是潍坊铁匠因听闻黑山所产之煤利于打铁而在八陡开办镰刀铺；第四点则与八陡镰刀的兴盛有关系，据八陡人讲，大致在乾隆年间，八陡有位叫徐超的村民与一位关东人签订了一宗镰刀生意，却不想那位关东人付了钱之后再也没有了消息，徐超用这笔钱帮助八陡人建了多个镰刀铺，从此带动八陡镰刀走向兴盛。

八陡镰刀以熟铁打制，民国二十六年（1937）《续修博山县志》记载：“八陡铁业分生熟二行，生铁之铸法，墨守旧制，不知改进，故出货低，销路短；熟铁行在民初极发达。”① 民国初至抗战前夕，八陡熟铁行业中生产镰刀的铁铺极多，当时八陡拥有铁匠炉71个，用以制作镰刀的就有35家之多，整个八陡有一百多名村民在从事与打制镰刀相关的活计。“仅资本家设在八陡专门经营镰刀的铁铺就有‘隆兴义’‘义兴东’‘德成公’‘裕丰厚’‘元兴’等七家之多。”② 八陡镰刀声名远扬，销量巨大，所有

① 民国《续修博山县志》卷七《实业志》。

② 艾修永：《八陡镰刀》，见李障天、阎象吉主编《淄博经济史料》，中国文史出版社1990年版，第160页。

镰炉不分昼夜，不分春秋，时时刻刻运转不停，八陡年产镰刀数以百万计。当时最有名的镰刀还要数八陡庄人陈汝章、陈汝明兄弟二人创办的“祯祥永”字号。他们生产的镰刀品质最佳，为了与其他的镰刀相区别，他们会在镰刀上打上“陈”字标签，因此当地人又称之为“陈家镰”。“陈家镰”虽然在社会政治的大变迁中逐渐消失，但因一度代表了八陡镰刀的最高水准而被八陡人铭记。“陈家镰”的后人陈松奇虽然已经不再从事与镰刀相关的工作，但提起陈家镰，他还是非常自豪：

> 俺们陈家生产的镰刀那是几百年留下的手艺，到我祖辈（陈汝章、陈汝明）的时候基本上代表了八陡庄镰刀的最高水平。有句老话说“八陡镰刀硬又快，割草砍柴都不赖”，实际上说的就是陈家镰。我们家的镰刀一是快（锋利），二是坚硬无比。说快能快到什么程度，一般来说用镰刀割麦子、割草，你得先用另一只手薅住草，使上劲才能割，越软的东西越得使劲儿。我们陈家镰就不用，再软的草，镰刀一挥，齐断！说硬能硬到什么程度呢，据说拿镰刀砍柴劈柴，刀刃一点都不卷边。①

1938 年，日本侵略者进驻博山，黑山一带成为敌占区。为了确保重要军需资源的供给量，日本侵略者开始对地方的工矿业采取掠夺和强制垄断措施，一方面禁止民众继续开采黑山的煤铁资源，另一方面大面积关停八陡的冶铁作坊。他们出于安全的考虑，不允许民众私自生产镰刀、镐头等具有一定杀伤性的铁器，于是八陡的镰刀产业遭受到了毁灭性的打击，大多数镰刀炉开始转做他业，少数几家坚持下来的也基本处在自产自销、半营半歇的状态。直到 1948 年博山城解放，八陡的镰刀业才得以复苏。

新中国成立后，我国全面推行合作化道路，在城乡组织成立生产、运输、供销、信用等各种类型的合作社。1952 年 6 月，八陡庄开始在政府的

---

① 被访谈人：陈松奇（男，1941 年出生，三菱钢窗厂退休工人）。访谈人：张帅。访谈时间：2015 年 10 月 14 日。访谈地点：八陡庄五龙桥。

引导下进行合作化，政府组织从事铁业生产的个体户联合起来，组成八陡胜利铁业生产合作社，有锅炉 24 个，其中镰炉 14 个，社员一百余人。起初社员们分散生产，1952 年 12 月以后开始集中生产，改名为八陡镰刀社，产品由当地各供销部门统一销售。为了保证质量，各镰炉相互交流学习，制定出了“夹钢铺钢均匀，无残缺、不崩卷，保证硬度，裤口圆整、接头严密”的统一质量标准。合作社统一生产、统一销售的模式消除了行业内部的各种差异，却也使各种老字号商标退出了历史舞台，其中就包括陈家镰。

1957 年，八陡镰刀社已经变成由 287 名社员组成，从事镰刀、锄头、铁锅、翻砂、铸件、机械加工等多种项目的大型合作社。1959 年，日益壮大的八陡镰刀社改名为博山八陡机械制修厂，社员们变成了工厂工人，他们做工的地方也从家里的小锅炉旁挪到了工厂的大车间。红火一时的“祯祥永”等老铁铺也正式成为一种历史记忆。1960 年以后，生产技术的不断革新和主要工序的机械化，使得端、抢、淬、调等传统手工生产工艺被逐渐遗忘，尤其是 1963 年，八陡机械制修厂首次试验用 40 千克小型空气锤锻打镰刀获得成功，生产出了我国第一把机制镰刀，结束了我国数千年来手工锻打镰刀的历史，同时也使得一贯秉承慢工出细活理念的八陡铁匠们一直以来传承的“十火十锻”的热加工技术被舍弃。“十火十锻”不仅是保证八陡镰刀品质的关键工序，更是代表了八陡铁匠的一种工匠精神。但在当时，技术创新带来了生产效益的显著提高以及各级政府的一再嘉奖等，冲淡了人们对传统工艺的留恋，人们甚至来不及认真地保留或者详细地记录一下传统工艺的所有程序，八陡镰刀的传统制作技艺因此失传了。

1966 年，八陡机械制修厂因镰刀的热销而改名为八陡镰刀厂，在因技术革新和机械生产而获得无数赞誉之后，八陡镰刀厂也在短短数年间倒在了技术创新和机械化的门外。随着收割机等大型农用器械的出现，镰刀、锄、耙、镐等传统农具在民间的需求量大大减少，八陡镰刀厂不得不考虑转型，于是在 1973 年新上轧钢和钢窗等新产品，镰刀从龙头产品逐渐成为鸡肋，只占据了一小部分。1980 年，八陡镰刀厂更名为八陡轧钢厂，1983 年又更名为八陡钢窗厂，从此，八陡镰刀也最终随着它自身光荣的历史一起消失在时间中。不过对于八陡庄目前最为活跃的一批老人来说，他们中有很多人就是八陡钢窗厂的退休工人，相较于八陡镰刀，他们更加愿意怀念和诉说与自己亲身经历密切相关的钢窗厂的历史。就拿陈松奇来说，1941 年出生的他于 20 世纪 60 年代进入八陡机械制修厂，他并未见证陈家镰最为辉煌的时刻，却亲身参与了制修厂的现代化历程。制修厂在他们的努力下进行了一项项的技术革新，获得了无数荣誉，让他得到了极大的满足感。因此，即便是国有工厂“收割”了陈家镰的老字号，现代化的机械生产导致了陈家镰传统技艺的失传，拥有陈家镰后人的身份的他更加认同自己国家工人的身份。陈家镰的历史固然让他倍感自豪，但个人与工厂共同奋斗的历史才是他内心里最珍贵的记忆。

二、八陡的陶瓷

博山是我国五大陶瓷产地之一，素有“陶瓷之都”“北方瓷都”等称号。博山制陶的历史非常悠久，据考古资料，早在新石器时代晚期，博山就已经开始制造和使用薄如蛋壳、漆黑光亮的薄壁黑陶，此类陶器是龙山文化的重要组成部分。到了宋代，博山的陶瓷业已经具备相当大的规模：“自宋代即有用煤炭下层之土制粗罐、碗、盆以供乡人需用者。”① 博山城东的北岭村在宋朝本是一大片窑场，其形态特征据传与福建浦城县著名的大口窑村窑相当。宋熙宁年间北岭村的窑民还集资建了一座颇为气派的窑神庙，作为当地最重要的行业神，博山各乡镇所供的窑神及其庙宇一直被当地人尊崇和守护至今；作为地方重要的民间信仰形态与文化标签，当地每一个老百姓心中都拥有着对窑神信仰和窑神庙不可磨灭的记忆。宋朝时期博山制作的瓷器主要以碗杯、盘碟、头枕等日常生活用品为主。虽然釉色以白釉为主，兼有黑釉和青釉，但博山尤其擅长烧制“雨点釉”与“茶叶末釉”，其中釉面呈失透状、釉色黄绿掺杂似茶叶细末的“茶叶末釉”，为当世之一绝。金代正大三年（1226）蒙古军队进驻山东，蒙古大军向来奉行“汉人无补于国，可悉空其人以为牧地”的策略，于是博山的大小窑

① 民国《续修博山县志》卷七《实业志》。

场均遭到不同程度的破坏，大多数窑场不得不停产歇业。直到忽必烈上位以后改变了对待汉人“悉空其人”的策略，博山各个地方的窑场才逐渐恢复，不过因为战乱的原因，“雨点釉”与“茶叶末釉”的制作技艺在整个山东地区都已经失传。

明清时期，博山已经发展成为山东省陶瓷制作与流通的绝对中心。明嘉靖年间，博山的窑业繁盛一时，冯琦《修魏公祠记》云：“颜神之山盘纡而中裂，水出文姜故址者绕其下，厥土坟而埴，宜陶，陶者以千数，青以西，淄莱新益之间，斯一都会也。”① 尽管顺治五年（1648）的大水灾让窑场遭受到了毁灭性的打击，致使博山的陶瓷业一度非常萧条，但至康熙年间，博山的窑业又得以重新繁荣，窑民们还特别设立了大规模的窑货市场，供周围乡县的人们前来选购。乾隆年间，博山的北岭、八陡、山头、务店、窑广、福山、大街南形成了当时博山的七大窑场。《山东通志》形容博山的陶瓷业为“其利民不下于江右之景德镇矣”。光绪三十年（1904），德国人修建的胶济铁路全线通车，沿线窑场开始尝试用铁路运输瓷器，从而扩大了博山陶瓷的销售区域。光绪三十一年（1905），山东官府出资在博山建立博山工艺传习所，其专注于研究制瓷技艺的改良和推广。传习所的陈希龄经过不断尝试，于宣统年间重新做出了宋金时期流行的“茶叶末釉”，并恢复了其制作技艺，在整个中国引起了巨大轰动。民国时期，博山的窑场数量已接近两百个，工作人员达六千多人。在全面侵华战争开始之前，有一大批日本人以各种身份来到博山进行考察，同时筹划与当地人一起合办公司，如日华窑业株式会社等，试图逐渐控制和垄断当地的主要产业。此后由于战乱，博山的窑场又一次全面关停，直到 1949 年新中国成立后才逐渐恢复起来。

关于八陡地区陶瓷业的发展，最早应该出自博山《薛氏宗谱》的记载：“始祖讳德祥，字云堂，陶于八陡，捐员外郎，故于宋仁宗六年（1028）。”② 另外，位于今东顶村内的八陡东庵古窑遗址被认定为北宋年

① 民国《续修博山县志》卷十三《艺文志》。

② 王长永：《我对山头窑业历史的探究》，见中国人民政治协商会议博山区委员会编《博山陶瓷琉璃文化》，天津古籍出版社 2008 年版，第 17 页。

间的窑场，而黑山一带则有着更大规模的宋金古窑。2002 年，由于修建八陡镇中心路，考古专家于虎头崖村范阳河南边高地上发现了整体面积达 4 万平方米的虎头崖古瓷窑遗址，并出土了一大批古陶瓷文物。这些都足以证明北宋时期八陡窑场的繁盛。宋金年间，从博山大街南窑场往东南方向经山头、窑广至八陡十公里的范围内窑场遍布，其规模之大在北方地区一时无二。

元末明初，连年的战乱致使山东地区的窑业陷入停顿状态，只有为数不多的窑场还在坚持，其中就包括八陡窑场（除此之外还有福山窑场，福山窑场所在地福山镇于 1984 年并入八陡镇）。八陡窑场在勉强维持的同时，不得不改变生产工艺和产品的种类，去除费时费力的艺术性陶瓷制品，仅保留了工艺简单、价格低廉的日常用品。当时的陶瓷制品大多比较粗糙，产品类型也比较单一，所产的陶瓷制品基本只供当地人使用。后来随着博山琉璃业的发展，大批的琉璃制品开始代替陶瓷制品，在这种情况下，八陡和博山的陶瓷业并没有因战争的休止而恢复到宋金时期的最高水平，反而继续保持了低质走量的生产和销售模式，因此也导致了“雨点釉”“茶叶末釉”等高端瓷器的制作工艺彻底失传。

博山明清时期的陶瓷制品以碗、盘、缶、罐、瓶为主，用以供应当地农户使用。《颜山杂记》云：“孝乡之瓷，疏土也，其用农氓也，而不为贵也。”① 不过在明成化年间，八陡窑场曾盛产一种颇为高档的瓦当——琉璃瓦。琉璃瓦不同于普通陶瓷制品，是用马牙石、干子土等原料按照不同比例混合后烧制而成，呈现出浅紫、绿、黄等不同的色泽，因工艺复杂、成本高昂而专供皇室或达官贵人使用。八陡庄一直以来都流传着这样的说法：八陡琉璃瓦曾被衡王亲自选中，用于建造北京和青州的衡王府。2008 年，在修八陡镇东顶村的路时，人们挖出了七八处古代的琉璃瓦窑，同时被发掘的还有五爪龙纹琉璃瓦当，这些绝非平民百姓所用之物。事实上，早在 20 世纪 80 年代，“时任《博山文物志》主编的钱殷之先生，曾将八

① 〔清〕孙廷铨著，李新庆校注：《〈颜山杂记〉校注》，齐鲁书社 2012 年版，第 111 页。

陡琉璃瓦和衡王府琉璃瓦作过实物比较，发现其胎质和釉质毫无二致。‘又询之土人，衡王府砖瓦实取资于此’”①。当时，博山不同地方的窑场已经依据陶瓷的种类出现了明确的分工，“孝乡之瓷出于山头、务店者碗、钵为多；出于邀光（今窑广）者，礶为多；出于八陡者，瓶罍为多；出于西河者，鱼缸、醯瓮为多”②。至于其原因，乾隆《博山县志》从各地土质的特性方面作出了如下解释：“博山疏土宜陶，因地而异。务店土性坚，宜烧制瓮和盆；山头土色亮，宜烧制碗和杂器；八陡土质细，宜烧制罐和瓶，用来盛水不渗漏。”③

位于今八陡镇北河口村的八陡窑大致建于清中期以后，原名为东窑胡同，又名玉祥窑。八陡窑专门从事酒瓶、醋瓶等当地人称之为“大肚小口瓷嘟噜瓶”和“长脖细口儿瓷瓶”的生产。其烧制的瓷瓶用料均匀、形态端正、表面光滑，深得当地人的喜爱，因此规模不断扩大，至清末民初八陡窑已经拥有馒头窑④三座，八陡窑成为博山地区规模最大的专门烧制瓷瓶的窑场。当时，早已名闻全国的王村小米香醋也开始使用八陡窑造出的醋瓶，这使得当地人对八陡窑的工艺技术水平更加信赖。对于醋瓶子来说，最关键的地方便是瓶子的“嘴”，即瓶口以及从瓶体到瓶口逐渐聚拢的那一部分，因为“装了醋之后，要在嘴堵一个塞子，要是嘴子不好，不仅在打醋的路上一路抛散，走回来放在厨房里还会跑风走味儿长醭儿。若是能得到一个有好嘴的醋瓶，这一切麻烦即刻化为乌有”⑤。八陡窑所产的醋瓶完全符合王村醋对醋瓶形象和质量的要求，才最终脱颖而出，成为王村醋瓶的唯一生产商。从此以后八陡醋瓶名声大噪，在当地更是一度成为

---

① 马传政：《青州衡王府与八陡琉璃瓦》，见中国人民政治协商会议博山区委员会编《博山陶瓷琉璃文化》，天津古籍出版社 2008 年版，第 106 页。

② 〔清〕孙廷铨著，李新庆校注：《〈颜山杂记〉校注》，齐鲁书社 2012 年版，第 110 页。

③ 乾隆《博山县志》卷四上《物产》。

④ 馒头窑是民间对圆窑的称呼，因形似馒头而得名。馒头窑以烧煤为主，广泛见于北方，八陡庄因拥有丰富的煤炭资源和较早的煤炭开采历史，当地的窑场基本全部为馒头窑。

⑤ 山曼：《八陡的醋瓶——好嘴儿》，载《齐鲁晚报》2000 年 11 月 21 日。

最具地方代表性的特色产品，“八陡的醋瓶——好嘴儿”① 这句使用频率颇高的歇后语就是在此背景下产生的，并且在今天仍然广为流传。它虽取材于地方特色物产，但其在乡间的流行与传承则与当地人所拥有的地方性知识、集体记忆以及文化认同密不可分。

自唐代以来，我国各地的窑场始终存在官窑、民窑之分。所谓官窑，或为官办官烧，或为官办民烧，或为官监民办，所出陶瓷皆供皇室或政府使用，一般不进入市场流通；所谓民窑，也有上、下层之别，上层民窑系大地主、商人或具有官家背景的人投资所建，所产以工艺品为主，其收藏和观赏价值远远高过实用价值，底层民窑则为普通工匠所建，一般为家庭作坊，以生产最基本的日常生活用品为主，不求艺术性，只注重实用价值。八陡的窑场按性质基本上属于由普通工匠所建的底层民窑。与官窑和上层民窑相比，底层民窑虽然在数量上是二者之和的几倍，但缺乏稳定性，受外界环境的影响比较大，一次大的灾荒或者战乱就足以使所有底层民窑在一夜间全部倒闭；但反过来说，一旦有了好的时机，底层民窑就会犹如雨后春笋一般，瞬时重新焕发生机。清末民初以来，八陡的窑场先后经历了德日殖民统治、军阀混战、第二次世界大战等数次苦难的历史，在此过程中，它们经历了一次又一次的萧条、歇业、倒闭，最终还是倔强地生存下来。

在八陡青石关村魏村祥的记忆中，他的家庭就是底层小民窑的拥有者。他的爷爷继承了祖上留下来的一个小窑和烧窑的手艺，平时以烧窑为业，但经济形势或生活环境不好的时候，爷爷就给小窑封火，挑起货郎担，走街串巷地卖杂货、烟土，靠着勤劳积累了一些财富，也买了不多的耕地。但相较于大地主，他爷爷的经济基础薄弱，家里人口又多——两房妻子、10 个孩子，种地、烧窑、做买卖三个行当缺一个都会直接影响生活质量，打破其辛苦经营着的相对衣食无忧的生活状态。所以烧窑虽不稳定，但也始终要做下去。

实际上，早在淄博解放以后，人民政府就迅速整合了博山区的陶瓷资

---

① 用于形容一个人口齿伶俐，能说会道，能言善辩。

源，于1948年建立了博山区第一个国有陶瓷厂，随后又以山头镇为核心区域新建了近10个大小不一的国有性质的窑厂。八陡原先的民窑，规模较大的被政府整合，其中有些手艺较好的工匠师傅进入了窑厂，从一个小作坊的手工业者摇身一变，成为新中国第一批国家工人。身份的转变不仅使他们不得不重新考虑自我的身份归属和集体认同，也为他们的家庭带来了巨大的变化，甚至让他们所在的村落、地域社会也由此而呈现出新的文化特征。

而魏村祥的爷爷就没有那么幸运了，据魏村祥讲，抗日战争及解放战争时期，解放军主要占据八陡以南沂源一带的深山区；国民党的军队则主要集中于八陡以北山头、神头一带的开阔地带。魏村祥的爷爷因为要往来山头、沂源的蕉岭等地进货、卖货，就成了为共产党驻扎的军队传送情报的地下工作者，为博山的解放作出了一定的贡献。但因为是秘密工作，所以他的情况一直没有相关的证明材料。1948年初，博山城解放后，魏村祥的爷爷因为有耕地、从事商业以及多次出入国民党占领区域，而成为被重点“关照”的对象，另外，他在民国时期曾经被有意保举为“保长”，虽然在魏村祥父亲的劝说下最终放弃了，但这件事也被“秋后算账”，于是魏村祥的爷爷遭到了批判。在一次争执中，魏村祥的爷爷被对方不慎失手打死，当时魏村祥父辈年龄最小的还未出生，这使得他们家一下子陷入贫困之中。几年以后，他的爷爷作为地下联络员的身份被证实，上级来到他们家里询问有何请求时，魏村祥的奶奶只要求能保自己子女平安即可，被罚没的窑和耕地都没有申请要回来。魏家烧窑的手艺也因此失传，魏村祥父亲兄弟姊妹九人，无一人会烧窑或者从事过烧窑的工作。

但如同魏村祥所说：“冥冥之中似有天意安排！”多年以后，魏村祥却以另一种方式重新接起了烧窑的活计。魏村祥出生于1946年，爷爷被批斗的时候，他还不满两岁，或许是由于耳闻目睹了祖辈、父辈所经历的苦难，他在生活中是一个刻意把自己的姿态放得很低的人。个头不高、身体结实、一脸和善是他留给人的第一印象，蓝色的工作服也显示出了他的身份——昆仑陶瓷厂工人。虽然自己的祖辈曾经小富过，但他没有赶上这份好光景，他对家里唯一的印象就是穷。也正因为穷，一年一元五角钱的学费交不起，他并没有读过多少书，早早就辍学了，待在家里务农。另外，他的爷爷地下党的身份终究只是旁人的口头证明而缺乏可以盖棺论定的纸质材料，虽然名誉已经恢复，但人们对此还是将信将疑，魏村祥一家仍旧是不可信任的对象。

张店现今是淄博市中心所在地，但在此之前，张店远不如博山发达。新中国成立后，政府在张店兴建了很多工厂，吸引了大批有经验的博山人去张店工作。20岁的魏村祥到张店以后去了一家化肥厂做学徒工，没有正式的身份，也拿不到正常的工资，但他仍旧非常满足，因为化肥厂“在外人看来是一个非常不错的单位，很多人想进都进不来”①。在化肥厂工作期间，魏村祥为人低调，踏实肯干，又善于钻研，虽然工作非常累，但是他也发展了许多业余爱好，其中就包括制作陶器、瓷器。1967年，国家在昆仑乡（今属淄川区昆仑镇）成立了淄博陶瓷研究所，想要恢复宋代“雨点釉”的制作工艺。魏村祥因业余爱好认识了研究所的重要筹建人之一，遂被推荐赴潍坊学习制作陶瓷。那时候去潍坊学习是没有任何补贴的，魏村祥为了爱好，毅然决然放弃了自认为还算体面的工作，去潍坊学了近两年。在潍坊学习期间，魏村祥算是相当困难的学员之一，没有钱买菜，只能去偷食堂的咸菜吃，但他排除一切困难，最终坚持了下来。

学成以后，魏村祥正式进入淄博陶瓷研究所，跟诸多老前辈一起着力恢复传统制作技艺。经过几年的反复试验，他们总算让失传的“雨点釉”工艺得以复原。研究所的使命完成以后，其被改换成陶瓷厂，而魏村祥也借此成了有编制的国家工人，重新拾起了爷爷的老本行，做了烧窑师傅。虽然身份属性、工作模式、烧制方法都已经发生翻天覆地的变化，魏村祥也没从祖辈那里学到一丝一毫的“本事”，但他还是认为他做陶瓷最大的意义在于：“祖祖辈辈都靠烧窑过活的传统重新接起来了，另外，还接过了祖辈的技术，让魏家烧窑的本领传了下来。”②

---

① 被访谈人：魏村祥（男，1946年出生，昆仑陶瓷厂退休工人）。访谈人：张帅。访谈时间：2015年1月26日。访谈地点：八陡青石关村魏村祥家。

② 被访谈人：魏村祥（男，1946年出生，昆仑陶瓷厂退休工人）。访谈人：张帅。访谈时间：2015年1月26日。访谈地点：八陡青石关村魏村祥家。

自己稳定以后，魏村祥便开始考虑两件事情：第一是如何让这门手艺一直传承下去，第二是如何让子女成才。他把这两件事当成自己在未来的人生中要努力实现的两个愿望。1985 年，国有企业开始有意识地逐渐减少“子女顶岗”的现象，魏村祥也已经忘了当年他是从哪里听到了“1986 年全国将全面取消子女顶岗制度”的说法，在这种情况下，为了实现上述两个愿望，魏村祥赶在 1986 年之前，为 40 岁的自己办理了内退，将空出来的工作岗留给了 16 岁的大儿子。在那一刻，魏村祥仿佛觉得他已经完成了一项非常重要且艰难的家族使命：“不管怎么说，我是把老祖宗烧窑的手艺续上了，不容易啊！”①

三、黑山的煅石炭

冶铁业与陶瓷业之所以在博山蓬勃发展，除了博山拥有丰富的原材料之外，还与博山地区煤炭的高储备量和悠久的开采史有关。煤炭是冶铁和烧制陶瓷最优质的燃料，博山是淄博乃至山东的煤炭主产区，也是淄博地区目前为止已探知的最早进行煤炭开采的地方，开采的具体地点就在黑山一带。根据当地民众的口述，黑山一带很早就有人沿着黑山山岭上裸露出地表的露头煤往下挖掘开采煤炭，采过煤的地方就随着山岭的走向形成了一条条弯曲狭长的痕迹，远远望去像是给黑山画了一条条边一般，因此人们称之为“边边地”。第一次世界大战结束后，日本夺取了德国在山东的权益，将胶济铁路沿线区域视作其势力范围。在占领期间，日本驻青岛守备军及南满铁路株式会社都曾多次前往博山调查，在形成的调查报告中也大多认可博山地区早在唐朝就有采煤业的说法：“博山煤田开发的经过虽然在正史中很难找到依据，但是根据当地从古至今传承下来的话语，唐朝的时候，这里就已经有了陶瓷制造业了……山东省陶瓷制造业的发达促进了作为燃料的煤炭的开采。”② 这篇调查报告对博山采煤业的追溯所依据的

---

① 被访谈人：魏村祥（男，1946 年出生，昆仑陶瓷厂退休工人）。访谈人：张帅。访谈时间：2015 年 1 月 26 日。访谈地点：八陡青石关村魏村祥家。

② 青岛日本商工会议所调查报告四十三：《山东之物产 · 第三篇 · 石炭》，青岛日本商工会议所日本昭和四年（1929）发行，第 55 页。

仍旧是当地民众代代传承下来的口述资料。

另外，当地还有“周田二地走马岭”的说法，指的是解放初期淄博矿务局对淄博境内的古迹遗址展开调查，其中在黑山附近的周家地、田家地、走马岭三处发现古井五座。当时淄博矿务局也将其划定为唐代古井，由于时间久远，其划定的依据是经过了严密的测算还是与当初日本人一样采纳了当地人的传言已无从考证，而且如今三地的名称早已经发生多次变化，具体的地址已经没有人能说得清楚，古井遗址也早已消失，所以黑山采煤业始于唐朝的说法始终缺乏历史实证。但文字记载的历史未必是真，口耳相传的古话也未必是假，至少在当地百姓和一部分地方文化工作者心中，采煤业起源于唐朝的说法已经得到了他们的普遍认同，并且成为他们构建和维护地方社会历史的重要材料。

宋代博山的采煤业迎来了飞速的发展，民国《续修博山县志》记载：博山“自宋代即有用煤炭下层之土制粗罐、碗、盆以供乡人需用者”①。通过1976年的考古发现，博山和淄川境内有许多窑场已经开始以煤炭作为燃料烧制陶瓷，其所用的窑炉都是针对煤炭的性状和燃烧特点改良了的“煤烧炉”，与传统的“柴烧炉”有着明显的差别。从全国范围内看，石炭在南北宋时期已经进入到百姓的日常生活中，“石炭自本朝河北、山东、陕西方出，遂及京师”②，“昔汴都数百万家，尽仰石炭，无一家燃薪者”③。因此朝廷决定允许煤炭进入市场进行买卖，后来又在各地的煤炭主产区分别设置务和场，其中务是煤炭交易的监管和税收机构，场则负责“采纳出卖石炭”。黑山以西两公里处有一名为“石炭坞”的村落，其隶属八陡镇，“石炭坞”的“坞”应该是由“务”演变而来。

元政府严禁民间私自开矿，所有矿井都只能由官府开采和管理，因此民间采煤业一度停滞不前。直到明朝初年，政府管控松弛，采煤业才得到进一步的发展，煤炭被广泛运用于陶瓷、冶铁、硝磺、琉璃等手工业生产中。

---

① 民国《续修博山县志》卷七《实业志》。
② 〔宋〕朱翌：《猗觉寮杂记》卷上，《知不足斋丛书》本。
③ 〔宋〕庄绰：《鸡肋编》，中华书局1983年版，第77页。

清初，政府又开始在煤矿区采取禁采政策，至康熙年间，清政府的政策才慢慢放开，但王朝仍然采取了比较谨慎的态度，“其久经开矿地方，分别开采；其未经开采者，禁之”①。不过，随着商品经济的迅速发展，允许民间自由开矿已经是社会经济发展的必然要求，政府的保守政策在推行的过程中受到了各地矿区的顽强阻挠。许多地方官员为了维持区域的稳定，往往会听之任之，中央政府的政令实际上已经成为一纸空文。乾隆五年（1740）山东巡抚朱定元连同工部尚书哈达哈分别上奏朝廷，建议“凡产煤之处无关城池及古昔帝王圣贤陵墓，并无碍堤岸通衢处所，悉听民间自行开采，以供炊爨，照例完税”②。奏折被批准后，山东各地的产煤区开始得到大规模的发展。当时博山地区的采煤业已经出现了明显的分工，有许多大地主或者商人、官僚通过各种形式投资采煤业，与下井采煤的普通民众形成了带有剥削性质的雇佣关系。民国《续修博山县志》记载：“博山地寡民贫，多凿井穿洞以资其利，盖自昔然矣。迄于今，凿者愈众，得者常艰，生涯亦少促焉。抑又闻之里中，武断规取山场，纠众歛钱攻采，其主事者必曰井头，率徒下攻者曰洞头，收发钱财者曰帐房，此三人者权莫大焉。输钱出分者，谓之攻主。”③

黑山矿区所产之煤与博山其他地区的煤炭在质地上有所不同，博山的煤炭按照煤质可分为三种：一种是博山东南山区所产的“大山煤”，以火力强、火焰大、高粘结性为特征，其中尤以黑山矿区的“煅石炭”为最佳，“煅石炭”顾名思义，指宜于金属锻造和陶琉冶炼的煤；一种是博山城区的“小山煤”，小山煤恰与大山煤相反，火力弱、火焰小、粘结性低，适用于日常生活；再就是博山东北部的“东山煤”，其性质介于大山煤与小山煤之间。这三种煤以大山煤的性状最优，将大山煤经过特殊程序加工就会成为焦炭。焦炭纯度高，燃烧好，火力非常强劲，是当地陶瓷和冶炼业所需燃料的最优之选。因此明清时期，黑山矿区的发展相较之下最为迅

① 《皇朝文献通考》卷三十《征榷考五》。

② 山东大学编：《淄博煤矿史》，山东人民出版社 1986 年版，第 13 页。

③ 民国《续修博山县志》卷七《实业志》。

猛，据日本南满洲铁道株式会社矿业部矿务科所做的《山东省矿业调查报告》记录，受制于简单粗放的开采方式，所开采的煤田“最深处不过百尺左右”的前提下，预估黑山矿区“全炭量的五分之一已经被挖掘出来”①。

第一次鸦片战争以后，中国的大门被迫打开，外国资本主义势力开始侵入中国并纷纷划定势力范围。为了能够长期在华统治与开发，外国列强首先看中的是中国丰富的矿产资源与能源，前文所述的李希霍芬就是为了考察煤田而专程来到博山的。1882 年，回国后的李希霍芬向德国政府建议强占胶州湾，建立山东铁道，从而“控制整个华北海面煤的供应”②。1897 年 11 月，山东曹州巨野发生了两个德国传教士被杀的事件，德国以此为借口派军舰强占了胶州湾。次年三月份，德国政府与清政府签订了不平等的《胶澳租界条约》，要求“于所开各道铁路附近之处相距三十里内……允准德商开挖煤斤等项及须办工程各事，亦可德商、华商合股开采”。1899 年，胶济铁路开始修建，1904 年全线竣工，同时竣工通车的还包括张店到博山的胶济铁路博山支线，从此依照德国“盖我铁路所至之处，即我占地之所及之处”的“筑路圈地”的原则，包括黑山矿区在内，山东济南、淄博、潍坊等煤炭主产区的矿产开发权悉数落入德国人手中。

德国在山东的疯狂掠夺激起了民众的愤怒，1907 年山东当地的民众联合起来开始对抗德国，要求废除德国享有铁路沿线三十里内开矿权的不合理条款。在各方的努力下，1911 年德国政府被迫宣布解约，保留坊子、淄川等地的矿井，将博山等地的部分矿井归还中国，这让山东的民族资本获得短暂的喘息之机，开始纷纷投资煤矿，其中位于八陡和黑山矿区的就有信成煤矿、吉成煤矿、同兴煤矿、博东煤矿等几家大型煤矿，其中信成、吉成等煤矿已经率先使用机器进行作业。根据日本人所做的《山东省矿业调查报告》记录，采用机器生产的民营煤矿规模还是非常大的，他们将此称之为“用西洋的方式获得煤炭”，以区别传统的“用本土的方式获得煤

① 南满洲铁道株式会社矿业部矿务科：《山东省矿业资料》，南满洲铁道株式会社矿业部矿务科大正三年（1914）发行，第 91 页。

② 山东大学编：《淄博煤矿史》，山东人民出版社 1986 年版，第 38 页。

炭”。在他们的实地调查中，淄博的洋式开采矿井“采用机器设备，规模较大，工人在500人左右，有高家岭、后池、八陡庄……七个矿井”①。

第一次世界大战以后，日本趁机攫取了德国在山东的权益。日本接管淄川矿区以后，由于兵力不足的困境，对博山煤矿这块肥肉无法一口吃下，便采取了鼓励日本民间资本向博山矿区渗透的策略。日商利用民营煤矿普遍缺少资金的契机，将大量资金投入博山矿区，并逐渐窃取矿权。黑山信成煤矿就是从中国民营煤矿变为日商独资煤矿的最有代表性的例子。信成煤矿是清宣统元年（1909）八陡人岳汉同与博山城里人徐超共同筹办的。黑山矿区因为所产的煤炭质地优，煤炭储量大，因而很早就引起了日本人的注意。从1916年开始，日本商人先后往信成煤矿投资了近十万元，后来因徐超违约，日商所在的东和公司趁机以欠款逼迫徐超重新订立租借合同，获得了信成煤矿的经营权，并将矿井收为己有。民族工业信成煤矿最终转变成为日商独资、独立经营的“博东公司”，而这其实也是新中国成立后成立的黑山煤矿的前身。实际上这种行为连日本人自己都承认，“东和公司凭借这种方式获得了煤矿的租借经营权，这在关于外国人对中国矿山的经营方面是不合法的”②。当然，日本对博山地区的经济侵略绝不仅限于此。全面侵华战争爆发以后，日本侵略者再也不遮遮掩掩，开始以直接占领、胁迫等方式赤裸裸地掠夺博山地区的煤炭及其他矿产资源。据不完全统计，日本在侵华期间仅从博山就运走了1000万吨煤炭。

解放战争期间，博山的民营煤矿仍旧惨淡经营。1948年，博山城最后一次解放时，整个博山仅有五家民营煤矿还在生产，煤矿少量生产百姓日常生活所需之煤。新中国成立以后，博山区的煤炭产业才迎来了复苏，它们凭借外国资本留下的硬件和底子迅速重新崛起。其中黑山煤矿于1948年复产，经过多年的发展，规模不断扩大，曾一度是八陡最大的国有企业。煤矿鼎盛时曾经有大型工人俱乐部，据传邀请过梅兰芳先生来煤矿演出。

---

① 南满洲铁道株式会社矿业部矿务科：《山东省矿业资料》，南满洲铁道株式会社矿业部矿务科大正三年（1914）发行，第74页。

② 满铁产业部：《山东矿山权益调查（内刊）》，满铁产业部昭和十二年（1937）发行，第109页。

黑山煤矿全盛时期，甚至连装卸都来不及，于是煤矿就雇佣了八陡庄很多农民当装卸工，他们平时在家务农，煤矿需要时就来工作，工钱按天结算。装卸工们为了尽量多做工，往往会让自己家的孩子通风报信："我十来岁的时候，父亲在黑山煤矿干装卸，平时在家里种地。只要管理员在煤矿的广播站一广播'几点几点装工'，那些闲在家里的就得赶紧跑八陡火车站装车；有时候是临时有急活，广播了立马就得去。有时候还怕听不见广播耽误挣钱，我一个小孩子天天也没啥事干，父亲就让我没事儿就去八陡站待着玩儿，只要一看到有车厘子来了，我就立马跑回家把我父亲喊过来。当时有好几个小孩子像我这样等着，我们还成了好朋友。"①

20 世纪 70 年代末，黑山煤矿所蕴藏的煤炭基本被挖空，一种等待死亡般悲凉的气氛一直笼罩在黑山煤矿的上空。黑山煤矿的工人陈会志直到今天回忆那段日子还感觉揪心，那种眼睁睁看着煤矿失去价值的感觉就如同看着亲人离世一般让人难受。20 世纪 80 年代初，黑山煤矿宣告停产，公司整体搬迁到兖州，陈会志清楚地记得在关停设备的那天，时任煤矿副厂长的李庆虎沉重地说了声："我们的黑山煤矿，老了！"随即围观的工人群体中传出了阵阵啜泣的声音。在八陡，"老了"是对老人去世的隐晦说法，他们像对待自己的长辈那样将寿终正寝的黑山煤矿送走，同时也将自己的青春、热血、汗水一并送走了。黑山煤矿关停以后，黑山周边的繁华不再，装煤炭的车厢被运走，八陡站的铁轨也生了锈，黑山一侧的煤堆不几年就长满了荒草。黑山煤矿对于当地人来说不仅是他们以及他们的父辈祖辈工作过的地方，还是一种时代文化象征，它既参与了八陡的历史经济变迁，见证了新中国第一代工人群体的诞生，也生发出了特有的矿区文化，所有这些都深刻影响了当地人的生活节奏、身份认同和文化心理。

四、劳作模式变迁中的身份认同

齐格蒙特·鲍曼在《共同体》一书中先是援引了马克思·韦伯关于资

① 被访谈人：陈义闯（男，1943 年出生，农民）。访谈人：张帅。访谈时间：2015 年 10 月 10 日。访谈地点：八陡庄 11 路公交车终点站。

本主义和现代工业的看法，其“基本过程是商业从家庭的分离……同时也是生产者从他们生计来源的分离。那一分离的两面性使得除了谋生之外的赢利行为也挣脱了道德和感情之网，摆脱了家庭和邻居的束缚。但同样地，它也使这些行为卸掉了以前习惯于承载的意义和内涵”①。进而他认为“现代秩序的出现意味着个体自我主张的惊人的膨胀，那么对绝大多数固形物（传统）来说，它就预示着从一个僵化、顽固和狭隘的环境中被重新安置到另一个僵化、顽固和狭隘的环境中。一旦把他们维系在一起的集体性纽带被撕断，大多数人就会屈服于一个完全不同的惯例”②。在鲍曼看来，现代工业的出现将人们的生活明显地分为“过去”和“现在”两个阶段。现代工业带来的新秩序会让人脱离旧的传统与习惯，“地方性共同体”也已经在冲击中处于一种解体的状态，但并未完全消亡，而是“危险地潜伏着”③。这似乎印证了解体是“分离”所带来的必然现象，不过，鲍曼并没有给出所谓的地方性共同体被重新唤醒的机制。

前文所述工业化所带来的劳作模式、身份属性以及文化传统的变化告诉我们，现代工业所带来的变革对于普通民众来说，首先是劳作模式的变化，这是民众可以直接感受到的；随后则是管理制度与身份归属的变化，这种变化则直观地体现在社会交往之中；再之后是生活习惯的变化，其所牵涉到的主要是民众如何调整自己建立在旧有生活经验基础之上的知识结构、认知体系；最后则是情感、价值观、道德与意志的变化，这一变化看似与前述一样强调的是个体的心理变迁，但是当来自同一地方的大部分个体在此之前都秉持着相同的情感认知、价值判断、道德约束和自由意志之时，那么这部分人就形成了一个稳固的地方性共同体，而当个体开始遭受冲击的时候，共同体确实面临着瓦解的危机。但这只是一种过于绝对化的

① ［英］齐格蒙特·鲍曼著，欧阳景根译：《共同体》，江苏人民出版社 2003 年版，第 31 ~ 32 页。

② ［英］齐格蒙特·鲍曼著，欧阳景根译：《共同体》，江苏人民出版社 2003 年版，第 34 页。

③ ［英］齐格蒙特·鲍曼著，欧阳景根译：《共同体》，江苏人民出版社 2003 年版，第 36 页。

假设，假设“过去”与“现在”是完全冲突和对抗的，但事实上并非如此。

首先，“过去”与“现在”之间并没有非常明显的界线，从过去到现在，就像从现在到未来一样，是一点一点不断累积、缓慢过渡的结果。在这样的进程中，本就难以区分的“过去”与“现在”就并不一定仅仅表现为对抗，更多的是磨合与磋商。因此，地方性共同体在社会变迁中所表现出来的韧性远比鲍曼想象的要强大。也正因为如此，文化传统的变化总是会滞后于劳作模式和身份属性的变化，前文已经证实了这一点，“耗财买脸”与“过节烧包”现象的出现只是在文化传统实践的方式与程度上发生了改变，并未动摇当地文化传统的根基。

其次，地方性共同体更多地体现在精神层次上的认同，而“认同”是被建构出来的。认同的建构在很大程度上来自“想象”和“阐释”，民众通过自认为合理的想象，将“认同”寄托于某物、某人、某句话或某件具体的事情身上，然后再通过反复的言说与行动来不断强化。正如魏村祥让他的儿子接替他的工作和工人身份，虽然他们学到的并不是祖辈流传下来的手艺，传承的方式也并非传统的师徒父子传承，但此时此刻，形式的意义要远大于内容。在魏村祥的想象中，儿子无论以哪种方式，只要一接触到陶瓷行业，那么就意味着他继承了家里祖祖辈辈传承下来的手艺和生活方式，接下来魏村祥会不断地向儿子讲述祖辈、父辈和己辈如何烧窑的故事，让儿子在亲身体验中获得同感，从而强化他作为魏家人的家族认同感。

第二节　工业化环境与生活空间的变化

一、八陡大街的大车店

博山是一座山城，又有孝妇河和淄河穿插环绕，逐水而居是人类从古至今争取优生存环境的基本出发点，因此博山人的居住空间最初就以孝妇河、淄河及其支流河谷为中线向两边的山体蔓延，从而在整体上呈现出狭长密集的特点。由于孝妇河流经地域的山体坡度比较和缓，山河交界处的滩涂和冲积平原比较多，而淄河多流经山势险峻之地，所以相比较之下，孝妇河流域明显要比淄河流域更加适宜居住。实际上博山的历史的确也是从孝妇河开始的，博山地区考古发现的最早的黑陶碎片就在孝妇河沿岸；从颜神镇到博山县，博山地区的经济政治中心始终都在孝妇河流域。1899年，德国人开始修建胶济铁路，其规划的路线与孝妇河干流走向基本一致，这一方面体现了孝妇河流域的发达程度，另一方面也是出于德国人对孝妇河流域内丰富的矿产资源的觊觎。德国人要求在铁路沿线三十里之内享有开发权，其规划的线路恰巧经过了博山最繁华的地区，也是各种矿产资源最集中的地区，其中就包括了拥有博山煤炭、铝土、铁储存量最多的黑山。

八陡庄位于孝妇河源头之一的岳阳河谷地，横跨岳阳河南北两岸，北岸依黑山而建，黑山山脚坡度平缓，自山腰而上则极为陡峭，因此黑山一侧的聚落发展自岳阳河谷延伸至黑山山腰后就再难以继续往上了；南岸地形则更加复杂，其村落范围自岳阳河向南至五阳山而止，此间陡坡与小山头众多，地势起伏不平，因此南岸的整体建筑风格不如北岸整齐平整、一目了然，而是高低错落、散落其间，就连房屋朝向也因山体变化而东西有别。八陡庄受地形条件限制，只能往东西方向扩展，因此该地区空间分布的特色与整个博山城无异，都集中于河谷地带，狭长分布。当地民众曾有一句顺口溜来形容八陡庄的大且狭长：“八陡大街五里长，家家都有罗汉床。”又有“东庵到西庵五里长，打尖儿住店的排成行”的说法。东庵与西庵分别指代位于今东顶村的东庵以及位于今虎头崖的土地庙，两个庙宇恰巧居于八陡大街。那时候的八陡作为一个村落竟然能够拥有一条2.5公里长的大街，足见其村庄规模之大。

事实上，八陡大街对于博山甚至鲁中地区来说曾是一条非常繁忙的交通要道，其在相当长的历史时期内是博山向南通往沂源、蒙阴、沂水、五莲、临朐等地的必经之路，是勾连鲁南与鲁中地区的重要通道，同时也是省内东西向大动脉——“青兖古道”的重要组成部分。往来的客商物流使得大街整日熙熙攘攘、热闹非凡，同时也带动了当地旅店、饭馆、茶社、流动摊贩甚至钉马掌、扛大个等大大小小的服务行业的发展。八陡庄周家的发迹和兴盛就与八陡庄的区位有关。

据1939年出生的周兴桐回忆，周家自山头迁至八陡庄的时候分为两支：一支住在村里，一支在八陡大街东段的石桥附近安了家。周家相较于东庵一带的陈、魏两姓一直比较弱小，没有地的他们与戴、丁、岳、孙等小姓一样靠租种陈、魏等地主家的耕地生活。清末民初，随着八陡庄对外交往的日益繁盛，往来客商逐渐增多，与周兴桐祖父同辈的周兰元与周兰宝兄弟二人在石桥两边分别摆起卖面条和包子的摊位，打算做点小本生意，却不想短短数年就赚了个盆钵满盈，引得周姓族人纷纷效仿，最终他们都或多或少赚到了钱。后来他们开始扩大经营，石桥先后出现了五家周家人所开的吃住一体的客栈，另有若干卖油饼、豆腐脑、锅饼等食物的摊位，石桥周家一下子强盛了起来，石桥也因此而被改名为“周家桥”。虽然在村内安家的周兴桐一支在物质生活与劳作模式上并没有多少改变，其在村落里的地位却也因为另一支周家的繁盛而高了起来，周家借此一举成为仅次于在八陡庄东段深耕数百年的陈、魏两家的村内大族。

八陡大街对于八陡人的意义，与其说方便人们出行，不如说为八陡的民众提供了一个足不出户就能与外界随时交流，及时了解并接纳新鲜事物的窗口，因此才有“东庵到西庵五里长，打尖儿住店的排成行”这样的顺口溜。20世纪七八十年代，随着车辆的普及，八陡大街已经难以提供相应的车容量与承载量。近年来，八陡镇在八陡大街往北近百米处新修建的双向六车道柏油马路取名为文姜大道，它已成为八陡镇最新的中心主路。

另外，八陡庄的文化人将村落的建筑风物和人文风情用一串数字概括了出来，分别为“两孝、三半仙、四多、五龙、六村、八陡、九槐树”，其中“两孝”分别为王让和颜文姜，一孝为官，一孝为神。“三半仙”分别为北河口的半仙之体邋遢张，传说邋遢张会分身术，让分身给八陡庄所有的财主当长工，致使满地里都是邋遢张的身影，真身却天天在岳阳河边晒太阳；黑山下的半仙之眼丁老爷，传说丁老爷能辨阴阳，一眼就可看出装扮成人赶八陡集的狐狸精，现在黑山上还存有丁老爷的墓碑；周家桥的半仙之医周贵山，传说周贵山大字不识一个，天天侍奉鬼神，偶然间获得神授天医妙方，随即能手写一百多张药方，成为当地名医。“四多”则指八陡庄庙多、井多、桥多、槐树多。“五龙”指的是位于今青石关和东顶二村的五龙溪，五龙溪是岳阳河的重要支流，在青石关、东顶一带由五条溪流汇集而成，五条溪流时而流于青石之上，时而隐没于丛草之间，蜿蜒曲折似五条神龙一般，故得名。“六村”“八陡”前文已有介绍，不再赘述。“九槐树”则指的是八陡庄曾经拥有的九棵古槐，皆为唐朝年间所植，只可惜现今只剩下两棵，一棵位于青石关村观音庙门前，一棵位于八陡庄山神庙。这些名人和风物在外人看来有真有假、半真半假，但村里人尤其是老人群体在描述这些的时候从来不去关心它的真假，而是切切实实把它们当作了这个村落的真实历史去描述和理解。

二、四通八达的道路

虽然八陡庄依水而建，但随着社会经济的发展，传统的以粮食种植为主的农业生产模式在这片多山又贫瘠的土地上逐渐被新兴的工场手工业所取代。村落对水的依赖感相应地也降低了，此消彼长，路开始在当地的经济发展和民众生活中扮演重要角色。当时的八陡大街全由青石铺就，主要承担博山往来沂源的货物运输，来往的马车并不多，主要的货物运输工具为人力独轮推车，推车周身包括轮子都为木制。一个男劳力平均可以推六百斤货物，主要运送的货物为博山的煤炭以及沂源的棉花、花生、地瓜等农作物。由于货物重、车辆多，久而久之，八陡大街中心地带的青石板上竟形成了一条宽约十厘米、深五六厘米的车辙，后来独轮车被装载货物更多更轻便的木制板车所代替，再之后随着去往青州、临沂等中远距离运输线路的开通，马车逐渐多了起来。20 世纪 60 年代，“解放牌”大卡车开始多了起来，这些“大家伙”的到来让原本宽阔的八陡大街显得狭窄，有些路段甚至无法两车并排通过。八陡庄的老人们年轻时候几乎人人都有指挥面对面“顶了牛”的不熟悉路况的大车错车的经历。

对于八陡庄，除了八陡大街之外，还有一条路不得不提，那便是博八轻便铁路。博八轻便铁路是在八陡投资煤矿的日照商人马官和（1875—1936）筹集 40 万元资金于 1921 年建成的，自八陡起，沿岳阳河河道经石炭坞、窑广、山头、神头直抵博山县城至博山站止，与胶济铁路张八支线连在一起，全长十公里左右。其主要用途就在于将八陡庄的煤炭输送到博山站，然后经由博山站通过胶济铁路运往全国各地。

博八轻便铁路的轨距最初仅有两英尺，由人力推送车厢运煤，因路窄坡陡而事故频发、效率低下。1923 年马官和对其追加投资进行改造，铁路却在 1925 年后因连年战乱而不断亏损，最终于 1936 年卖给胶济铁路管理局。胶济铁路管理局于 1937 年 6 月按照胶济铁路张博支线的标准对其予以改造，并命名为“博八支线”，却又遇上抗日战争的全面爆发，南京国民政府下令将张博、博八支线的主体工程全部摧毁以阻止日军。经日军抢修，博八支线于 1941 年重新通车，并开始为日本的侵略活动服务，此后当地的抗日武装又多次破坏铁道，使得铁路数次停运。解放战争时期，国共双方的军队反复争夺博八支线，一方夺得控制权必定对铁道进行抢修，而另一方也必然前来破坏，直到 1948 年博山解放之后博八支线才稳定下来并一直发挥着作用。

新中国成立以后，随着黑山煤矿不断扩大规模以及客运列车的投入使用，博八支线逐渐繁忙起来，八陡站也渐渐地成为博山人经常会提起的重要站点。八陡站刚刚建立时只接收货运订单，而且仅限于矿产、粮食等大宗货物。20 世纪 60 年代中期以后，八陡站迎来了它的“高光时刻”，先是根据实际情况发明的“九合一”的运输方案组织法在计划经济的条件下，完美解决了货运量激增所带来的设备、管理、组织等方面的矛盾，被国家铁道部称为民间的一项伟大的“壮举”，并被视为标本在全国铁路系统进行推广；再是八陡站巨大的出货量引起了全国的关注。据八陡站老一代的工作人员回忆，当时经过不断修整，博八支线的规格已经与胶济铁路一致。因为黑山优质的煤炭资源在全国范围内的热销，八陡站每天需发车十余次，每次都能装满整整 20 节车厢，八陡站因此创下“日运二百火车皮”的成绩。20 世纪七八十年代，黑山煤矿资源枯竭终至停产，并于 80 年代初迁往兖州，八陡站大受影响，物流方面出货量大幅度减少，仅仅依靠客流又不太容易回本，最终出现了难以为继的局面。不过八陡站与博八支线也并未就此退出历史舞台，之后坚持运营，服务于当地民众，直到最近两三年才完全停止运营。

如果说八陡大街让当地民众颇为“被动”地感受到了南北的不同文化差异，增长了见识，开阔了视野，那么博八支线与八陡站则为当地人提供了一个主动走出去的机会。一来一去之间，当地人的日常行为习惯、价值观念、文化个性等方面已经发生了潜移默化的变化。路不仅仅作为连通外界的渠道而为当地人提供了出行的方便，还作为连通外界的场所为他们展现出了一个充满新鲜感的外部世界，因此路在当地的生活空间的维护与发展中发挥着重要的作用。

三、居住空间的变迁

在描述了村落整体形态以及重要交通线路的历史变迁之后，我们开始把视角深入到村落内部，总结当地房屋建筑的历史、保护与发展的状况。八陡庄连同西邻窑广、山头等地至今还保留了大量的明清建筑，这些老宅子大多为砖木结构，以青砖垒墙，黛瓦铺顶，木制四梁八柱做承重。旧时一般家庭大多是一排三间平房，中间为厅，两边为厢房，厅后为灶，这种被称为“长条老三间”的建筑式样布局简单而又合理，是当地最常见的样式。穷困之家也尽量保留“长条老三间”的样式，并以稻草代替黛瓦铺房顶，以黄泥坯代替青砖垒墙，用黄泥坯搭的墙一般比较厚，有的地方厚度可达一米，所以它的优点是冬暖夏凉，缺点是采光不足，屋里时常昏暗；稍微富裕一些的家庭则喜欢住简单的或者微型的四合院，传统的劳作模式需要劳动力，反过来，劳动力多的家庭一般家境都比较殷实，所以他们一方面拥有建造四合院的资本，另一方面也是出于家庭人员较多的现实考虑；村落中的大地主、豪绅、商人、买办等阶层往往喜欢修建一座花园式的几进几出的嵌套式大四合院，这种四合院往往在追求结构复杂的同时，还力求不放过一丝一毫的可雕琢空间，于细节处彰显品质。

不过，因为年久失修和时代的发展，这些房子即便保留下来也已经很少有人在里面生活了。值得庆幸的是，地方政府并没有因为一味追求 GDP 而随意处置这些空房子，而是最大限度地保留了它们原有的状态，这成为当地宝贵的财富。

八陡庄明清时期的古民居中最具代表性的有两处：一处是明初修建的

王让故居，位于今八陡镇北河口村内，是明初尚书王让的故宅，现为淄博市重点文物保护单位；另一处则位于青石关村内，是村里大姓之一魏家的宅院，村里人称之为“魏家大院”，魏家大院修建于何时已无从得知，但在清末民初达到鼎盛。时至今日，魏家大院早已经被普通的现代民居蚕食殆尽，剩下的也只是残垣断壁，但从青石关村现今仍保留的对某些特定地段的称谓如魏家胡同、魏家门楼、魏家前门、魏家后门、魏家板房等中可以想象魏家曾经的显赫。对于像王让故居、魏家大院这样的古民居，当地的村民们尤其是魏家的后人当然拥有许多口耳相传的故事，它们共同构成并勾勒出了一处宅院、一个家族、一个村落、一片地域的历史。

1948 年，八陡随博山城一起赢得第三次也是最终彻底的解放。人民政府将当地地主大户的大宅院没收、分割，然后分配给贫农们居住，同时还帮助没分到房子的住户修缮和改建住宅，从而在一定程度上从居住空间方面消除了因贫富有别而形成的现实和心理差距。后来随着社会的发展，尤其是改革开放以后，村里外出经商的人增多，贫富差距又一次在住宅上显现出来，赚到钱的村民开始改建房屋。镶着好看的瓷砖和铝合金门窗、有着气派的大门和干净的水泥地庭院的楼房逐渐增多，但与此同时，一直贫穷的或者不愿意折腾的老人则依然艰难维持，始终住在低矮、逼仄、阴暗的农家土房中。现代化的楼房、土房以及明清古民居在社区中的杂糅虽然在外人眼里非常别扭，但是对于当地人来说，他们早已习惯了这种不同历史时段的产物共处同一时空的现象。

近几年来，八陡镇政府开始实施“村居改造”工程，八陡镇所辖各村都先后成立了现代化的社区，整齐的单元楼几乎与城市无异，大部分村民都搬进了楼房过起了社区生活。村落里更多的老宅子空了出来，正如村里人所说，“老宅子越不住人就越住不了人”，意思是老宅子本来就非常脆弱，要是没有住在老宅子里的人时常不经意的拾掇拾掇，很快就会出现各种各样的问题，尤其是在暴雨、冰雹、大雪、大风等灾害天气影响下容易出现危险，成为危房，导致无法继续居住。另外，各村修建的小区一般都位于村落边缘，封闭式的小区、密封式的楼房以及现代化的休闲方式让人们乐于待在家里，所以在当前的环境和人们心态的双重变化下，虽然近年来这里并没有出现大规模的外出或者进城潮，但当地的村落还是出现了一种与“空心化”村落相类同的空间现象。但类同并不是等同，如果能以旁观者的姿态观察这里日常生活的整个时间序列，你就会发现，这个村落现在并没有真正衰落，而是充满了生机。

第三节　工业化秩序与身份属性的变化

博山在明清时期因煤炭、陶瓷、琉璃三大支柱产业的大发展而名噪一时，成为一方重镇，后来又成为受到外国人由衷赞叹的工业城市。但那时候普通民众的生活并不见得有多么轻松惬意，用“挣扎”一词来形容他们的生活状况可能更为贴切。

在三大支柱产业开始兴盛之前，博山当然也是一个传统的以农为本的社区，但是受制于多山多石的地理环境，人们开垦出来的耕地并不算多，平地更是少之又少。据满铁株式会社的统计资料，截至 1936 年，博山区共有耕地 2460 平方公里，其中光山地就有 1850 平方公里①，约占耕地总数的 75% 左右。民众手头上拥有的土地少，又加上土壤相对贫瘠，收成可见一斑。正如县志中所记载的：“外则山也、瘠土也，通邑地不足二千顷，赋不盈九千，农产既不足供食，于是窑冶琉璃等工业兴焉。……舍本逐末，地使然也。”② 又言，“乡区人多地少，垦荒造地，石堰层叠，梯山种植，往往岗陵濯濯，山洪为害，又地势不平，田多砂瘠，灌田绝少，旱灾易成。一切种植，墨守旧法，应用动力，悉为人畜，终岁勤劳，不得温饱”③。通过查阅文献，我们发现博山地区的确如前人文中所说，灾害易成，自明万历年间至今，博山曾至少出现过三次因自然灾害而引起的“岁饥人相食”的惨状，而有关“岁饥”“旱饥”“水患”“瘟疫”“虫灾”的记录更是数不胜数。博山几乎每年都在经历水旱灾害的轮番肆虐，在这种

---

① 南满洲铁道株式会社矿业部矿务课：《山东省矿业资料》，南满洲铁道株式会社矿业部矿务课大正三年（1914）发行。

② 民国《续修博山县志》卷七《实业志》。

③ 民国《续修博山县志》卷七《实业志》。

条件与环境下，专靠种植维持生活的百姓该是多么困苦不堪。

但是，农业的艰难并不意味着工场手工业就是底层民众突破生活困境的明路。博山的煤炭、陶瓷等行业很早就出现了社会分工，“武断规取山场，纠众歁钱攻采，其主事者必曰井头，率徒下攻者曰洞头，收发钱财者曰帐房，此三人者权莫大焉。输钱出分者，谓之攻主。煤已见矣，给以难，攻采无算矣，仍以繁费为辞。彼攻主尤怀欲取姑与之心，任其苛派销算。而井洞头则一文不费，公私十倍坐获。及日久见疑，从而察之，帐房又意为舛错，遂使攻主倾家入井，而山场业主办赋无从矣。于是或作奸偷采，或攘臂明争，甚至放水渰人，因而兴讼，往往愚夫愚妇轻生者有之。事闻于官，与此三人若风马牛不相及也，井之为弊如此，长民者知之”①。这段话详细地描述了井头、洞头、帐房如何通过不正当手段瞒天过海，聚敛钱财，而井徒在这里面往往充当了他们用以攫取利益的工具的角色。井徒们的身家性命在他们眼中几乎如蝼蚁一般可随意践踏，更不用指望他们能给井徒们的生活带来多大的改善了。民国《续修博山县志》曾载：“又贫且穷者为井夫、为窑夫、为挽车夫焉”，“烧琉璃者多目疾，掘山炭者遭压溺，造石砚者多喑疾，炒丹铅者畏内重。纵谋而获，亦孔劳矣”②。从事手工业的底层民众，不仅仅生活困难，还不得不承受不同工种对身体所带来的伤害。由此可见，旧时的博山民众生活条件一般都比较艰苦。

这样的生活状态在进入民国之后有所好转，但未从根本上改变普通民众遭受剥削和压迫的本质。而且不久之后博山就陷入了连年的战乱以及德日轮番的殖民统治之中。德占时期，因为管理人员有限，德国人采取了外包的方法管理煤矿，按照计件的方式一次性将工资交给包工头。本来德方给的工资就压得非常低，包工头和手底下的大小把头还巧立名目进一步克扣井徒们的工资，赚取外快。主要有：“抹尾”，德方付给包工头的工资一般以银元计算，包工头给工人们发工资时要兑换成铜板，所谓“抹尾”就是兑换之时包工头会把零头抹去再发给工人，比如说一块银元换两吊二，

① 民国《续修博山县志》卷七《实业志》。
② 民国《续修博山县志》卷七《实业志》。

包工头往往就会按照两吊来付给矿工工钱；“临时加款”，包工头会以各种名目临时扣除矿工一定数量的工资，如包工头本人得病，扣除每个矿工五个铜板算作给自己的慰问金；“开轮子”与“付半工”，包工头规定矿工们的工资每半月结算一次，这半月发上半月的工资，称为“开轮子”，发工资时包工头往往会突然告知矿工在某天因某事而只能给一半的工钱，称为“付半工”，因为时间已经过去一个月之久，矿工往往难以查证，所以只能忍气吞声，凡此种种，不一而足。当时的矿工们一边遭受德国殖民主义的剥削，一边又受到包工头的二次压榨，生活的艰难可想而知。

日本接管德国的殖民统治之后，最初继承了德国人施行的包工制。1937年全面侵华战争爆发，日本对煤矿的掌控改变了过去代管和中日资本合办的方式。1937年12月，日本直接侵占了包括黑山诸煤矿在内的淄博各大煤矿，日本政府迅速建立起统治机构，派遣正规军队连同警察、宪兵队、伪军一起进驻各大主要煤矿，实施军事化管理。矿工们背地里称呼他们组成的管理队伍为“矿叉子”，用以形容他们在镇压矿工反抗时的血腥与暴力。黑山矿区因为位置的特殊性和煤质的优良而成为日本政府重点关注的对象，日本政府派遣了多达一百余人的警务队进驻黑山矿区，又在矿区周边布满了铁丝网和高压线，还修建了炮楼与瞭望塔。其中炮楼在当地人心中留下了不可磨灭的印象，这里曾是日军残害民众的地方，被人们称为“阎王殿”。目前“阎王殿”的亲历者或见证者已基本都不在人世，“阎王殿”也早已被拆除，但是关于“阎王殿”的一些历史记忆仍然在当地人心中一代代传承着。

新中国成立后，民众的生活开始向好的方向发展。在农业方面，1951年淄博市的农村土地改革基本完成，农民们分到了更多的土地，贫、雇农所拥有的土地占比已经超过60%，而地主豪绅拥有的土地则下降到2%左右。尽管人多地少、灾害易成的矛盾并未从根本上得以彻底解决，但对于分到地的农民们来说已经是一个巨大的进步了，土地的改革至少使他们告别了“穷人头上三把刀，租重、利钱高、拨工派差多如毛”① 的穷困生活。

---

① 被访谈人：周奎鹏（男，1936年出生，农民，八陡大集上的商贩）。访谈人：张帅。访谈时间：2014年7月14日。访谈地点：八陡大集。

1952年3月，中共淄博地委发出《广泛开展爱国增收劳动竞赛的指示》，要求在农村创建模范互助组和丰产农业合作社，并拟定了《关于1954年至1957年援助农业互助合作组织发展的计划》，从此全市农村掀起了创建农业合作社的高潮。截至1955年8月，八陡庄30%多的农户都已经加入合作社，大家依据“地四劳六”的原则参与分红，即土地和劳动力一起入股，年终分红时土地占四成，劳动力占六成。1956年1月，淄博市开始建设高级农业合作社，取消了土地分红，将土地重新收为合作社集体所有，全面实行按劳分配。从农业合作化开始一直到1979年家庭联产承包责任制在博山推行，二十多年的集体生活给老一代的农民们留下了不可磨灭的印象，如今联产承包责任制已经实行四十年，但他们还是愿意时时追忆那段岁月，并在日常生活中寻找一种集体的归属感。

在工业方面，一方面，政府全面接管过去官僚、商人等创建的较大型工厂，将之改造为国有企业，如将八陡、山头等地的煤矿收归国有，成立了国营新博煤矿，又将其中的黑山井扩建为黑山煤矿；另一方面，政府则对私营工业实行减税、免税、低息贷款、加工定货、包产包销等办法进行扶持，并在于1952年开始进行的生产资料所有制的社会主义改造中将它们改造为私营联营工厂，又在1956年的合作化运动中将它们改组为公私合营，如八陡从事铁业生产的个体户，在人民政府的扶持下于1953年6月联营成为八陡胜利铁业生产合作社，后来又改组为公私合营的博山八陡机械制修厂。国家对工业的社会主义改造使得从事工业生产的井徒、铁匠等底层劳力变身为工人，有着不菲的收入、固定的劳动时间以及合理的劳动强度，生活条件和水平较之以前大为好转。

八陡庄开发历史悠久，工业基础相对雄厚，甚至与城区相比也不遑多让；它又属于农村，即便地处山区、土壤贫瘠，也总算是有耕有种、有获有得。工农业的齐头并进，煤矿、铁业生产对男劳力的特殊要求与中国特有的阶级划分制度一起催生了当地家庭中既有工人又有农民的现象，这被当地人戏称为“一个家庭、两种身份”。一般情况下一个家庭中往往在附近工厂上班的男主人是工人身份，而在家里种地务农的女主人属于农民身份。村居两委成立以后，男主人归居委会管，女主人则归村委会管，所以才有了“两种身份”的说法。不过相较于“两种身份”影响下的日常生活，当地人尤其是女人往往对当初当工人还是做农民的选择过程中的迷惘、糊里糊涂的感受记忆犹新，原因正是在于她们在不明就里的情况下的略显随意性的选择决定了一个家庭未来的走向。

第四节 工业化节奏与文化传统的变化

工业化的发展让当地的大部分民众获得了较为稳定的收入，同时也让他们的视野与见识更为开阔。另外，南、北方工人和商人的汇集，也让八陡和博山成为不同文化的交融之地。本土文化不可避免地受到了外来文化的冲击，在相互融合的过程中，旧的文化传统悄然发生了改变，总体来说，无论是饮食、岁时节日还是人生仪礼，民众在尽量保留老规矩的同时，开始讲究排场，追求精致，所谓“耗财买脸”“过节烧包”的现象就出现了。

一、“四四席”的讲究

在宴请宾客等正式场合，博山人非常讲究，有着“四四席”的规制。1919 年，博山著名厨师王广镛与栾玉琢合作创办了聚乐村饭店。王广镛曾长期在济南做厨师，栾玉琢则精通北京公馆菜的制作工艺，二人在博山原有的“三台席”“鱼翅席”“全羊席”等基础上进行创新，发明了“四四席”。后来，“四四席”的格局逐渐被所有博山饭店所沿用，并进一步扩散到寻常百姓家中，对博山及其周边地区的宴饮习俗产生了深远的影响。

顾名思义，“四四席”指的是在上菜的过程中以四为单位，先后有四冷盘、四大件、四行件、四扣碗，总计四四一十六品菜。除此之外，规格较高的宴席和婚宴还要在上菜之前备上四干果、四点心、四鲜果，并搭配不同的茶饮，名为“喝头”。一般来说“四四席”专供八人一桌的坐席，多一人名为“挂角席”，少一人则为“敞口席”。座次则以旧时八仙桌为基准，正对门口一方为上席，上席以左为尊，其余按照长幼远近依次排开。上菜的程序一般为先上四干果搭配普通茶水，次上四点心搭配杏仁茶，再上四鲜果搭配黄酒或红酒，其酒称为“垫底酒”。然后宴席正式开始。按照北方惯常的“一冷二热三汤”的程序，先上以凉拌菜为主的四冷盘，然后便迎来四大件中的第一大件，民间称为“头菜”，头菜的菜品决定了宴席的名称和规格，比如头菜若是燕翅，则此宴席即名为“燕翅宴”；若是鱿鱼，则为“鱿鱼宴”。在“四四席”诸多名称中，“全羊宴”规格最高，价格最贵，在《简明中国烹饪辞典》中曾有专门的介绍。第一大件之后紧跟着的是第一行件，又叫第一热菜；第一行件之后则是第一扣碗，所谓“扣碗”，指的是做菜先用海碗做好，然后倒扣在汤盘中，一般为汤菜；此后大件、行件、扣碗依此次序穿插上席，并且当地还有上新撤旧的讲究，每上新菜就要把同类别的旧菜撤掉。

“四四席”不仅讲究上菜的程序，对菜品的规格也有严格的规定，要求四大件的菜金占全席的一半，其中第一大件即头菜的菜金又占四大件的一半；四行件菜金占全席三分之一；四冷盘与四扣碗菜金共占全席的两成。因为“四四席”一般用于婚宴、寿宴等正式场合，所以宴席上有着诸多忌讳，比如四点心中忌上麻花，因麻花谐音“麻烦”；四鲜果中忌上梨，因“梨”与“离”谐音；四大件中忌上狗肉，因狗肉煮熟之后形状不太好看等。与此同时，宴席的师傅们往往依据不同的事由而选择不同的菜品，从而赋予宴席不同的吉祥寓意，如婚宴的四扣碗中必然有“八宝饭”，里面的大枣、花生、桂圆、莲子有早生贵子之意；寿宴中则必有四喜丸子，寓意“福禄寿禧”；乔迁宴席上必有晾糕，取谐音“梁高”；送别宴中必有饺子，接风宴中则必有面条，以应民间“出门饺子还家面”的说法。可见，“四四席”不仅代表了当地饮食的最高水平，从其注重礼仪与讲究寓意方面来看，还是一种与地方民俗紧密结合的地方文化，体现了当地人在饮食、聚会上更高的文化品味与追求。目前“博山‘四四席’饮食习俗”已被确定为山东省第三批非物质文化遗产。

在寻常百姓家中，无论经济条件如何，一向讲究的博山人只要宴请宾客，就必须上“四四席”。黑山煤矿退休工人陈会志说：“博山这边人最能穷讲究，哪怕家里没钱，一办席就是‘四四席’。钱实在不够，我哪怕给这些菜降低一个档次，牛肉改猪肉，猪肉改鸡肉，鲜鱼改冻鱼，肉菜改素菜，也得在形式上让人看出这‘四四席’来。你要不是‘四四席’，你的菜再好，人家也觉得不是诚心待客；你是‘四四席’，你的菜不好吃且没有多少肉，人家就觉得你是个讲究人。”① 博山人的“穷讲究”即使在经济困难的时代也体现得淋漓尽致：“1959 年，我结婚正赶上家里经济困难，那时候全社都困难，一点儿吃的都没有，上哪弄四干果、四鲜果去，但是结婚不是别的，最起码你得有‘四四席’的样子。我父亲通过关系弄了一车萝卜，我和我兄弟连夜去拉回来。我母亲把萝卜横着切摆一盘，切成条摆一盘，切成小块摆一盘，整个的摆一盘，这不就凑成四鲜果了。煮萝卜、腌萝卜都是菜，大家谁也不嫌，那时候萝卜就是好东西，吃一口，真甜，没让你吃糠就不错了。现在提起那事，人都说我这是萝卜‘四四席’，用赵丽蓉老师的话就是萝卜开会，但这也是没有办法的办法。”②

随着经济的发展、社会的进步，民众的生活日益好转，“四四席”也变得更为讲究。2014 年 10 月 3 日，北河口村有一户人家结婚，笔者最重要的访谈对象陈会秋老人特意抄录了他家的婚宴菜单，菜品如下：

四干果：香蕉片、杏仁、开心果、桑葚花生

四点心：黄金饼、白皮酥、奶油酥条、豆沙卷

四鲜果：西瓜、葡萄、小西红柿、哈密瓜

四冷盘：酱牛肉、冷盘酥锅、博山香肠、秘制凤爪

四大件：海参汤、猪肘子、糖醋鲤鱼、博山豆腐箱

四行件：爆炒腰花、干炸里脊肉、熘肝尖、拔丝地瓜

四扣碗：八宝饭、汆肉丸子、红烧狮子头、清烧蘑菇球

① 被访谈人：陈会志（男，1941 年出生，黑山煤矿兖州分矿退休工人）。访谈人：张帅。访谈时间：2014 年 9 月 28 日下午。访谈地点：八陡镇青石关村五龙桥陈会志老家。

② 被访谈人：陈会秋（男，1935 年出生，三菱钢窗厂退休工人，青石关老人会会长）。访谈人：张帅。访谈时间：2014 年 9 月 28 日下午。访谈地点：八陡镇青石关村五龙桥陈会秋老家。

婚宴是在村里的饭店举办的，这个饭店在整个八陡镇算是中等规模。据陈会秋估算，全桌菜金在600元以上，再加上酒水、烟和糖果，每桌总价在800元左右。按价格来看，这基本上已经接近淄博市其他地区位于城区的大饭店的婚宴规格，所以对于村里人来说，虽然经济条件有了明显好转，但是“四四席”的规格也随之大幅提高，因此婚宴等大型宴席对于一个普通家庭来说仍然是巨大的负担。

具体到日常生活中的饮食，不同于鲁中其他地区的“对付对付”①，博山人也非常讲究。实际上作为鲁菜代表菜系之一的博山菜本身就以家常菜见长，博山人尤其热爱下厨做饭，因此当地有“人人都有半把刀，大老爷们也颠勺，厨子多得过炒瓢”② 的俗语。明清时期是博山城经济逐渐走向繁荣的时期，煤炭、陶瓷、琉璃三大产业的繁荣使博山呈现了“车马辐辏，万商云集”的社会场景。来自不同地域的客商和迁徙户将不同风格的饮食带到了博山，在充分融合的情况下形成了博山饮食的独特风格，正所谓“待要吃好饭，围着博山转。吃了博山饭，围着天下转”③。就菜品来说，最能体现精细化以及融合性特征的是博山豆腐箱。

豆腐箱的制作工序特别复杂，首先需选用当地质地结实的特制豆腐，将其切成长方形块状，放入油锅中炸至表面金黄，然后将豆腐的一面用刀掀开，形成一个带盖的箱子的形状，将里面的豆腐挖出来，将竹笋、海米、黑木耳、粉丝一起剁碎，再煸炒成馅儿，加上香油、胡椒面等调味料后把它们放到炸好的豆腐块的腹中，再装进笼屉上锅蒸透码盘，最后浇上

---

① “对付对付”是笔者在鲁中地区调查日常饮食时听到的最多的回答。鲁中地区民众的日常饮食习惯一般比较粗粝，比如在淄川洼子村，大部分村民“早饭都是清汤挂面就咸菜，午饭基本就一个菜，炒一大锅，连锅带菜往桌子上一放，全家人一起吃。过节就是饺子，平日里没啥事一年到头不吃点儿肉，夏天自己种菜吃，冬天顿顿大白菜。吃那么好有啥用，咋也能吃饱，对付对付就行了”。（被访谈人：张仕骁，男，85岁。访谈人：张帅。访谈时间：2012年1月19日。访谈地点：洼子村大街。）

② 被访谈人：陈会志（男，1941年出生，黑山煤矿兖州分矿退休工人）。访谈人：张帅。访谈时间：2014年9月28日下午。访谈地点：八陡镇青石关村五龙桥陈会志老家。

③ 被访谈人：陈会志（男，1941年出生，黑山煤矿兖州分矿退休工人）。访谈人：张帅。访谈时间：2014年9月28日下午。访谈地点：八陡镇青石关村五龙桥陈会志老家。

用蒜黄和醋炝锅加淀粉调成的勾芡汁才算完成。豆腐箱口感绝佳，又寓意丰富，有“开箱取宝”的雅名。据《博山县志》记载和民间传言，乾隆皇帝游览博山孙廷铨孙国老故居时，品尝了孙廷铨后人招待的豆腐箱之后赞不绝口。从原材料上看，豆腐箱的制作成本并不高，但从工序上看，豆腐箱的制作又极其复杂。博山民众对精细化饮食的追求并不一定在于食材本身的价值，而是具体体现在烹饪方法和技巧等具体的操作层面上。这种追求看似是个人的自由选择，实际上则是传承已久的村落生活习惯。豆腐箱因其低廉的成本和美好的寓意而几乎成为过年期间博山人餐桌上必备的菜肴。如果谁家过年“连豆腐箱都不做，那只能证明自己不想着自己过好日子了”①。这充分说明，“过年做豆腐箱”已经成为当地的“老规矩”并左右着人们的生活。

总的来说，“四四席”的规制和对豆腐箱等菜品的具体要求已经内化到民众的日常生活之中，它代表了一种追求精细和制度的饮食文化。在重要的宴会上，“四四席”几乎是判定主家是否讲究的唯一标准，而豆腐箱则成为年节是否充实的重要象征，这体现了当地人对规矩和面子的重视。与此同时，“四四席”在菜品的选择上也具有非常大的弹性空间，这也就意味着“四四席”的花销可多可少；豆腐箱则原材料成本非常低廉，因此讲规矩的饮食文化在一定程度上也维护了贫穷人家的脸面。于是，“只要维持了‘四四席’的规格，得到的评价总不至于太差”“只要有了豆腐箱，就能过个好年”就成了贫苦人家的自我心理安慰。

二、婚礼中的“油客”与“陪客”

在博山人的出生、成人、结婚、丧葬等人生仪礼中，以婚礼最具地方特色。博山婚礼从总体程序上来说，大致沿袭了过去“纳彩”“问名”“纳吉”“纳征”“请期”“亲迎”六礼，不过在具体细节方面却有着很多

① 被访谈人：陈会志（男，1941 年出生，黑山煤矿兖州分矿退休工人）。访谈人：张帅。访谈时间：2014 年 9 月 28 日下午。访谈地点：八陡镇青石关村五龙桥陈会志老家。

值得进一步思索的地方。总的来说，博山的婚礼实际上就是新郎和新娘背后的两个家族在磋商和博弈中磨合的过程，因此有着娘家人和婆家人定下的各种“老规矩”以及代表新娘的“油客”和代表新郎的“陪客”互相“明争暗斗”的过程，具体有以下几点。

送柬 博山等地将定亲的环节称为“送柬”，还称为“换帖”，指的是双方初步确定关系以后，由男方用红纸将希望两家结缘的话语写下来，作成“柬”或“小帖”，由媒人送到女方家，女方再以与同意结亲相关的话语回帖的行为。无论是“柬”还是“帖”，都突出强调了这一环节中书面形式的重要性。在民间，纸和字被认为比话语更具权威性，双方约定的内容一旦以纸和字的形式记录下来，就意味着不容更改了。而这也是两个家族第一次正式会面，所以双方都非常重视。八陡庄的退休教师魏鹏祥认为：“柬就是民间的结婚证，红纸黑字或者红纸黄字，无论哪种字写上了就是定下了，只要手里有了柬，哪怕第二天全部家当被大火烧了，或是出事成植物人了，只要人不死，就永远有效，谁也不能反悔。”① 魏鹏祥的这段话突出强调了“柬”在婚姻关系的确立中所存在的巨大约束力。

送帖和回帖都需要准备礼品。在博山，男方需请两名男媒人于农历二月初二或六月初六把帖送到女方家，同时还要将男方送给女方的聘礼和“压柬钱”（一般为几百元至千元不等）一同带去，这一环节称为“下娶帖”。聘礼一般包括两方面内容：一是送给女方父母的礼物，一般为烟、酒、糖、茶、猪肉、鲤鱼、面条、布料等八种，称为“八色礼”；一是首饰、化妆品、衣服布料等供准媳妇结婚时穿戴的东西，称为“彩礼”。过去对彩礼的规格并不做太多要求，20 世纪 80 年代以来逐渐兴起了“三金一木”的说法，即男方在送帖时要送女方金耳环、金项链、金戒指以及木兰助力车；90 年代以后，彩礼逐渐以钱来代替，最初为 5000 元以内，有的人家为了图吉利会送 6666 元或者 8888 元，后来彩礼钱逐渐多起来，先后曾时兴 10001 元（代表万里挑一）、11000 元（代表一心一意）、15010

---

① 被访谈人：魏鹏祥（男，1947 年出生，退休教师）。访谈人：张帅。访谈时间：2014 年 9 月 27 日上午。访谈地点：八陡庄魏鹏祥老家。

（代表万无一失）、21800（意指男方、女方两家一起发）、31800（意指男方、女方以及小两口新组成的家庭三家一起发）。

金钱代替实物作为彩礼这一现象的出现，一方面与当前商品经济的大环境相关，在当前人们的价值观念中，金钱似乎已经成为衡量一切的标准；另一方面也与男女比例的严重失调有关，如果把婚姻关系看作一场“交易”，那么“物以稀为贵”，女方无疑已经成为卖方市场。尤其是进入21世纪之后，彩礼钱几乎是日日见涨。据八陡当地人讲，有些人家已经为自己女儿的彩礼开价到了51800元，甚至连这串数字代表的吉祥寓意都还没有想出来，而在其他男女比例失调更加严重的地区更是擅长巧立名目多要彩礼，有“五金六银”（指耳环、项链、吊坠、戒指、手镯等五种金饰加现金六万）、“三斤三两”（又称为“新三金”，指送给女方家重达三斤三两的百元大钞，合计人民币136000元左右）、“万紫千红一片绿”（即一万张面值五元的纸币、一千张面值一百元的纸币再加上数量不做要求的面值五十元的纸币，合计人民币15万元起）等形式。事实上，在农村往往男方家庭条件或个人形象不好或者村落评价较低的，女方家索要的礼金反而更多一些；而若是男方家庭条件比较好，或者男方个人条件比较优秀，女方家索要的礼金会相对少很多，所以说条件越是不好的，结婚的成本反而会更高。

女方家在给男方回帖的同时，也要准备礼品，谓之“回礼”。相对于男方的彩礼，女方家回礼非常简单，一般有针线（表示千里姻缘一线牵）、香和艾草（表示相爱）、面条（表示长长久久）、盐（表示有缘分）、笔和本子（表示有文化）、女方的头发（表示希望与男方白头到老），等等。此后，男方会托媒人到女方家商定结婚的日期，当地称之为“要媳妇”。女方将准新娘的出生时间写在一张红纸上，即“年命帖”，交给媒人带回男方家。男方便开始请人“看日子”，并根据“年命帖”确定最终日期，同时详细地列出新郎迎娶的时间，新娘子过门、坐福的时间，拜天地的时间以及婚礼进行的过程中需要注意或者忌讳的事情，用红纸一式两份写好。再由媒人将红纸送往女方家，谓之“送日子”，同时还要送去一定数量的“盒子钱”，一部分用于女方家置办嫁妆，另一部分在迎娶时提前放进柜子和新娘子的腰中，叫作“子孙钱”，预示着以后人丁兴旺。

搬缘房与响门　搬缘房又叫搬圆方，是博山一直延续至今未曾改变的旧俗。所谓“缘房”或者“圆方”，指的是女方家陪送的东西，主要是衣柜等家具，家庭条件一般的就准备一个大衣柜，家庭条件好的还会加上书桌、饭桌、箱子、椅子、板凳等，后来缘房逐渐成为由男女双方共同准备，以凑齐三十六或者四十八条木头腿为大吉。20 世纪 80 年代，八陡庄的缘房时兴“三转一响”，即自行车、手表、缝纫机三件可以转动的物件外加能放出声音的收音机，后来又有“五大件”之说，即自行车、缝纫机、电视机、收音机、洗衣机。搬缘房一般在结婚的前一天进行，由新郎本家的一位较为年轻的长辈带领众族人一同前往。搬缘房所用的工具都要经过特别的装饰以体现出喜庆的感觉，如所用的绳子要染成红色，车辆、扁担、柜子、箱子也要贴上大红喜字。缘房要用红纸简单包一下，落脚的地方也要提前铺上红纸。从女方家往外搬缘房的时候还往往要表现出抢夺的感觉，女方会派出两名女性跟随队伍一直到男方家中。

将缘房安排妥当之后就已经傍晚了，男方家开始宴请左邻右舍、亲朋好友，名为“待行人”，同时还要在大门口挂红灯笼和红旗，并燃放鞭炮，为迎娶新娘“清道”。灯笼和红旗要挂一整晚，鞭炮也要一直响个不停，因此当地人称呼这一环节为“响门”。宾客们在酒足饭饱之后就会渐渐散去，男方家开始准备迎娶媳妇的事宜，因此在过去，大多数宾客虽然喝了喜酒，但未曾见到新媳妇。

夜里娶亲　过去博山娶亲有“大娶”与“小娶”之分。大户人家一般会大娶，大娶白天进行，男方家发官轿、花轿各 1 乘，并有乐队、仪仗等，新郎坐官轿去迎亲，新娘则坐花轿过门；小娶则多为平民家庭，一般在夜间即在入夜十二点以后至五点天亮之前进行，男方家只发花轿 1 乘，带灯笼、火把到女方家迎亲。大娶与小娶只在轿子数量、时间和规格上有所不同，具体的习俗则大同小异。准新娘在临出嫁的前几天便开始少吃少喝，不出门坐炕待嫁。男方到女方家迎亲必须带皮袄、红毡并当场出示，否则女方家会拒绝开门。将新娘子接回以后，新郎家还要故意将大门关闭，让新娘在轿内等候时辰，叫作“顿性子”，意思是磨炼一下新娘子的忍耐度。

迎亲时，红毡铺地，新郎需要手持燃香迎接新娘，陪同新郎一同前去的长辈还会拿着一扇猪肉送给娘家人，其名为“离娘肉”。婆家人需事先在离娘肉上割下一块肉，仅有一丝肉皮与整片猪肉相连，待新媳妇要上轿前，由母亲将这块肉扯下来交给女儿带走。

博山的“过门”也是迎亲中非常重要的一个环节，需要提前将一个用红纸糊的马鞍子横放在门槛上，由新郎牵着新娘的手在前面引导新娘大步跨过马鞍子，意味着新娘从一个人生阶段跨入了另一个人生阶段，担当起了新的社会角色，也意味着新娘子从一个家族跨到了另一个家族。过门的仪式表面看来是新娘自己主动地“跨越”，但从婆家设置包括顿性子、过门等仪式来看，这些仪式实际上体现出了婆家对新娘的规诫。

至于小娶在夜里进行的缘由，当地人大多会用一则关于“恶霸抢亲”的传说来解释。传说讲的是八陡东边的西河镇在明末清初出了一个恶霸，诨号翟三虎，他的父亲是尚书，他的儿子是翰林，因此他自诩“头顶尚书，脚踩翰林”。他拿着皇上赐给他家的“丹书铁券”横行乡里，欺男霸女，好色成性，规定无论谁家女子必须要在结婚前一天主动送上门来，待他享受完“初夜权”之后，再与夫家婚配。乡里人畏惧他的权势，往往敢怒不敢言，只好赶着夜深人静偷偷举行婚礼，于是渐渐地就形成了夜里娶亲的习俗。

翟三虎在历史上确有其人，真实姓名为翟元会，其父翟凤翀官至兵部左侍郎兼都察院右佥都御史，卒赠兵部尚书，其子翟延初历官翰林院庶吉士、散馆编修。实际上，翟元会在正史中一直显现出的是魁伟、正直、诙谐的个人形象，其名气也比不过前后两代。但在民间的话语体系中，翟元会则成为一个箭垛式的人物，被打上了好色之徒、恶霸、心胸狭隘的标签。博山等地许多有关地名、庙名以及习俗由来的传说都与化身翟三虎的翟元会有关，而翟三虎的相关传说故事也一直在民众口中代代相传。不过如今也有了不同的声音，有一大批翟三虎的相关者（多为西河翟氏后人、同乡）认为翟元会在民间的形象源自好事者的诬陷，他们开始以各种方式为翟三虎摘掉这些标签，试图还原一个真实的翟三虎，这一文化现象的出现非常值得注意。

油客与回门　结婚后第二日一早，女方家会派两人为新娘子送来梳头油之类的化妆品，谓之“油客”。油客一般由新娘的伯叔或者堂兄弟充当，要求必须为男性，以显示新娘在娘家有后台，以免遭受婆家人欺负。因为油客过后会把在男方家受到的待遇反馈给女方家，所以男方往往会以最高规格的酒席，并派出家族里面地位较高、比较有文化和声望的长辈来招待油客，谓之“陪客”。娘家设置油客的目的与其说是探望新娘，不如说是对新娘婆家的一种试探，油客所代表的是娘家的整个家族，如果遭受冷遇，也就意味着婆家并没有把娘家看在眼里，新娘在今后的生活中有受到婆家压迫的可能，两个家族之间也往往会因此交恶。两个家族的“博弈”也会在招待油客的酒席上体现得淋漓尽致，倘若娘家家大业大、人丁兴旺，油客往往抬头挺胸、趾高气扬，婆家人则唯唯诺诺、低三下四，因此本地有“油客囔囔，眼瞟房梁；陪客嘟囔，门什欠儿（门槛）悠荡”① 的说法；倘若娘家穷家敝户、人丁单薄，那么酒席上就完全是另一番光景了。油客的重要性还体现在，一个能说会道的油客很有可能会使婆家对新娘高看一眼，从而使得新娘在婆家原本不受待见的现状出现反转。

我大哥一家都是老实人。当我们在沂源下乡的时候，我的二侄女嫁给了当地一户人家。我们在这边势单力薄，人家都在这里发展几百年了，你想想我侄女去了那还能有好？结婚第二天，我就寻思咱得去给俺侄女长长气势，也不管那边有没有这风俗。我就和我侄子（你别看是我侄子，实际上比我还大一岁呢）就去当油客去了。到那边以后刚开始人家也没正眼瞧啊，后来落了座，我就和他们那边交际。咱别的本事没有，就这嘴还行，三两句就把那边说得一愣一愣的，人家都举着大拇指跟我侄子说，你这个小老（博山人称呼年龄与自己差不多的长辈为小老）行，从那以后他们那边要是有什么事都直接来找我商

① 被访谈人：魏鹏祥（男，1947 年出生，退休教师）。访谈人：张帅。访谈时间：2014 年 9 月 27 日上午。访谈地点：八陡庄魏鹏祥老家。

量，我就能给他们做主。①

尽管取得的实际效果不得而知，但魏矗浩的这段话表明，他在潜意识里已经把做油客当作了给新媳妇长脸、长气势的重要方式，并认为油客在宴席中发挥得好坏直接影响新媳妇在婆家的地位和未来。所以说与婆家设置顿性子、过门仪式一样，油客的存在也是结为姻亲关系的两个家族进行博弈的重要方式之一。

全国各地普遍都有三日回门的说法，在博山却不相同，因为新娘“过门”之后要“坐庐帐”两日，即两日之内不能下炕，直到第三日方可下炕，但仍不能自由活动。婚后第三日，新娘子不但要由妯娌陪同上坟祭祖，还要给婆婆做条新裤子，因为当地有“待要富，三日给婆婆做条裤”②的说法。在这之后，新媳妇才可以回门。回门的方式有两种：一种是娘家人来接新郎和新娘一起回去，两位新人当天必须返回家中；另一种叫“住日子”，娘家人接新娘回去，一般要在娘家住六天，第七日再把新娘子送回去。选择哪种方式回门，实际上也与娘家是否强势有关，如果娘家相对婆家比较强势的话，回门往往会是第二种方式，而且有的新娘子甚至会在娘家住十天或者半个月；如果婆家比较强势的话，往往当天就返回了。总之，婚礼的规矩有着巨大的张力，在娘家与婆家的博弈中，老规矩根据双方的实力而在平衡线附近左右移动，但最终都会在各种摩擦和协商中达成一致。

三、“过节烧包”

“烧包”是当地一个特有的词汇，指的是通过不计后果的花费来炫耀自己的意思。在向来崇尚节俭的鲁地，“烧包”往往带有强烈的讽刺意味，

---

① 被访谈人：魏矗浩（男，1948 年出生，八陡人，现居住于山头镇山头社区，淄博钢厂退休工人）。访谈人：张帅。访谈时间：2015 年 2 月 13 日上午。访谈地点：山头镇魏矗浩家。

② 被访谈人：魏鹏祥（男，1947 年出生，退休教师）。访谈人：张帅。访谈时间：2014 年 9 月 27 日上午。访谈地点：八陡庄魏鹏祥老家。

但是当它与“过节”联系起来时，意义就不一样了。“过节烧包”可谓是当地人在节日期间的口头词，用以形容节日期间的铺张浪费。博山等地的民众普遍有着忙忙碌碌、省吃省穿的日常生活习惯，但是长期的压抑必然需要一定的宣泄，于是在节日期间民众往往会放下手中的活计，不惜花费数倍于平日的金钱去享受节日带来的快乐。当然对于农村民众来说，过节的花费有相当大的一部分用在了购买和制作祭祀用的各种供品和祭品上。据当地人回忆，“过节烧包”这四个字总是在花钱的时候从自己口中不自觉地说出来，这一方面体现出一种自我调侃的意味；另一方面也是对自己的一种心理暗示和安慰，提醒自己“大过节的多花点钱无所谓”①。

博山虽然自建县时起就已经是一个工商业非常发达的城市，但其在岁时节日方面仍然保留着农耕社会的传统，不但民间所有节日都遵从农历，还在一些环节体现出了浓厚的“春祈秋报”的意识。不过从过节的具体细节上，我们还是能够看出人们因特殊的身份和经历而演绎出的地域特色。

（一）春节

赶年集　八陡的民众一般从农历腊月二十就开始为春节忙活了，因为这天是八陡年集正式开市的日子，大家要置办小年以及忙年所需之物。八陡大集规模盛大，历史悠久，逢五、十开市，以流动摊贩为主，按经营种类分为不同区域，蔬菜调味、肉蛋鱼虾、瓜果干货、糕点零食、服饰布匹、烟花爆竹、花鸟鱼虫等都有自己的专属区域。

八陡集原本位于东顶、北河口、青石关三村之间的五龙溪滩涂上，沿五龙溪河道往西与岳阳河道相连接，绵延数里。新中国成立后，随着河道变窄、河流干涸以及村落的迁徙，五龙溪滩涂基本消失，八陡集转移到了岳阳河谷地。集市的选址与八陡庄的空间设置有关，八陡庄的居住空间大多位于山脚至山腰一带，河谷地带作为村落中少有的平坦之地，既是村落通往外部世界的主要干道所在地，又是村落主要的群体活动中心。一般来说集市都会设立在空间适中、交通方便、人气聚集的地方，所以河谷地带

---

① 被访谈人：陈维仕老伴（女，农民）。访谈人：张帅。访谈时间：2014年6月23日下午。访谈地点：八陡庄五龙桥陈维仕老家。

几乎是集市的唯一选择。选择了河谷地带也就意味着要承担洪水的风险，因此当地流传的有关八陡集的传说大多与洪灾相关。

除了传说之外，现存于五龙桥上的八陡大集碑和位于五龙桥一侧的关帝庙，则以实物遗存的形式成了老八陡大集的历史印记。遗憾的是，立于民国年间的八陡大集碑字迹已经难以辨认，关帝庙也是在原址上新修的。在中国北方的乡村社会，历史久远的集期市场往往会伴随有关帝庙的出现，八陡大集也不例外。旧时八陡大集缺乏必要的管理机构，集市各个摊位的位置、大小以及相同产品的定价等事务，完全依赖商贩们自己推举出来的民间机构的管理和大家的自觉遵守，所以八陡大集在当地又有“义集”的称号。集市的秩序很难用文字在固定的地方一一呈现出来让商贩和民众去识记并遵守，而是作为一种“老规矩”内化于人们的生活经验之中，因此在民间代表着忠和义的关帝庙就成了用以提醒民众遵守集市秩序以及强化集市规矩的象征性符号，同时也成为民间管理机构的办公场所。

腊月二十的八陡集只能算是年集的一个序曲，却因为它是小年之前的最后一个集市，所以也很热闹。小年夜是灶王爷上天的日子，旧的灶王爷上天了，新的灶王爷就得预备下，因此每年的腊月二十也是灶王爷的贴符脱销的日子。当地所卖的灶王爷的贴符除了有灶王爷像外，画像上方还会有新的一年的二十四节气的分布、太岁方位等一些信息。生产厂家为节省成本，只在腊月批量生产，再投入市场，所以腊月二十的集市就变得尤为重要。在通讯方式不甚发达的年代，买灶王爷像实在是一个很麻烦的事情，因此也有人称腊月二十的集为“麻烦集”：

> 腊月二十又叫麻烦集，为啥呢？腊月二十得买灶王爷像，那时候没有手机电话，干啥都得寻思着来，大哥去赶集一看到灶王像就想着二哥、三哥可别忘了买，就一次性买了三张，这要是他俩真没买还好说，要是有一个买了，灶王像多了麻烦事就来了。灶王爷是一家之主，家里不能容二主，你还不能撕了扔了，赶紧挨家挨户问问谁家还没有灶王爷，赶紧往外送。反过来情况也有，大哥想着二哥可能买，二哥想着三哥可能买，到最后哥仨谁也没买，那就得挨家挨户管人家

要去，也是个麻烦事，谁家能多个灶王爷啊！①

腊月二十五的八陡集是年前最大规模的集市。家庭中的每个人都有自己的任务，主妇要买蔬菜、肉、蛋、水果，男主人则忙于为家里添置花鸟鱼虫，还要买下几挂鞭炮烟花，瓜子、花生等干货炒货，新衣服，上供用的黄表纸和香，年画春联等，也有很多人会趁此机会添置一些新家具，好多家庭要来往好几遭才能把所有年货备齐。

腊月三十的集市在当地又被称为“穷汉集”，主要是因为有些家里生活困难的实在是没钱置办年货，就一直拖到腊月三十。他们实在没辙才去集市上逛逛，看看能不能捡个漏，好歹“对付对付”。实际上按照民众的经验，年三十大集上的东西要么特别便宜，要么特别贵，卖家卖不了的东西才会便宜处理，但是像包饺子用的韭菜、肉之类的则只会越来越贵。据青石关村的一位老人回忆，在20世纪70年代，由于家里穷，过了腊月二十九，他家才凑出来十块钱用来置办年货。年三十的时候他去八陡集上买肉，却发现肉的价格比以往贵了近一倍。为了省钱，他只得一个肉摊一个肉摊地对比，看哪家的便宜，最后竟然一直走到了近十里路之外的窑广，在那里买了块相对便宜的肉，这才过了年。

按照当地的传统，一过了腊月二十三，各地的集市就开始“乱了架了”。所谓“乱了架了”是指集市的市场秩序开始松弛，任何人都能随意去市场上售卖任何物品。究其原因，一是具有官方背景的市场管理人员也开始休假忙年，他们不再严格控制摊位，也不再收取摊位费；二是过年时候各家各户都开始储备年货，有许多东西比如年前杀的猪和羊等，自己家用不了、吃不完就会拿到集市上卖，因此腊月二十三后的年集比以往任何时候都要热闹、拥挤。而“乱了架了”这个词的运用范围，后来也从专指集市扩展到年节期间的日常生活，慢慢地人们也经常用“乱了架了”来形容某个人家里出现家庭矛盾或者遭遇变故，从而导致生活进入一种无序

① 被访谈人：魏青祥（男，1933年出生，三菱钢窗厂退休工人）。访谈人：张帅。访谈时间：2015年2月7日。访谈地点：八陡庄魏青祥家。

状态。

对于八陡庄的退休工人来说，娱乐休闲逐渐代替了置办年货成为他们赶年集的主要目的。他们不只去八陡年集，周边城镇的所有大集也都去体验，五里路外逢一、逢六的石炭坞大集，三里路外逢二、逢七的岳庄大集，甚至是十公里外博山城区的大集也都会去，他们称呼自己这种到处赶集的行为为“赶串集”。实际上几个大集之间所售卖的东西基本相同，因为大都是同一批商贩在不同集市间来回串。不过，平时清静到近乎孤寂的退休工人也并没有特别要买的东西，只是在集市上闲逛，跟老熟人唠唠家常，跟陌生人随意搭讪，体验一种熙熙攘攘、热热闹闹的感觉。“赶串集”的现象也从侧面体现了民众生活水平和区域经济发展水平的显著改善。首先，随着物质生活的丰富，以往过年才能吃、用的东西在现今的日常生活中随处可见，所以年货相对也就不再那么重要了；其次，民众生活水平逐渐提高，尤其是退休工人每月的退休金少则三四千元，多则过万，他们不再需要在集市上精打细算、货比三家以求买到最便宜的年货，这也就大大减少了用于办年货的时间；最后，博山区内的公共交通已经辐射到城郊的乡镇，八陡镇即为公交 11 路的终点站，而前述几个大集恰巧都在 11 路沿线上，退休工人们持老年卡不需花费一分钱就可以到任何一个集市，所有这一切都为他们“赶串集”提供了方便。

小年　当地以腊月二十三为小年。白天大扫除，人们称之为“扫屋”，床、柜子这些大物件都要搬来挪去以方便清扫房顶屋角，床单、被罩要浣洗干净，锅碗瓢盆这些小物品也都擦得一尘不染，庭院、厕所、厨房甚至水池这些附属物也要清洗得干干净净。因此，“扫屋”是一个颇费时力的大工程，一般需要全家人忙碌一整天。不过，对于刚刚搬到社区不久的住户来说，没有了庭院、水池，又是新房子，周遭的环境也比较好，尘土不多，“扫屋”就显得轻松多了，甚至有些住户都不再专门打扫。年前扫屋除尘的意义，除有焕然一新以待新年之外，更多的还是一种象征意义，因“尘”与“陈”谐音，在百姓心中便有了一层除旧布新的寓意。人们在打扫之时，往往会想象着仿佛把一切“晦气”“霉气”扫出门外。

小年夜，送灶王爷上天。传说灶王爷管理家庭的事情，因此在八陡的人们经常会以灶王爷来对孩童进行道德规劝。三四岁的孩童尚不懂得礼数，有时候会对自己的父母及其他长辈出言不逊，每当这时家中长辈便会告诫孩子们道："你所说的所有的脏话，门后面的灶王爷可都听到耳朵眼里去了。你要再说，等到腊月二十三那天灶王爷上天可就把这些话全部告诉玉皇大帝了，到时候玉皇大帝想法子把你收走，我们可管不了。"① 当地人都非常认真地表示："别的理儿他们都不信，就这个信！"② 可见，灶王爷作为一家之主的信仰认同在当地依然拥有深厚的根基，而且在维护家庭伦理秩序中发挥着重要作用。

除夕　当地有除夕之前贴春联的习俗。由于腊月三十事情比较多，民众大多在腊月二十九贴春联。过去人们都是自己准备好红纸，然后带着小礼品去请村里的文化人帮忙撰写对联。村里的文化人会根据请求者的家庭特点如做小买卖或者新添了人口等，写出适合他们的春联。张贴春联并不使用胶水胶带，而是自己煮一碗黏稠的面糊，依靠面糊的黏度来贴春联。有些淘气的孩子还会一边贴春联一边顺嘴吃两口面糊。现在市面上出现了各式各样的春联和年画的印刷品，无论从制作工艺上还是形态上都要比手工制作的美观精致，还自带胶水，但统一的内容和形象，在保留住了过年的喜庆气氛之时，也失掉了自家的特色。

除夕夜是举家团圆之夜。已经独立出来成家的、在外地安家的晚辈都会回来，带着各自准备的美食聚到一起吃饭，庆祝除夕。现在随着经济的发展，有好多家庭为了省事，把聚餐的地点直接定在了饭店。而许多大饭店也顺应形势，推出了专为除夕定制的"年夜饭"。"年夜饭"的价格往往比平日高出数倍，但由于时间集中、数量有限，"年夜饭"还是持续升温，预订早在十月份就已开始。旧时八陡庄也曾有通宵守岁之俗，但现今早已被观看春节联欢晚会和燃放烟花爆竹所代替，上千响的鞭炮、二踢脚、礼花弹、钻天猴竞相燃放，大人小孩齐声叫好，场面甚为壮观。随着手机的

---

①　被访谈人：陈会秋、魏村祥、周兴桐等。访谈人：张士闪、李海云。访谈时间：2014 年 10 月 23 日下午。访谈地点：青石关村村民委员会会议室。

②　被访谈人：陈会秋、魏村祥、周兴桐等。访谈人：张士闪、李海云。访谈时间：2014 年 10 月 23 日下午。访谈地点：青石关村居民委员会会议室。

普及，人们也多了一种互发信息拜年的方式，为不在身边的亲朋好友发一条祝福信息已然成为新的文化内容，而各式各样的春节祝福信息也几乎成了新的民俗事象。

我们看到，在当今社会，“年夜饭”和“春晚”似乎已经取代了各种习俗成为除夕的核心文化。尤其是“看春晚”这个只有三十多年历史（只考虑最早一届“春晚”开播时间，忽略电视在农村普及的时间）的文化现象，我们虽不能肯定地说它已经成为一种新民俗，但不可否认的是，“春晚”刚一诞生就以一种“众乐乐”的姿态将中国千万个家庭的个体时空汇集成整个民族的集体时空，大家在此时此刻做的基本是同一件事情，这是一年之中少有的现象，可见“春晚”已经被大多数的民众所认同。虽然它近年来遭受了非常多的质疑和批评，但从某种程度上说，对“春晚”的质疑和批评，也恰恰表现出了“春晚”在民众中的地位以及民众对“春晚”的期待。

可以说，“春晚”的出现客观上使一些旧的习俗消失了，但完全没有抹去年节在民众心中的神圣感。“春晚”时间仍旧是那个多种信仰与禁忌集中、佛道仙各种神祇扎堆的时间段，看“春晚”并不能阻碍家庭成员之间聊家常以及通过打电话、发微信等方式向远在他方的亲朋好友拜年，同样也不能阻碍民众内心对美好事物的期盼。“春晚”以其强大的吸引力使家庭成员聚集到一起，而其舒缓的节奏、冗长的篇幅，又为大家在尽量不离开电视屏幕的前提下思想的走神提供了可能。

从“春晚”本身的内容来说，晚会中年年都会出现的中国龙、对联、火红的唐装、民族舞蹈等都是一种民俗符号，它们时刻提醒着电视机前的观众自己是中华儿女，作为一种身份象征它给予人们强烈的归属感和认同感，而节目中对祖国大好河山的不吝赞美则增强了民族的自豪感和自信心。然而，“春晚”终究是已经发展了三十多年的“新生事物”，作为一台晚会，它已承载了许多，却还远远赶不上被寄予的，而且在当今社会，急速的发展使任何事物更新换代的周期都大大缩短，“春晚”在不断被质疑中，其影响力不可避免地在下降。但不得不说，它在人们心目中的地位，以及在整个年节中的地位还是相当重要的，因此“春晚”在短时期内不会退出春节的舞台。

初一　早上四五点钟，家家户户开始祭拜天老爷、颜奶奶、财神、观音等神灵。需要指出的是，财神在八陡庄被认为是不能随便请的神，只有做生意的、开工厂的买卖人才可以请财神。像财神、观音这种在家里有神像、神龛的叫住家神，逢初一、十五就得简单祭拜一下；住家神需要在家中发挥作用，如果神灵没有了用武之地就需要送走，俗话说“请神容易送神难”，所以当地人不做买卖的很少会请财神。

祭拜天神的仪式结束后，民众会在庭院正中堆木柴点火，火要一直燃烧到初一午夜以后，而灰烬则要过了初五才能清除，谓之“插火头”或“燃火头”。“插火头”的仪式源自当地一个传说：当地有一种鸟名为“苦泪鸟”，每到大年初一的时候它就会出来到处飞，边飞边流泪，它的眼泪传言是苦泪，滴到谁的家里，谁家在新的一年就会备受磨难，使得这家人泣涕涟涟，天天以泪洗面，所以人们就纷纷在庭院中燃起火驱赶苦泪鸟，并企图把苦泪鸟滴下来的眼泪在落地之前及时烤干，因此就有了“插火头”的仪式。不过这则传说太过久远，就连六七十岁的老人群体中都有很多人不知晓，所以当问起“插火头”的原因时，大多数人都会根据火的形象特征和一贯的寓意，说是为了在新的一年里红红火火。

初一早饭后要去拜年。当地流行晚辈要在天亮之前给长辈拜年，而且若是别人来拜年的时候刚好在吃饭就会有一种特别不体面的感觉，因此每逢过年，老人们大多彻夜不睡，连夜包饺子、做饭，往往四五点钟就已经吃完饭等待晚辈前来拜年。另一边，去长辈家拜年的晚辈一般是由同一祖父的堂兄弟组成的一个小团体，他们一起去五服内的长辈家拜年。出门拜年要尽量在中午吃饭前拜完，这是由于拜年的人一般在中午都会有聚会，还会担心下午拜年的时候赶上别人家有酒席，所以拜年的时间安排非常重要，需要领头的兄长合理安排。

另外，要去哪些长辈家拜年，有哪些长辈因为去世、生病、搬家或是其他原因而不用去，又有哪些原本不用去的长辈今年必须要去了，怎样能用最短的线路把所有要拜的长辈家“串联”起来，也需要带队者来规划。因此，带队者便在队伍中有了一种权威，而且这种权威也不仅仅体现在安排时间和规划道路上。在队伍的行进中带队者要走在最前面，来与大街上遇到的相熟的队伍寒暄。到长辈家后也是带队者给长辈拜年，其他弟兄都会很自然地走在队伍后面，待带队者与长辈握手之后再与长辈寒暄。在长辈家待的时间长短也是由带队者决定，带队者起身辞别之后，其他人也要立刻起身，要是有人因故离开，也会与带队者打好招呼。需要指出的是，权威的取得不会有相应的赋予仪式，而是年龄最长者自动获得；权威的维护也不需要制定必须遵守的规则和惩戒措施；权威的变更也仅仅是因为前带队者年满六十岁自动退出。当然以上所说的种种权威表现，也并不像族规家法那样是由家族当权者自己制定，而只是一种带队者不用要求，其他人主动维护和遵守的俗约，是建立在长幼尊卑观念之上的一种“天经地义”的权威。

元宵节　正月十五元宵节，八陡庄家庭条件比较好的人家会在大门上挂两个大红灯笼。元宵节如同中秋节一样也是一个团圆的节日，因此元宵节的活动主要是晚上的家庭聚会。聚会中重要的内容就是吃汤圆，以期望全家团圆、合家欢乐。聚会结束后，有条件的家庭会赶到博山城观看挂灯。每年从正月十四到正月十七，博山主要街道都会连续展灯四日，即十四试灯，十五、十六正灯，十七末灯。在张灯期间，假若一连四天都没有大风大雨，挂灯一直明亮如初就叫作“收灯”，意味着大吉大利。对当地的农民来说，“收灯”的出现象征新的一年会有好的收成。他们认为正月十四的灯象征了在夏季收获的作物，正月十五的灯象征了在早秋收获的作物，正月十六的灯象征了在晚秋收获的作物。元宵节期间，除了展灯，博山城区还有来自各个街道、村庄居民组成的秧歌、高跷、舞龙、跑狮、旱船、抬芯子等“扮玩”队伍，热闹非凡。

与农民将五谷丰登的希望寄托于挂灯相比，市民显然并没有这样的想法，他们更加注重元宵节的娱乐性。北河口村的一位从山东机械厂退休的老工人就经常回忆起他年轻时候骑自行车看挂灯的事情：

> 我年轻时候刚买了自行车，大二八，骑着带劲，就愿意出去走走，正月十五下午五六点钟吃完饭，拿上几张大煎饼，脚蹬子一蹬就

出发了，直奔周村旱码头，专挑小路走，人少车少，40公里的路程不到俩小时就到了。七八点钟周村的挂灯刚刚开始，边休息边来回转转。九十点钟再从周村出发，一口气40公里蹬到张店，那就已经十二点以后了，在张店再转一圈凑凑热闹，休息够了就骑20公里到淄川西关。那个年代淄川西关大集还有打铁花的呢，那时候的人都实在，精力也旺盛，冲着那孝妇河，一打就打一宿。看看打铁花，就已经两三点钟了，这才再骑着车子回博山，又是20公里，实际上仔细想想这一晚上都折腾在路上了。当时不觉得啥，过后可是好几天腿疼腰疼，你可别说，我骑的这个三角形的路线，加起来得有120公里呢，都从咱这里骑到济南了。这么走一回成习惯了，年年都想去，连着去了好几年，一直到后来孩子们大了，有心眼了，吵着要跟着，这才没法去了，就光去博山城看看罢了。①

实际上，这样的行为在八陡并不是个别现象，如同赶串集一般，许多工人在年轻时都有过类似的经历。而每当回忆起这些经历时，他们对于各地的花灯的记忆都已经非常模糊，甚至完全遗忘，但对于骑自行车的经历的记忆始终非常清晰。

（二）其他重要节日

二月二　二月二在当地除了有“二月二，龙抬头”的说法之外，还是一年中难得的好日子，因为本身有两个“二”，所以有很多与结婚相关的仪式，如“送柬”“看日子”等。而已经结婚的女子，则有在正月初二与二月二回娘家的习俗，正如民众口中所说的顺口溜一样，“两个二，回娘家；六月六，给俺娘割块肉”。过去，一到了二月二，煤矿上的工人们就不再愿意下井采煤，“你看这俩二，你再想想井这个字，井也是俩二，但是有竖着的，二月二就不行了，都倒了，不就是

① 被访谈人：王知洋（男，1939年出生，博山区八陡镇北河口村人，山东机械厂退休工人）。访谈人：张帅。访谈时间：2015年2月13日。访谈地点：八陡镇北河口村11路公交终点站附近。

意味着井要塌嘛。你再看看这俩二，像不像倒了两口井，所以二月二这天给多少工资都不下去”①。

八陡还有在二月二这天炒豆子的习俗，炒豆子的最初目的在于用豆子象征冬眠出蛰的蝎子、蚂蚁等昆虫，人们主动“吃掉”这些昆虫，就可以避免它们叮咬民众，因此当地人称呼二月二炒豆子的行为为“炒蝎豆”。炒蝎豆要去有泥炉灶和大铁锅的又相对宽敞的人家中去炒，炒完后边走边吃，路上遇到熟人还会相互品尝对方的豆子，“炒蝎豆就吃它那股热乎劲儿，豆子热乎，心里也稀罕，也热乎。路上你吃吃我的，我吃吃你的，实际上都一个味，就是图个乐呵。回到家以后再给孩子们口袋里装点儿，他们又跑出去边玩边吃，吃两天热乎劲儿过去了，就都不愿意吃了，时间一长就不能吃了，所以现在不像以前那么实在，狠狠地炒上半袋子，现在做得少”②。

二月二吃炒豆与煤矿工人不下井的习俗都与地域社会的特殊地理环境密切相关。八陡庄地处鲁中山区，居民都在山上居住，居住环境中的虫蚁自然非常多，因此才有了“炒蝎豆”对虫蚁的隐喻。吃炒豆的行为既体现了当地虫害频繁的现实，也象征了当地人灭绝虫害的美好愿望。煤矿工人不下井的禁忌，一方面体现了当地煤矿业的发展，另一方面也体现了人们在开发和利用自然的过程中对未知领域的恐惧。

清明　清明节，在当地除了家人集体去先人墓地扫墓、祭拜之外，也是一个与农业有着密切关系的节日。过去春耕往往在清明前后进行，农户会在清明特意蒸一碗米饭喂牛，边喂边说：“打一千，骂一万，清明一碗饭。”以此来感谢牛在春耕中的辛苦劳作。另外，人们还会祈求祖先和上天保佑今年的春耕能有大的收获，并以清明当天的天气来预卜今年的雨水状况，因此，清明节充满了“春祈”的意味。

端午　农历五月初五是端午节，当地又称“过单五”。家家户户都会

---

① 被访谈人：陈会志（男，1941 年出生，黑山煤矿兖州分矿退休工人）。访谈人：张帅。访谈时间：2014 年 6 月 23 日下午。访谈地点：八陡庄五龙桥陈会志老家。

② 被访谈人：陈会志老伴（女，农民）。访谈人：张帅。访谈时间：2014 年 6 月 23 日下午。访谈地点：八陡庄五龙桥陈会志老家。

在门上插桃枝、艾草，并在家中孩童耳内和囟门涂雄黄，并用雄黄、艾叶等香料缝制荷包或用桃木雕刻成桃木人，以红绳拴住悬挂于房内或佩戴在家人身上，所有这些行为目的都在于驱毒除瘟，避除虫蝎，驱邪却鬼。家中大人还会让孩童用艾叶煮好的水洗脸以祛除百病，有很多老人至今仍对小时候的这一习俗记忆犹新。当地端午节的特定饮食，除了吃粽子之外，会吃用艾叶煮出来的鸡蛋，还流行吃用糯米或黄米做成的糕，以取步步高升之美好寓意。

六月六　农历六月六为继二月二后又一月日相同且吉利的双数日子，适合举办与婚姻相关的仪式。此外，当地还有六月六女子回娘家纳鞋底的习俗，八陡庄“接颜奶奶回家歇伏”的仪式就源自这样的习俗。六月六同时也是与农业相关的节日，六月六恰逢新麦收割，人们会取一些新麦炒熟，磨成粉，制作成“炒面”，加温水和红糖搅拌，然后攥成团食用。一方面，品尝新麦，意在表明今年收成不错；另一方面，民间认为炒面和红糖性温，食之可以褪去由于睡凉席所淤积在体内的凉气，祛除有关腹泻的疾病，同时也能祛暑气。如果六月六天气晴暖、阳光充足的话，人们还会将自家衣服、书本拿到太阳底下曝晒，有“六月六晒龙袍”与“六月六晒皇经”的说法。

在八陡庄，六月六还被认为是山神老爷的生日，是日所有从事与山有关的职业的人都会到山神庙祭拜山神老爷。据老人们回忆，就连当初生产队时期，生产队都非常重视山神，“每到六月六，村里生产队的队长就会派队里养羊的去山神庙拜拜山神。为啥拜山神呢？是因为，羊虽然不归山神管，但是羊需要到山上吃草，草归山神管，而且山上吃羊的狼也归山神管，所以养羊的也需要祭拜山神老爷”①。对山神老爷的重视也体现了山在当地居民经济生活中所起到的重要作用，还表明纯农业生产也需要遵循一定的秩序和规矩。

七月十五　农历七月十五为祭拜祖先的日子。与除夕一样，七月十五

---

① 被访谈人：陈会志老伴（女，农民）访谈人：张帅。访谈时间：2014 年 6 月 23 日下午。访谈地点：八陡庄五龙桥陈会志老家。

祭拜祖先的方式也为“请客”，无须去祖先茔地，只在家中祭拜即可。在包括博山、淄川等地在内的淄博地区，以民间传统的清明、七月十五、十月一以及除夕这四个祭拜祖先的节日来看，选择上坟还是请家先是有讲究的，其中的“逻辑建立在人与祖先所处不同空间的互动关系之上，人和祖先分居于不同维度的空间之中，墓地作为两个空间的连接点是唯一可以与祖先进行‘物的流通’（如寒食扫墓添土以象征修缮祖先的居所、寒衣节给祖先送寒衣等等）的地点，因此在祖先不被允许进入人的空间之时，就需要以上坟的形式祭拜祖先。而七月半在当地被认为是鬼的节日，有‘七月十五鬼门开’的说法，所有的鬼都可以自由进入到人的世界；腊月三十因为过年的原因，鬼门关会第二次被打开，人们才会选择请家先的祭拜方式。将祖先请到家中赋予了祖先回归家庭的权利，但同时也是民众必须的义务，按照村里的传统，如果没有做请家先的仪式，那么他的祖先就会抢别人家的酒菜供品，在给别人带来骚扰的同时自身也会失去祖先的庇佑。因此，祖先祭祀的相关仪式映射出的是村落文化体系对家族、宗亲、世系的情感维护与道德约束”①。

不同于除夕祭祖，七月十五的祭祖需供以新熟的谷豆瓜果等丰收之物，农历十月一也需要以玉米、大豆、高粱等秋季收获的粮食为供品，意在告诉祖先全年收成良好。过去八陡庄七月十五还有祭祀“麻姑姑”的习俗，麻姑姑即道教系统中的女神麻姑。在我国北方一些地区，七月十五祭祀麻姑的传统由来已久，究其起源也有诸多说法，而八陡地区祭祀麻姑的活动缘由已无从考证。祭祀麻姑的仪式一般为集体活动，为首两人需手持两根长长的经过盐水浸泡的麻杆在前引路，后面的人则拿着新收的谷子一起恭请麻姑下凡，由此可见当地人是以谐音的方式理解麻姑的神职。所以在他们眼中，麻姑并不是违抗父命的秦始皇之女，而是专门掌管麻和谷的农业之神。这个习俗体现的是“秋报”的农本思想。

---

① 张帅：《“礼”与“事儿”：信仰体系与实践的存在机制探析——以鲁中洼子村为例》，载《民俗研究》2016 年第 4 期。

第五节　工业化与村落主体的变化

通过对八陡庄劳作模式、生活空间和文化传统的梳理，我们发现农耕社会延续至今的传统民俗文化在当前的乡村社会中仍然占据了重要的位置，对村落生活起着指导和框定的作用。与此同时，年轻人的外流和繁忙使得村里的老年人代替年轻人成为民俗文化传承与创造的主体。需要指出的是，我们所面对的老年人既是工业化时代民间记忆的承担者，又是长时段历史记忆的承载者。对于前者而言，老年人是见证者与亲历者；对于后者而言，老年人则是解释者与主导者。前者不直接影响和规范自己的生活，解释者的身份则使得礼仪传统已经成为老年人所掌握的重要文化资本，在维护老年人利益、展现老年人价值方面发挥着重要作用。

一、传统礼仪的展示与解释

在八陡庄，老年人已经成为传统礼仪的行为主体，他们通过自己的身体实践来维系这些礼仪，并通过日复一日、年复一年的坚持来向青年人展现传统礼仪的外在表现形式。在他们看来，展现传统礼仪是老年人必须要担负的责任，“有个词叫‘代代相传’，说的就是好的东西、好的传统要一代一代传下去，这说明每一代都有往下传的任务，这个任务就像是履带，一环连一环，只要有一环断口了，这根履带也就算完了。传统这东西只要有一代不传，它就永远消失了。所以咱们老年人就要有承担，咱们也是从老一辈传下来的，到咱们老了，咱们不传，从咱这里断了，那不就对不起前面这一代代老祖宗嘛”①。持这种态度并把它作为参与村落礼仪首要原因的老人并不在少数。

2011 年，我们魏家有个孩子结婚，没出五服，关系就算不远。结

① 被访谈人：陈松奇（男，1941 年出生，三菱钢窗厂退休工人）。访谈人：张帅。访谈时间：2017 年 2 月 3 日。访谈地点：八陡庄五龙桥陈会志老家。

婚前一天我上他家去上礼钱，下午去的，没看着点灯笼，我就寻思这该不会是忘了吧，反正也没事我等等看，我就拿着板凳坐门口等着。一直等到晚上八点多，也没见有人出来挂灯笼，也没有放鞭炮的，我就沉不住气了，问孩子父亲还响不响门了。孩子父亲比我小一辈，五十来岁，喊声大爷，大爷你是不知道啊，咱邻居家小孙子才四个月，响门放起炮仗来怕给人吓着孩子，我就寻思咱就不响门了。我当时就生气了，拉下脸来就熊他，响门不响门是你说了算啊？这都是老一辈留下来的传统，你这回不响，到你孙子结婚的时候，你儿子也不响，他爹没教他啊，一代代往下走，三代不响，这个传统就灭绝了。他哭丧着脸问我咋办，也没准备啥。我说好办，顺上根电线弄俩灯泡一边一个挂上，灯笼不好找，旗子咱有的是，挂上两根旗子。邻居家不是有小孩啊，你就少放两挂炮仗，放之前跟人家说一声捂捂小孩耳朵，一阵就完事了。最后这才响了门，要不是我逼着，他肯定就这么算了，现在人懒，基本上就是能省就省。①

这样的例子在忙乱而复杂的婚礼过程中只能算作一件非常不起眼的小事，但引来了魏青祥的格外关注，他毫不客气地训斥主人家不响门的行为。在处理这件事的过程中，他并没有采用当地惯用的“禁忌手法”，把不响门的行为与主家将来可能会出现的厄运联系起来，而是从礼仪传统何以维系的角度出发，晓之以理，动之以情，对主家进行规劝。而主家的服从则意味着双方在一定程度上保持了同样的认识。

老人们对传统礼仪的展现过程也是一种以身体为载体的文化再生产过程。按照布迪厄对文化资本的分类，礼仪资本归属于身体形态的文化资本，老人们必须借助身体来展现自己所掌握的礼仪资本；年轻人在习得这些礼仪知识之后，必须内化为身体、精神的一部分后才能转化成为自己所用的礼仪资本，文化再生产才算正式完成。因此传统礼仪的身体呈现在老

① 被访谈人：魏青祥（男，1933 年出生，三菱钢窗厂退休工人）。访谈人：张帅。访谈时间：2017 年 2 月 3 日。访谈地点：八陡庄魏青祥家。

年人看来是他们首要的责任，同时也是老年人享有礼仪资本的重要表现。

另外，老年人还享有对传统礼仪的解释权。传统礼仪不同于法律和制度，它具有无文字的属性，因此对它的解释与理解所依赖的只能是一代代传承下来的知识和经验。在相对封闭的乡村社会，知识和经验的积累主要依靠的是时间，时间越长积累的经验就越多，因此老年人往往成为乡村社会中最有经验的一个群体，俗语所说的“家有一老，如有一宝”强调的就是老年人的经验在社会生活中的重要作用，有经验的老年人自然也就成了传统礼仪的解释权威。

> 有一对夫妻去世十多年了，老两口家里有两个儿子、一个姑娘。二儿子一直在外面，说是在东北承包土地，常年不回家。清明寒食、生日、忌日都是大儿子给老两口上坟。前两年老大也出车祸去世了，老两口的坟头就没人管了，那草长得三尺高。老二就跟他这个姐姐联系，让姐姐顶替大哥给父母上坟，意思是别让老两口饿着冻着，结果姐姐就不乐意，以“闺女不入林”的老话堵弟弟的口。后来他们找到我，把这里里外外的事情一说，让我评评理。我这不就给他们解释，“闺女不入林”不是这么个意思，它的意思是闺女只要是嫁出去了，百年以后就得跟丈夫埋在一起，入人家那边的林，不能入娘家这边的林。这句话是光管死人不管活人，这是用来教育女人“三从四德”的，可不是让你找理由不尽孝的。我这么一说，这姑娘就没话说了，当场答应我时常去父母坟上看看。①

对于“闺女不入林”这句话，故事中的二儿子也未必就不懂它的真正含义，但是他的解释话语所具备的分量就远远抵不过村里的老人。意思一致的话，年轻人说出来和老人说出来所产生的结果大为不同，可见，对某种礼仪的解释能否受到认可与解释主体的身份有着很大关联。有的时候，

① 被访谈人：陈松奇（男，1941 年出生，三菱钢窗厂退休工人）。访谈人：张帅。访谈时间：2017 年 2 月 3 日。访谈地点：八陡庄五龙桥陈会志老家。

即使老人们对某项仪礼的解释充满了纰漏甚至是前后矛盾，也能在一定程度上得到认可。

博山“四四席”必有一道菜就是豆腐箱。关于豆腐箱的来历实际上是跟咱们这里的尚书王让有关。传说乾隆爷南巡路过八陡，天空忽然下雨，乾隆爷就躲到了王让家里。王让那时候还没当官，家里穷得很。乾隆爷去的时候，王让正在做饭呢，就看他把豆腐炸了扒开，里面放上一些肉馅一样的东西再放锅里蒸，一会儿工夫，香味就出来了。这下给乾隆爷馋坏了，心想到时候肯定多少分我点儿。没想到菜出锅以后，王让往上一浇汤，也不管家里有没有人，外面下没下雨，提溜着菜就跑出去了。乾隆爷就感到好奇，这么大的雨，这个人是要去干吗呢，于是就按着王让跑出去的路跟着去了，这时候天上还响起了炸雷，好不容易找到了王让，乾隆爷看到王让正趴在一个坟头上呢，坟前头还摆着他刚做的菜，用蓑衣顶着雨，王让光着头顶搂着坟头，被那雨浇得浑身上下没有一个好地方。乾隆爷赶紧命手下把王让劝走，王让是死活不走，一直等着雨过天晴才起来跟乾隆爷回了家。

回到家以后，王让这才跟乾隆爷道了歉，说刚才你来的时候我照顾不周请原谅。乾隆一打听才知道，原来王让是个孝子，他母亲生前爱吃王让做的豆腐箱，还怕打雷，王让看着今天这雨下得大，早晚得打雷，就想着赶紧去保护母亲，去之前决定先给母亲做个豆腐箱，这才急急唠唠地没搭理客人，结果刚跑到母亲坟前头就开始打雷了，王让赶紧趴母亲坟头上给母亲挡雷，安慰母亲。后来王让又给乾隆爷重新做了一份豆腐箱，乾隆爷一尝果然是美味佳肴，一高兴就亮明了身份，他感叹王让孝顺至极，就破格让王让做了尚书。①

仔细推敲就会发现，这则传说故事至少是由两个故事拼凑而成的，一

① 被访谈人：陈会秋（男，1935 年出生，三菱钢窗厂退休工人，青石关老人会会长）。访谈人：张帅。访谈时间：2014 年 10 月 19 日。访谈地点：八陡庄陈会秋家。

是“闻雷泣墓”，二是“豆腐箱的传说”。闻雷泣墓是“二十四孝”之一，故事的主人公是魏晋时期的孝子王裒，情节与王让的故事如出一辙。豆腐箱的传说则确实跟乾隆爷有关，传言乾隆爷南巡经过博山，品尝豆腐箱后，对这道菜一直赞不绝口。讲述人为了更加凸显地方文化，生硬地将两个不同主旨、不同内容的传说拼凑成一体，既为豆腐箱的由来作出了解释，将豆腐箱的产生与八陡庄发生了联系，又宣传了地方社会的核心文化——孝，所以他的讲述得到了八陡很多人的肯定和印证。与此同时，拼凑的结果必然会带来逻辑上和结构上的不严谨，比如将明初的王让与清代的乾隆皇帝这两个不同历史时空的人放在了一起，把王裒的历史典故直接套用了过来等，但这也并不妨碍这则故事成为八陡庄民众整体的历史记忆。

二、老人的礼仪运用

老年人掌握礼仪资本是为了运用礼仪资本满足自己的现实需求。老人们的需求是多方面的，所以老人在运用礼仪资本之时所呈现出的对应关系也是多方面的，具体体现在以下几点。

“老有所养”是老人们最基本的心理期待，也是老人对这个社会最基本的要求。在传统的乡土社会中，“老有所养”的实现主要依赖的是家庭，“孝道”则在制度上为家庭赡养的方式提供了保障。随着经济的发展、社会的进步，国家的城市和乡村养老制度日趋完善，缓解了家庭在养老方面的压力。相较于传统村落，八陡庄的很多老人与子女分开居住的家庭都至少有一个人具有工人身份。由于农村较低的生活成本，每月两千元以上的退休金已经足够老两口的日常生活和社会交往，所以大多数家庭都不强制后代在物质上给予帮助，退休金比较高的老人甚至还会拿出一部分钱补贴自己的儿女：

> 王宏光是王让二十四代孙，以前在厂子里当干部，退休以后退休金随着年龄年年涨，今年已经涨到九千多了。人家不光不问子女要钱，还按月发钱呢，他有两个儿子、一个闺女、两个孙子、一个孙

> 女、一个外甥（外孙），人家是每个月给俩孙子一人两千块钱，孙女和外甥一人一千块钱，再花两千块钱雇了一个保姆，剩下的一千多买菜。后来人家两个儿子和闺女就说，有着两千块钱雇保姆还不如俺们几个轮着给你们做饭伺候呢，这不又改成三个子女轮流照顾，一家照顾四个月，谁照顾就把两千元给谁，之前买菜的那一千多就成了老两口的零花钱了。明年王宏光的退休金就能涨到一万多，人家早就说好了，从明年开始孙女和外甥也涨到每人两千。你说就这样的老人，家里人能不希望他好好活嘛。王宏光身子骨也硬朗，就是有点聋，没别的毛病，八十七岁了还经常坐 11 路去博山，照这样下去我看再活十年也不成问题。①

尽管在物质条件上不需要子女提供帮助，但是家庭赡养制度并未消退，而是以子女定期看望老人、关注老人的情感等其他形式存在于村落中，因此对于孝道的日常表现，老人们最直观的记忆都体现在传统礼仪中：“你问什么是孝道，我觉得子女们中秋节能回来给我带块月饼就是孝道。”② “他们也是忙，四年八节的经常来看看俺们老两口就是尽孝了。”③ “我的子女们还行，过年过节大包小包往我家里去。他们爱吃我老伴做的饭，有时候我看着老同志那么累，我就说咱们去饭店吧，他们都不同意，说我老伴做的博山菜好吃。好吃咱就做吧，累是累，全家人聚在一起心里高兴。”④

---

① 被访谈人：王知洋（男，1939 年出生，博山区八陡镇北河口村人，山东机械厂退休工人）。访谈人：张帅。访谈时间：2015 年 2 月 16 日。访谈地点：八陡镇北河口村 11 路公交终点站附近。

② 被访谈人：王知洋（男，1939 年出生，博山区八陡镇北河口村人，山东机械厂退休工人）。访谈人：张帅。访谈时间：2015 年 2 月 16 日。访谈地点：八陡镇北河口村 11 路公交终点站附近。

③ 被访谈人：徐光源老伴（女，博山区八陡镇苏家沟人，农民）。访谈人：张帅。访谈时间：2015 年 2 月 16 日。访谈地点：八陡镇北河口村 11 路公交终点站附近。

④ 被访谈人：张启鑫（博山区八陡镇杏花崖村人，博山玻璃厂退休工人）。访谈人：张帅。访谈时间：2015 年 2 月 16 日。访谈地点：八陡镇北河口村 11 路公交终点站附近。

在八陡庄，老人与子女分开居住，子女定期或不定期看望老人已经成为代际之间主要的相处模式。在现代化的驱使下，年轻人的生活节奏逐渐加快，在日常的生活中越来越没有时间来看望老人。此时，传统礼仪尤其是人生仪礼与岁时节日为子女在老人面前尽孝提供了时间，而老人则顺应社会的发展在理解子女的基础上适当调整并降低了心理期待。

传统礼仪制度之于乡村孝道的作用还体现在乡村孝道在传统礼仪的实践中得到了强化和传承。

第一，孝作为中国传统社会最基本的道德伦理是礼仪制度建构的基本原则，“大年初一为啥是晚辈要去给长辈拜年，而不是长辈给晚辈拜年呢？就是因为咱们提倡孝顺。孝顺孝顺，孝了才会顺，什么叫顺呢，就是上上下下从上到下就是顺。现在啊都是倒着来，从下到上，越小越有脾气，老的还得伺候小的，这就不叫孝顺，这叫倒行孝”①。这段朴素的话语里面蕴含着对人伦之道的深刻理解，其中对“孝顺”字面含义的解释体现了乡村社会对“长幼有序”的家庭秩序的强调。

第二，孝的话语与行为是构成礼仪制度的重要内容，突出表现在老人们祭祀神灵或者拜庙时唱诵的经文中。比如流传于当地的《灶王经》就有这样一段话，劝诫子女要孝敬父母、爱戴老人才能得到好报：

只要你孝父母尊敬兄长，只要你亲宗族和睦乡邻。
行仁义顾廉耻各安生理，守本分学善良人寿让人。
灶王爷和真意奏知天帝，玉皇爷最公道永不屈人。
有一种歹妇人心肠毒狠，惹是非搬口舌骂断四邻。
说人长道人短欺大压小，气公婆骂妯娌作践男人。
有一等奸诈人口善心恶，对着人说好话背地害人。
豆腐嘴刀子心弥陀枉念，这等人神不保佑鬼难容。

① 被访谈人：王知洋（男，1939 年出生，博山区八陡镇北河口村人，山东机械厂退休工人）。访谈人：张帅。访谈时间：2015 年 2 月 16 日。访谈地点：八陡镇北河口村 11 路公交终点站附近。

心不好莫说你吃斋行善，做好人行好事方得安宁。①

第三，老人们在具体的礼仪实践中会反复地展示和言说孝的行为结果，甚至会利用各种方式着重呈现不孝的行为所带来的恶果，以让年轻人从中体会到孝的意义，这实际上也是一种孝文化的再生产。“有一年我们组织一帮人去城隍庙参加城隍公出巡的仪式。去的路上有个妇女和她婆婆在车上就拌起嘴来了。她婆婆挺信这事，拿了很多供品、纸钱、‘金元宝’，拿不了了，就想让她媳妇帮忙拿着点。她媳妇呢可能是不太信，就是想着去凑热闹玩玩，不愿意拿，嘴里头嘟嘟囔囔，说不让你拿这么多，你非得拿，就显得你格外能似的。这不到了城隍庙，她媳妇台阶还没迈上三步就崴了脚了，那脚脖子当时就肿得跟馒头似的，三个月以后才好。这就是不孝的后果，你不给为老的好脸色一回，你就受一回罪。”②

总之，在当前乡村社会，尽管家庭赡养制度在形式上已经发生很大转变，很多老人已经不需要子女的赡养，但传统孝道仍然还在牢牢占据着老年人的思想和情感。因此，平日里见不着子女的老人们出于情感满足的需要，在降低了心理期待的同时，也在某些方面提高了对子女尽孝的要求，这些要求具体表现为让子女回家过节并恪守礼仪制度中的那些老规矩。没有体会到这一点的子女们往往会认为长辈固执、落后和迂腐，并以“代沟”的存在而拒绝沟通。实际上代际之间的鸿沟并不在于老年人跟不上时代的发展，无法理解年轻人新的价值观，而是在于年轻人无法理解老年人情感上的孤独。

在传统社会，老年人权威感的获得比现在更加容易。过去的八陡庄，无论工业生产如烧窑、挖煤、打制铁器等，还是农业生产，所有的劳作和工序，如火候的把握、煤井中行走的诀窍、冷轧的时间、天气的观测等都是经验性的；社会交往和日常生活中遇到事情时的处理方式所遵循的也是

---

① 摘抄于青石关村陈义珂所收藏手抄经卷之《灶王经》。

② 被访谈人：陈义珂（农民，村里的仪式专家）。访谈人：张帅。访谈时间：2014 年 6 月 12 日。访谈地点：八陡庄陈义珂家。

一代代传承下来的"老礼"。因此，那时候的老年人因为自身的经验而在村落整体的生活和生产中居于主导地位。然而，随着社会的不断进步，尤其近几年来城乡交流的不断增强，各种先进技术和文化的不断涌入使得老年人的经验在社会中的实用性大大减弱，重要性不断降低，老年人在社会中的地位也随之下降。但另一方面，老年人却抓住了村落的民俗文化与礼仪制度这片与地方性知识有着千丝万缕联系的传统文化的净土，以此来维持权威性。

所以，他们努力而又倔强地在维护着各种各样的老规矩，甚至试图复兴那些已经消失了的老传统。青石关村的老人会还专门成立了红白理事会，去帮助村里人操持婚丧嫁娶之事。用他们自己的话说，做这样的事有的时候"费力不讨好，还搭功夫还搭钱!"即便如此，他们还是乐此不疲地亲身参与其中，原因就在于：其一，操持仪式能够让他们获得一种身体上的权威感和情感上的满足感；其二，如果他们不参与进来，民众很有可能在一切从简的趋势中慢慢遗弃这些传统；其三，只有想尽办法保持住这些传统，才能发挥"礼"在乡村社区中的重要作用，村落传统的生活秩序才能得以维系。

三、老年人与长时段历史记忆

本节突出强调的是老年人所掌握的长时段历史记忆，作为长时段历史记忆方式的民俗文化有以下两个特点：

第一，它是在日常生活的行为和知识中所体现出来的历史记忆，而不是一个具体的历史故事和历史事件。按照方慧容针对农民的记忆所创造的"似事件"和"无事件境"① 的概念，长时段的历史记忆更加倾向于一种"无事件境"，集体性的特征让它更具稳定性与不变性。

第二，在乡村社会中，一代一代的老人成为长时段历史记忆行为的主

① "似事件"与"无事件境"的概念由方慧容提出，具体可参见赵世瑜：《传说·历史·历史记忆——从20世纪的新史学到后现代史学》，载《中国社会科学》2003年第2期。

导者和解释者，他们在长时段历史记忆的传承与发展中发挥了重要的作用。传统乡村社会一直以来都是一个超稳定的社会结构，在这个不太流动的社会中，民俗文化传统在长时段历史时期中逐渐积累，所以老年人因为年龄优势而容易成为权威。村落又是一个无文字的社会，传统以记忆的形式存在于老年人的心中，年轻人要想获得这些知识就必须依靠老年人的口传心授，向老年人学习。在此互动过程中，年轻人继承了老年人的生活经验，而老年人则获得了权威感。

八陡庄的老人群体最大的特点就是经历过工业化时代，但是从未脱离过乡村社会的他们和传统乡土社会中的老人一样，同样掌握着长时段历史记忆的主导权与解释权；而与之不同的是，这群老人同时拥有着两种不同的历史记忆，即同时拥有有关农耕民俗文化长时段的历史记忆与有关工业化进程的短时段的历史记忆。他们作为见证者亲历了博山地区由农业文明向工业文明迈进的关键时期，特殊的生活经历赋予群体生成和存在以特殊性，进而又影响了他们历史记忆的具体方式和运用。

与博山地区工业化历史的民间记忆有所不同，当地社会的村民们还有一种对更长时段的历史经验的记忆。这些更长时段的历史经验作为一种行为的身体记忆的表现，更多地包含在农耕民俗文化的传统之中，我们可以称之为长时段的历史记忆。民俗文化之所以能够作为长时段的历史记忆存在，是因为它既是一种记忆的结果，又是一种记忆的方式，民众可以通过不断的身体演练来永久地记住地方的共有历史。

农耕社会延续至今的民俗文化与工业化进程中民间记忆的内容有所不同，相较之下，短时段的历史记忆多是关乎个人人生经历的一种记忆，可以随着时代的变化、时间的推移而作出改变，所以并不能构成地方社会共同体所拥有的历史记忆，更不可能成为一个集体所拥有的日常生活知识的历史记忆；农耕民俗文化的存在作为一种文化堕距性的表现，一般被认为不会在工业化的进程中轻易消失，而且这种历史记忆通常会成为乡村社会中的日常生活知识而左右民众的生活，能赋予社会共同体一个更具核心价值和传统规范的神圣化的意义。在日常生活之中，不同社会经历的人可以拥有不同的短时段历史记忆，但是大家所遵循的生活知识是基本相同的，往往与长久的历史记忆连在一起，所以说长时段的历史记忆反而更具影响现实生活的功用，这与中国传统的乡村社会是一个“礼治”社会有关。

费孝通先生明确指出：“乡土社会是‘礼治’的社会。”① “礼”是一整套在地方社会中获得公认的行为规范，它指导着一片地域内所有人员的日常生活和社会交往，从而维持着地方社会的生活秩序。但是，“礼”又绝非抽象的脱离生活现实的“真理”，而是内含在村落所传承的具体可感的生活文化之中的“经验”。从文化主体的角度来看，“礼”就是民众所拥有的共同的长时段的历史记忆，所以说在乡村社会中，老人往往对礼有权威性的解释资格。因此本章着重描述笔者进入八陡庄以后最先感受到的民俗文化。

需要强调的是，对这一章的梳理固然可以大量参考已有的地方文献资料，但是笔者在现场调查中发现，老年人往往对这些民俗文化阐释得最为详细，而且对于它们在当前继续发挥的作用带有非常严肃和理所当然的态度。更重要的是，作为民俗知识的权威，老人们并不仅仅依靠解说来维持长时段历史记忆的权威性，而是通过组织和演绎具体的仪式来带动村民们在日常生活层面将这些历史记忆传承下去。

---

① 费孝通：《乡土中国》，北京出版社 2005 年版，第 70 页。

第三章　老人群体：地方历史记忆的叙事主体

“亦工亦农”不仅仅指代这群老人既为退休工人又不离乡土，或者既为农民又曾以不同的方式被工业化所形塑的特殊的身份属性，我们更多地是想要把老人群体解释为具有双重历史记忆身份的文化主体。其文化主体身份的双重性体现在他们既是工业化历史记忆的见证者，又是农耕民俗文化历史记忆的主导者与解释者。本章将通过对老人群体内部不同个人的身份与身份感以及老人群体的组织与活动等方面展开论述，以解释八陡庄老人群体双重历史记忆身份的获得和运用。

第一节　是工人还是农民？

受工业化进程的影响，博山广大农村地区的生活方式和劳作模式发生了翻天覆地的变化，有一部分人进入工厂成为工人，有一部分人则继续保留了农民的身份，却以不同的方式与工业、工厂和工人有着密切的接触。在当时的社会背景下，八陡庄民众的社会身份认同也随之发生了改变，“是工人，还是农民？”一度成了当地人见面打招呼最常用的方式。从农民也能以临时工的身份进入工厂打工的行为来看，劳作模式的转变只是为农民与工业发生联系提供了可能，为民众带来了商品生产以及作为“工人”的身体体验，这在一定程度上影响了民众身体感的建构，但并未从根本上决定民众的身份归属。

一、退休与老了

从八陡走出去的韩广毅退休以后喜欢写一些文字回忆和记录自己过去的生活，2014 年他在博客上发表了一篇名为《人老的味道》的文章，回忆了自己在不同年龄阶段的身体变化和心理感受。在征得本人同意以后，部分摘抄于下：

人老的第一感觉就是心有余，力不足！这种味道是难以名状的，服与不服，它都实实在在地存在！

……

第一次知道自己身体走下坡路，是在 45 岁左右，看文件时，不由自主地把文件拉远了看。眼花了！到了 55 岁左右，看文件要先找眼镜了。

第一次丧失身体的零件，是在 50 岁左右，因牙痛，工作忙，一狠心，拔了！没有及时补牙，由此埋下后患。

第一次爬高上低，不再往上蹦，而是要找扶的地方，是在 65 岁左右。

第一次吃东西要叫食物去找牙，是在 68 岁掉了五颗牙！镶牙去！做好牙套，吃东西贴在上牙套上很不舒服，食物没有味道了，每次吃完饭必须先漱口。

什么时候身体活动变得迟缓，脑子反应迟钝？老伴跟我讲了半天话，我会不由自主地“啊”接不上话，老伴说：“跟你讲话真费劲。”力气变小了，本来完全可以做好的事，要用脑子动智慧，费好大劲。过年了，像往年那样炸点菜、备些年货，一干就累了，就想休息。这时才知道什么叫作“心有余，力不足”，真说不出是从哪天开始的！

……

人到老年，会突然“醒悟”：生命是有尽头的。这种感悟会使他们行动起来，去做一些他们很想做但以前总也没有做的事情。

……

有时候，我也对自己的身体感觉到伤感：耳不聪，目不明，齿不坚，脸上出现了老年斑，身上的肌肉有些松弛，晨练太极打不到位了，窥镜自视头发花白，但我不会为这些事情痛苦不堪。我永远也不会去用真挚的友谊、精彩的生活或温馨的亲情，去换取满头黑发和扁平的肚子。我老了，也就更懂得去善待自己，对自己少了些苛刻。

我知道，我的记性不好了。不好就不好，生活中有些事情该忘记的就应该忘记。当我们到达生命的终点，我只带上一生中那些最美好的回忆足矣。

……①

他在文章中分别从身体和心理两个层面描述了自身逐渐步入老年后所呈现出来的状态和感觉。通读之后我们会发现他对自己在什么时候开始成为一位老年人并没有明确的界定，如同身体的衰老是一个渐进的过程一样，对自身走向衰老的主观认识和身体感受也是渐进的，所以对于单独的个体来说，他们很难清晰地划定步入老年的界限，但如果将老人放到地域社会的背景之中，我们就会发现其所在的社会分别从经济、政治、文化上对老年人有着精确或模糊的界定。

（一）退休与老人的主观认知

在八陡庄，无论是正式工人还是农民，大部分男性老年人都有长期在工厂里工作的经历，严格的生产制度把他们带到工厂的工作节奏中。经过长期的磨合和适应，他们的日常生活节奏也完全被工厂的时间制度所调整和同化。工厂对一个人是否成为老年人有着非常明确的界定，工厂的退休制度规定男人一旦超过60周岁，女人一旦超过55周岁就必须要办理退休手续。退休不仅仅从经济方面外在地确定了一个人已经步入老年，也在客观上为个体带来了关于自己老了的情感冲击和心理暗示，从而让他们去认真地考虑这个问题。

但是传统的农耕社会与现代化的机器生产和专业分工不同的是，农业

---

① 节选自网文《人老的味道》，网址：http：//blog. sina. com. cn/s/blog_876099df0101hloz. html. 作者韩广毅，男，八陡人，1945年出生于一个煤矿工人家庭，安徽省电视大学淮南电大毕业，1964年至1984年担任煤田地质勘探员，1985年调入淮南市经济体制改革办公室直至退休。

生产方式的种类更加多样；作为生产资料的土地对劳动力的质量展现出强大的包容性，劳动个体可以根据自己的身体条件在土地上从事或轻或重的活计；农业生产也没有退休机制，只要不完全丧失行动能力，老人们即便年龄再大都能在农业生产中找到自己的位置。因此，对于一个农民来说，他很难在劳作中的某一特定时间点突然形成关于自己是否老了的心理暗示，而是在劳动强度从强到弱的长期转换中慢慢地去理解和体会。

所以说对于生活在乡村社区，曾经或正在从事农业生产，却又从现代化的工厂里退休的具有亦工亦农属性的老人们来说，什么时候才能够成为老年人确实是一个比较纠结的问题。“现在和过去可不一样了，过去的时候这人一过了50岁可真就成了老头了，明显就看出老来。现在60岁的身体就跟那时候40岁的身体一样，但是退休的年龄还是60岁，退休了以后不干活了，但是我感觉我60岁还能继续工作，挣钱。你看看那些种地的农民，多大年纪了都有，那些七八十岁的还是天天在地里扒扒撸撸干活，他们不会去想退不退休，只要自己愿意干，想干到啥时候都行。”① 魏青祥对六十岁退休的规定持有保留意见，其理由就是六十岁的人并不老，因为七八十岁的农民都能始终保持劳动的状态。对于一件事物提出意见的前提是承认它的客观存在，所以，这也从反面反映出了作为国家正式工人，尽管在具体年龄设置上提出了异议，但魏青祥还是首先明确了他对“退休就意味着成为老年人”的认同。

那么具有农民身份的人是怎么认定的呢？“工人老了，到了年龄就退休了；农民没有退休这样的说法，反正就是看自己的身体条件，什么时候觉得不能干了，什么时候就自己给自己办‘退休’了。”② 周兴桐虽然对退休之于老年人身份的客观规定性缺乏敏感，但还是不自觉地把老了与退休结合了起来，所以他才会有工人“到了年龄就能退休”以及农民“自己给自己办‘退休’”的感慨。

无论是工人魏青祥所理解的“退休确定了成为老人”，还是农民周兴

---

① 被访谈人：魏青祥（男，1933年出生，三菱钢窗厂退休工人）。访谈人：张帅。访谈时间：2015年2月11日，访谈地点：八陡庄魏青祥家。

② 被访谈人：周兴桐（男，1939年出生，在工厂做了一辈子临时工的农民）。访谈人：张帅。访谈时间：2015年2月9日，访谈地点：八陡庄周兴桐家。

桐所理解的“老了所以退休”，他们都在一定程度上承认了“退休”和“老了”之间的连缀关系。不过从二人话语所传达出的意思来看，他们并不一定愿意从心理上承认自己老了，反而体现出了一种不服老的心态。退休对于老人自身来说是一种被动行为，老人们退休也就意味着他们被确定为老年人，退休所带来的心理暗示自然也是被动的，不以主观意志为转移，所以老人们需要一定的时间来消化这种身体和心理上的双重冲击，将这种被动施加转化为主动接受。“刚退休的时候不太习惯，早上一起床就想着赶紧推自行车上班去，有时候都碰到自行车了才想起来退休了，没事就在家里一遍遍擦自行车。后来习惯了就好了，老了就是老了，就像养儿子一样，我在厂里上班上了三十年，就相当于我养了他三十年，现在我老了，厂子开始养我的老了，按月给生活费。”①

（二）地域社会对于“合格老人”的综合评价

除了“退休”对老人的客观确定及老人的自我界定之外，整个地方社会还对达到一定年龄的人或者退休了的工人是否成为“合格”的老人有着一套评价体系。这套评价体系实际上就是建立在作为长时段历史记忆的传统礼仪制度之上的，总的来说社区对老年人是否是“合格老人”的评价主要有以下几点：

1. “老有老样，少有少样”——合格老人的个人形象与涵养

“老有老样，少有少样”看起来似乎是在老人与青年人的对比中来说的，按字面意思来说是强调老年人就要有老年人的样子，年轻人相应地也得有年轻人的样子。但从这句话的实际作用来看，它主要针对的还是老年人。当下的社会由于城乡文化的大交融，城市文化和其他外来文化的涌入，让年轻人成了村落中“新观念”和“新潮流”的主导者。村落中的老年人虽然不一定能够完全理解和接受这种新文化，但在一定程度上给予了宽容。因此，在当前的乡村社会中，“少有少样”仅仅指代年轻人在长辈

---

① 被访谈人：陈会秋（男，1935 年出生，三菱钢窗厂退休工人，青石关老人会会长）。访谈人：张帅。访谈时间：2014 年 8 月 22 日下午。访谈地点：八陡镇青石关村陈会秋家。

面前应该具有的状态，而“老有老样”的内涵则要丰富得多。

> “老有老样”就是说作为一个老人你得有一个老人的形象，不能说七老八十了你还戴着个小洋帽，穿花花的衣服，让人一看就不正经。老年人就应该穿得朴素一点，走路不能松松垮垮，也不能急急唠唠的，这就是老年人的样子。要是说穿得花花绿绿，走起路来里正歪斜的，那要不就是有精神病，要不就是没正形。①

陈松奇从外在形象上强调了作为合格的老年人应该具备的形象，但在年轻人看来，老年人却不一定非得是单色调的：“电视上有个七十七岁的老头参加走秀，一头白发很飘逸地甩在后面，光着上身，一身的肌肉，下面穿的是红绿搭配的短裤，看起来特别有精神。我觉得老年人也可以享受现代文明。”② 作为刚从英国留学归来的硕士，张明明的观点相对来说比较新潮，她认为是不是合格的老年人与外在的形象并没有太大关系，但当她把这段话说出来的时候，旁听的中老年人纷纷表示反对。

“老有老样”还对老年人的内在气质作出了规定：“有句古话说得好，‘老不读《三国》，少不看《水浒》，男不读《西游》，女不看《红楼》’。为啥这么说呢？是‘《三国》看了人奸诈，《水浒》看了爱打架，《西游》看了不听话，《红楼》看了不能嫁’。光从老年人来说，他就是告诉咱们老年人应该实实在在的。”③ 从这段话中我们还是能看到在老年人对自我做出的严格约束。另外“老有老样”还规定了老人在家庭和村落中所应该具备的素质。

---

① 被访谈人：陈松奇（男，1941 年出生，三菱钢窗厂退休工人）。访谈人：张帅。访谈时间：2014 年 8 月 25 日下午。访谈地点：八陡镇东顶村社区陈松奇家。

② 被访谈人：张明明。访谈人：张帅。访谈时间：2014 年 8 月 20 日下午。访谈地点：八陡镇增福村。

③ 被访谈人：陈松奇（男，1941 年出生，三菱钢窗厂退休工人）。访谈人：张帅。访谈时间：2014 年 8 月 25 日下午。访谈地点：八陡镇东顶村社区陈松奇家。

2. 合格老人在家庭秩序中的责任与义务

“老有老样，少有少样”在家庭秩序中强调的是“长幼有序”的伦理观念。对于老年人来说，他们在家庭中的责任与义务主要体现在以自身为核心的大家庭的关系调节上，其中的关键点就在于妥善处理大小家庭之间以及不同小家庭之间的各种矛盾。在八陡庄，大部分年轻人并没有真正意义上的离乡离土，而是以小家庭为单位居住在村落边缘的社区楼房中。老年人虽不太愿意与子女居住在一起，但是仍需要在子女之间频繁地来回走动，并在特定时间召集小家庭参与聚会，以增强大家庭内部的沟通与联系，从而维系大家庭的和睦。更重要的是，老人们必须设法将家庭之间不可避免的大小矛盾隐藏起来，尽管矛盾的双方不一定涉及老人，但矛盾的解决往往是以老年人的忍让和牺牲为代价的。

> 徐青君家里有点积蓄，当初分家的时候不知道怎么弄的，二儿子和三儿子因为六百块钱的事有点小矛盾，后来就越来越不好处，除了过年过节去老徐家里吃点饭，平时基本不往来。这将近二十年过去了，老徐就想着自己也是八十多岁的人了，再不处理好，哪天走了，子孙们说不定得世世代代当仇人，于是就开始着手解决，老头子在这两家跑来跑去跑断了腿也没解决了。老三的意思是可以给老二六百块钱，老二肯定不干啊，现在的六百块钱和二十年前的没法比，老三最后决定顶多给两千，老二就说一万块钱少一分都不行。最后没办法，老徐让老三拿出来两千块钱，自己掏了八千，凑了一万给了老二，最后才把矛盾给平了。①

3. 合格老人与社会交往秩序

如果村落中的社会交往简单地认定为年龄大的与年龄小的之间的交

---

① 被访谈人：王知洋（男，1939 年出生，博山区八陡镇北河口村人），山东机械厂退休工人。访谈人：张帅。访谈时间：2014 年 8 月 26 日。访谈地点：八陡镇北河口村 11 路公交终点站附近。

流，那么在这二元对立的场域之中，按照中国传统“长幼有序”的伦理道德，年长的通常被置于受尊敬的地位，但是伴随着这种地位的赋予，年长者也同时被推向了道德审视的高地。相较于年轻者，他的言语和行为更容易受到别人的监督。我们当然不能排除有个别老人利用自己老人的身份贪图小便宜，甚至以碰瓷等各种方式获取不正当回报，但是所谓的“为老不尊”“无德老人”等称呼在很多情况下其实都是人们带着显微镜审视老人行为的结果。

从文姜大道通向八陡大集北河口段有一条都是台阶的小路，平时不太有人走，有一群老人喜欢坐在台阶上聊天。有一天八陡大集，几个老人照例坐在那里，后面来了一个年轻人，让老人让路。当时一位姓王的大爷背对着年轻人，离他最近，大爷听力不太好，加上注意力都集中在了聊天上，没注意到年轻人的存在。年轻人脾气很冲，一脚将老人放在一边的拐杖踢到了大集上，老人一生气，倔脾气也不由自主冒了出来，决定一整天都坐在那里不走，以表示对年轻人不讲礼貌的规劝。然而没等过半小时那里就已经聚集了几个人来反复劝说老头子不要“为老不尊”，不与年轻人一般见识。①

“不与年轻人一般见识”往往能够有效地避免争吵和受侵害，同时还能让自己抢占道德的制高点，表现自己的宽宏大量与高风亮节。因此，“不与年青人一般见识”实际上既是这个社会对老年人作为社会交往中“合格老人”的最基本标准，同时也是在身体条件上处于弱势的老年人的一种自我保护的策略。

总的来说，由于老年人已经成为村落行动的主体，且对“合格老人”的评判以传统礼仪制度为基本参照，而老年人又是村落礼仪制度的主导者

① 被访谈人：王知洋（男，1939 年出生，博山区八陡镇北河口村人，山东机械厂退休工人）。访谈人：张帅。访谈时间：2014 年 8 月 26 日。访谈地点：八陡镇北河口村 11 路公交终点站附近。

和解释权威，因此，对于“合格老人”的认定大多数都是老年群体对自己或群体内部他人的评价。鉴于老人群体所具有的价值观念和所掌握的传统文化资本，这种评判标准往往是传统的、严苛的、不变的。而对于年轻人来说，他们实际上并不太在意老年人是否是或者如何成为合格的老年人。

二、在工人和农民之间的不同身份感

八陡庄的老人群体在整体上具有亦工亦农的属性，但按照出身和人生经历的不同，又明显地分为至少两个大的阶层，即退休工人阶层和农民阶层。虽然处在不同阶层的老人们在同一地域中生活，甚至从事同样的工作与劳作，但其人生的经历和当前的生活状态仍旧有着很大的差别。在一个工业化的村落社会中，不同群体的生活状态能够共同勾勒出村落社会的整体生活状态。对不同阶层中个人生活史的观照有助于我们进一步了解群体的生成。因此，本小节选取了八陡庄几位不同阶层的老人，简要概述他们的生活经历。

（一）黑山煤矿的技术骨干

陈会志，1941 年出生于八陡庄五龙桥北，家中兄弟三人，排行老二。陈姓是八陡庄的大姓之一。陈会志家在当地虽算不上大户人家，但是生活条件尚可。兄弟三人都上了几年学，平日里也不用去想办法找活补贴家用，闲暇时就跟在年长他十多岁的王宏光屁股后面玩。王宏光是王让第二十四代传人，他的父亲在当地非常有名，还会武术。陈会志和他的哥哥天天跟着王宏光的父亲半玩半学地练功夫。

后来，八陡开始搞初级社，因为耕地有限，除了建农业初级社之外，还建了铁业社、木工社、制修社等各种服务社。当时，陈会志和他的哥哥都可以选择加入农业社，而大家也多倾向于加入农业社，因为农业社有耕地，有了耕地就代表有了粮食。不过王宏光的父亲却告诉他们一定要加入服务社，哥俩决定相信他，于是一起加入了木工小组，在一个远房长辈家里当上了学徒。

学徒的生活是比较辛苦的，虽然名义上是木工小组，但实际上木匠行业的规矩并没有改变，当学徒的前两年师傅管吃管住教本领，但学徒没有工钱；学成后，他们还要继续留在师傅家里给师傅白干两年活，而且还不能私自外出干活。好在哥俩都是慢性子，都坚持了下来，尤其是陈会志，经过踏踏实实的学习，不仅掌握了木工的技巧，还无师自通般地学会了制作各种模具和模型。有一次，附近的一个工厂新进的设备在使用上遇到了难题，从没见过这种设备的陈会志研究了半天后竟然把难题解决了。陈会志便进入了这个工厂当技术员，后来还当上了副厂长。在此期间，陈会志继续钻研各种机械的运行原理，逐渐成为当地最有名的机械维修师，包括山东机械厂、黑山煤矿在内的诸多国有企业但凡有技术性难题都会找他解决。后来，陈会志的关系被转到了黑山煤矿，从此成为八陡最大的国有企业的正式工人。他的哥哥也早已成为三菱钢窗厂的正式工人。兄弟二人穿着工装，一人骑一辆“大二八”自行车，企业食堂特有的饭缸挂在自行车把上叮当作响的画面在村里人心中留下了深刻印象。

20 世纪 80 年代，黑山煤矿集团黑山矿井因为资源枯竭而关停，黑山煤矿整体搬迁到兖州。陈会志作为矿上的技术骨干被安排到兖州负责大型机械的维修和保养工作。去兖州之后，陈会志继续发光发热，为新厂的正常运行作出了巨大贡献。由于新厂刚刚落成，很多设施还不完善，陈会志在工作之余还发挥自己特长，修建了许多凉亭、条凳放置在厂部大院里，供工友们休息。90 年代，陈会志突发疾病，右手一直抖动，右腿也开始变得僵硬，没有办法继续工作，但是他又坚持了两年，将徒弟带出徒以后才返回博山家中。

2001 年，陈会志正式退休，并加入了青石关村的老人会。他发挥特长，负责老人会的木工工作。老人会重修南庙，修建颜文姜庙、文昌庙以及毛主席纪念堂时，所有牌匾都是陈会志自己制作，为老人会节省了不少钱财。如今陈会志举家搬进了东顶村新建的住宅小区，住着一百平的商品房，领着每月四千多元的退休金，与老伴子女们共享天伦之乐。

（二）工厂里的农民

周兴桐，1939 年生人，家里往前数三代都是地地道道的农民。据周兴桐讲，他们周家于清乾隆年间自山头镇迁至八陡庄。当时迁过来的周姓有两大支，分居于八陡庄不同的地方，后来其聚居地分别被称呼为周家桥和周家大院。周家桥恰巧处在沟通鲁中与鲁南的交通要道上——八陡大街的东段。清末民初，凭借着优越的地理位置，居住在周家桥的一支通过开饭馆、旅店迅速发展了起来，当时周家桥的饭馆和旅店都为周家人所开。从临沂、沂源等地南来的客商都喜欢在此打尖住店，可观的收入让周家桥的周家成为当地颇有势力的强姓之一。周家大院的分支则相对暗淡了许多，他们始终以种地为本业，靠着绵薄的收入勉强度日。

周兴桐出生时恰逢家里最困难的时候，家里大部分耕地已经都典当出去换了粮食吃，全家六口人仅有不到半亩地，平时就靠捡别人家玉米地里的“乌米”① 果腹。家里甚至连被子都没有，晚上睡觉时需全家缩在一张草垫子里，抱在一起相互取暖。1943 年，周兴桐刚满四岁，他的父亲在饥寒交迫中死去，生活的重担便落在了他的母亲一个人身上。他的母亲带着哥哥以给村里的铁匠铺子加工半成品为生，还要照顾一家老小，每天非常辛苦，所以周兴桐从小就深知母亲的不易，无论什么事都对母亲言听计从。新中国成立后，周兴桐的母亲通过给别人摊煎饼和卖豆腐赚钱养家，生活条件逐渐好转起来，他们不但用上了新棉被，还把典当出去的两亩地都赎了回来。

1952 年，在天主教堂改成的学校里上学的周兴桐因家庭贫困被迫辍学，加入位于石马镇的石马铁业社当学徒工，主要负责打铁，一个月以后，周兴桐收到了人生中的第一份工资。半年以后博山地区开始搞初级社，农民出身的周兴桐第一次有了选择自己身份的机会，如果选择留在铁业社，那么他的身份将转化成工人，地被收走，他以后“吃工业”；如果选择加入初级社，就可能会拥有更多的耕地，他将来可以“吃农业”。周兴桐本想选择继续留在铁业社，但他的母亲不让，觉得还是有地心里踏实，周兴桐听了母亲的话选择了“吃农业”。现在回忆起来这段往事，周兴桐说肠子都悔青了。

---

① 乌米为当地方言，指得了玉米丝黑穗病后的玉米在生长过程中没有形成健康果穗，而是变成球形黑色的粉包和丝状物。乌米常见于我国北方地区，20 世纪 80 年代以前发病率非常高。当地人认为乌米是可以食用的。

周兴桐的家在今天属于青石关村的地界，周兴桐回来以后入的初级社叫建国社，后来从属于青石关大队。当初青石关这边耕地比较多，但工业几乎没有，所以青石关大队每年要向国家上缴11万斤粮食，是整个八陡唯一的自足队（所谓“自足队”就是可以自给自足，不用吃国家的粮食），周边杏花崖、阁子前、黑虎崖等生产队都需要依靠国家的贴补才能生存。

1958年大炼钢铁，周兴桐被安排往耐火材料厂改造成的小高炉推煤炭，后来因为小车的轮子被偷，失去入团的机会。后来赶上三年经济困难时期，周兴桐这样的纯农户基本断了粮，每人每个月最好的时候能分到八斤粮食，而身边的工人却能够在食堂保障基本的生活。周兴桐第一次觉得当初的选择是错误的。1963年周兴桐结婚，接着第二个机会就来了，当时黑山煤矿急需煤矿工人，要求凡是家中有亲人在煤矿上班的男人，都可以通过亲人的推荐来煤矿当工人。周兴桐刚好有个本家兄弟在黑山煤矿上班，就打算让他推荐过去，没想到又遭到了母亲的反对。当时三年经济困难时期已经过去，周兴桐在生产队里推小车一个月能分到54斤粮食，所以母亲还是没有同意，周兴桐向来孝顺，就又一次放弃了机会。

1979年，八陡煤矿开矿，周兴桐以临时工的身份进厂上班，每月按时给生产队一部分工资买工分，不过交了一年多后生产队就解散了。周兴桐每个月都有八九十块钱的工资进账，顿时觉得生活好转了很多，家里还添置了自行车、上海牌手表以及村里的第二台黑白电视机。1999年，周兴桐年龄大了，离开了煤矿，虽然当了二十多年的煤矿工，但因为不是工人身份，周兴桐不能像老人会的朋友们一样每月都能领至少三千元的退休金。前几年，周兴桐与和他一样都是临时工的农民们一起去镇政府反映情况，现在周兴桐每月能从镇政府领取94块钱的生活补贴。虽然周兴桐也加入了老人会，但周兴桐的生活始终不如退休工人们过得逍遥，他不经常参与老人会的娱乐活动，因为他还要下地干活，但是只要老人会有正事儿，周兴桐必定第一个到。尽管周兴桐会后悔当初没有坚持自己的选择，但是天生的乐观心态还是让他能够笑着回忆这段先苦后甜的历史。“人人为我，我为人人是不对的；我为人人，人人为我是可以接受的。”这是周兴桐的口头禅。

（三）“吃细粮”的妇女

许荣萍，女，1953 年生人，童年刚好赶上三年经济困难时期。虽然父亲是桃花峪煤矿的工人，但家里只有他一个人挣钱，每月 30 块钱的工资要养活八九口人，于是饥饿就成了她对童年生活最大的印象。从 1959 年开始她的家里就基本断粮了，能吃到一根胡萝卜就跟过年似的。因为她的父亲是工人的关系，她家偶尔能吃到一些救济粮，但是一个人的口粮对于大家庭来说简直是杯水车薪。因为贫困，没钱买布做衣服，他们就去救济站领面袋子，救济站会把剩下来的面袋子根据每个家庭的情况分给大家，许荣萍家就用面袋子做成衣服穿。

到十四五岁的时候，为了生计，许荣萍就开始出来工作。刚开始年龄小，她只能去桃花峪煤矿的煤渣堆里捡炭，到了十七八岁的时候就能去工厂里干临时工了。她从小力气就大，负责推大车、抬筐子，一个年轻女子干的都是男人的活，就是为了彻底摆脱饥饿。后来三菱钢窗厂去许荣萍所在的居委会招工，许荣萍就报了名，成为正式工人。据许荣萍回忆，对于当时的女性来说，摆脱农村户口最好的方法就是嫁给工人，然后选择户口跟着丈夫，就能转为城市户口，也就是所谓的“吃细粮”。但是在那个年代，新中国刚刚成立不久，大家都是一穷二白，工人和农民相比并没有太多的优势可言。而且当地的户籍科还不厌其烦地跟每个人说：“你可以自己选择‘吃细粮’还是‘吃农业’，‘吃农业’的话，你自己种地自己产粮食，虽然吃的是粗粮，但是自己能供应自己，还能吃新鲜粮食；‘吃细粮’的话，你得用钱买着吃，去粮站，买的是陈年的粮食，吃之前你得先算计算计手头有没有钱。”所以当时大多数嫁给工人的不明就里的农村女子都还是选择了“吃农业”，结果也就形成了“一个家庭、两种身份”的现象。等到她们年纪大了，工人开始领退休金了，她们才后悔当初的选择，而且更重要的是，政府明确规定孩子的身份只能跟着妈妈走，不能跟着爸爸走，所以选择了“吃农业”的妇女们，她们的孩子无论男女也必然是农村户口。

当年，许荣萍的母亲嫁给她父亲的时候，选择了“吃细粮”，所以许荣萍才有了进工厂上班的资格。在工厂里，许荣萍平时光顾着干活也没太有时间与别人交流，只有中午吃饭的时候才能说几句家常。据许荣萍回忆，年轻女人凑到一块说得最多的就是比谁家婆婆好。那时候还流行“嫁出去的闺女泼出去的水”的说法，她们都没有比自己家的，都是比婆婆家。许荣萍当时年龄还小，但也会在她们的谈论中想象自己未来的生活，想象自己未来的婆婆的模样。后来许荣萍嫁给了在同一个工厂上班的小伙子。她的丈夫从小就没有妈妈，是大娘一手把他带大的，那么原则上许荣萍就相当于没有了婆婆，但是鉴于大娘对于她丈夫的养育亲情，许荣萍虽然喊的是大娘，却始终将她视作婆婆一样对待，尽心尽力地伺候。而大娘对她也特别好，那时候大家都还要自己带饭上班，大娘体会到许荣萍上班的辛苦，经常给她包水饺让她带着，这时常引来众工友的羡慕。后来她的丈夫调到外地工作，而大娘的子女又不在身边，许荣萍就干脆跟大娘在一起生活。许荣萍负责挣钱，大娘则负责做饭看孩子。后来许荣萍退休，回家就告诉大娘说：“我退休，你也就退休了吧。我有退休金，还不用上班，从现在开始我生火做饭伺候你。”后来直到大娘去世，她们之间也没有红过脸吵过架，二人的相处也在整个八陡庄传为佳话。

（四）艰难讨生活的老农民

在八陡大集上总能见到一个干瘦黝黑的老头，蹲在一个角落，眼前铺着一张破破烂烂的塑料布，塑料布上面摆满了各种刚刨出来不多久的野菜和药材，还有一些长得非常不起眼的丝瓜、黄瓜、南瓜。他叫黄启振，大家都喊他老黄，今年已经76岁，原籍是沂源县人，现与老伴居住在青石关村。黄启振家的主要生活来源有两个：一个就是在大集上售卖这些东西的收入，如果东西全部卖出去的话能收入25元左右；另一个是他们老两口接过了青石关几户人家不愿意继续种的地，地合计起来不到三亩。所以他的生活非常贫困。

老黄表示，现在种地基本上不挣钱，还要赔钱。现在家家户户都用农药、化肥，你要不用的话就会遭受严重的病虫害，产量也低，而买种子、化肥、农药的钱也是一笔很大的开支。如果今年收成不好，很有可能就会赔钱。所以在老黄看来，绝对不能完全把希望寄托在需要长时间等待才会出现的事情，也正是因为如此，老黄在种地之余还坚持去山上采集各种民间传言有用的药材。但毕竟是年纪大了，身体又不太好，老黄只能用四天的时间来搜集药材，然后就赶一个大集。

即便穷困至此，老黄还是非常倔强，他一再拒绝别人的资助，也始终不愿意别人施舍似的以高价购买他的药材，而且老黄在做买卖的时候非常大方。尽管东西不多，上了年纪的他上山采药非常费时费力，但他卖的东西价格便宜，他还时常连搭带送。老黄也非常沉默，在大集上摆摊的他从来不叫卖，就是孤零零地蹲在那里，静静地看着来来往往的人；在村里，老黄也不怎么跟邻居们交流，也从不参与村落公共事务，老两口习惯关起门来自己过日子。所以现在青石关村大概除了少数几个上了年纪的老人之外，已经没有多少人知道老黄为啥搬到青石关，以及到底有没有子女。

2014 年 5 月份的一个大集，老黄一脸落寞地蹲在墙角，面前只放着一小捆韭菜和一把小葱，还有两三根蔫了的丝瓜。笔者以为老黄的药材已经全部卖光了，却听到旁边摆摊的人说，老黄家昨天进贼了，把老黄辛辛苦苦挖来晒干的药材偷得一根都不剩。老黄没办法只得拿了自己种的菜在这里售卖，最后韭菜和小葱被一个从博山城里过来赶集的妇女买走了。她拒绝了老黄免费赠送丝瓜的好意。卖菜的五块钱是他五天以来唯一的收入。老黄收拾起东西准备回家的时候，笔者问他："这一集只卖了五块钱，接下来的五天怎么办?"老黄轻轻地说："只要不长病，一切都好办!"

老农民因为没有退休金，又种不了地，到了年老之后只能依赖自己的儿子养活。如果恰好没有子嗣，那么他的生活就注定会陷入一片看不到边的苦海之中。在今天的八陡庄，像老黄这样条件的家庭已经是少之又少了。

通过对具有不同人生经历的人的口述史的记录，我们看到了在工人和农民之间的不同身份感，同时也看到了博山地区民众身体感的特殊性。博山的农民广泛参与了博山工业化的过程，即便没有转换身份，他们在后续的生活中也没有完全脱离与工业的关系，比如做了一辈子临时工的周兴桐虽然是农民，却把一辈子都给了工厂；再比如卖山野菜和药材的黄启振，如果没有来不及进山挖野菜的工人，他的买卖将会更加难做。而大多数博山工人的身份并不是绝对意义上的一无所有的无产阶级，这拓宽了我们对产业工人的认识，也体现出了中国工业化进程的基本特点，即我国的工业化是在庞大的农业基础之上确立的。当然，正是由于这种身体感的特殊性才导致了老人群体亦工亦农的双重身份。

第二节　老人群体的组织与活动

老人本来就具有一种担负村落历史记忆的天然身份，所以老人总会因为同样的身份感和责任感而结成一种群体关系。这种关系既有非常松散的，如聚集在街头巷尾拉呱的老人群体、在老年活动中心进行娱乐休闲活动的老人们；又有组织严密的，如青石关村的老人会；当然也有很多没有正式的组织体系，却因为相同的目的而去共同进行一些公共文化建设的群体。当今的老人群体中尚有许多人或群体并没有自发地组织起来，而这是一种潜在的可以组织起来的力量。

一、老人聚会的场所

在乡村社会中，村落中的老人们历来有自然而然聚集在一起的民俗习惯。村落中的公共设施如井边、庙宇、树荫下、村碑旁、大街等都可以作为老人们日常聚会的场所。这些老人并不是出于一定的有关社会责任或公共事务的建设之目的而结成正式组织，而仅仅是出于休闲娱乐的目的而集结在一起。在八陡庄，老人聚会的场所既有村居两委建立的老年活动中心，又有老人们自发聚集而形成的场所。

（一）老年活动中心

2005 年以来，八陡镇政府为了保障老年人的“老有所养”“老有所乐”，号召所辖各村在现有条件的基础上创建老年活动中心，为老年人提供休闲娱乐的场所。八陡庄内北河口和杏花崖两个行政村最先响应号召建立起了老年活动中心。

2001 年，北河口村修复了村内的真武庙。真武庙为两层结构，位于八陡镇公交 11 路终点站附近的小斜坡上，斜坡之上恰好为真武庙二层，二层由真武庙和观音庙组成；顺斜坡下行右转为真武庙一楼，一楼由宽 4 米、进深3.5米的门洞以及东西耳房构成。2005年，收到八陡镇政府相关通知后，北河口村将真武庙一楼改为老年活动中心，在门洞前后两门装上帘子，大厅内装了电灯、风扇、电暖气等电器；又添置了一张麻将桌、两张扑克桌和椅凳若干；将左耳房改造为办公室，右耳房改造为储存室；还以每月八百元的工资聘请本村的一位妇女为管理员兼服务员，负责打扫卫生、为老人们烧水倒水、看管财务等工作。北河口村老年活动中心正式开始运行之后，几乎每天都有十多个老人在这里打扑克、打麻将、聊天。他们认为老年活动中心的开办“直接提升了村里老年人的幸福指数十几个百分点”。①

北河口村老年活动中心的热闹场面让邻村杏花崖的老人们羡慕不已。在他们的建议下，“财大气粗”的杏花崖村在村里的铁路大桥旁边收拾出了一大块场地，在北边盖起了两间大瓦房，一间为老年活动中心，一间为舞蹈室，房前则为铺了花砖的小型广场。老年活动中心可以打扑克、下象棋、打麻将，舞蹈室则专门为村里的舞蹈队排练用。杏花崖村的老年活动中心与北河口村相比虽然面积大了好几倍，但每天来这里的人比北河口少很多。杏花崖村因为拥有黑山的资源而相对比较富裕，是较早规划村属住宅小区的村落之一。村民们尤其是退休工人们大多搬迁到了住宅楼中。而老年活动中心距离住宅区太远，而且因为铁路大桥的遮挡，房间采光不好，比较阴冷，所以人们多选择在小区的广场上活动。因而老年活动中心则成为在周边居住的尚未搬走的老农们的活动场地，他们很少进行打扑克、下象棋等娱乐活动，而是喜欢围坐在一起七嘴八舌地聊聊共同拥有的历史记忆。

有了北河口和杏花崖二村的例子之后，八陡庄的其他村落不再盲目地新建老年活动中心，而是尊重老年人的习惯，由他们自由选择聚集的场所，然后居委会予以资金和物质上的支持。如阁子前村的老人们喜欢在观音阁奶奶棚一带活动，阁子前村居委会便购置了许多长条凳，平时把它们放在奶奶棚中，每天由居委会成员王翠芳将凳子搬出来，并烧水泡茶供村

---

① 被访谈人：王大爷（七十多岁，八陡镇北河口村人，退休工人）。访谈人：张帅。访谈时间：2014年4月23日。访谈地点：八陡镇北河口村真武庙老年活动中心。

里老人饮用；虎头崖村由于是新镇政府所在地，近水楼台先得月，虎头崖村的老人们一般都会去镇政府于2009年修建的八陡镇老年活动中心参加活动。不过，在各村都最大限度地为老年人提供休闲的场所和服务时，仍然有一些老人不愿意加入所在村落的老年组织或老年活动中心，而是依照传统的习惯，自由搭伙选择场所，其中最出名的就是位于11路终点站旁的“厂部办公室”了。

（二）11路终点站旁的“厂部办公室”

在11路终点站八陡站以东有一张石桌带着几个石凳。若是没人的时候走上前去，你会发现四个石凳旁边摆着各式各样的硬纸板，这些硬纸板就是平日来这里唠嗑拉呱的老人们当坐垫用的。每天早上9点以后，就会有许多退休工人陆陆续续来到这里，大家坐成一圈，讲讲过去的趣事儿，挨到中午11点多，就纷纷散去了，各自去买菜、买馒头回家做饭吃饭。下午2点以后，还是这拨人又一次聚到这里来，一直等到下午5点以后再各自回家。因为都曾是工厂的工人，所以他们把这里叫作“厂部办公室”；把他们一天两次的来这里报到的行为称为“上班”“坐班”；如果有哪位没来的话，就会被称为“歇班”。

如果天气晴好，在“厂部办公室”“坐班”的人也就比较多，可能有八九位；如果天气恶劣，来这里“坐班”的可能也就只有一两人了；在平时基本能维持四五个人的规模。一群退休工人凑到一起谈论的实际上大多数都是对各自厂子历史的记忆，他们总能根据一些现实的线索将自己的记忆慢慢地带出来。每次这样的谈话渐入佳境之后，这个小圈子就会形成一种独特的场域，在他们之外的八陡庄似乎成为一幅流动的画卷，不断随着他们对历史记忆的共鸣呈现出过去的样子。

去“厂部办公室”最频繁的几个人：一是王知洋，今年（2016年）已经77岁了，身体还算硬朗，但是腿脚不太好，天天拄着拐杖，他是从玻璃厂的车间主任退休的，作为干部，每个月的退休金能领到八千多元；二是北河口许贵盛，从八陡耐火材料厂退休，每个月的退休金有四千左右；三是东顶的岳世金，岳世金是三菱钢窗厂退休工人，目前退休金三千左右；四是东顶的老丁，老丁原来也是玻璃厂的工人，还曾经当过王知洋的组长，但是后来没有王知洋发展得好，不过作为退休干部的他每个月也有近五千元的退休金；第五个是苏家沟的老蒋，严格来说老蒋并不算退休工人，他是农村户口，不过一下了学就以临时工的身份进了工厂，一干就是四十多年，尽管在这些人里面老蒋的工龄最长，但是因为是农村户口的身份，每个月只能从政府领到324元的生活补贴；第六个是北河口的王宏光，王宏光是王让的二十四世孙，曾在山东机械厂担任干部管理人员，现在退休金九千多元。

一个特别有意思的现象是，在“厂部办公室”地位的高低是与退休金金额挂钩的，而且呈负相关。首先，苏家沟老蒋在这群人里面最受欢迎，只要他一来，所有人都愿意主动跟他搭话。而北河口王宏光则似乎最不受欢迎，只要他不在，大家肯定会背地里编排他，以此为乐，但只要他在，谈话的气氛就总会那么尴尬，大家都在潜意识里觉得来了外人，不能轻易聊天。除王宏光之外，不受欢迎的就是青石关的王知洋了，再之后则是老丁。笔者曾在现场听到他们如何背地里编排王宏光和王知洋。

王宏光有两个孙子、一个孙女、一个外孙。他的退休金本来就花不了，于是就决定每个月从退休金里拿出六千元给他们，俩孙子一人两千元，孙女和外孙则是各一千元。另外，王宏光的三个子女需轮流伺候他，轮到谁伺候，王宏光就给谁两千元辛苦费。剩下的钱则王宏光自己存着。有一次王宏光要去办事，从家里出来远远地跟这边打了声招呼，就坐上11路公交车走了。这时候王知洋便开始带头评价王宏光，说他在新社会还搞男女不平等的那一套，给国家工人丢脸，大家纷纷附和，开始列举王宏光各种或有或无的事情。后来王知洋因事离开了一小会儿，大家便立马将矛头转向了王知洋，说王知洋心胸狭隘，见不得人家好，就故意说人家坏，就算王知洋想给自己儿子两千块钱来伺候他，儿子们也不会同意，等等。等到王知洋一回来，他们立马就换成以前的话题。总之，对王宏光和王知洋进行评价始终是“厂部办公室”最常见的话题之一，而对于老蒋、老岳等人则没有任何不好的话题。

另外，除了老蒋之外，经常来这里聊天的人还有一个特点，就是工作的时候都曾当过或大或小的管理人员，在企业中负点儿责任。他们所形成的群体与青石关老人会的老人们看待问题的视角并不一样。当我问起青石关的老王为何不加入村里的老人会时，老王回答了两点：一是感觉并没有太大的实际效应和现实利益；二是老人会的成员们一般都是普通工人，甚至还有在自己手底下干过活的，自己跟他们本就不在一个层次上，还有老人会成立的时候他们也没有专门来请自己加入老人会，所以自己还是不要主动屈尊的好。也就是说，虽然都已退休多年，但是退休干部还是习惯以干部的身份来看待自己和对待问题，所以正如他自己所说的跟青石关的普通工人们“玩不到一起去”。从这一点来看，短时段的且反复实践的历史记忆对一个人形象塑造的重要性不言而喻。

“厂部办公室”的存在也基本体现出了当今退休工人们日常生活中悠闲、平静的一面，这也是大部分退休老人普遍的生活状态。不过还有一部分老年人，他们不甘于平静的生活，而是尽情投入到村落公共事务中去，展现自己的价值和力量，其中最突出的代表就是青石关村的老人会。

二、老人在社区治理中的角色担当

在城乡一体化的过程中，老年人成为村落中的主导力量，主动担负起了维系村落生活秩序的任务。他们在保持并调整人际关系、维系整个村落社会秩序、处理区域内不同社区之间关系的过程中发挥了重要的作用，这对于维护一个乡村社区以及区域社会之间的稳定和谐至关重要，体现了老人在社区治理中的角色担当。

老人们对于自身在社区治理中所发挥的作用的认知首先指向的是最直观可感的调节人际关系方面。老人群体凭借其受尊重的社会地位、丰富的生活经验以及对礼仪资本的掌握，在调节人际关系方面有着天然的优势。他们依照这些优势能够充分了解矛盾双方隐藏于内心深处的无奈或不快，能够替当事人诉说他们自身所不能说出的苦衷，从而得到当事人的信任，在此基础之上进一步的工作就比较容易开展了。

处理矛盾纠纷实际上并不是一件多好的事情，尤其是家庭矛盾，弄得好人家不一定感谢你，弄不好却里外都不是人，所以一定要谨慎，不能急躁，得先弄清楚他们到底为啥闹矛盾才行。我们处理时间最长的一次家庭矛盾用了两年，之所以那么长，一方面是由于那个家庭各自有着自己的小算盘；另一方面也是我们刚刚开始做这项工作，还没太有经验，具体名字我就不说了，大致事件我讲讲。

就说咱们青石关村有个老头跟小儿子住一个院子里，儿子住北屋，他住南屋。有一次儿子不在家，老头去给儿子喂狗，狗呢可能是不太听话，咬老头子了。老头一生气就随手拿根棍子照着狗头来了这么一下，刚好儿媳妇下班回来看到了，当时就生气了，冲着老头子嚷嚷，嫌老头打她家的狗了。老头呢就心想公公跟儿媳妇还是不要走太近好，就没说话躲开了。结果到了晚上他小儿子突然来老头的屋里冲着老头就发了一顿火，老头脾气犟就生气了。父子俩一个七十多岁，一个四十多岁，跟小孩似的当时就要断绝关系。到了第二天他儿子反应过来后跟老头道歉，老头就怎么也不答应，儿子没办法才找到了我们老人会请求帮忙。

陈会秋会长就喊着我，我一般是负责调解纠纷什么的，还叫着魏主任（居委会主任魏美玲）到了老头家里。那时候我们也是没经验，单纯觉得就是因为狗的事吵起来的，就天天给他们开导打狗的问题，越开导越感觉没谱，一拖就过了一年。记得有一回我在家里看电视节目，电视上就说解决纠纷得问清楚深层次原因。我赶忙就把电视关了，喊着陈会长就去了老头家。我就假装跟老头聊家常，慢慢把话题一点一点往这边引，后来才知道果然还有隐情。

老头有三个儿子，大儿子早就在外面盖房子了，当时老头帮忙出了几个钱；二儿子在外地打工生活，平时很少回来，结婚生子，老头都没咋帮上忙；小儿子也已经结婚生子，目前跟老头生活在一起，平时负责老头的饮食。老头之前曾跟小儿子和儿媳妇说过，目前所居住的这套院落将来归他们俩所有，但并没有立字据。前段时间老头觉得有愧于二儿子，也是担心他走之后，二儿子回来以后连个能住的地方都没有，于是老头又改变了主意，打算在其他地方不变的情况下，单独拿出老头现在居住的南屋送给二儿子。这让小儿子感到非常别扭，因为小儿子本来打算要等老头百年之后将这套院子彻底翻新一下，突然有了一间不属于自己的房子，翻新的事情就无法进行了，而且一直在身旁伺候老头的小儿子面对几乎没有任何孝行的二哥也能轻易分到几间屋子的现实难以接受，于是小两口借着老头打狗的事情把怨气撒了出来。

这种情况一出现，就不能简单对待了，因为这实际上涉及分家的问题。我们立马给他的二儿子去了电话，问清楚二儿子回来的时间后，我们老人会找到一个合适的时间将老头、老头的三个儿子、儿子们的二舅、三舅叫到了居委会办公室。我们提前给他们讲好，分家是每个大家庭必须要面对的事情，谁也不用不好意思，有啥说啥，但是谁也不能抢话堵话，要保持良好的情绪。然后就让他们挨着说说自己的想法，我们老人会就负责维持秩序，只要看到谁打算抢话说，就提前制止，谁要是生气也提前警告他。而且在正式开始谈话前，我们先让小儿子给老父亲真诚道了歉，老父亲接受了道歉才开始继续往下谈。

最后我们老人会给出了具体的建议：老头的小儿子一次性支付给老头的二儿子一万元钱，二儿子自动放弃南屋。理由是：其一，老头的大儿子 1993 年盖房子的时候总共花了一万三千多，其中老头给他出了四千块钱，然而二儿子在东北自己买房时，老头没有出一分钱；其二，大儿子的房子现在估值约为六万五千元，相应地老头的四千块钱约相当于两万元，也就是说原则上老头只需要分别给二儿子和三儿子两万元，就算是一碗水端平了；其三，目前小儿子居住的宅院估值约为四万五千元。原则上小儿子需退还老头两万五千元，而老头再付给二儿子两万元，但鉴于二儿子近十几年来未在老头身边尽孝，小儿子则在尽孝上花费的成本更高，特规定小儿子一次性付给老头五千元，付给二哥一万元，房子即归小儿子所有；其四，老头的三个儿子对此表示无意见，老头表示自动放弃小儿子给付的五千元。最后老头和三个儿子在儿子娘舅的见证下签字按手印，分家合同正式生效。对此，无论是老头还是老头的儿子，包括老人会在内都非常满意，事情的圆满解决也为老人会继续开展相关工作积累了很多经验。①

在这个问题的处理过程中，老人会在某些方面做得非常不错，如按照传统的分家制度将儿子们的娘舅请来作为见证者，在分家会议正式开始之前要求小儿子向老父亲道歉，按照传统的约定俗成的方式估算房子的价值等体现出了老人们对用以指导具体生活的传统民俗知识的坚持和灵活运用。类似于这样的事件是老人会成立以来所解决的最多的问题，说明老人会在村落内部已经具有了相当高的威信。至于老人们在村际交往中的作用则主要体现在“接颜奶奶”等仪式中，将在后文予以详述。

三、老人与农村文化建设

老人在村落生活中占据主导地位还体现在越来越多的老人开始主动进行一些与农村文化建设相关的公共活动，比如修族谱、写村史、保护村落古遗迹，等等。这些活动实际上也是老人们用以实践其历史记忆的重要方式之一。族谱、村史、遗迹等正是作为老人们关于地方社会的历史记忆的承载物才被他们所重视的。在八陡庄也有一批老人在从事这样的有关农村文化建设的活动，主要有以下几个方面：

（一）编修族谱

编修族谱近十年来在整个鲁中地区成为一种民间文化潮流，八陡庄也不例外，村内的陈、魏、周、徐等大姓都纷纷编修了族谱，其中陈家《陈氏世谱》的编修规模最大，耗时最长。早在20世纪80年代末，八陡陈氏家族第十四世孙陈会猛、陈会达、陈会东三人发现家谱已有近五十年没有续修，就商议续修陈氏族谱的事情。他们经过多方打探、寻找，终于在陈会翠家找到了民国二十一年（1932）续修的族谱。那时陈会猛刚从矿上退休，因暂时没有续谱的经费，也未正式成立“修谱小组”，陈会猛只得用了将近半年的时间将老谱文字全部抄写了一遍。因为当时修谱的风潮还未

---

① 被访谈人：陈义和（男，退休工人）。访谈人：张帅。访谈时间：2014年6月23日。访谈地点：八陡镇青石关村陈立本家。

正式兴起，准备修谱的过程中资金筹备特别困难，大家的积极性也不高，人员也不好组织，陈会猛只能拿着手抄的老谱亲自出发，走街串巷，拿着族谱一一对照，通过详细的调查将家族中的分支逐一落实。多年的奔波之后，陈会猛积累了大量的资料，并开始尝试按照老谱的体例编纂新谱，不知不觉间这项工作竟持续了将近二十年。

2006 年，陈松谦、陈松溪两位德高望重的长辈在了解了陈会猛二十年间的坚持后，立马组织了数次“续谱大会”，将有名望、有财力、有知识的族人都集中起来成立了“续谱工作小组”，明确了大家的职责和具体分工：陈松谦、陈松溪二人为工作小组名誉组长和顾问，负责向族人发出倡议，号召族人出资出力；陈会孝、陈会云、陈会卓、陈炯、陈义钦等企业家或商人各捐款一万元至一万五千元不等，为续谱工作提供办公场所、车辆以及财力支持；陈松奇、陈会猛、陈会明、陈会颂、陈积贵、陈积衡等文化人则负担起了续谱的主要实际工作，负责寻访补录、修缮以及校对工作，从此以后续谱工作正式成为陈氏整个家族的共同事业。2007 年 10 月，装裱精美的《陈氏世谱》付梓，陈氏家族的续谱工作正式完成。为了显示和纪念家族在续谱工作中展现出来的团结和凝聚力，经工作小组商议，特意在族谱扉页印上了“阖族续修”的字样。

对于一个家族来说，续谱的目的莫过于对祖先和后辈有所交代，让家族能够永远存续，正如参与续谱工作的陈会明所说：“可以此告慰于祖先之灵，遗泽于后世来者，更可传承仁孝、宏扬懿德，使吾族更加繁荣昌盛。”① 不过，对于今天的陈氏后人来说，续谱的工作在当下的社会背景和村落语境中还被赋予了新的意义：第一，从社会的角度看，续谱已经不再是落后和守旧的代名词，它作为一项公共文化事业而成为新时期的一种社会风气，陈家的续谱工作实际上也是受到了这种社会风气的影响，“近年来，社会文明日益发展，祭祖寻根蔚成风气，我修谱之举也应此而全面启动”②；第二，从家族的角度看，陈家的续谱工作在八陡庄被分为六个行政

① 节选自《陈氏世谱》所辑《重修世谱小序》，陈会明撰文。
② 节选自《陈氏世谱》所辑《重修世谱小序》，陈会明撰文。

村后旋即展开，体现了族人的忧患意识，在地缘联系从政治上被断裂之后，试图以重新恢复血缘联系的方式来增强族亲认同；第三，从个人的角度看，寻根问祖是物质上已经得到极大满足的民众在精神和文化上的必然需求。

那么为什么必须要选择“续谱”的方式来实现上述目的呢？对于一个家族来说，增强族亲认同和修复个人情感，还存在着修复祠堂、祖茔、老宅子，家族聚会，对家族中的婚丧嫁娶等仪礼的积极组织与参与等方式，而且这些方式往往相互杂糅和配合，共同构成了一整套的家族文化实践。在这些实践方式中，修复祠堂、祖茔、老宅子等所采取的策略主要是创设一个家族共同享有的象征性的文化标志来维系认同他们的家族，而家族聚会、参与家族内部的各种仪礼则主要是通过家族中复杂的人情往来强化血脉联系和区分亲疏远近。所有这些方式都统一于民众的日常生活实践中，具有身体性的特征。相比较之下，族谱既可以作为家族共同享有的象征性文化标志，同时也是一种可以运用的历史文化资本，族谱中共同的始祖不断强化人们心中一脉相承的血缘观念；有条不紊的世系则明确了宗族各支派的边界，并以此确立起人情往来的标准和规范；族谱的族规仍旧管制着族人的家族与社会生活；族谱中的各种表彰则提升了家族的文化自信与社会地位。人们借用族谱来规范现实社会的家族生活，实际上就是将族谱作为一种长时段的历史记忆，赋予了现实以历史感，赋予了历史以现实的意义。

（二）著书立说

博山八陡地区向来崇尚文化，尤其是对地方文化充满着极大的热爱，因此很多民间知识分子在退休之后或者闲暇时刻都非常注重总结和整理地方文化，久而久之竟也积累成书。他们对于这些书稿往往特别珍视，总会千方百计地寻找机会出版。这种由地方文人撰写的关于地方社会文化的书籍中，近几年在八陡庄范围内引起巨大反响的大致有三本，即《孝乡八陡风情录》《孝贞演义》《八陡山水》。

《孝乡八陡风情录》正式出版于2002年7月，全书近18万字，以孝为主线详细介绍了八陡镇的地方历史、文化与传统，作者为吴驺群。吴驺群，1941 年出生于淄川昆仑镇，1962 年淄博师专毕业以后开始参加工作，1984 年担任博山第十一中校长，1990 年任八陡镇党校专职副校长，2001 年正式退休以后开始致力于八陡地方文化的搜集与整理工作。两年的时间里他往返于八陡镇内的 17 个行政村，为了考证《舆地志》中“梁邹城中有泷水”这句话的真实性甚至亲往邹平调查，还曾多次致电致函济南、东北等地的相关部门寻找材料，最终形成了文稿，并在八陡镇政府的帮助下结集出版。书籍一经出版就引起了巨大的社会反响，也坚定了吴驺群笔耕不辍的决心。在此之后，吴驺群先后出版了《孝水古韵》《颜山风云》等散文集，其中《孝水古韵》与《孝乡八陡风情录》还被八陡镇中心学校选为校本教材。

《孝贞演义》是一部以描述颜文姜的生平事迹为主的章回体长篇小说，作者为八陡镇虎头崖村的周义坤。周义坤，1951 年出生，中共党员，18 岁应征入伍，复员以后当选为虎头崖村村委书记，后来成为村办企业的主要负责人。他立志要还原历史上真实的颜文姜，所以，一方面竭力摒弃传说中的神性部分，多叙述符合日常生活认知的行为；另一方面又通过自己的考证，来证实颜文姜在历史上的真实存在。因此他的著作得到了博山区政府的大力支持，印刷量特别大，在民众中广为传阅。

《八陡山水》出版于 2016 年，是八陡镇书画美术研究会众成员集体创作的成果。八陡镇书画美术研究会成立于 2012 年，目前已有会员 50 余名，其中国家级美术会员 2 名，国家级书法会员 5 名，省市级书画美术会员 30 余名。其成员大部分都是八陡人，八陡镇政府为其提供了专门的办公场所和书画展厅。书画美术研究会自成立以来每年都有近 15 场次的书画展示和美术交流活动。2014 年更是在博山区文化馆举办了名为“美在家乡”的书画展，展出了会员创作的一百多幅体现八陡自然景观作品。《八陡山水》一书正是在书画美术研究会成员们对八陡自然景观了解的基础上形成的，该书用散文化的语言和大量的配图详细描述了八陡镇包括黑山、岳阳河在内 50 余处自然景观的风貌、历史、传说和风土人情，是一本了解八陡地域文化不可多得的资料性著作。

这种民间书籍和知识分子的大规模出现，既体现了作为文化持有者的民众日益增长的文化需求，又体现了民众自身所具有的地方感以及对本土文化的尊重与珍视。

（三）传统文化遗存的保护工作

八陡庄的老人们还致力于传统文化遗存的保护工作，比如对八陡镇政府拆除八陡大街的行政行为进行强烈干预，自觉维护已废弃多年的八陡火车站，积极投身于庙宇重修工作等，展现出了老年人的文化作为。本节将以八陡庄陈氏家族对祖茔的保护工作为例展开详细介绍。

八陡陈氏祖茔位于八陡庄以东约两公里处、今源泉镇岳庄西村村南，该墓地东西、南北各长200余米，占地面积约80亩，有明、清、民国等时期坟冢约1600座，是博山南部山区规模最大的民间墓葬群之一。据乾隆二十年（1755）《泉旺崖东茔谱系碑》记载，八陡陈氏自钊祖始葬于此。按照陈家后人的说法，钊祖大致殁于明成化（1465—1487）以后，他们据此认定陈氏祖茔目前已探知的最早年份为1488年以后，距今已有五百多年的历史，不过对于钊祖生活的年代，无论是碑刻还是族谱，都没有确切的记载。

在陈家老人们关于祖茔的历史记忆中，以前祖茔修建得非常气派，“有好几个牌坊，都是为啥立的说不上来，应该有陈玉强（晚清举人）一个，基本上每个坟头都有碑，碑都是大碑，历史上穷人家可立不起碑。墓田里还有松树、柏树、油梗、槐树，都很粗，最粗的一个人都抱不过来，谁从那里走都说一看这墓田就知道这家出人才，透着旺劲儿”。后来，陈氏祖茔遭到破坏，牌坊被拉倒，墓碑也都被砸成两截，碑文都被抹掉；所有的树木无论粗细都被砍倒用作盖仓库的木材，这导致陈家祖茔逐渐荒废。直到最近几年，八陡陈家才开始重新修复祖茔，并重立了祖茔内清乾隆二十一年（1756）所立祖碑，祖碑作为家族血脉和文化传承的象征矗立在祖茔中。陈会明还特意作《重立祖茔碑记》以纪念和表彰族人对家族所作出的巨大贡献，经族中人商议，这篇文字也被刻在一块石碑上立于祖茔碑一旁：

重立祖茔碑记

吾族泉旺崖动茔自始祖钊卜葬于兹，至今已近六百年。此地山环水抱、虎踞龙盘，可谓洞天福地、风水绝佳。钊祖以下十余世殁后多葬于此。现今祖茔已有方圆数华里、地阔八十余亩之规模。20 世纪六七十年代，祖茔内碑牌林木尽数遭毁。而今社会安定民众富足，我族众皆有修缮祖茔之愿望。今有族内仁人贤士倡议重立茔内祖碑，众皆纷纷响应，更有族中实业精英慷慨捐资。于是阖族会商建立理事会，安排专人筹划施工，经数十日落成，使祖碑得以重立于祖茔，实乃幸事善举。以此告慰先祖之灵，并嘱后世务须精心呵护，使之永世长存。特略叙以镌刻记之。

公元二〇〇九年岁次己丑十月　立

在修复祖茔的过程中，祖茔曾遭难的历史促使他们生出了为祖茔的存在寻找合理合法的依据的想法。陈氏家族中不乏见多识广的文化人，他们迅速组成一个名为“陈氏祖茔保护委员会”的团队着手促成此事。而后之所以走上了申请文保单位的道路，陈会明在其中发挥了重要作用。有着中学高级教师职称的陈会明曾做过“五七干校”的校长，在此期间结识了博山区许多大小官员，学校解散后也一直与他们保持着联系。祖茔保护委员会成立之后，陈会明开始走访他们，询问保护历史遗迹的相关政策和具体方法，最后得知可以申请区级重点文物保护单位，于是便开始积极运作此事。

2011 年，在陈会明的组织下，他们的委员会正式更名为“博山陈氏保护祖茔文物理事会”，以提供帮助最多的山东华成集团总裁陈会孝为理事长，成员包括陈松谦、陈松奇、陈会明、陈会志、陈义钦、陈积贵等四辈，共 24 人。其中陈会明主要负责与博山区文物局等政府单位打交道；陈松谦、陈松奇等辈分较高的族人则主要负责发出倡议和扩大宣传，并主动联系相对富裕的家庭收取捐款；陈会志、陈会颂等人则继续负责祖茔的修缮和管理工作。所有成员都各负其责，陈会明找到了博山区文物局的两位主任，邀请他们亲自去祖茔视察，并从他们那里得到了许多意见和建议。陈松谦、陈松奇等人则通过走访由陈氏后人接管的八陡耐火材料厂、富源陶瓷颜料公司、陈仕家居总公司等地顺利得到了捐款三万余元，这些钱最后都被用在了陈氏祖茔的修复工作中。也正是因为有了这笔钱，陈会志等人才得以放心地去扩大修复规模，加大修复力度，使陈氏祖茔的面貌一天天地变化。在各方的共同努力下，陈氏祖茔终于以明清墓群的身份于 2012 年 3 月被选为博山区区级重点文物保护单位，只是具体名称由博山陈氏祖茔改为“岳西陈氏明清墓群”。

在顺利入选为区级重点文物保护单位以后，八陡陈氏立刻围绕这个事件作出了一系列的反应，先是以此为契机召开了全族共同参与的祭祖大典暨“博山区区级重点文物保护单位”碑落成仪式；随后理事会又走街串巷向陈氏后人发放《致博山陈氏同胞书》，其强调了陈氏祖茔的历史价值与成为区级重点文物保护单位的重大意义。更为重要的是，《致博山陈氏同胞书》对陈家人提出了两大要求：一是要爱护祖茔；二是希望充分利用祖茔，鼓励大家将埋葬在别处的祖先迁入祖茔中。

为祖茔申请区级重点文物保护单位的行为意义与续修族谱如出一辙，最终指向的都是家族所构成的血缘共同体的重构与维护。当然本节并不是为了揭示老人们致力于文化遗存保护工作的实际意义，而是想通过他们的具体行为来展现老人们在传统文化保护过程中的责任与担当，而且他们的担当不仅仅忠实于自身或者家族的利益，还忠实于其所生活的村落文化整体。

总的来说，无论是续修族谱、著书立说，还是致力于文化遗存的保护工作，村里老人们的这些作为都刷新了我们对村落老年人的认知。在当今时代，随着社会变动，民众在享受到现代科技带来的生活条件改善的同时，其认识和眼界也在随之不断向前发展，这当然也包括农村里的老年人。从老人们将续谱工作与当前国家的文化繁荣战略结合起来，民间书画协会的成员进入国家公认的认证体系，陈家主动寻求官方的渠道来保护祖茔等行为来看，老年人从来都不会使自己陷入一种与现代人格格不入的境地，他们现实的知识与年轻人相比同样丰富。只不过与年轻人向往新文化相比，老年人更加重视利用新知识、新能力来传承传统文化。正是因为他们经历了过去的时代，亲身经历的短时段历史记忆之于今天社会现实的巨大反差催促着他们必须要想方设法地将传统继续保持下来，于是才有了今天各种各样的传承村落文化的方式，这些方式恰巧事关村落的文化建设，老人们的实际作为便与农村的文化建设联系在了一起，因而很容易得到村居两委、镇政府等基层组织的支持、鼓励和帮助。

需要指出的是，上述内容并不是老人们进行文化传承实践活动的全部，甚至在他们的行为实践中并不占据主要地位。无论是续修家谱还是著书立说，或者申请文物保护单位，都是老人群体中的少数知识分子所主要从事的工作，其他老人尽管也非常愿意参与其中，但限于知识水平，所能实际发挥的作用与内心的期待相距甚远。而且上述方式大多数采取的都是现代化的手段，相比较而言，普通老人们更加愿意用传统的方式来传承他们关于地方社会的历史记忆，来保留住地方的社会文化传统，比如大型祭祀仪式以及与之相关的传说、信仰、庙宇、庙会等。与前述行为方式相比，祭祀仪式更具包容性，村落中的所有人都能够在庙会中找到自己的位置；同时祭祀仪式本身就是一项文化传统，民众在参与祭祀仪式的同时本身就能获得一种历史感。所以本书第四章就将着重描述和分析老人群体是如何利用颜文姜的传说和“接颜奶奶回家歇伏”的信仰仪式来给予历史以现实的意义，赋予社会现实以历史的解释的。

第三节　青石关村的老人会

一、老人会的成立与发展

青石关村的老人会是以村民们恢复“接颜奶奶回家歇伏”仪式开始的。20世纪70年代中后期，青石关村的陈义珂、陈会秋、陈会志、魏青祥、魏朋祥、周兴桐等人开始在王老太太的领导下于半夜在自己村里举行接送颜奶奶的仪式。他们选择了一间暂时无人居住的房屋当作颜奶奶歇伏的居住地。王老太太号召众人联合起来相互配合、统一行动，在那时，他们在事实上已经有了明确的分工。

后来随着王老太太重修黑山玉皇庙“试水”成功，大家了解到政府对待民间信仰活动的态度后，越来越多的人加入了青石关的祭祀队伍，其中就包括在八陡庄颇有声望的王宏光和王全运。王宏光是明初尚书王让的二十四世孙，他的父亲曾是当地最有名望的武术大师，而王宏光则向来以为人正直、做事认真、待人真诚而被人熟知；王全运曾长期在生产大队担任会计。他俩的加入一下子壮大了声势。他们二人加入以后，王老太太立刻把他俩提升到仅次于她的重要位置。那时候王老太太因为组织修庙和拜庙活动手头上有了很多善款，她便特意交由王宏光和王全运二人保管，其中王宏光负责现金出纳，而王全运则负责会计，他们俩建立起了健全的财务系统，使得祭祀队伍进一步正规化。

1998 年后，王老太太由于身体原因不再过多参与仪式的主持工作，她将祭祀事务交给了一直跟随她二十多年的陈义珂，年轻的陈义珂立即挑起了大梁。王宏光、王全运二人因为王老太太的退出也纷纷交了账本。陈义珂、陈会秋、陈会志、魏青祥、魏矗浩、周兴桐等人成为骨干。他们最大的成就是拿回了村里南庙观音堂的使用权。2000 年，陈会志、陈义珂、魏青祥三人经过采访和查阅相关资料，形成了一份《关于对南庙观音堂的考查论证的考证报告》提交给了时任博山区文物管理所所长的穆汝骏，由他依据报告文件向博山区房地产管理局提出移交请求，请求最终获得同意。自 2001 年起，文物局正式接手观音堂的管理权，转交给青石关村，从此观音堂在真正意义上成为青石关村人持有和保管的村庙。

需要特别强调的是，2001 年，穆汝骏想要将观音堂交与青石关村代为管理时，青石关村居两委对此反应冷淡，而陈义珂所领导的祭祀人员有心想要接收却没有能够"听起来还算可以的名号"①。后来在穆汝骏的建议下，他们以"青石关村老协"（青石关村老年协会）的名义与穆汝骏所在的文物局签订了代管协议。这是青石关村第一次打出了老年协会的旗号，但大家当时并没有太过在意，认为老年协会不过是出于顺利拿到观音堂的

① 被访谈人：陈会秋（男，1935 年出生，三菱钢窗厂退休工人，青石关老人会会长）。访谈人：张帅。访谈时间：2014 年 9 月 28 日下午。访谈地点：八陡镇青石关村村委传达室。

目的而使用的“一次性名字”①。

拿到南庙的管理权之后，祭祀队伍开始专注于一年一度的“接颜奶奶回家歇伏”仪式，其他时间则继承了王老太太拜庙的传统，四处参加庙会活动，所以一年下来也并没有多少空闲的时间。“那时候我们哪有像现在这么闲，我们年年都在南庙伺候颜奶奶一个月，准备的话就得提前两个月，再说我们还得拜庙呢，这是老太太传下来的，咱们也不能断。年年二月二、二月十九、三月三、四月八、六月六、九月九这几天都得外出拜庙。总觉得九月九以后就清闲了，实际上一点也不清闲。这一年来得用多少‘金元宝’？得用多少‘摇钱树’‘神袍’‘绣鞋’？不提前准备下直接没法弄，整个冬天不就光弄这些东西，叠‘元宝’叠得那手指头都是黄色，洗不掉。”② 从这一点来看，第二代祭祀队伍还是保留了从事信仰活动的特色。也正是在这时候，青石关村凭借祭祀发挥的重要作用形成了与阁子前村竞争颜文姜传说话语权的关系。

此后，一心热衷于各种祭祀仪式的陈义珂因为内部的矛盾等逐渐产生失望情绪，而其他人也因为他对修庙等其他事务毫不关心而心生不满。在主客观各种原因的共同作用下，陈义珂逐渐成了边缘人物。

2007 年，王全启、岳世秋、岳卫秋、魏朋祥等人作为第三代，出于修庙的目的重整混乱了几年的祭祀队伍，并正式将其命名为“青石关村老人会”，以老人会的名义接手了维护庙宇和操持“接颜奶奶回家歇伏”仪式的工作。他们将工作的重心放在了修庙上，两年以来先是重修了观音殿，又新修了文昌阁，还在颜文姜祠内塑了颜神像。按照惯例，修庙所需的花费基本来源于存款和众人捐款两大块。王全启等人不断地修庙盖庙让老人会的财政捉襟见肘，老人会成员们对接二连三的捐款也颇有意见，因此短短两年时间王全启等人就已经失去了群众的支持。2009 年，“接颜奶奶回

---

① 被访谈人：陈会秋（男，1935 年出生，三菱钢窗厂退休工人，青石关老人会会长）。访谈人：张帅。访谈时间：2014 年 9 月 28 日下午。访谈地点：八陡镇青石关村村委传达室。

② 被访谈人：陈义珂（农民，村里的仪式专家）。访谈人：张帅。访谈时间：2014 年 10 月 3 日下午。访谈地点：八陡庄五龙桥陈会志老家。

家歇伏”仪式开始之前，王全启宣布辞去青石关村老人会会长的职务，岳卫秋、岳世秋、魏朋祥也一并退出老人会。随着核心人物的退出，青石关老人会宣告解散。

眼看着“接颜奶奶回家歇伏”的仪式日期越来越近，陈会秋跟陈松奇、许荣萍等三菱钢窗厂的几位老同事站出来操持了这次仪式。在请回颜奶奶后的第二天，几个人一起吃饭时有人提出了成立第二届老人会的想法，大家纷纷响应，于是第二届老人会正式成立。第一届老人会相对来说比较松散，第二届老人会则制定了详细的有关会员准入、资金管理、活动组织方面的规则，使老人会的一切活动都有章可循。因此第二届老人会刚一成立，就立即进入工作状态，他们将接送颜奶奶仪式的组织和管理工作也做好了分工，并细分到人，如值班表由谁来负责排，香火钱由谁负责收，谁负责水电、谁负责做饭、谁负责采买、谁负责仪仗队、谁负责抬辇等都有了具体的责任人，并形成了长效的机制，从而使得青石关的仪式活动无论多少人参与都会人尽其责、有条不紊。

第二届老年会自2009年成立至今已过五年。这五年里的五次仪式，几乎每一次都有难题出现，但正是凭借老人会先前制定的“具体分工、责任到人”① 的工作制度，在每次难题出现的时候，他们都能及时作出反应，从而保证仪式的顺利进行。比如2014年的仪式临举行前，博山区政府突然下发通知，为防止人多拥挤发生踩踏事件，请送颜奶奶活动每村不得超过200人。由于北河口村一直跟着青石关做仪式，这对于青石关村来说也就意味着必须在短时间内将迎神队伍减去四五百人。这时候青石关村的老人会立刻出来组织，在抬辇、护辇队以及仪仗队数量保持不变的前提下，首先通知分别负责秧歌队、锣鼓队、腰鼓队的许荣萍、李梁、魏淑娴三人，让他们通知各队在不影响整体效果的情况下减去一半的人。然后由会长亲自出面号召65岁以上及行动不便的老年人留在村里（包括他自己），但同

① 被访谈人：陈会秋（男，1935年出生，三菱钢窗厂退休工人，青石关老人会会长）。访谈人：张帅。访谈时间：2014年9月28日下午。访谈地点：八陡镇青石关村村委传达室。

时保证每个队伍的负责人一直跟随。减去这些人之后，其他人跟随队伍行进至虎头崖村时，负责人让那些有需要进祠拜祭、没去过多次以及有任务安排的人先去①。其余人就地等待，等着车辆回来，再汇合一起回村。

在操持仪式之余，同上届老人会一样，第二届老人会也将修建庙宇看作很重要的一件事。他们首先将观音殿、文昌阁、颜文姜祠等庙宇的瓦片由红色换成黑色②，接着又继续重修了门神等建筑。需要指出的是，所有这些活动，基本上都是由老人会自己解决。他们所有的工作无论干活多少都不计工钱，就连中午买饭都得自己掏钱，所有花费只用于采购原料，因此他们只花了两万多元就完成了上述所有工作。

第二届老人会自从成立以来就积极与青石关村居两委沟通、联系，所做一切工作都及时向村委汇报。如遇重大活动，老人会也邀请村委参与，并让村委会主任发表讲话。他们的行为取得了村委的好感，逐渐与村委形成了良好的关系。在村委的指导下，老人会也开始了职能的转型，除了操持仪式外，他们还主动承担起了调解纠纷、清洁家园、清理河道、修路铺路、下达村委通知等工作，实际上他们在不知不觉中已经将工作范围扩展到整个村落的公共服务体系。

对于老人会中的人来说，他们乐于通过打发自己闲下来的时间，为村落和村民贡献自己的力量。对于老人会中的人来说，最难以开展的工作其实是调解纠纷。陈会秋就讲起他们曾花费两年时间把一对闹了矛盾的父子成功劝和，其中的曲折和坎坷并不比修庙轻松。除此之外，老人会还有着四月份清理五龙溪河道、五月份清理墙上的小广告、八月看望老党员、农历九月初九看望孤寡老人等固定的工作，同时做

① 20世纪90年代，八陡镇的接送颜奶奶队伍都是一路走着去颜文姜祠，虽然只有9公里远，但他们既抬辇，又举仪仗，还需扭秧歌步，所以行进非常缓慢。近年来，随着车辆的普及以及民众消费水平的提高，他们开始转为坐车前往。但青石关村每次都不让车进庙门口接，而是由老年会先带领众人沿路吹吹打打走过北河口、杏花崖、阁子前等村落，直到虎头崖附近才改为坐车去。

② 陈会秋等人一致认为，红色瓦片是普通人家盖房子用的，用在寺庙上显得不够大气；黑色瓦片才是寺庙该用的，显得庄严肃穆。

一些村委交代的力所能及的事情。自成立以来，第二届老人会得到了村委的高度认可，成为村落日常生活中必不可少的角色设置。而老人会在各方面也越来越成熟，在形制上逐渐稳定了下来。第二届老人会的最新名单和具体职责如下表。

表 1：第二届老人会最新名单和具体职责（制表人：张帅，制表时间：2015 年）①

姓名	性别	年龄	身份	在老人会中的主要工作
陈会秋	男	80 岁	三菱钢窗厂退休工人	会长，统筹管理，现金保管
陈松奇	男	73 岁	三菱钢窗厂退休工人	副会长，会计
许荣萍	女	67 岁	三菱钢窗厂退休工人	副会长，负责管理村秧歌队，庙会时负责采买和做饭
魏青祥	男	81 岁	三菱钢窗厂退休工人	仪式专家，主管庙会上的仪式
陈会志	男	73 岁	兖州煤矿退休工人	技术工，负责牌匾刻字、做模型、设计凉亭庙宇等
魏村祥	男	60 多岁	昆仑陶瓷厂退休工人	擅长设计和制作神像
魏全祥	男	60 多岁	山东机械厂退休工人	长居石炭坞却加入青石关村老人会，负责护辇和抬辇
戴广启	男	50 多岁	青石关村村委副主任	曾干过建筑，重修庙宇、修路都由他负责召集人手
魏矗浩	男	60 多岁	博山电机厂退休工人	会电工，负责活动用电，清理街道卫生
周荣行	男	60 多岁	曾是博山饮食服务社（八陡）大厨	每逢老人会有活动时负责做饭
周兴桐	男	70 岁	曾为青年团的支书	有一定号召力，能召集人干活
李　梁	男	50 多岁	八陡耐火材料厂工人	负责锣鼓队，憨厚，愿意干活
岳旺秋	男	82 岁	博山运输站汽车管理员退休	朴实，曾做过生产队书记员，有号召力

① 本名单统计于 2015 年，由老人会会长陈会秋口述，张帅整理。

（续表）

姓名	性别	年龄	身份	在老人会中的主要工作
许荣香	女	60 多岁	务农	打黄罗伞，负责仪仗队
岳芹艾	女	78 岁	务农	庙会前负责张罗人给颜奶奶做衣服、鞋，庙会时组织信众上供
丁倩艾	女	81 岁	务农	庙会前负责张罗人给颜奶奶做衣服、鞋，庙会时组织信众上供
魏淑娴	女	60 多岁	务农	负责腰鼓队
陈义珂	男	60 多岁	退休工人	人缘好，负责调解纠纷

二、老人会与颜文姜文化的传承

实际上，对于老人会自身来说，尽管他们在具体的分工中会明确指出操持仪式、清理卫生、调解纠纷等不同的工作类型，但他们从不会对工作的性质进行标注和区分，如认为操持仪式属于村落信仰性质、调解纠纷事关村落道德等。相反，在他们看来所有的工作都指向同一性质，那就是村落公共事务。他们与青石关村八九十年代的祭祀队伍最大的不同就在于他们并不特别强调仪式的信仰属性，而是将之与清理卫生、救助贫困和调解纠纷一同作为村落公共事务的重要组成部分。而他们之所以积极投身于村落公共事务，其目的一是满足自身的情感需求与集体认同，二是重构村落生活秩序。

根据上文所列名单，老人会目前总共 18 人，除去四位女性、一位村干部、一位在职的工人之外，其余 12 人都是退休工人，在各项事务中参与积极性最高的也都是以退休工人为主。之所以出现这种情况，与他们在社会大环境下个人的人生经历有很大关联，在他们身上可以发现鲜明的时代烙印。这一批老年人年龄大多在六十五至八十岁之间，他们成长的时代恰恰是中国社会变革最为剧烈的时代。老人会成员们从青年时期进入学工小组再到分配进厂直至退休，始终处在一种不同于传统乡土社会的陌生的现代化的集体社区之中，一旦进入这种集体社区，就意味着与年小时乡村生活的剥离，而集体社区的生活与传统乡土社会相比最大的不同就在于它的极不稳定性。一方面他们无法为自己规划一条很明确的未来之路，另一方面他们在频繁的变动中渐渐地失去了集体认同感。

人生中大多数时间都在外漂泊的他们，虽然有着不错的收入，内心里却始终有一种乡土情结，所以退休之后的他们都会选择回归农村颐养天年，因此积极参加和组织“接颜奶奶回家歇伏”的仪式并不是出于他们对精神信仰的认同，而是出于对村落集体生活的认同、对村落象征性文化的认同。他们通过反复地实践这种认同来找回曾经缺失的身份象征和历史记忆，以此来满足内心的情感需求。然而，近十年来中国新农村建设和城市化建设道路的迅速推进，使得传统农村发生了迅猛的变革，青石关村在享受到变革所带来的富足与便利的同时，也不可避免地出现了村落空心化的现象。村里的年轻人大批涌入城市，村落固有的人口结构、文化体系、生活秩序被打破，这对老人们来说几乎是难以接受的，他们用“乱了架了①”来形容村落中的一种无序状态。于是，他们利用老人会承担起村落公共服务的职能，通过实践对村落的历史记忆，力图重构村落的生活秩序。

重构生活秩序的首要前提是创设村落象征性文化，以此来恢复村落道德秩序，塑造村落性格，提升村落凝聚力。对于老人们来说，颜文姜文化最合适不过。首先，青石关村处在孝妇河流域，是孝妇河文化区域的重要组成部分，而颜文姜文化正是孝妇河文化区域中的标志性文化，同时八陡镇也是颜文姜信仰的核心信仰圈之一，青石关村在“接颜奶奶回家歇伏”仪式中占据重要地位。其次，颜文姜文化从根本上说是一种慈孝文化，它以顺德和慈孝为标榜②，体现出一种劝人行孝、导人向善的积极力量。于是，青石关村包括祭祀组织和老人会在内的老人们都将宣传和改造颜文姜

① “乱了架了”最初来自村民们对临近年节买卖双方都不再遵循五天一集的常规设置，而是每天都去集市购买年货的现象的评价。

② 青石关村老人会成员魏青祥认为：“这个颜奶奶就是要教育咱们下一代孝顺老人。咱从这个传说来看，讲的就是颜文姜如何任劳任怨孝顺公婆。咱八陡也确实就是这样，从来没听说过谁家不孝顺。再就是颜奶奶被封为顺德夫人，顺德就是你得顺着人的意思，不忤逆，咱们弄颜奶奶这个事，就是引导年轻人顺德、孝顺。”

传说、恢复“接颜奶奶回家歇伏”仪式、修建颜文姜祠来强化颜文姜文化在村落整体文化系统中的地位。

在对传说的改造上，青石关村的老人们将自己的村落塑造成颜文姜的娘家村，声称颜文姜出嫁前就居住在青石关村的地界上。这种说法首先在青石关村内达成一致，之后与青石关村关系比较好的东顶村和北河口村也开始认可这一说法，其影响逐步加大，引起了此前一直以颜奶奶正娘家自居的阁子前村的警觉，两个村因此开始了“隔空斗法”。争论的最后虽然依然没有定论，但后知后觉的青石关村已经能够与阁子前村站在同一水平高度上来争夺话语权本身就是一种胜利。然而，青石关村老人会真正在意的不是一时的争强好胜，他们的目的就是要把颜文姜文化培植为村落的象征性文化，很显然这一目的已经达到。

在乡村社会，村落之间的交流或亲或疏都存在一条看不见的但可以把握的线。两个村之间在交往的程度上早已经达成了一定的默契度，对于这样的口水仗和“隔空斗法”是必然存在底线的。无论是“抢夺者”还是“保卫者”，只要不触及这一条底线，那么一切争斗和冲突都不会演变成不相往来的矛盾。青石关村和阁子前村的斗法就是在不触及底线的原则上进行的，青石关村发出挑战的目的是村落内部的秩序重构，之所以敢于发出挑战，是因为他们明白这种隔空的争斗并不会打破村落之间原有的交往秩序，而阁子前村没有追究到底显然也是因为这个原因。

在取得了一定话语权的情况下，老人会开始把着眼点放在仪式的组织上。在集体劳作模式和群体休闲模式早已退出历史舞台的今天，仪式已经是村落中唯一的群体活动，与此同时仪式本身就带有秩序和规矩的性质。每年的“接颜奶奶回家歇伏”仪式都是老人会的头等大事。距离仪式开始前十几天，他们就分头挨家挨户统计参与人数，并反复劝留守老人将自己在外面打工的子女召唤回来。而在仪式当天老人会的成员们会尽量指使青年人负责具体的工作，尤其是抬辇、仪仗队等与信仰最为相关的程序。

如果说改造传说和强化仪式是老人会在文化与精神层面对村落文化空间和道德秩序的建构，那么他们承担村落公共事务，则是在生活层面上发挥具体作用。当今的社会是以青年人为主的社会，青年人走出村落，为社会创造财富，老年人则承担青年人走后所造成村落生活秩序混乱的结果。他们尽心尽力地配合村委，通过具体的行动去重构生活秩序。而他们的作用与意义也不仅限于此，老人会的老人们更多地希望通过自己的努力能够将老人会构筑成一个生生不息的长效团体，始终在村落生活中发挥作用，同时，也希望由他们所重构的村落生活秩序能够保持村落良好向前发展的状态。

三、老人会内部的矛盾冲突

前文对老人会的介绍是从整体的角度展开的，多是说明性质的平铺直叙，着重于对老人会这个群体的组织架构和公共行为的描述，没有过多地提及集体意识中所蕴含的个人心性以及群体行为中所包含的身体实践。因此，在这种情况下所展现出来的老人会似乎是非常简单纯净的、具有统一且高尚的价值观念的组织群体。然而，实际上绝非如此，老人群体在主动或者被动地承担乡村记忆的时候，不可避免地会受到乡土社会与文化固有身份的制约。这种身份既是他们熟悉乡土文化的优势，同时也导致他们在承担历史记忆实践之时，体现出各自不同的利益诉求和出发点，甚至还会不可避免地让村落中原有的矛盾关系在实践中再次呈现。青石关村老人会内部暗含的陈、魏两家的较劲与争斗就是村落中原有的两大家族的矛盾在具体的组织与行为中的呈现。

在当今的青石关村，陈、魏是当仁不让的大姓，两姓人数相当，共同占据了村落百分之七十的人口；其次是周、岳两姓，占村落人口总数的百分之二十；另外还有戴、逯、王等小姓，加起来人口数不足百分之十。在这样的村落家族格局之下，青石关村的家族生活一直以来都是以陈、魏两家的博弈与合作为基线，其他姓氏尽管由于自身实力没有话语权，却也不得不深涉其中。

（一）陈、魏两家的旧事

在村里人的认知中，陈、魏两家都是明洪武初年自河北枣强县先迁至他处（根据族谱记载分别为孝妇乡陈家疃与孝妇乡盆泉），后因人口繁衍，部分族人散居至此。青石关村有不少文化人，对于陈、魏两家究竟谁更早一些迁入八陡的问题，他们根据两家老谱、碑刻等资料作出了如下论证：

据我所知，应该是陈家比魏家来得早，魏家的族谱（民国十一年重修《魏氏世谱》，现保存于青石关村魏全祥家）上记载魏家是于洪武年迁居盆泉庄，没有说是洪武初还是洪武末，而且十七世以后才迁居到八陡。陈家族谱上明确指出是洪武初年迁移到陈家疃，然后第二世还是第三世就已经迁到八陡了，所以肯定是陈家早。①

根据他的说法，笔者分别查阅了陈、魏两家的族谱，发现老人对于两家族谱的文字都存在一定误解，比如民国十一年（1922）《魏氏世谱》所引乾隆五十三年（1788）重修族谱时十四世孙魏戬序中记载：“余先世始居枣强，由洪武年迁居古青州属西南博山县盆泉庄……溯自上世以迄今兹历十有七世，生齿繁衍、散居四方者已不可胜数，故各立茔田分建碑石……”，这里仅仅是点明从始祖到现在已经发展到十七世而已，并没有说到十七世的时候才迁居八陡，应该是老人在对文字的理解上出现了错误。而他对《陈氏世谱》的理解同样如此，老人对陈家的推断来自陈家近年新编的《陈氏世谱》中正文首页引录的乾隆二十年（1755）所立《泉旺崖东茔谱系碑文》，文中记载：“吾族相传自明洪武初由直隶枣强县迁居……陈家疃……自后散布颜神、山头、坡地各村不一数，传至严子钊于浮图滩南鄙号曰陈家胡同……钊生两子……子孙日益众多，或居胡同故址，或迁八陡、石炭坞、中石马……”这段文字也并没有指出陈家在第二世或第三世的时候迁居八陡，老人只是简单地将文中出现的严、钊、钊子等三世祖先当作了始祖。

之所以颇费周章地推敲老人的“论证”，并非以学术的标准来丈量民间知识精英的深度，也并非意欲通过更加准确系统的考究来替乡民们解决

---

① 被访谈人：陈松奇（男，1941 年出生，三菱钢窗厂退休工人）。访谈人：张帅。访谈时间：2014 年 8 月 27 日下午。访谈地点：八陡镇青石关村居民委员会会议室。

陈、魏两家究竟谁早的问题。笔者想要表达的是，类似这样片面甚至是错误的理解在广大乡村社会中似乎非常常见，民众总是固执地坚守着他们对于某段历史的曲解。这一方面固然与他们有限的知识水平有关，但更重要的原因则来自当下的社会现实。当然，这并不是说民众因为现实需要而刻意捏造历史的谎言，而是现实需要首先给予不同民众群体不同的心理期待。知识分子作为某一群体的代言人带着这种心理期待去查证历史，他们在这种心理期待的影响下在查阅文献时往往会采取一种“选词填空”的方式，即首先将希望得到的内容组合成一套缺少关键词的话语，然后再从历史文献中选取相应的关键词完成话语。

如上述老人在查阅文献之前，很可能就已经拥有了“陈家比魏家要早”的心理期待，由此形成的未完形话语是“陈家是××时间迁居八陡，魏家是××时间迁居八陡，所以陈家比魏家早”，然后通过翻阅两家族谱，在对文字理解不通的前提下分别选取了“第二世或三世”和“第十七世”这些关键词，于是话语也就形成了。话语一旦形成，相关的民众必然对此深信不疑，而作为对立的一方则必定会以同样的方式找到反驳的理由，也正是在这种反复的博弈中，民间流传的历史才能不断被丰富，也才能赋予现实以历史的意蕴，从而发挥作用。

清光绪年间，陈、魏两家各自出了一位举人，分别为陈玉强与魏新孝，两人辞官还乡之后各自发挥才能使得两家先后达到顶峰。魏新孝的弟弟魏新悌还在黑山上开办了煤矿，据当地人传言，魏家每月进出的白银都得用马车一车一车地拉，风头一时盖过了几世为官的陈家。“那时候魏新悌可是了不得，别看他哥（魏新孝）是当官的，他比他哥哥有名多了，挣了钱，天天穿着绸缎大褂，戴着小瓜皮帽，穿金戴银的，还有个小金表，挂在前面。他是咱们这边第一个戴墨色眼镜的，走大街上谁不知道这是魏新悌魏老板。那也不是招摇，就是真有钱，挣钱就跟从地上捡钱一样。魏家大院就是魏新悌用卖煤的钱垒出来的。”①

① 被访谈人：周兴桐（男，1939 年出生，在工厂做了一辈子临时工的农民）。访谈人：张帅。访谈时间：2014 年 8 月 26 日下午。访谈地点：八陡镇青石关村周兴桐家。

即便如此，魏家的总体实力和地位还是稍逊于家底更为丰厚的陈家。魏家兴建魏家大院的时候，陈家大院已经扩建过多次了，在规模上远远超过魏家大院。陈家后来还于民国初年出现了曾担任益都县县长的陈会英、曾任沂水县检察官的陈汝赢等人物，但在财力上已经不如在经商方面颇有头脑的魏家后人了，因此魏家大有后来居上的态势。“那时候还是陈家家势大，不过魏家也不简单，起得快，要不是日子不太平，早晚能超过陈家。”① 可以看出，陈、魏两家一直以来都处在一种明里暗里的竞争中，不过这种竞争并不是双方你来我往的直接交锋，而是通过强化自身而试图在经济实力和社会地位上超越对方。这种良性的竞争客观上促使两大家族不断地走向强盛，也为以后的矛盾埋下了伏笔。

对于陈、魏两家健在的老人们来说，他们亲历的两个家族最大的积怨来自20世纪50年代的土改时期。1953年，八陡庄开始在党和政府的领导下进行土地改革，相较于新中国成立前的土地改革，这次改革采取了相对舒缓的方式逐步消灭封建剥削制度。对于地主，国家允许给予土地，让地主参与劳动，并在劳动中得到改造。陈、魏两家作为八陡庄的大地主成为八陡庄农会改造的对象。

那时候是什么情况？对于地主家庭来说，不能一棍子打死，国家政策主要是削弱，就是说把地主的土地拿出来给穷人种，但是呢还得适当保留一些，房子也是这样。在现在的青石关来说，陈、魏两家算是最大的地主，不过当时对于整个八陡庄来说，和陈、魏两家相当的还大有人在，比如王家、黄家、赵家、刁家都不弱。八陡庄农会根据国家政策，给这些大地主按照大小定了性，然后再削弱。主要是根据人口多少来算，那时候陈家人多，陈家大院比魏家大院大，魏家人少点，农会也是图省劲，就把陈家认定是大地主，魏家是小地主。把陈

---

① 被访谈人：周兴桐（男，1939年出生，在工厂做了一辈子临时工的农民）。访谈人：张帅。访谈时间：2014年8月26日下午。访谈地点：八陡镇青石关村周兴桐家。

家大院分给贫农了，让陈家那些人统统住到魏家大院里，再把魏家人分配到搬到陈家的穷人家的房子里。这就相当于贫农赚了大便宜，陈家赚了小便宜，魏家吃了大亏。①

这样略显粗放的分配方式虽然是以农会为代表的政府行为，但感受到极度不均的魏家将矛头直接指向了取代他们成为魏家大院主人的陈家。对于魏家的迁怒，原本还有些许愧疚感的陈家索性放下矜持，大大方方地住了进去，这也导致两个家族的矛盾彻底激化。当然，对于深受乡间礼教和小农意识影响的他们来说，所谓的矛盾激化最极端的外在表现也仅仅是“当面不搭理，背后说闲话”而已，并没有发生明显的冲突。后来随着时间的流逝，陈家大院由于分给了数十户不同的家庭而被拆分，又在住户们在不同时段的改建中彻底失去了原来的样子。而魏家大院则因为陈家的入住而避免了被拆分和改建的命运，一直保留至今。事过境迁，这一桩本来就没有太大波澜的旧事虽不至于被遗忘，却也早已归于平静。然而，青石关村老人会成立以后，这件事又被重新提起来。

（二）老人会内部的矛盾

老人会矛盾的公开化是从王老太太将老人会交给陈义珂之后开始的。陈义珂虽然最早跟随王老太太恢复各种仪式，但他年纪轻、辈分小，在个人身份上属于村落政治中的边缘人物，因此，他的接手遭到了在恢复仪式和争取南庙管理权中同样尽心尽力的魏矗浩、魏青祥等人的强烈不满，至于陈会秋、陈会志等人则因为与陈义珂是本家而采取了绝对支持的态度。从此以后老人会以陈、魏两大家族为主逐渐分裂成两派，魏家以魏矗浩、魏青祥、魏全祥、魏朋祥、魏军祥为代表，陈家则以陈松奇、陈会秋、陈会志、陈义和、陈义珂为代表，而周兴桐、岳旺秋等小姓则保持了中立的态度。不同于以往两大家族的暗暗较劲，老人会中的两大派别从一开始就

① 被访谈人：周兴桐（男，1939 年出生，在工厂做了一辈子临时工的农民）。访谈人：张帅。访谈时间：2014 年 8 月 26 日下午。访谈地点：八陡镇青石关村周兴桐家。

处处针锋相对，虽然两方都声称是就事论事，但实际上这早就已经超出了老人会日常行事的范畴。

面对双方愈演愈烈的矛盾，陈义珂作为年轻人和村里的小辈觉得自己人微言轻，不好开口批评长辈，他的兴趣也不在于老人会，便索性任由他们争吵，自己忙于组织和参加各种仪式活动，不再过问老人会的事情。这就更加刺激了魏家，他们一方面为陈义珂的不作为而生气，为自己家的人没有当上会长而委屈；另一方面又觉得有机可乘，可以利用陈义珂的不作为而大作文章。于是，魏家开始通过频繁的小动作来破坏陈义珂所领导的老人会的一些行动，如在仪式的前夜将南庙大门的锁偷偷换掉，让仪式无法正常进行等。“那时候去南庙上个供还得翻墙进去，魏家的人光给南庙换锁，换了锁不给钥匙谁也进不去。有时候一生气把他的锁砸了，南庙也不能是魏家说了算啊，换上自己的锁。一转眼他们就把俺们的锁也砸了，再换一把锁，咱要是再跟他玩起来，那也就不干别的事了，天天砸锁玩吧。”

面对不少人的指责，魏家不得不旧事重提：“换锁这件事，确实是有，这得是十多年以前了，做了就肯定是承认，但是你可知道我们换锁不是说为了搞破坏，你不能听陈家人瞎说，我们主要是为了保护公家财产！咱们村这个南庙是咋争取过来的你都知道，不光魏家、陈家，大家都出了力了，包括周兴桐。老太太临终前嘱咐大家一定要把南庙修好，可是你看他们是怎么做的，就知道在南庙里面烧香烧纸，墙都熏黑了，早晚有一天得把南庙烧了。再说了，陈家那些心思咱们能不懂？那时候他们都能把魏家大院占了，他们去南庙去得那么勤，去前也不和我们打招呼，不就是想像占魏家大院那样，把南庙当成他们自己家的，这点心思谁能看不出来？”

魏家大院被分配给陈家的那段历史在遗忘了多年以后重新被魏家提了起来，这段历史经过魏家人的改造成为一种历史资本，在魏家人不断言说中对当前的社会现实起到了意义赋予的作用。陈家人虽然对魏家人搬迁历史牵强附会的行为很不以为然，他们想当然地认为魏家会陷入无尽的对这则经不起推敲的历史谣言的解释和补漏中。但是慢慢地他们发现，魏家似乎并不急于向公众证明它的真实性，也并不试图得到民众的认可。魏家人在对这段历史的反复诉说中对于农会分配的关键问题避而不谈，对主要事件也仅仅是点到为止。对于魏家人来说，重构这段历史最大的意义在于为自身的原本不太合理的、有些低下的行为找到了合理的、相对高尚的理由，即保护村落传统建筑，防止陈家侵占的历史再次上演。这样的自我暗示让魏家人把自己置于道德的制高点，用维护村落公共利益的使命感和集体感来掩盖为个体和家族争取利益的行为目的。从此以后，魏家在两个家族的利益争夺中气势更加旺盛，心灰意冷的陈义珂不得不交出了老人会的管理权。于是，老人会面临着重新确定会长的问题。

在推举的过程中，陈、魏两家互不相让，僵持不下，老人会在无序的状态下持续了几年的时间。2007 年，王全启、岳世秋、岳卫秋等人有感于老人会在内耗中日渐衰落，决定出面重新组织管理老人会。陈、魏两家眼看无法轻松拿下老人会的管理权，也都决定以此为缓兵之计。正所谓鹬蚌相争，渔翁得利，两大家族之间的互不相让最终让王、岳等小姓拿到了管理权。王全启等人一进入老人会就开始忙于重修和扩建南庙，在一定程度上忽略了祭祀仪式的开展。这项事务还是由陈家接了过来，陈会秋、陈会志兄弟二人在尽力帮助王全启重修庙宇的同时还具体负责接送颜奶奶的仪式活动。而魏家诸人则继续保持了高姿态，虽然没有亲自参与日常事务，却也始终关注老人会的实时状况。对于一些重要活动，魏家也都会出席，以显示他们在老人会中的地位。

（三）居委会的介入

2009 年，连续两年不停的修修补补让王全启等人感觉到非常劳累，同时，夹在陈、魏两家中间也让他们无论做什么事都会有很多顾虑，再加上南庙已经修复得差不多了，认为初步完成任务的王全启等人决定退出老人会。在此之前陈会秋、陈会志、陈松奇等人早就已经参与了老人会的管理事务中，由他们接管老人会几乎是顺理成章的事情。但即便如此，鉴于魏家的存在，陈会秋等人也不敢轻易接手，他们正在犹豫的时候，刚换届不久的青石关居委会出面了。

从那时起就开始担任居委会主任的魏美玲之所以能够顺利当选，是因为她此前早已在居委会工作十几年且当时并没有其他合适的候选者。在八陡一带，居委会的选举与村委会不同，不需要全体村民的共同参与，而是由占一定比例的居民代表投票产生。在青石关村，代表的人数有三十几人，其中老人会几乎占据了一半。因此，魏美玲非常了解老人群体在当前村落政治中的重要地位，深知若想获得群众支持甚至顺利连任就必须要利用好老人会；同时，老人会也确实能够承担许多公共事务，而且老人会的设立也符合政府对村落自治的期待。于是，魏美玲开始主动联系老人会，希望能重新建立起老人会的领导班子和组织体系，从而一方面让老人会与居委会相互配合共同管理村庄，另一方面也借此与村落中的老人们搞好关系。

老人会的重建并不是一件简单的事，陈、魏两家的矛盾是其最大的阻碍，也就是说如何在确立会长之后能够至少不激化矛盾是关键问题。魏美玲兼具居委会主任和魏家人双重身份，这使得她必须更加谨慎，做任何事都必须有理有据而不能体现出太明显的倾向性。经过一番深思熟虑之后，魏美玲决定劝说陈会秋接任老人会会长之职。首先，魏美玲作为魏家人，如果选择魏家的人出任会长，无论人选是否众望所归都难免落下任人唯亲的口舌，所以她必须选择陈家的人作为会长。其次，之所以选择陈会秋是因为陈会秋是陈家的榜样人物，持家有道，教子有方，家庭条件优渥，子孙后代个个成才，既有政府官员，又有在科研所任职的高科技人才，还有出国交流的高级知识分子，再加上他是老人会的元老之一，所以虽然他的辈分要低于同样积极参与工作的陈松奇等人，但是如果选他为会长，陈家人必定都会支持；还有一个原因在于陈会秋是村里公认的老好人，为人谦逊厚道，性情温和豁达，心思缜密谨慎，说话慢条斯理，办事稳妥不激进，按照他的性格，他当选为会长之后非但不会就势打压魏家，反而会尤其注意魏家的感受，他的当选虽不至于得到魏家的赞同，但最起码能在一定程度上避免之后的争端，所以陈会秋当选会长在当时绝非偶然，而是综合各种因素之后的必然结果。

为老人会寻找到了合适的会长人选，并不意味着重建工作的结束，由于陈会秋代表的是陈家，魏美玲还必须要安抚好魏家人的情绪，免得被魏家人认为她“胳膊肘往外拐”。魏家有两位老人会元老级的人物最关键，一个是当时六十多岁的魏矗浩，一个是当时七十多岁的魏青祥。魏矗浩虽然年龄不大，却是魏家的长辈，他向来快人快语，喜好与人交际，尤其遇到不公平的事就会到处倾诉。魏矗浩年少时母亲带着他改嫁、跟随兄嫂下乡、返乡后难以落户等苦难的经历让他极度缺乏认同感，退休以后他也没有在村里居住，而是住在了距离八陡庄四公里外的山头镇。魏美玲为了安抚魏矗浩，特地给他安排了一个青石关村卫生员的工作，这让魏矗浩感受到青石关村并没有忘记他，同时每月还能获得八百多元的收入，这使得魏矗浩对魏美玲的评价特别高。每次与别人谈论魏美玲的时候，魏矗浩都称她为“亲侄女”，以表示亲近和对她的支持。

魏青祥比陈会秋年长两岁，性格恰与之相反，善于雄辩，锋芒毕露，待人接物喜欢先礼后兵。魏青祥虽然文化水平不高，但思维非常清晰，对任何事都有自己的一套看法且轻易不会被别人改变。年轻时候取得的成就让他现在颇为自负。与魏矗浩需要获得认同相比，他需要的是被尊重。因此，魏美玲特意邀请他为青石关村委会特别顾问，将他列在青石关村委会工作人员名单第一位，张贴于村委会宣传栏上。尽管特别顾问只是一个没有向上级部门报备也没有任何工资的虚职，但在一定程度上还是满足了魏青祥的心理需求，很好地起到了安抚的作用。

在魏美玲等人的安排下，老人会终于重新走上了正轨。魏家人不再阻挠和干扰陈家人开展活动以后，陈会秋立马组织了几位三菱钢窗厂的老同事，建立起以他为会长，以陈松奇、许荣萍为副会长的组织人员。陈会秋领导下的老人会与之前相比，最大的区别就在于与村委会的联系更加密切，并开始全面参与到村落公共事务中去。但是一个不容忽视的事实是尽管魏美玲避免了老人会选举期间的矛盾激化，但是陈、魏两家的矛盾仍然客观存在于老人会内部，它就像一颗突然间就会爆炸的炸弹一样需要陈会秋时时的精心维护。

（四）陈会秋的协调

陈会秋，1935 年出生，三菱钢窗厂退休工人。他个头中等、体型偏胖、性格温和、为人正直，向来以脾气好闻名乡里，近 40 年的工厂集体生活让他积累了非常好的名声，这成为他管理老人会的重要形象资本。居委会之所以推荐陈会秋来担任会长正是预想到了他身上所具备的性格优点和形象资本能在缓和老人会内部矛盾中发挥重大作用。事实上也的确如此，陈会秋确实在缓和陈、魏两家矛盾方面作出了非常大的努力，其中有很多环节不惜以削弱陈家力量为代价。

虽然居委会已经用特有的方式暂时安抚了魏青祥、魏矗浩二人的情绪，但这毕竟只是为了解决老人会换届的问题，而且居委会对二人的安抚和安置是绕过老人会直接针对个人的，也就是说他们完全可以无视老人会的存在获得相关利益。在老人会内部，曾经是主要活动人物的他们在陈家总揽大权之后显得有些尴尬，因为陈、魏家族矛盾的存在，他们显然无法像其他群员那样自觉地在陈会秋等人的带领下踏踏实实地进行各项活动，但如果就此退出的话就代表着魏家在这场博弈中全面失败，从此魏家就很难再次进入老人会了。陈会秋虽然言语不多，却对这个问题看得极为透彻，在他看来解决问题的最好办法就是给予足够的尊重。

对于魏青祥，陈会秋也依葫芦画瓢地借鉴了居委会的做法，把他当作老人会的元老和特别顾问来看待。魏青祥就住在南庙附近，每逢庙里有事，无论大小，陈会秋都会事先特意抽出时间去与魏青祥商议，并认真听取他的意见。事情开始时，陈会秋也专门邀请魏青祥参与其中。陈会秋的主动联系化解了魏青祥不好意思参与活动的尴尬，还让魏青祥感受到了他在老人会中的重要性，用民间的话说就是“给足了他面子”。魏青祥在访谈中总会提起陈会秋邀请他出面参与活动的事情：

> 一个老人会那么多人，缺了我就好像玩不转似的，啥事也得我出面。你说把庙里香炉重新刷漆这样的小事也来找我商量，就问我咱们外面那个香炉锈了要不要重新漆一下，我说这种事还值当问我啊，要是还有点闲钱就漆呗，这不过几天找了个好日子他们就漆了。①

① 被访谈人：魏青祥（男，1933 年出生，三菱钢窗厂退休工人）。访谈人：张帅。访谈时间：2014 年 10 月 3 日。访谈地点：八陡庄魏青祥家。

魏青祥这段话看似是埋怨陈会秋等人事事都得需要他来出谋划策，但言语间透露出来的是一种颇为自豪的感觉。而陈会秋“事无大小，悉以咨之”的行为就是要营造出一种氛围，让魏青祥觉得虽然自己没当上会长，但是比会长还厉害，因为会长都得来问他并且敬着他。这种努力所带来的结果是：一方面，魏青祥等魏家人内心中因老人会会长再次落入陈家之手而生出的不快与压抑感得到宣泄；另一方面，因为陈会秋事事都征求了魏青祥的意见，魏家自然不再一味地反对他们做出的决策，也不再干扰和阻挠他们的具体活动。陈、魏两家的矛盾虽然不至于消解，却得到了很大程度的缓和。

对于魏矗浩，陈会秋也是给予了特别的照顾。魏矗浩虽然不像陈义珂那样从小就接触一些信仰方面的事情，但是由于他参与得多，又对仪式比较感兴趣，愿意去学习和钻研，因此他对于各种仪式的程序和细节也都比较了解。陈会秋就委托魏矗浩作为老人会的仪式专家，专门负责把控老人会组织的各种仪式的节奏。这样一来，原本的仪式专家，比魏矗浩还要年轻的陈家人陈义珂就不得不被“牺牲”掉了。陈义珂当会长时被魏家人“弹劾”之后，又被陈家人“战略放弃”，心灰意冷的他干脆暗自退出了青石关村的老人会，转而去帮助东顶村举办接送颜奶奶的仪式，成了东顶村的仪式专家。他的这种行为招致了青石关村许多人的批评，但正如魏青祥等人一样，他宁愿遭受批评也愿意选择被尊重。总之，陈会秋不惜得罪本家重用魏家人的行为让在村里缺乏根基的魏矗浩大为感动，从此以后他也开始认真地投入到老人会的工作中去。魏青祥与魏矗浩作为魏家的代表人物都认可了陈会秋的工作，因此在老人会内部陈、魏两家也至少从表面上展现出了和谐共处的局面。

自老人会成立以来，魏村祥就一直在为南庙各殿神灵塑像，几年间先后塑了观音、颜文姜、文昌老爷等像，虽然也在背地里遭受了一些批评，比如三座观音与颜文姜的五官样貌一模一样，但因为全村只有魏村祥会制作塑像，这么多年以来，他对南庙的贡献最大。总体来说，魏村祥还是因为塑像得到了村民的认可并获得了他们极大的尊重。魏村祥生活水平相对较低，早年间因远赴外地打工而在村落中没有工友群体，而且因性格方面的原因，他在村落中一直默默无闻，所以这种尊重对于魏村祥来说难能可贵。也正因为如此，魏村祥几乎天天跟随陈会秋等人，几乎成为老人会中最积极的人，也是魏家唯一一个与陈家完全打成一片的人。这样一来魏村祥就处在了一个比较尴尬的位置，也因此而成为陈、魏两家在交往中相互试探对方态度的关键人物，所以魏村祥经常会因为各种事情而遭受批评甚至是责骂。

魏村祥在老人会中的位置决定了不同关系群体对他的不同认知。在陈家人看来，魏村祥是魏家人，他们乐于扶持和使用他，一方面试图用特殊的关照来体现陈家人对魏家人的尊重，而更重要的是陈会秋等人想以此来证明魏家人也会实心实意地接受陈家人的领导。陈会秋等陈家人成为老人会的领导者之后，他们认识到自身除了修复与魏家之间的关系外，还有着维持老人会内部团结和睦的责任。而前述关于对魏青祥和魏矗浩二人的安置只能保证魏家不再因觊觎老人会话语权而从中作梗，但如果想彻底化解矛盾、增强老人会凝聚力，就必须以魏村祥为“突破口”。陈会秋通过对他的关照，营造出一种既体现上下级关系又充满脉脉温情的氛围，以此来安慰自己、感化魏家、表演给普通大众看。

但对于魏家人来说，魏村祥的行为则多少有一些“卖主求荣”的意思。他们猜测魏村祥肯定在私底下接受了陈会秋等人给予的不少好处，才会如此死心塌地地为他们奔波劳碌。这种贪小便宜的行为带来的最大恶果就是让魏家在老人会话语权落入陈家的几年来始终保持的高傲与矜持在瞬间崩塌，从而致使魏家在陈家面前丢尽了脸面。在魏家人心目中，魏村祥已然被归入陈家人之列，所以魏家人面对魏村祥时即便是没有理也总会难为一下他。而魏村祥心里也十分清楚魏家人对待他的态度和原因，面对各种各样的为难，他大多采取了默然受之的态度。

通过案例和分析可以看出，魏村祥因为其特殊身份和位置在陈、魏两家之间的矛盾冲突与调和中发挥了重要作用。因为老人会和居委会采取的种种措施，陈、魏两家的矛盾在表面上看来已经化解，但实际上只是双方迫于当前各方态势而不断压抑内心情绪的结果，尤其对于在博弈中失去更多的魏家来说更是如此。长久的压抑在积累到一定程度以后必然会带来报复性的爆发，而魏村祥的出现则让魏家人的情绪在一定程度上得到宣泄。因为居委会的参与和陈家表现出来的大度，魏家人不好再挑起事端，与陈家人发生言语上的直接冲突，但是他们可以将对陈家的不满转嫁到魏村祥身上。在他们看来魏村祥原则上并不是陈家的人而是魏家的人，所以他们可以随意向他“开火”。与此同时魏村祥又是为陈家做事的，所以对他的指责就是对陈家的指责，正如魏青祥指责魏村祥时一再逼问是谁让他犯的错误，目的就是引导民众将矛头指向陈会秋等人。然而陈会秋面对魏青祥的“隔山打牛”和魏村祥下意识的求助的眼神都没有作出任何表示，目的也是要避免与魏家发生直接冲突。类似这样的小摩擦在老人会的日常活动中非常之多，每次摩擦都在魏家的适可而止、陈家的隐忍不发和魏村祥的勇于承担中被消解。

可以说陈、魏两家在长期的博弈中早就达成了一定的默契，他们通过不断试探获知了彼此可以承受的底线，自此之后的任何一次摩擦都在触碰到底线之前就已经停止。陈家因拥有老人会的话语权而在两家矛盾的调和中做出道德上的高姿态，既不主动挑事儿又能在一定程度上允许魏家挑事儿，并且他们通过支使魏村祥来感受和展现作为领导者的优越感，从而满足自身的情感需求。魏家则抱有“我的水平本身不比你差，咱们还都是元老，因为各方面的原因和我的高风亮节我把会长让给了你，你还能不允许我提提意见?”的想法，对老人会的各种活动品头论足。但是他们深知陈家虽然做出了高姿态但并不意味着可以随意践踏陈家的自尊，所以他们才将矛头指向了魏村祥，明面上指责魏村祥实际上针对的却是陈家人。这种隔靴搔痒、隔山打牛似的无关痛痒的骚扰对于陈家来说是绝对可以接受的。正是在这样的默契中，陈、魏两家的矛盾冲突转变成不断的有底线的小摩擦，陈、魏两家各自积累下来的情绪才得以在这些摩擦中宣泄，陈、魏两家的关系也因此而逐渐被修复。

第四节　老人历史叙事中的责任意识

本章是对乡村社会中的人的特别关照，将更多的笔触用于描述村落中具体的、小写的“人”的行为与话语，通过对不同身份的人的生活史的客观呈现来反映地方社会来自最底层的也是最真实的生活状态。

联系八陡庄的区域发展历史，再结合每个人自身的社会生活历史，我们发现每个人的生活都与小的区域历史以及大的社会历史相勾连，其总体走向虽然大致保持一致，但实际的主观感受则千差万别。而且，我们总会在大历史中了解到某些事件的出现是社会发展的必然，但实际上对于普通民众来说很有可能是无意识选择的结果，比如陈会志当初选择木工小组与周兴桐当初选择放弃石马铁业社的工作，他们在选择之时都没有对自己未来的人生发展道路抱有任何设想和规划，更不用说他们会提前思考历史前行的脚步必然会走向哪条道路。如果人们的选择处处充满理性的话，那么就不会有那么多的母亲选择了“吃粗粮”“吃农业”，而地方社会的历史也必将会改写。所以说，历史的发展尽管有着一定的逻辑性和规定性，但同时历史中个人的能动性也同样不可忽视。

在实际访谈的过程中，笔者发现，大多数人在对自己个人生活史的叙述过程中都能随时保持轻松，且对一些关键年份的回想比较迅速，但当他们谈起关于群体或者村落的历史记忆的时候，就会变得缓慢、犹豫、迟疑。这一方面可能与被访谈者是否亲身经历过该事件或是否对该事件印象深刻有关，另一方面也与被访谈者加持给自身的访谈责任有关。在乡村社会，文字和其他方式的记录有着天然的权威性，信奉“白纸黑字，记录在案”的老人们在访谈的过程中，面对着访谈者手中的纸笔和录音设备，就会在潜意识里思索哪些话能说、哪些话不能说。当他们回答关于自身的问题时，他们表现出来的轻松实际上源自他们的潜意识，他们只需要为自己的事负责就可以了，即便是记错了也无所谓。但当他们回答的是村子里的事的时候，他们就必须要为有关村落历史发展的话负责，虽然并不知道出错了会有什么后果，但仍旧会变得谨慎，通过反复的回想，以及与自身所发生的同时期事件的勾连来反复验证真伪。

之所以出现这种情况，其实也与民众对区域历史记忆与个人历史记忆之间关系的朴素的看法有关。他们认为个人的历史记忆虽不至于是虚构的，但至少是可以不用考证和推敲的，不过关于地方社会的历史记忆在他们看来就必须得是严肃的、严谨的，且不能有一丝虚假。他们对于讲述的内容是虚假还是真实的判断依据就在于能否完整且无误地呈现自己的历史记忆。换句话说，在他们的潜意识中，他们的历史记忆都是真实的，如果你能完整地呈现就证明你说的也是真实的，如果不能，就说明有虚构的或者有待于进一步挖掘和推敲的成分。从这一点来说，对于方慧容所说的村民往往“把叙事的权力交给某个特别能讲的人……村民所记住的已经不是发生的事件‘本身’，而是叙事者在重复的讲述中所制造出来的事件。在这种集体记忆的生产中，事件的亲历者并没有权威性，而只有有能力发布有趣的叙述的叙述者才具有权威性”① 也就不难理解了。在笔者调查的过程中，确实存在这样的现象，有的老人虽然表达能力很强，却始终都在说自己的事情，然而有的老人却总是在讲述自己经历的时候不知不觉就会串联到村落甚至整个社会的历史。

另外，普通人总会理所当然地认为集体叙事由个人叙事组合而成，从不同的个人叙事中抽离出相同的部分就会形成集体叙事。但从历史记忆的叙述者的角度来说，集体叙事有时候反而寓于个人叙事之中。按照前文所述，村落社会中的集体叙事实际上往往由群体推选出的代理人来完成，从形式上看属于个体叙事，而从内容上看，在叙述的过程中，首先他所讲的只是他自己所熟知的知识或历史，因此不可避免地具有主观能动的选择性；其次，他在讲述的过程中会不自觉地带入自己当初对事件的参与和实践，从而在代表群体、村落甚至民族、国家讲述集体记忆的同时，也讲述他通过身体的参与而形成的关于个人的记忆；再次，在讲述的过程中，免不了会有情感和理念的带入，而且即便是同处在一个群体中，个体的情感和理念也会千差万别，所以不同的人对同一事件的讲述总会给人不同的感觉；最后，作为公共推选出来的代理人，总归是在表达能力或者艺术创造性上要强于其他人，当他们进入到表述的过程中以后，或者出于无心的本性，或者出于不辜负大家的推举而要把故事讲得更加精彩的目的，总会充

---

① 赵世瑜：《传说·历史·历史记忆——从20世纪的新史学到后现代史学》，载《中国社会科学》2003年第2期。

满个性地发挥，并或多或少地暗含自己的创造。因此，无论是集体叙事还是个体叙事，我们都要尤其注意到叙事过程中个人能动性的发挥以及情感和理念的融入。

对于青石关村的老人会来说，通过前文他们对个人生活史的描述以及大的历史背景，我们很容易发现这片地域从一开始就处在一个不断的变动过程之中，但是老人们在记忆历史和运用历史的过程中总是要找到一个历史时段和一种传统的文化事象，并赋予它们一种在历史流变中的超稳定性，仿佛它们从一开始就是这样的状态，一直持续到现在。这正与传统乡土社会追求的超稳定性特征不谋而合。实际上，老人会之所以要营造一种违背社会发展规律的文化事象和历史空间，目的就是找回地方社会的“乡土本色”。而最终，在诸多的文化事象中，他们选择了颜文姜的传说、信仰与仪式作为历史记忆的对象。之所以选择颜文姜，除了颜文姜在当地有着深厚的历史和群众基础之外，也与当前国家主流价值观所倡导的孝悌文化以及博山区政府打造的华夏孝乡的行为引导有关，在一定程度上体现了国家文化网络对民间的覆盖以及民间对国家主流文化的主动迎合。

第四章　颜神信仰：老人群体与颜文姜传说在当下的演绎

颜文姜传说与信仰仪式实际上也是一种长时段的历史记忆，它作为博山地区的重要文化，与其他农耕时代延续至今的民俗文化一样，对当今民众的日常生活起到了一定的制约和指导作用。与其他文化事象相比，伴随着相应的民间信仰与仪式的颜文姜传说的历史记忆是全方面的。首先，作为一个绵延已久的历史叙事，它的内容涵盖了当地家庭与村落日常生活的状态与伦理诉求；其次，作为一种历史记忆的实践方式，它创造了一个巨大的记忆之场，这个记忆之场既包含了个人鲜活的讲述，又包含了集体共享的日常生活知识，更为关键的是记忆之场提供了让民众能够自由发声、表达自我诉求和情感的机会，并通过仪式化的身体展演来再现历史记忆。

与日常知识性的民俗文化相比，同样作为长时段的历史记忆，颜文姜传说更加指向一种神异性的历史记忆。在传统的乡村社会，老百姓在关于地方社会的历史起源与演变方面，始终有着两种历史记忆的追求：一种是成文历史式的所谓客观真实的历史记忆，一种是带有传说的充满神异性特征的历史记忆。前者我们可以称之为成文式历史记忆，后者则可以称之为神异性历史记忆。神异性历史记忆就是将自己所处的地方社会想象成有过一段由神灵掌控的神异性的历史过程的记忆。

充分认识到神异性历史记忆的存在，有助于我们更好地理解古老的仪式为什么能在文化巨变的今天顽强地生存和传承。这是因为在民众的历史知识中不都是单调的成文历史，他们也在追求让全社会信以为真的神异性的历史记忆。从民众主体的视角来看，他们所坚持的公共仪式就是为了纪念在历史上“真实存在过”的、对他们所在的区域社会起到了巨大作用（开创或维系）的神祇。反过来说，公共仪式的存在让民众通过仪式的表演来再现历史，从而赋予现实以历史的意义。

在颜文姜传说及其仪式所营造出的记忆之场中，老年人仍然发挥着重要的作用。他们进入到仪式展演的过程中，承担了不同的角色，并依据现实需求不断地做出创新。因此本章将从老人群体的现实感出发，通过对颜文姜传说的话语重构和颜文姜信仰仪式的身体实践的关注重点，讲述老人群体与颜文姜传说的当下演绎之间的关系。为了更加清晰地展现老人群体的叙事与实践，在此之前有必要对八陡庄颜文姜信仰的仪式活动与空间设置予以大致描述。

第一节　八陡庄的信仰传统

一、王老太太的传奇

“王老太太”是八陡人对村里一位颇有传奇经历的民间信仰权威的尊称，她的真实姓名为王桂英，于 1909 年出生于八陡庄，后嫁给本村孙家，因此八陡庄的一些农民也会按照传统的习惯称呼她为“孙老太太”。王老太太自打小时候起就喜欢跟随大人们参加各种信仰仪式，回家后就在家里模仿大人们在庙里的行为，摆弄各种香篓纸钱，口中还不时念念有词，因此村里人都认为她天生就带有某种特殊的“气质”，这种气质会让她在侍奉神灵和主持仪式方面获得一些专长。王老太太在村落集体生活中的登场恰恰就是从复兴仪式开始的：

我今年（2014 年）57 岁，十七八岁的时候，我就跟随王老太太接送颜奶奶了。那时候王老太太跟我们四五个人说，咱们已经有二十多年没请奶奶了，时间太久了不太好，咱们还是得继续请啊。于是她就带着我们去请奶奶，头几年在任壮（音）家一口没人住的小屋中做仪式，后来又到陈继华（音）家的破北屋，到再后来就去了井胡同的陈家。①

从陈义珂的回忆中我们看到，王桂英几乎是八陡最早带领民众恢复接送颜奶奶仪式的，这让她成为当地最权威的仪式专家。1988 年，时年 79 岁的王老太太得了重病，发病时身体僵硬，家人误以为她已经去世了，便一边准备后事，一边告知亲友。当各方亲朋好友都前来吊唁之时，王老太太又突然醒了过来，这样的病患在医学上被称为“假死”或“微弱死亡”，并非罕见之症，但在乡村社会足以让十里八乡的民众惊奇不已。借着这段神奇的经历所获得的关注，王桂英开始组织更大规模的公共性信仰事务，如修庙、组织大型朝会等。

在此后的十多年间，王桂英几乎凭借一己之力，组织人重建了三座庙宇，参加了几十次拜庙，成为整个八陡庄的焦点人物。2001 年，王老太太以 92 岁高龄离世，因为家人对她不顾自己和家庭、脱离现实生活的行为颇有微词，所以选择了低调处理老太太的后事，反倒是她的那些追随者们在另外的场合以其他的方式，展开了对王老太太非常隆重的吊唁。时至今日，仍有很多人会以各种方式来怀念她。

二、乐此不疲的修庙

八陡庄各大庙宇的复兴与重修是从王老太太重修黑山顶玉皇庙开始的。1988 年，王老太太决定将黑山上的玉皇庙重新修建起来，于是便开始凑钱。她从八陡青石关村开始一路往西走，每家每户地敲门，反复地劝说甚至哀求，用了两个多月的时间，敲了近千家的大门，一直到了石炭坞，但凑到的钱并没有预想的多。王老太太只能四处借钱，并亲自参与修庙的活动。

王老太太对于复建黑山玉皇庙有着一种近乎疯狂的执着，这种执着源

① 被访谈人：陈义珂（农民，村里的仪式专家和信仰权威）。访谈人：张帅。访谈时间：2014 年 10 月 3 日下午。访谈地点：八陡庄五龙桥陈维仕老家。

自自身的“使命感”。正是有了这样牢固的人生信条，老太太才能一路坚持到底。王老太太复建玉皇庙的行为迅速激发起了民众对恢复传统庙宇和信仰仪式的热情，于是她趁热打铁又在黑山重新修建起了碧霞元君庙。

当时八陡庄已经改制为八陡镇，黑山在行政上隶属于杏花崖村，而王老太太所在的青石关大队成为青石关村，因此王老太太频繁在黑山上修庙的行为让青石关的村民们在私底下颇有怨言。年轻的陈义珂凭借与王老太太良好的关系，直接“责问”她“为什么自己村的庙不修，去修别人村的庙?”① 那时已经是1996年，王老太太虽然已经87岁，却仍旧主动牵头，带领王宏光、王全运、魏青祥、魏矗浩、陈会秋、陈会志、周兴桐、陈义珂等人着手修缮青石关村观音堂。在村里人的踊跃参与下，观音堂的修缮过程异常顺利，不仅恢复了观音殿，还增修了颜文姜祠一间，意欲当作颜奶奶回家歇伏的寝宫。当大家沉浸在成功的喜悦之时，却遭遇了当头一棒：博山区房管局的一纸封条让新落成的观音堂还未来得及举行庆典就被隔离了。

王老太太差人四处询问才知道，原来“四清”之后，观音堂曾被改造为八陡南庙小学，其产权也被划归为博山区房管局，在没征得房管局允许的情况下任何人不得随意改造和使用。万般无奈之下，王老太太开始为村里争取南庙产权，在接下来的几年中他们处处碰壁，却始终未曾放弃。2000年，魏青祥、陈会志、陈义珂等人终于找到了“门路”，他们联系到了博山区文物管理所所长穆汝骏，并按照穆汝骏的要求，委托村里的文化人根据几人的口述，整理了一篇名为《关于对南庙观音殿的考查论证的考证报告》的文章。先由穆汝骏以博山区文物管理所的名义，将论证报告交给房管局，确定南庙为文物遗址，之后两方签订《代管协议书》，房管局将南庙交由博山区文物管理所代管。最后青石关村的这帮老人以老人会的名义与博山区文物管理所签订协议，声明博山区文物管理所将南庙交给青石关村老人会委托管理，从此青石关村才顺利拿到了南庙的管理权。

---

① 被访谈人：陈义珂（农民，村里的仪式专家和信仰权威）。访谈人：张帅。访谈时间：2014年6月23日下午。访谈地点：八陡庄五龙桥陈会志老家。

2001 年王老太太去世以后，村里的这帮老年人开始以老人会的名义继续从事信仰方面的活动，王老太太留下的修庙的传统也被他们继承了下来。从 2001 年至今，他们先后重修了青石关村的山神庙、村外的二郎庙，并在观音堂里增修了文昌阁，新塑了观音、颜文姜、文昌老爷、门神等像，几乎每年都有修复的工程。八陡镇的其他村落也是如此。修庙几乎成为各个村老年人晚年生活的重要内容之一。北河口村修复真武庙，阁子前村修复观音阁和奶奶棚，东顶村修复关帝庙，虎头崖村修复土地庙，杏花崖村修复炉神庙以及八陡庄西邻石炭坞各村修复三元庙、关帝庙等，几乎都是出自老年人的倡导并且以老年人为主要参与力量。

三、“拜庙走四方”

“拜庙”指的是外出参加其他地区的庙会，“人家那边的寺庙有庙会，咱们去朝拜，就叫‘朝会’”①。八陡庄的民众历来就有去周边地区赶庙会的传统。20 世纪 90 年代初，博山及周边地区的各大传统庙会开始复兴，王老太太收到了许多庙会的请帖。由于朝会这项活动在“四清”之后已经中断了几十年，所以朝会活动的复兴从一开始就被框定在特殊的年龄群体中，即八陡庄的老年人。

拜庙并不是简单地逛庙会，朝会是主要内容之一。朝会之前需要花费大量时间和金钱制作万民伞、黄罗伞、锦旗、锦标、金墩等信物，其中以万民伞最为重要。朝会的主要仪式活动就是向庙会主祀神灵进献万民伞。万民伞的尺寸有着非常严格的规定：“万民伞的伞盖必须得是黄色镶绿边，这是皇上才能用的颜色。伞盖打开以后直径必须为一米八，差一点儿都不行。直径一米八，那么半径就是九十（厘米）。九是最大的数字，又是个吉祥的数字，正所谓一边能遮半边天。万民伞伞盖下面拴着一条条两寸宽、一米长的带子，上面写着‘某年某月某日某人敬献’，这些都是当初造万民伞捐款的人，万民伞就相当于他们一起敬献的，所以必须得留下他

① 被访谈人：陈义珂（农民，村里的仪式专家和信仰权威）。访谈人：张帅。访谈时间：2014 年 6 月 23 日下午。访谈地点：八陡庄五龙桥陈会志老家。

们的名字。”① 需要注意的是，每次拜庙并不是只献一把伞，而是需要与庙中神殿的数量保持一致，所以如果是周边村落的庙会，王老太太都会派年轻人提前去数清楚有多少间神殿，再开始做万民伞；如若庙会的距离比较远且又是初次去，王老太太就叮嘱众人带18把伞，到了现场以后由她来具体安排。

我们这些人里头，就属王老太太说话最管用。比如说万民伞，我们是出门就带三六一十八把，到了以后怎么安排全凭老太太一人做主，比方说去的庙不到十八间殿，伞送出去又不能拿回来，老太太就得安排妥当，玉皇大帝是主神给他多献一把，今年大旱给龙王爷多献一把，快要考试了给文昌老爷多放一把，这些东西咱们是安排不了。也有不够的时候，我们第一年去泰山，山下到山顶伞不就不够了嘛，有些殿就光送了锦标，锦标就是一个佛祖送一个。锦标实际上就是现在咱们说的“助人为乐、拾金不昧”的那种锦旗，我们叫锦标，那年去泰山献了18把伞，外加80面锦标。

拜庙是一项集体活动，因此在每一个环节都要尤其注意集体性的呈现。对于王老太太等组织者来说，“敬献万民伞”无疑是仪式的核心环节，需要等到所有人都到齐才开始进行；对于参与者来说，他们更加注重居于次要地位的“升文书”的环节。所谓“文书”指的是登记民众捐款的账簿，一般的写作格式为“某村某人出伞资某元”。

拜庙的人员虽然以女性居多且王老太太从中发挥了核心作用，但每次外出拜庙都必须有一定数量的男性，这也是拜庙的规矩。在当地人看来，只有有男人的加入，拜庙的队伍才能作为一个地域的代表，“咱们这个队伍，只有里面有男人才是一会人；要是全部都是女人，甭管多少人就是一群女人，永远不会说是一会人。咱们接待外面来的人也是这样，只要是有

---

① 被访谈人：陈会志（男，1941年出生，黑山煤矿兖州分矿退休工人）。访谈人：张帅。访谈时间：2014年6月23日下午。访谈地点：八陡庄五龙桥陈会志老家。

男人领着来，接待的就进来喊‘来了一会人’，这时候咱们这边的负责人就得亲自出去接待，问清楚人家代表的是哪个镇哪个村，这就表明是人家过来支持咱们了；要是来了一群女人，接待的就说‘来了几个磕头的’，咱们这边也就不用正儿八经接待了。这就叫男女有别”①。

拜庙活动恢复的时候，八陡庄的名字在行政区划上已经消失，被六个村所代替，因此这批老人们打出了“淄博市博山区八陡镇众弟子”的旗号，统一以八陡镇的名义与外界进行交流，但真正参与其中的还是原八陡庄的人。以八陡镇的名义去拜庙固然有村落政治变迁的原因，但实际上也是老人们现实的需要，这一点将在后文有所体现。

自1991年恢复拜庙开始，王老太太跟八陡庄的善男信女们先后去了八陡庄附近的岳阳山、五阳山、陈家山、岳庄小南海观音庙等，博山境内的凤凰山、颜文姜祠、峨嵋山、城隍庙、莲花山、小顶山、西万山等，淄博其他地区的黑铁山、梓童山、黉山等，山东省内的云门山、明山、千佛山、泰山等地的庙宇。王老太太去世以后，他们还曾远赴省外的五台山拜庙，有的地方他们还会反复去，比如泰山就连续去了三次。陈会志、陈义珂等人大致算了一下，他们那几年敬献给各神灵的万民伞有150多把，黄罗伞、锦旗、锦标更是不计其数，走过的地方也基本遍布淄博全境和鲁中的主要信仰区，用陈义珂的话就是“拜庙走四方”。

第二节　颜文姜信仰概述

一、颜文姜传说的历史演变

颜文姜传说在漫长的历史发展过程中形成了众多版本。通过对相关文献的收集整理，我们发现颜文姜的传说始终存在着官方与民间两套叙事结构，两套叙事结构尽管在历史发展过程中不断相互借鉴和融合，却也在原

① 被访谈人：陈会秋、陈会志、陈义珂、陈会志老伴。访谈人：张帅。访谈时间：2014年6月23日下午。访谈地点：八陡庄五龙桥陈维仕老家。

则上保持着相对清晰的边界。

将现今流传的颜文姜传说的主要故事情节、时间、地点等信息过滤出来，提取关键词，再对照相关历史文献，我们可推测颜文姜传说的官方记载最迟见于东晋或南朝成书的《续述征记》（一说为《述征记》）中："梁邹城西有笼水，云齐孝妇诚感神明，涌泉发于室内，潜以绩笼覆之，由是无瓮汲之劳。家人疑之，时其出而搜其室，试发此笼，而泉遂涌，流漂居宇，故名曰笼水。"① 这段文字还先后被《艺文类聚》及《初学记》引用。稍后出现的南朝顾野王《舆地志》也有相关记载："笼水古名孝水，齐有孝妇颜文姜，事姑孝养，远道取水，不以寒暑易心，感得灵泉生于室内，文姜常以绢笼盖之，姑怪其须水即得，非意相供。姜不在，私入姜室，去笼观之，水即喷涌，坏其居宅，故俗亦呼为笼水。"②

从内容来看，两段文字的叙事结构都比较完整，《续述征记》的记载相对比较简单，《舆地志》则在细节上更加丰富，更重要的是《舆地志》的记载注意到了事件中"人"的存在。《舆地志》虽然只比《续述征记》的条目多了不到二十个字，却不但给出了主人公的名讳③以及婆婆的身份，还交代了颜文姜"事姑养孝"的故事背景，暗含了婆媳矛盾的戏剧冲突。后世的文献无论笔记小说还是志书碑刻大多借鉴此文，内容也大略相当。《续述征记》《舆地志》等书籍虽以游记、地理志为名，却多有诡怪不经之谈，这是因为作者在收集山川古迹典故之时所采录的旧闻多来自乡间传唱，这也就意味着颜文姜的传说在当时的民间已经比较成熟。

唐朝李亢所撰写的怪谈小说《独异志》又一次收录了颜文姜的传说："淄川有女曰颜文姜，事姑孝谨，樵薪之外，复汲山泉以供姑饮。一旦，

---

① 《续述征记》为东晋郭缘生著，原书已佚，佚文多见于别书征引，本段引文见于〔北宋〕李昉、李穆、徐铉等纂：《太平御览》卷五十九《地部二四 · 水下》，中华书局 1960 年版，第 284 页。

② 〔清〕王谟辑：《汉唐地理书钞》，中华书局 1961 年版，第 194 页。

③ "姜"在山东一带的历史典籍中多用来指代美丽的女子，尤其多见于先秦时期的文献，用于指称齐鲁两国上流社会的贵妇人，而"文姜"则用来指代或有才气或有教养的美丽温顺的女子，因此，"文姜"的称呼在当时并不一定是专人专用的特定名称，很有可能是对一类人的概称。

缉笼之下，忽涌一泉，清泠可爱，时人谓之‘颜娘泉’，至今利物。”① 与前面的文章相比，《独异志》的记载多了“颜娘泉”的名称。与前述“灵泉”相比，“颜娘泉”更加贴合民众的称谓和命名习惯，不过在此之后的官方文献以及流传至今的民间口传资料，对颜文姜祠内的泉水仍旧沿用了“灵泉”的称呼，大概与颜文姜祠内设灵泉庙有关，灵泉庙的存在让灵泉的称谓更加深入人心。

得益于唐朝年间凤凰山颜文姜祠的修建，宋代关于颜文姜的碑刻资料非常之多，仅在颜文姜祠内就有三统宋碑得以完整保留。其中宋熙宁六年（1073）淄州教授商亿所撰写的《增修孝妇庙记》有文：“距淄之南五十里，有水发源于山足，趋梁邹而贯乎清、济。昔人构室于源上以为祠。按《地志》，齐有孝妇颜文姜，常逾历山险，负汲新泉，奉姑之所嗜。一旦，感泉涌室内，派流远注，故目其地曰‘颜神’，水曰‘孝水’，祠曰‘颜姜之庙’。”② 这段文字除交代了颜神、孝水、颜姜之庙的由来之外，与前人的版本并无二致。还有一统碑刻名为《续翁姑因地记》，由承议郎前任顺安军州学教授陈琦于宋宣和七年（1125）所作，碑中有文：“夫人祠之左，有所谓翁婆堂者，夫人之舅姑也。舅姓李氏，家于邹邑李颜村。姑郭氏，故居之地，今颜庙是也。舅赘于郭氏，生夫人之夫，壮室颜氏，即亚圣之裔，顺德夫人也。”③ 这段文字与前述文字都大不相同，一方面详细介绍了颜文姜公婆的身份信息，进一步丰富了传说的细节，同时也更加贴近日常生活；另一方面又把颜文姜穿凿附会为颜回的后代，同时点出了宋神宗敕封颜文姜的封号——顺德夫人，渲染出了政治、说教的意味。宋代其他碑刻以及金元时期的碑刻大多与修缮庙宇有关，没有提及颜文姜的相关传说，在此不多赘述。

元代于钦撰写的《齐乘》作为目前已知山东地区最早的地方志，也有

---

① 〔唐〕李亢：《独异志》，中华书局 1985 年版，第 27 页。

② 〔清〕孙廷铨著，李新庆校注：《〈颜山杂记〉校注》，齐鲁书社 2012 年版，第 77 页。

③ 〔清〕孙廷铨著，李新庆校注：《〈颜山杂记〉校注》，齐鲁书社 2012 年版，第 84 页。

关于颜文姜传说的记载："齐有孝妇颜文姜，事姑孝养，远道取水，不以寒暑易心，感得灵泉生于室内，文姜常以缉笼盖之。姑怪其须水即得，值姜不在，入室发笼观之，水即喷涌，坏其居宅。故俗呼为笼水，今孝妇河也，出益都县颜神镇孝妇祠下。"① 这些内容与《舆地志》的记载基本一致，不同的是至今还一直沿用的孝妇河的称呼第一次出现在文献中。

明代曲阜颜氏《陋巷志》记载："晋烈女文姜，复圣裔之女也。幼许聘青州李氏，未醮夫亡。悯翁姑失养，往事焉。尝远汲新泉以奉姑嗜，诚感神明，泉涌室内，潜以绩笼覆之。家人伺其出而发其笼，泉涌成河，故名笼水河，一名孝女河。事见《述征记》并《灵泉庙碑》。"② 文章将颜文姜当作晋人以及沿用了宋碑中将颜文姜认作颜回后裔的说法，我们对此暂不做讨论，但需要注意的是上述文字中增添了"未醮夫亡"的细节，在为人物形象渲染悲惨气氛的同时，也透露出一种将颜文姜塑造为儒教烈女典范的意思。

明万历四十二年（1614），颜神镇捕盗通判范一儒的《重修顺德祠记》更是体现了这一点："夫人颜姓，字文姜，复圣兖公裔也。舅李公、姑郭媪，咸颜李村望族。云李公子未聘不禄，姜以柏舟自誓。归，事舅姑惟谨。姑甘泉水，离宅三十里外，姜汲供之，彳亍险巇，无间寒燠。一日感神授泉，如缕窭闼下，复畀麻策，戒'汲足则塞，慎勿泄为'。夫人以笼覆泉，坐是不出户而水不匮。家人异之，乘归宁，潜启扃发笼，见水浸浸从策出，误一提而怒浪奔涛，汪洋澎湃矣。亟归莫挽，投波涯，水即由故道派流三百余里，合清流注海，盖古所称笼水，即今之孝妇河者。"③ 这段带有抒情意味的文字用更多的细节描写刻画了颜文姜在丈夫"未聘不禄"的情况下"事舅姑惟谨"的贞洁烈女的形象。清代的文献资料如孙廷铨《颜山杂记》、康熙九年《颜神镇志》、康熙十一年《益都县志》、乾隆十

---

① 〔元〕于钦：《齐乘》卷二，清乾隆四十六年（1781）刻本。

② 〔清〕孙廷铨著，李新庆校注：《〈颜山杂记〉校注》，齐鲁书社 2012 年版，第 74 页。

③ 〔清〕冯文显修，叶先登纂：《颜神镇志》卷五《遗文》，清康熙九年（1670）刻本。

八年《博山县志》等都是对前述文献的总结或引用，因此无需多言。

与追求相对真实、习惯史传体书写方式的官方文献相比，民间口头叙事更加追求丰富的细节、戏剧化的剧情以及激烈的矛盾冲突。另外，民间传说往往不受时空和文本限制，民众在传承的过程中出于各种需要会不断地添加其他故事类型，不同时空的叙事不断累积形成了更加生动丰富、有血有肉的文本。还有，颜文姜的传说在民间还延伸出了两则后续故事：一是唐王因在东征时受到颜文姜帮助而为其修建颜文姜祠的传说；二是颜文姜与碧霞元君结为姐妹共同执掌凤凰山的传说。“唐王东征”与“碧霞元君结拜”是山东乃至华北地区普遍流行的类型性传说故事，它们的加入，分别为唐代建筑颜文姜祠的存在以及万历以后凤凰山上颜文姜祠与碧霞元君行宫并存的现象做出了解释。

传说中的另一个人物形象不得不提，就是颜文姜的小姑子。实际上颜文姜的小姑子的形象在传说中仅仅出现过两次，一次是小姑子帮着婆婆骂颜文姜，一次是在故事的末尾，颜文姜赶来救人时，用脚勾住了即将被大水冲走的小姑子。在历代文献中都不曾存在颜文姜的小姑子的形象，在当今重修之前的颜文姜祠中也没有小姑子的神像，就连爷娘殿中也没有小姑子的痕迹，那么这个小姑子是怎么来的呢？笔者在查阅相关文献的过程中，曾看到有位学者在翻译颜文姜相关文献时，将“事姑养孝”翻译成了“伺候小姑子，侍养公婆”的意思。我们从中得到启发，是不是有当地文化人在向民众传达文献记载的时候也出现了类似的错误，从而误导民众在流传的传说版本中也出现了小姑子的形象？实际上，无论是传说还是史料都是为立意服务的，颜文姜的传说要突出的立意就是一个孝字，更何况在民间话语中，姑嫂关系一直以来都是最不好处理的人际关系之一，正因为如此山东的吕剧中才有了《小姑贤》这出深受民众喜爱的剧目，所以民众也乐于为传说加一个姑嫂关系的母题来衬托主人公的善良与慈孝。

二、颜文姜信仰的兴起与发展

从凤凰山上北周始建的颜文姜祠来看，颜文姜由地方传说人物向地方神灵的转化最迟在北周之前就已经开始了，距今已一千五百年以上。在这一千五百多年间，颜文姜的神职依据不同的社会背景发生了数次变化。

无论是文献记载还是民间口述，颜文姜传说中本身就有着与水有关的超自然力量，正如前文所述，水的反复出现与区域的地理环境和民众生活有着很大的关联，涌泉而出和孝妇河的形成代表了民众对水的渴望与期许。颜文姜在传说中虽没有超能力，却曾操控水源，并间接创造了一泉一河，因此，颜文姜的神化也是从拥有了操控水的能力开始的。需要指出的是，颜文姜并没有因此而成为类似于河神的专事掌管河流的神灵。在传统的农耕社会，百姓所需的实际上是水而不是河，而降水对农田的泽被显然比有着固定流域的河流要更加广泛，所以，颜文姜从一开始就被赋予了能兴云布雨的职能。

颜文姜在宋代以前被赋予的职能都是围绕着水展开的，最主要的是降雨治旱。唐五代时就有一些地方官到颜文姜祠祈祷，主要为求雨，如唐代淄川县尉李阳冰曾到祠内祭拜，并立碑以记。颜文姜祠内现存宋碑《增修孝妇庙记》记载："……梁乾化中刺史高霸以岁旱祈祷，即日获雨。"又载："阅明年，农事既兴，眷肃宾僚，躬谒祠下，因以雨泽为请。觞奠既毕，嘉霖继沛……又明年盛夏之月，天久不雨，民胥告劳。公夙驾再往，旋及中途，雨大作，浃日之间，阖境告足。凡州居之民，无有远近，歌咏欢呼。"① 值得注意的是，碑文中所记载的第二次祈雨的过程，正是民众与地方官礼俗合谋的结果。宋熙宁八年（1075），宋神宗敕封颜文姜为"顺德夫人"，在《敕封文告》中陈列敕封原因："凡山林川谷之神，能出云雨、殖财用……将遍加礼命，以褒显之如此，非特以为报也，盖帝王制祀之阙也。"② 这可谓是官方对颜文姜祈雨神职的正式认可了。唐至北宋社会相对安定，百姓专心稼穑，别无牵挂，唯独担心旱涝灾害，因而水就成为当地民众最关心的问题，颜文姜自然由人到神担当起了水神的职责。当时地方文人的诗词也体现了颜文姜的神职：

---

① 民国《续修博山县志》卷十三《艺文志》。

② 〔清〕孙廷铨著，李新庆校注：《〈颜山杂记〉校注》，齐鲁书社 2012 年版，第 79 页。

谒顺德祠

王　樵

山村勤远汲，供馈苦迟回。
孝感天心动，泉翻地脉来。
遗墟空草树，久旱起风雷。
寂寞千秋事，残碑锁绿苔。①

元朝时期战乱频仍，颜文姜又成为地方保护神："贞祐年间，兵革遽兴，连年大扰，加之以饥馑，群盗蜂起，恣意劫掠，（笼）水忽自变黄，流四十里，人见之无不惊异。因相谓曰：'此水从来清且久矣，今日如是，莫非神明之示异，救我民乎？'因相与避之。顷之，有外寇至，得免其害，水明日复初。"②与此同时，颜文姜仍旧担负着水神的"责任"，元代般阳路总管潘继祖曾先后两次到颜文姜祠祈雨，每次都有应验，于是特意作诗颂扬其功德：

荒年能作稔，旱月解为霖。
懿范丰碑载，神功奕世钦。③

明清时期，一方面，博山地域社会传统的农耕文明依然根深蒂固，另一方面新兴的工场手工业开始发展。社会再生产与社会分工的出现，打破了原有的社会结构，促生了新的社会阶层，从而使得社会分层更加复杂化，不同阶层的民众利益需求也各有不同。颜文姜则逐渐演变为全能之神，既能降水，又能祛病免灾，还能驱鬼、劝励风俗，保人口平安、阖镇清宁。明邵山撰文《祈福碣》载："祝：世代荣显，人口平安，阖镇清宁，国家长久。"明杨文卿撰文《修灵泉庙记》碑载："重念国家以孝治天下，而孝妇有庙若此，何以劝励风俗？……岁用登兮时雨时旸，人用康兮厉鬼

---

① 民国《续修博山县志》卷十四《艺文志》。

② 〔清〕孙廷铨著，李新庆校注：《〈颜山杂记〉校注》，齐鲁书社 2012 年版，第 87～88 页。

③ 〔清〕毕沅、阮元撰：《山左金石志》卷二十四，清嘉庆二年（1797）刻本。

潜藏，惠孔嘉兮佑善以祥，昭厥鉴兮有恶斯殃，俗用熙熙兮俪美陶唐。”①明代博山赵氏家族八世祖赵敬简，曾任卢龙县令、巩昌府通判，他写的《咏孝泉》也提及了颜文姜的降雨、治病等神职：

闺门昭顺德，纯孝格天心。
地轴翻龙窟，源泉涌石根。
疗病起沉疴，祈雨沛甘霖。
予疾梦饮泉，五内饫香醇。
心爽体随健，形和气亦䜣。
仍诲痊吾母，公药活里人。
锡类永无极，神功万代新。
勒石依庙貌，灵气煦殷殷。②

同时，社会分工的出现使得贫者愈贫、富者愈富的社会现象更加严重，不少走投无路之人开始啸聚山林，为害乡里，再加上明末清初连年的战乱，致使当时的社会极不稳定。根据民国《续修博山县志》记载，自明初至清末，博山地区大规模的匪患达13次之多，每次匪患都毁坏甚巨，民众苦不堪言。颜文姜也继续发挥了地方保护神的职能，力保一方土地的平安。明万历年间通判范一儒的《重修顺德祠记》重点陈述了颜文姜在这方面的职能与贡献：

唐天宝征辽，兵经笼水，神以七箸饷军。今城南营栏尚其故处。后复助阴兵成功，天子特命汾阳郭公创建祠庙……

每遇盗警，预涌黄流，示民趋避，其恤灾捍患，保障一方，尤烜赫哉！③

---

① 民国《续修博山县志》卷十三《艺文志》。
② 民国《续修博山县志》卷十四《艺文志》。
③ 民国《续修博山县志》卷十三《艺文志》。

具有多重神格的颜文姜在今天的社会中尤其是在农村地区依然发挥着一定的作用。当信众遇到一些在现实生活中难以解决的问题时，还是习惯于向颜奶奶求助，而且在当地民众看来，颜文姜作为“土生土长”的地方性神灵，似乎比在全国范围内闻名但非本地的神灵更加有效用。[①] 所以在一些建筑群落中，颜文姜的庙、“遗迹”、“遗址”往往最为热闹。[②]

通过对颜文姜信仰的历史追溯以及颜文姜祠历次修建情况的整理，我们发现明清以来士绅在其中发挥了重要的作用，他们引导民众信奉颜文姜，主持颜文姜祠的修缮工作。他们积极参与与信仰相关的公共事务，付出了时间和金钱，收获了教化的权力，使自己成为社区性的权威。正如费正清所说的那样，“政府统治的活动可以区分为两大类：一类是往下只到地方县一级官员的正规官僚机构的活动，另一类是由各地缙绅之家进行领导和施加影响的非正规的网状系统的活动”[③]。不过，他虽然注意到了士绅阶层作为“政府统治的活动”的一面，却未曾注意到士绅作为民间的代表与政府进行周旋的一面。

通过士绅的相关理论来看今天的老人会，竟有异曲同工之理。老人会与传统中国的士绅一样，具有操持基层社会部分公共事务的职能。老人会虽然诞生于民间、服务于村落，但并未远离基层政府，而是紧跟步伐，有意识地配合政府工作。更重要的是，老人会所有的活动无论大小、是否必要，他们都会提前去代表着官方的居委会报备，体现了在与官方打交道中的谨慎态度。与此同时，我们也能看到老人会在组织仪式的过程中，面对博山区政府对仪式参与人数的严格把控，巧妙地安抚众人情绪，把人数控制在政府可以接受的范围内，这就如同过去作为经纪人的士绅阶层来往于

---

① 被访谈人：陈会秋（男，1935 年出生，三菱钢窗厂退休工人，青石关老人会会长）。访谈人：张帅。访谈时间：2014 年 9 月 28 日上午。访谈地点：八陡镇青石关村陈维修家。

② 被访谈人：李老师（男，博山石马人，五阳山风景区管理员）。访谈人：张帅。访谈时间：2015 年 5 月 23 日上午。访谈地点：石马镇五阳山庙群。

③ ［美］费正清：《剑桥中国晚清史（上卷）》，中国社会科学出版社 1993 年版，第 24 页。

民众和官府之间的角色一样。而颜文姜的文化则在其中充当了可以利用的象征性文化资本或者道具的作用。

三、颜文姜信仰的主要仪式活动

依据不同的信仰空间，颜文姜的信仰分化出诸多不同的祭祀仪式，按照类型大致可分为两类：一类是以庆祝七月初三颜文姜生日为主的颜文姜庙会，发生在凤凰山颜文姜祠及石马等地的四大行宫；另一类是以八陡庄为核心的“接颜奶奶回家歇伏”仪式。

从凤凰山颜文姜祠主殿可媲美皇家宫殿的设置来看，最迟在唐朝[①]颜文姜就已经是当地地位颇高的地方神灵了。宋熙宁八年（1075），颜文姜因“祈雨有应”被宋神宗敕封为“顺德夫人”，从此“顺德夫人”成为官方祀典中对颜文姜最正式的称呼。由于没有确切文字记载，历史上关于颜文姜祠的祭祀仪式，只能通过一些碑刻捕捉一些零星的影子。

第一次系统讲述颜文姜祭祀仪式的碑刻是北宋熙宁六年（1073）商亿的《增修孝妇庙记》：

> ……民皆乐生安业，不恤疾苦之至。故于土庙之神，惟岁时奉祀而已。顷之长民之官至者，第推祀典，按例致答，一胥持祀而往，礼数尽矣。……阅明年，农事既兴，眷肃宾僚，躬谒祠下，因以雨泽为请。觞奠既毕，嘉霖继霈，百谷用成，庾廪充积，民自为足，不知所以致之。于是公以春秋二祀，令甲所载，皆革去故旧，特命属官亲致饩币。又明年盛夏之月，天久不雨，民胥告劳。公夙驾再往，旋及中途，雨大作，浃日之间，阖境告足。[②]

这段话讲了一件非常有意思的事情，说的是原本博山地区雨水充沛，

---

① 2011年，颜文姜祠主殿被专家认定为唐代木质结构建筑。祠内碑刻也有关于颜文姜祠曾于唐天宝五载（746）重修的记载。

② 〔清〕孙廷铨著，李新庆校注：《〈颜山杂记〉校注》，齐鲁书社2012年版，第77～78页。

百姓专心种植，没有疾苦，因此并不关心对神灵的祭祀，即使是地方官带领官员亲往颜文姜祠祭拜请雨成功，百姓也都不知晓。于是，地方官就改革祭祀仪式，命官员和百姓同时参加春、秋二祀，这样民众才知道了颜神的神职与灵验。到了第二年天久旱不雨，百姓便开始主动求助官府祈雨。文中所述的三个时间恰恰发生在颜文姜被宋神宗敕封、将颜文姜的祭祀纳入国家正祀的时期，体现了民间土神如何被政府改造以及政府自上而下向民间推行和普及国家祀典的过程。

明清以来对颜文姜的官祭多在农历七月。明嘉靖《青州府志》记载："明成化十三年，提学佥事毕瑜奏请载祀典。每岁秋七月，镇颜神本府通判致祭。"清乾隆《博山县志》记载："秋七月设祭颜娘坟，并及翁姑。其祝词是颜娘语，官为摄事，缘情而设，推孝之至，此礼天下无也。"地点是凤凰山上的颜文姜祠及文姜墓。另据清康熙《颜神镇志》记载，颜文姜祠每年还有农历三月十五、四月十八、七月初三的三次庙会，民国时期大部分祀典和庙会已废止，只留有七月初三（相传为颜文姜生日）的庙会，被称为文姜庙会。新中国成立以后，这里的庙会一度中断，直到 20 世纪 90 年代庙会才得以恢复。2006 年，博山区政府本着"文化搭台，经贸唱戏"的原则，也为了扩大博山区孝文化的全国影响，积极介入庙会，将其改造成了"博山民俗文化旅游节暨文姜庙会"，并于 2007 年将其正式命名为"中国（博山）孝文化旅游节"。博山区政府除保留传统的文姜庙会之外，还开展了一系列民俗文化和经贸活动。尽管政府的介入使得庙会的形式发生了巨大变化，但政府官员以主祀的身份参加"顺德夫人祀典"在性质上与宋及明清时期的官祭非常相似，更重要的是政府对庙会适应当前经济与社会发展所做的改造本身，就代表了官方对民间信仰与仪式的把控和运用。因此，"中国（博山）孝文化旅游节"所体现的正是新时期颜文姜信仰与仪式的"官方叙事"。

不同于"顺德夫人"这个庄重严肃的"书面用语"，民间多称呼颜文姜为"颜奶奶"①。民众除了参与文姜庙会以获得对于作为宏大叙事的颜文

---

① 奶奶是当地人对道教女神的尊称，如碧霞元君又被称为"泰山奶奶"，而对佛教女性神灵则多称之为"老母"，如"观音老母""普贤老母"等。

姜信仰的身体感受之外，还可以参与八陡一带“接颜奶奶回家歇伏”的民间祭祀仪式。从八陡阁子前村顺德夫人神棚中的碑文来看，这项仪式最迟在清代就已经存在了。

“接颜奶奶回家歇伏”与博山旧时农历六月女子回娘家纳鞋底儿的民俗有关。仪式的程序非常复杂，规模也非常庞大。接颜奶奶的队伍有着完整的仪仗，包括轿、半朝銮驾①、锣鼓、横幅、彩旗、灯笼等，一套完整的仪仗需用上百人。过去农历五月的最后一天晚上，数以千计的村民都会自发地聚集起来，跟随仪仗队步行前往九公里外的凤凰山颜文姜祠。等到子夜十二时一过，村民们会进入正殿将颜奶奶的牌位请出来，放入轿子中，步行返回八陡，在八陡境内巡游一番之后，将牌位放置在奶奶棚中。颜奶奶的牌位将会在这里度过一个月的时间，期间村民们会以“酬谢”颜奶奶的名义举办社戏等各种娱乐活动。直到农历六月的最后一天，民众再将牌位送回至颜文姜祠，整个活动才算正式结束。

四、颜文姜信仰的主要活动场所

颜文姜信仰在整个博山区的范围内有三个核心圈：第一处是城郊凤凰山颜文姜祠，它不仅是颜文姜信仰的中心，还连同凤凰山上的碧霞元君行宫、玉皇宫、红门庙、吕祖庙、药王庙等形成凤凰山庙宇群，并与东边峨嵋山的文昌阁、魁星楼以及东南边城隍庙一起构筑成一个三角区域；第二处是位于城区以南 15 公里处的石马镇，传说为颜文姜取水之地，有五阳山颜文姜取水处和石马顺德圣君祠两处信仰空间；第三处即位于八陡镇，传说为颜文姜娘家村，有阁子前顺德馨祠、青石关南庙颜文姜祠、杏花崖黑山颜文姜祠三座庙宇。除了这三个核心外，在池上镇东池村、北博山镇盆泉村、源泉镇泉河东村各有顺德夫人行祠一座，它们与石马顺德圣君祠并称颜文姜四大行宫。

---

① 因为颜文姜是女神，民间按照古代正宫娘娘出行的规格设定仪仗规模，包括“肃静”和“回避”开路牌一对，芭蕉扇、金瓜、朝天镫、龙头杖、佛手、钺斧各两对，筷子两双，万民伞一把，民众称之为半朝銮驾。

（一）凤凰山颜文姜祠

颜文姜祠又名顺德夫人祠，旧时曾有灵泉庙、颜神庙等称呼，位于博山城南郊山头镇西神头村凤凰山南麓，距离博山区中心两公里。有史料曾记载，“齐孝妇颜文姜祠后周建，唐天宝年间更建”，但目前尚没有可靠的证据证明颜文姜祠始建于后周，不过在2011年，颜文姜祠主殿被确定为唐代木质结构建筑，证实了颜文姜祠历史的悠久。该祠历经宋、元、明、清、民国几次增建和维修，逐步形成了今天四进院落的格局。颜文姜祠由山门、香亭、正殿、寝殿、土地祠、火神祠、三公祠、王爷殿、公婆殿、爷娘殿、郭公祠、百子殿、东西配庑、左右配院等八十三间房屋组成，为淄博市现存规模最大的古建筑群。

颜文姜祠内存有宋、元、明、清时期碑刻81统，内容除了颂扬和表彰颜文姜孝感动天、有求必应之外，还记述了颜文姜祠12次重修的过程。值得注意的是，明代及以前的历次重修扩建基本都由地方官主持，在性质上属于官方行为。入清以来则由地方士绅组织民间力量进行祠庙的修复工作，这与明清时期博山地区宗族组织的发展有很大关联。明清时期，随着商品经济和工场手工业的发展，博山出现了赵、孙、蒋等几个世家大族，他们依靠在当地积累下来的声望和自身雄厚的财力先后主持了数次颜文姜祠修缮工程。

笼水赵氏是博山历史最悠久的望族之一。据《笼水赵氏世谱》记载，始祖赵原居蒙阴薄板台，因避乱于明洪武初年迁居颜神镇，经百年繁衍生息，至第六世赵敦开始步入仕途，后世从未间断。明清两代赵氏一族出了9名进士、8位举人，还有副贡、拔贡、恩贡、岁贡若干，出了赵振业、赵进美、赵执信等名人，赵氏家族深耕博山六百余年，参与了修城墙、建庙等诸多公共事务。早在万历年间，赵家就曾向颜文姜祠捐助神龛、香炉等设施：

> 明府□县孝□仕□戊午仲，奉□钦命任直隶淮安□知县文林郎赵敬□、男赵尔衍、赵尔□、尔□子喜，拾互大铜香炉一□、大铜花瓶一对□、四十彩花一枝、神龛一座，愿祝世代荣显、人口平安、合镇

清宁、国家长治。大明万历十五年十一月吉旦①

根据文中所提示信息，这次捐助应是笼水赵氏八世祖，戊午科举人、敕授文林郎、宿迁县知县赵敬宾率子孙所做的善事。入清以后，赵氏家族经过赵振业、赵进美两代的荣光之后盛极而衰，第十二世、清初名人赵执信算是由盛转衰的标志人物。而此时颜山孙氏恰如日中天，颜山孙氏原籍直隶真定府枣强县，明洪武年间，始祖孙克让举家迁至青州府城，后又移居益都县颜神镇。据孙廷铨《颜山杂记》记载，孙氏曾属匠籍，专事琉璃灯帘贡品的制作、监造等工作，其身份要低于民籍。至顺治二年，匠籍的身份制度才被朝廷取消，颜山孙氏自第七世开始发迹，至第九世孙廷铨达到极盛。孙廷铨，明崇祯进士，曾任兵部尚书、户部尚书、吏部尚书等要职。康熙元年（1662），孙廷铨官拜内秘书院大学士，被尊称为“帝师”。1664 年，孙廷铨回到故乡颜神镇，致力于故乡的文化与公共事业，成为一方士绅。早在顺治十四年（1657），孙廷铨就曾联合赵氏第十二世赵班玺一起倡议重修颜文姜祠。这次修缮工程浩大，历时六年。他在《修灵泉庙碑记》中说明了工程的大致情况和修缮颜文姜祠的原因：

前宫后寝，台观门屏，悉从改作。更凿山石，规拓其垣宇，而壮又过之。四方之至者，一拜其庭，登其堂，周瞻彷徨，寥泬清敞，若山川益增其胜，而神人之意倍畅于昔者，未尝不犹犹然祟起孝思于无已也。②

对于赵班玺的参与，材料中也有记载：

乡侍御赵君班玺愿命匠以考其成。③

---

① 摘录于凤凰山颜文姜祠内壁镶嵌的石碑。
② 民国《续修博山县志》卷十三《艺文志》。
③ 民国《续修博山县志》卷十三《艺文志》。

时任钦差山东按察司分巡青州海防道佥事周亮工，在《重修颜文姜灵泉庙碑记》中也记录了赵班玺的功劳：

> 而侍御赵公庀材鸠工，实总其成，经营历年而筑始毕。规模崇敞，蔚为云构。①

现在颜文姜庙仍保存孙廷铨、赵班玺、耿淳的“三公祠”碑记和旧址，其中耿淳时任山东巡抚，因出资一千两白银而被当地人所怀念。康熙十一年（1672），已经赋闲在家的孙廷铨发现颜文姜祠收入非常有限，管理人员也无处栖身。于是，孙廷铨又捐赠了房产和田产各一处来解决以上问题，并特意写了《新置灵泉庙香火房田记》为后世说明情况，以免管理人员霸占地产：

> 原夫庙貌之鼎新也，萌于甲午，起于丙申，成于己亥。其营辑未完者，迨予归休以来，至戊申而大备，载诸丽牲昭昭然矣。维庙斯新，而晨昏香火之资无所出，启关洒扫之人无所栖，事神之道或有阙欤。适庙之右邻予有房舍一区，又神头社刘家峪予有石田二十亩，皆施入庙中，俾庙户邵得福等世世轮掌其事。田地所出，即供香火牲醴之费，房舍即令庙户居其中。凡此房田，永属庙中，而非属庙户也，只许其居上耕种，不许其盗卖质当，凡我若子若孙得世世稽察之。为予身后千年事神之用。庙户倘据为已有，或私蓄盗卖等谋者，我子孙即斥逐使去，不令居此矣。勒此数语，以方来守之勿替云。康熙壬子三月朔光禄大夫少保兼太子太保吏部尚书内秘书院大学士里人孙廷铨谨记。②

---

① 节选自〔清〕周亮工《重修颜文姜灵泉庙碑记》，石碑位于颜文姜祠东庑，嵌于西墙上。

② 〔清〕孙廷铨《新置灵泉庙香火房田记》全文，石碑嵌于颜文姜祠内西墙上，隶书阴文，字迹清晰可认。

清乾隆年间，颜文姜祠历经百年的风剥雨蚀，再一次面临整修。此时站出来总领修缮之事的是博山蒋氏族人蒋今长。青州蒋氏始祖乃明永乐年间通政使蒋思文，原籍长沙县人，因事被贬青州府。明天顺年间，青州蒋氏族人蒋明因躲避战乱举家迁至益都县颜神镇，成为博山蒋氏的先祖。博山蒋氏自四世开始烧制陶瓷，至明末清初，其陶瓷制品已经远销京师。族人蒋可瞻于京师意外获得上好石青千余斤。康熙至乾隆年间，石青价格突然猛涨，蒋氏一族遂成博山城首富。九世祖蒋今长，活跃于乾隆、嘉庆年间，官至内阁侍讲学士，一生乐善好施，于乾隆三十四年（1769）重建颜文姜祠山门，乾隆五十七年（1792）重修颜文姜大殿。颜文姜祠今日所呈现出来的风貌基本源于此时。

根据已知史料，博山赵、孙、蒋、钱四大家族中，至少有三大家族主持过颜文姜祠的修缮、捐施活动。三大家族频繁致力于公共事务的时间也正是各自的鼎盛时期。名门望族、士绅阶层参与修庙、建庙等带有民间信仰色彩的公共事务，其目的不仅仅源自对家族世代绵延的期望，更重要的是通过捐施于在民间拥有深厚群众基础的信仰空间的营造与信仰活动，能够迅速积累人气，获得民众好感和支持，塑造自己和家族的社会威信，提升社会地位。因此，士绅阶层通过此类活动，尽管付出了大量的货币和劳动资本，却收获了更大的隐形的社会资本。对于一个正处于全盛时期的世家大族来说，修庙建庙所付出的货币和劳动资本犹如九牛之一毛，而获取的社会资本则是他们原本所欠缺并急需的。至于士绅们多选择颜文姜祠作为修缮对象的原因，恐怕除了颜文姜以孝为神的形象容易让他们找到更加合适的理由——如宣扬正统思想、教化民众等之外，还与颜文姜信仰在当地的社会和群众基础有关：一方面颜文姜的信众基数多，修缮颜文姜祠所获得的社会资本要远远超过其他公共空间，另一方面士绅阶层作为拥有浓厚文化教养的封建正统思想的继承者与实践者，更容易被以孝成神的颜文姜所打动或折服。这一点从县志、艺文志中有关颜文姜的诗词作品几乎占据所有地方文人作品的一半也可以看得出来。

（二）石马颜文姜取水处

在石马镇，传说为颜文姜取水处的地方至少有两个：一个为不出名的泉眼，位于五阳山山顶；一个名为汲水泉，位于石马镇桥东村商业街中段东侧文姜公园内。五阳山颜文姜取水处前文已有介绍，不多赘言，仅在此介绍汲水泉与石马顺德圣君祠。

汲水泉又名石马泉、石马池，当地百姓传言，泉有四股，泉水清澈甘甜，从古至今无论旱灾多重都未曾干涸，因此凡大旱之年，远近乡村皆来此处打水，始终用之不竭。在当地的颜文姜传说中，汲水泉即颜文姜取水的地方，也正因如此，结合传说中笼水（孝妇河）的形成，当地有“先有石马泉，后有孝妇河”的说法。目前在石马文姜公园的营造过程中，石马镇政府特意用十几层巨型青条石围绕泉水砌成八角形水池一座，以保护泉眼。因泉水清澈，冬季池水结冰之后，冰层晶莹剔透非常好看，所以有“八卦琉璃池”的美称。

当地传说，石马泉原本只是一股清泉，周围曾荒凉无人烟。后来人们为了纪念颜文姜，才在泉边建一小庙，称为“草庙”。按照石马人的理解，颜奶奶助唐王东征的故事中，颜文姜对唐王所说的“草庙为神五百年”中的“草庙”指的就是此处。后来草庙被扩建为颜文姜祠，正式称呼为“顺德圣君祠”，但民间多称之为“颜奶奶行宫”或“顺德夫人行宫”。顺德圣君祠内现存有光绪年间《重修颜文姜庙序》石碑一座，碑文如下：

> 吾邑古多颜祠，殆以是欤，特是惟此之庙兴在孝河之源者，规模较为宏敞，其灵爽最著，云第未知创始何年。历考古碑，自唐以迄国朝，代有重修，近惟隆庆间增修最盛，迄于今百有余岁矣。风剥雨蚀，而栋宇亦渐凋敝焉。今岁季春，诸父老议捐修治，董事诸君又皆敏才乐善，接武前人，爰自寝殿、正殿以及两庑、前厅、西隅之药王庙，概谋乎风雨之蔽，自栋以上胥易之。余处亦皆施以采绘，精其黝垩，数月之间焕然一新矣。①

---

① 〔清〕燕桂森：《重修颜文姜庙序》，见政协博山区委员会编《博山寺庙古树大观》，2003 年，第 150 页。

根据碑文，我们可探知该祠虽不知具体的建造年代，但最迟在唐朝就已经存在了，且清朝光绪年间已经颇具规模。文中所提寝殿、正殿等设置与今日之祠无异。而石马顺德圣君祠也正是作为明清古建筑被确定为市级文物保护单位的。今日的顺德圣君祠坐北面南，整个建筑呈四方形，东西对称，大门三间，为三进院落。第一进院落东西长约 40 米，南北约 10 米，有四梁十柱、青瓦房面的过庭，过庭东侧是三清宫，西侧是药王庙。第二进院落正面为大殿，东西为两庑。大殿后面是第三进院落，正北是寝殿，东面是配殿。大殿为祠中最大建筑，东西长 10 米有余，南北宽约 7 米。大殿正面塑有颜文姜神像，后墙和东西墙上均有壁画，内容为颜文姜的生平故事，经专家认定为明末或清初作品，至今仍然保存完好。祠外空地上还有一座坐南朝北的石戏台，据传古人建造这一戏台时，巧妙地运用了声学原理，整个顶棚成了扩音设施，有人在台上唱戏，一公里之内的听众都能听清。戏台正对颜文姜祠，目的就是让颜奶奶能够与民众一起听戏、看戏。

几年前，当地民众自发出钱出力，重修山门、大殿、后殿、过庭、三清宫、药王庙等建筑；后来石马镇政府出于旅游开发的目的，承担了顺德圣君祠的进一步修复工作，除此之外，还在祠庙西面修建了一个广场，作为庙会的场地；随后将顺德圣君祠、文姜广场以及石戏台联合起来，再加上一些其他设置形成了文姜公园。文姜公园成为石马镇的标志性建筑空间。

（三）八陡庄的奶奶庙

八陡庄作为传说中颜文姜的娘家，总共有三座庙宇，不过最古老的只有一座，即位于今阁子前村的顺德馨祠。顺德馨祠又称“顺德夫人神棚”。根据棚内碑刻，此棚建于清嘉庆二十三年（1818），最初只为一间草棚，现今它经重修已成为颇具规模的庙宇，不过当地民众习惯以“奶奶棚”称之。庙内东、西墙各镶嵌清代石碑一块，其中东墙石碑为光绪二十八年（1902）立，碑中有文：“吾乡有顺德夫人棚，其来已久，请送之时善信等皆欢欣鼓舞，乐为捐输……”由此可见，最迟在清光绪年间，当地就有请送颜奶奶的习俗，而且安放颜奶奶牌位的地点就是顺德夫人棚。

现今的顺德夫人棚于2004年重修，原本的棚被改为前后相连、中间贯通的两间大殿。殿内并没有颜文姜的塑像，只在正中端放着接送颜奶奶的轿子，轿子中有颜奶奶牌位和画像一幅。

在八陡青石关村有一座观音庙，当地人称之为“南庙”。庙前有一棵直径约1米的老槐树，它被有关部门鉴定为唐代古槐，与当地民间传说中古槐的年代（唐朝初年）基本一致。当地人根据古槐的历史推定南庙约形成于南北朝时期，不过这一说法尚无其他证据，经不起推敲。

南庙本来仅有一座观音殿。1996年，青石关村民自发组织重修南庙，在恢复观音殿的同时，还在观音殿对面增修颜文姜祠一座。颜文姜祠占一间房屋，起初仅仅是为了安放颜奶奶的牌位，后来逐渐添加塑像、壁画，形成了正式的大殿。2009年以来，南庙在青石关村老人会的组织下又增修了文昌阁，规模不断扩大。2014年，青石关与阁子前抢夺颜奶奶正娘家村时，为了与凤凰山颜文姜祠形成隔空互动，体现出一脉相承的特点，青石关老人会仿照颜文姜祠，于门后新置门神塑像两座，两门神一为薛仁贵，一为尉迟敬德，与颜文姜祠完全一致。同时，祠内还新塑颜文姜神像一座，并特意将颜文姜塑成刘海前垂的未出阁少女的形象。

属于杏花崖村的黑山顶上有以玉皇大帝、黑山爷爷为主的庙群，其中也设有颜文姜祠。实际上，黑山的颜文姜祠是2008年以后杏花崖村开发黑山旅游区时新修的庙宇，历史上的黑山庙群中并没有颜文姜祠的存在。据杏花崖村居委会负责人讲，修建颜文姜祠是为了放置接送颜奶奶用的枣木轿子，而最根本的原因则是宣传孝文化。不过，据当地普通百姓讲，颜文姜祠的修建，一方面是出于景区招揽游客的需要，毕竟颜文姜在当地有着最广泛的信仰基础；另一方面实际上是为了响应区政府与镇政府打造孝乡文化的号召，算是对两级政府文化工作的主动配合。

黑山的颜文姜祠占房屋一间，门前连廊两端分别画有薛仁贵与尉迟敬德黑白画像。殿内正中塑有颜文姜像，颜文姜为慈眉善目的夫人形象，左右各有一名小童，手捧茶水点心侍奉在侧，像前摆着写有“顺德圣母之位”的牌位。不过，这并不是颜文姜独享的大殿，殿内颜文姜像左右还分别有路姑、麻姑两位女神的塑像，而且颜文姜像后方的墙壁上画的也是“路姑赐安”与“麻姑献寿”的壁画，名为“颜文姜传奇故事”的连环壁画则位于两面侧墙上。此处几位神仙共居一室的设置与黑山其他神庙的摆设一致，大抵是房间相对神灵来说比较紧张的缘故。

这三处庙宇与凤凰山颜文姜祠以及石马顺德圣君祠在性质上有所不同。后两者是原本就存在的庙宇，现实中的民众被动地接受了庙宇的存在，然后主动地依托庙宇来实践自己的信仰，而八陡的三座庙宇，包括全部重修的奶奶棚在内，实际上是现实中的民众主动去创造的结果，他们先于庙宇的存在而实践自身的信仰，然后再主动去修建庙宇，因此庙宇的创建对于他们来说也是一种信仰的实践行为。相较于习惯本着“修旧如旧”原则的庙宇重修，创建庙宇拥有更大的自由度，民众可以随心所欲地按照自己的想象与理解，或者说按照自己的需求将庙宇建成自认为正确的形式，这也就导致了阁子前、青石关、杏花崖三村颜文姜祠（棚）的巨大差异。

第三节　“接颜奶奶回家歇伏”：记忆之场中的身体实践

一、“接颜奶奶回家歇伏”仪式白描

新中国成立以后，“接颜奶奶回家歇伏”的仪式在受到多次冲击之后被废止，奶奶棚也被改造为当地的供销社。20 世纪 90 年代初，该仪式被重新恢复起来，彼时八陡村已经成为八陡镇，最先恢复该仪式的是青石关村和阁子前村，随后其他村落也逐渐重新操办起了仪式，从此“接颜奶奶回家歇伏”就演变成了各村落独自组织、共同参与的公共仪式。该仪式刚刚复兴之后，人们都热情高涨，都愿意拖家带口参加仪式，一个村的接送队伍竟有几百人之多。因为大家都赶着农历五月最后一天晚十二点以后进颜文姜祠迎奶奶，又都赶着六月最后一天晚十二点以后将颜奶奶送回颜文姜祠，沿途观看的普通民众众多，所以每逢仪式时期，北神头村至八陡一

带的交通都完全堵塞，政府也不得不出动大批警力来维持现场秩序。2012年以后，博山区政府开始限定参加仪式的人数，原则上每村不得超过200人，并强制性地分散各个村进庙的时间，要求各村必须在下午五点到七点之间进庙。2015年，受上海外滩踩踏事故的影响，全国各地的政府部门都开始严格设定集体活动参与人数的上限。博山相关部门进一步将每村的接送队伍控制在80人以内，并加大管控力度。

为了便于了解接送颜奶奶仪式的全部过程及细节，本节特将2015年八陡镇青石关村的仪式过程呈现如下：

1. 准备阶段

2015年5月1日劳动节，青石关村老人会主动清理了村内五龙溪河道内的垃圾。工作完成后利用晚饭的机会，会长陈会秋提议开始准备新一年的接送颜奶奶活动，要求各负责人开始按照往年经验列出需要购买的物件和预算，交给会计陈松奇，并确定5月10日集中开会讨论。

2015年5月10日上午，会长陈会秋、副会长兼会计陈松奇、副会长许荣萍、会员魏村祥，一起到青石关居委会副主任同时也是老年会最年轻的会员戴广启办公室，一起审核各负责人交上来的预算（由于涉及财务问题，预算的详情笔者并不知晓）。众人一致通过之后，将预算总表交给居委会主任魏美玲过目。下午，担任现金保管的陈会秋将所需现金一并交给陈松奇，陈松奇打好借条将钱取走。晚上，老人会召集各负责人于南庙，陈松奇以同样的形式，将钱分发给各负责人，并收取了他们的借条。

2015年5月18日，戴广启集合大家开会，告知大家接镇政府通知，受上海踩踏事件影响，今年各村接送颜奶奶的队伍不得超过80人。负责文艺表演队的副会长许荣萍第一个提出异议，并询问今年的管控力度，得到答复之后面露难色。最后老人会决定今年的文艺表演队人数要减少多半，不得超过30人；倡议老人会成员发扬优良传统，除了重要人员外一律不参加。副会长许荣萍、擅长调解纠纷的陈义和、老人会中的农民代表周兴桐负责与众文艺队沟通和解释。陈会秋、魏青祥、陈会志等年纪较大的成员表示主动退出队伍，让年轻人参与其中。

2015年6月20日端午节，老人会再次在南庙聚会，陈会秋询问各负责人准备情况，岳芹艾提出迎接颜奶奶所用的轿子的外罩、黄罗伞的伞盖需要清洗。这次聚会花销由老人会成员自付。

2015 年 7 月 7 日，老人会再次集结，最后确定参与仪式人员名单。为了平衡和稳定村民情绪，陈会秋决定老人会所有成员除负责抬轿的魏全祥，负责进庙请神仪式的岳芹艾、丁倩艾以及统领仪仗队和表演队的许荣萍之外，其他人都退出仪式队伍，而专门做好后勤工作。

2015 年 7 月 12 日，将接送颜奶奶所需车辆找好，车为两辆五十铃货车，往返一次的价格为每辆 350 元。戴广启将烟花爆竹买好，花费五千多元，放在南庙仓库。

2015 年 7 月 13 日，魏矗浩带领众人大扫除，将南庙以及南庙通往村外的近 400 米大街清扫干净，同时在南庙门前广场安装两盏 100 瓦灯泡，外加四组红灯笼。周荣行在南庙空地上安装炉灶，并将购置的馒头、白菜、豆腐等食品运至南庙管理员办公室暂放。晚上，整个南庙灯火通明，李梁将大件的锣鼓运至庙前广场，众人开始敲锣打鼓热闹起来，村里的腰鼓队及各种文艺表演队也在晚饭后齐聚南庙，按次序登场表演。

2015 年 7 月 15 日，老人会成员一早来到南庙，开始通过电话招呼各负责人将各自负责的物品、器具以及人员带至南庙。中午，周荣行带领众人开始生火做饭，凡是在南庙忙活公共事务的都有份吃大锅菜和馒头，文艺表演队原则上不招待。下午，居委会主任魏美玲、村委会主任魏民戴来到南庙，参与仪式准备工作。陈会秋、陈松奇、魏青祥、许荣萍、陈义和、魏村祥最后一次确定人员和物件。魏矗浩、戴广启、周兴桐带领众人将烟花爆竹从南庙一路摆到村口五龙桥上，所雇佣车辆已在村口等待。下午五点，陈会秋招呼村里年轻人将轿子抬出南庙，仪仗队都已经换好印有“青石关村”的 T 恤，表演队也换好专门的服装，大家按照队伍行进的次序站好等待出发。

2. *接颜奶奶*

2015 年 7 月 15 日下午五点半，随着一声炮响，魏全祥大喊“接颜奶奶回家省亲，起驾！”仪式正式开始，最前面的两名年轻女子展开写着“八陡镇青石关南庙”的横幅走在最前面；其后是手举红旗、灯笼共 4 人，举黄罗伞 2 人，敲大鼓 1 人，敲铜锣 4 人，打钹 2 人；再后则是队伍的核心，包括八人抬枣木轿子一顶、半朝銮驾计 17 人；再之后为手提“金山银山”、香烛、烧纸的妇女计 10 人；最后为文艺表演队计 30 人。加上前后调度的魏全祥、许荣萍 2 人，本次队伍总计 83 人，实际上已经超出了政府规定的 80 人的最高限制。

在队伍行进的过程中，戴广启等人点燃沿途的烟花爆竹，一时间锣鼓齐鸣，烟花和各色衣服交相辉映，热闹非凡。尽管不能到颜文姜祠全程参与仪式，但是广场前还是聚集了三四百名民众，大家跟随仪仗队、表演队一路前行至村口五龙桥前。仪仗队在五龙桥稍歇片刻后，到晚上六点半，大家将轿子、锣鼓等全部装到车上，仪仗队、表演队再悉数上车。对此陈会秋解释道：“之所以不再走着的原因有两个，第一现在年轻人不像以前那么务实了，以前大家都抬着轿子走着去，现在不用说抬着轿子，你让他啥都不拿走着去博山，他们也不愿意；第二个原因就是政府将人数限定在 80 人，咱们的轿子是实木的，得将近五百斤，以前都是至少 24 个人轮流抬还累得够呛，现在指望 8 个人一口气抬到大庙，那肯定是不可能的。”①

虽然改用坐车前往颜文姜祠，但锣鼓队还是会始终敲响锣鼓，沿途仍然有商户摆出神袍、祭品等待颜文姜。下午七点，青石关村仪仗队抵达凤凰山下，彼时尚有增福村等其他村落还未完成请颜奶奶的仪式，青石关村仪仗队便在一旁静静等待，表演队则找到空地开始表演起来，吸引了众多观众前来观看。直到所有村落都请完之后，他们才于七点三十五左右来到颜文姜祠前。

按照区政府的新规定，文艺表演队和仪仗队的成员们被限制在车上不能下来，只有请奶奶的人和抬轿子的人才能进场。于是最终只有岳芹艾、丁倩艾二人领着几位妇女顺利进入大殿中将颜奶奶的牌位请了出来。早上八点钟左右，待二人将牌位放入轿中之后，众人再次将轿子抬上汽车，按

---

① 被访谈人：陈会秋（男，1935 年出生，三菱钢窗厂退休工人，青石关老人会会长）。访谈时间：2015 年 9 月 29 日。访谈地点：八陡镇青石关村村民委员会办公室。访谈人：张帅。

原路返回。

回去的路上，沿途的商户、住家还在等候，去的时候他们一般不会有什么反应，因为此时颜奶奶的分身尚不在轿中。返回的时候就不一样了，大家在车辆经过时纷纷拜祭。要是遇到提前准备好瓜果梨桃、茶水点心来招待他们的商户，青石关的车辆会停下来，锣鼓队会为商户们演奏一曲锣鼓乐，表演队也会下车表演一番，算是对商户的答谢。车辆一般沿途需停三四次，一次需耽搁近十分钟，所以回到青石关南庙时就已经晚上九点多了。此时，陈会秋、魏青祥等老人们还在南庙等候迎接颜奶奶大驾。

在南庙的仪式非常简单，还是由岳芹艾和丁倩艾二人将颜奶奶牌位放到南庙颜文姜祠内神像前，将黄布拿走，大家一起祭拜就可以了。晚上十点，大家已经收拾妥当，除了已经提前安排好的两位值班女性，整个南庙再也没有其他人，一切都归于沉静。

3. 伺候颜奶奶歇伏

在颜奶奶“回家歇伏”的一个月中，南庙门口始终挂着一张值班表。每天都有两人值班。村里人将值班视为“伺候颜奶奶”。

在八陡，能够伺候颜奶奶是一件非常光荣的事情，而且伺候颜奶奶就意味着能够得到颜奶奶特别的优待。每次接颜奶奶“回家歇伏”之后，村里的妇女们都会争先恐后地报名要求值班，所以对于负责安排值班的老人会来说，最大的难题并不是找不到合适的人选，而是如何能够尽量安排每个人都能至少值一次班。以前每逢初六、十六、二十六还要各请戏三天来酬谢颜奶奶，现在由于附近的戏班子已经很少，且大家尤其是年轻人都不太喜欢传统的戏剧，于是就改成了现代歌舞表演，最近几年则以规模比较大的纳凉晚会代替。2015 年的纳凉晚会由村居两委和老人会共同筹办，村属企业、村居两委提供财力支持。由于舞台布景较大，且观看人数较多，纳凉晚会的场地便从南庙前的小广场挪到了村居两委办公楼前稍大些的广场。晚会总共有十六个节目，其中本村占了十个，有广场舞表演、腰鼓表演、地方戏、小品、三句半、现代舞、歌曲等民间艺术形式，外请的既有周边村落的拿手好戏，又有从博山城请来的专业表演团队。整个纳凉晚会包括镇领导、村居两委领导以及赞助企业领导讲话在内持续近两个小时，花费约两万元。

在颜奶奶歇伏期间，青石关的信众各有任务，男人一般忙于与外村进香的团队交流，并收取香火钱，向布施者赠送纪念品；女人除了值班之外，还要忙于为颜奶奶纳鞋底儿，因为本地有出嫁女子归宁期间要为公婆及丈夫做鞋的习俗（在颜文姜的相关传说中已经有所体现），还要为颜奶奶准备神袍、披风、绣花鞋等物件，同时还要尽可能多地扎制金山银山、摇钱树、亭台楼阁等纸扎。所以女人在这一个月期间往往都比较忙，甚至没时间做家务和做饭，而这时候家里的男人一般都不敢生气发脾气，只能默默地把所有家务活都揽过来。在这一个月中妇女们虽然忙碌，但作为传统乡土社会中的妇女总能体会到一种非日常的彻底放松的感觉。

4. 送颜奶奶

2015 年 8 月 13 日下午五点，青石关的仪仗队与表演队再次集结。与接颜奶奶相比，送颜奶奶的队伍中多了好几个大红包袱，里面装的是在这一个月之内赶制出来的鞋底儿、神袍、披风、绣花鞋和其他衣物，包袱上贴着红纸条，上写“八陡青石关众弟子敬献”的字样，还有各种纸扎。因为拿的东西多了，表演队的阵容只得一再压缩。大家还是一起将颜奶奶送至青石关五龙桥，再坐车前往凤凰山颜文姜祠。

因为轿子中有颜奶奶的牌位，所以这次在去颜文姜祠的路上，就会得到沿途香客们的热情招待。在整个仪式过程中，送颜奶奶实际上才是仪式的最高潮，就连沿途的商户、香客也都陷入了一种近乎疯狂的状态。整条街道基本已经站满了人，所以车辆行进得特别慢，直到晚上七点一刻才抵达凤凰山颜文姜祠。整个队伍除了锣鼓队之外，其他人都一起将轿子和圣物抬进山门。岳芹艾和丁倩艾依旧捧着颜奶奶的神像步入大殿，放置于颜文姜神像前。等唱经之后，颜文姜的分灵就又回到大殿里了。此时，大家会一起把带的所有物件带到焚化炉烧得一干二净。当地人很忌讳说烧，他们称焚烧物件的行为为“升钱”，意思是让钱财物件升上天空交给颜奶奶。待物件烧完以后大家就可以返回了，此时大家可以不必再严格按照仪仗队和表演队的要求和姿态行进，而是完全以一种自由的、放松的、散漫的姿态行进。回去的路上，沿街的香客也都已经散去。等回到青石关南庙时已经接近晚上十点钟，大家就直接就地解散了，至此持续一个月的仪式宣告完成。老人会过后会及时统计花销和进账，并总结经验教训，为明年的仪式做好准备。

二、老人群体的身体实践

在八陡庄内各村参与的“接颜奶奶回家歇伏”仪式中，我们看到尽管有负责抬轿子的中年男人和文艺表演队的中年妇女，但参与其中且发挥主导作用的大多数是老年人。他们出于各种目的而参与到祭祀仪式中，在群体行为中有着属于个人的诉求。

（一）还愿

2015 年，66 岁的魏淑娴又一次出现在了青石关村接送颜奶奶的队伍中。2014 年她因为家里的一些事情，利用请颜奶奶的机会去大庙许了愿。一年的期限到了，就需要去还愿了。

那一年，博山区政府将各个村接送颜奶奶的队伍进一步压缩到不超过 80 人，青石关村老人会发出两条倡议：其一，文艺表演队减去多半；其二，老人会成员发扬优良传统，尽量不去。听到这个消息后，既为文艺腰鼓队负责人又是老人会成员的魏淑娴非常震惊，但还是决定尊重政府和老人会的意见。腰鼓队按照倡议由四十余人缩减为十人，魏淑娴主动声明放弃参加仪式。正在愁眉不展之时，仪仗队的许荣香找到了她，原来许荣香不仅是老人会成员，还是仪仗队（也就是半朝銮驾）的总负责人。鉴于仪仗队的重要性，老人会要求她必须全程参与。许荣香与魏淑娴年龄相仿，两人都是出生于八陡庄又嫁到了八陡庄，从小感情就不错。许荣香知道魏淑娴的情况，就主动找到会长陈会秋，希望能让魏淑娴代替她的位置。她征得会长同意以后立刻来到了魏淑娴家里，将仪仗队需注意的事项一一告知魏淑娴，魏淑娴最终得以成行。

2015 年 7 月 15 日下午，魏淑娴带着自己家出的黄罗伞出现在了青石关村的队伍中。黄罗伞在整个仪仗队中是最重的，以往大家都会相互替换着拿黄罗伞，但魏淑娴一再拒绝了大家的好意，始终坚持自己拿着。到了大庙以后，魏淑娴却被告知仪仗不能进庙，魏淑娴与众好友一起向庙会管理员诉说了缘由。庙会管理员认为这是颜奶奶造福一方百姓的体现，应该进去，就特意网开一面，魏淑娴这才成功地亲自打着黄罗伞将颜奶奶迎了回来。

颜奶奶回到青石关村南庙颜文姜祠之后，魏淑娴天天都去颜奶奶面前念经。她特意从陈义珂家借来他多年来保存下来的近二百页纸的经本，天天诚心祷念，整个农历六月一天都未曾停歇。就连村里开的纳凉晚会，魏淑娴都没参加而是主动留下来值班。此外，魏淑娴还向庙上布施了 200 元。

2015 年 8 月 13 日，魏淑娴早早地把自己做好的神袍、神带、神履用红色包袱包好，上面贴了写着“八陡青石关魏淑娴敬献”的黄色封条，连同半米高的“金墩”和一人多高的“摇钱树”一起搬到了青石关五龙桥。等颜奶奶的轿上车以后，魏淑娴立刻把自己准备的东西放到了离颜奶奶轿子最近的地方，一路跟随到了大庙。最终看着筹备了好几个月的东西在大庙焚烧处逐渐化为灰烬升上天空，魏淑娴才长舒了一口气，脸上露出了笑容。

许愿与还愿是乡村神灵祭祀仪式中的主要内容之一，也是神庙祭祀系统最原始功能的体现。在许愿与还愿的行为实践中，“灵验”由一种抽象的逻辑观念转化成一种具体可感的身体体验，存在于人神之间的具体关系之中。在相当长的历史发展过程中，这样的身体体验逐渐转化成地方社会的生活经验，此时带有丰富情感和主观感受的个人关于许愿、还愿的历史记忆，也成了“无事件境”的长时段的集体性历史记忆。

（二）行善

实际上参与仪式的老人们并非都有着明确的与切身利益相关的现实性需求，也就是说有相当一部分人参与仪式并不以解决实际存在的问题为目的，而仅仅是为了“行善”。

“行善”在鲁中地区不仅仅指代做好事、做善事，还指代一种民间行为。“善”趋向一种人们内心中抽象的难以定义和描述的向往，因此“行善”也可以指为实现某种理想而付诸行动的所有神灵崇拜仪式。青石关村的丁倩艾与岳芹艾两位老太太就是常年专注于“行善”的人。她们二人虽然都是八十多岁的高龄，但每年她俩都会参加接送颜奶奶的歇伏活动并在其中发挥重要作用。

实际上，她俩每年从仪式正式开始的两个月之前就已经忙碌起来了。每年以青石关的名义敬献给颜奶奶的“大礼”①，都要由她俩提前置办，这并不是一件轻松的活。本来会制作大礼的人就已经越来越少了，那些多少会做点的又因为年纪大、看孙子等原因缺席这个场合，所以在大多数情况下，两个老太太能有两三个帮手就已经很不错了，但她们还是毫无怨言地默默做着该做的工作。

在接送颜奶奶的仪式中，丁倩艾和岳芹艾具体负责在大庙颜奶奶像前，将颜奶奶的分灵请至轿中或者送回大庙以及引领众人唱经的关键环节，这也就意味着她俩根本没有机会为自己或者家人单独祈祷些什么。在将颜奶奶请回青石关村后，丁倩艾和岳芹艾每天还要去与颜奶奶共处一庙的观音、文昌老爷处分别拜祭。按她们的理解，几位神灵都住在一个院子中，不能让其他神灵眼睁睁地看着颜奶奶一个人享受供奉，大家都有份儿。

像丁倩艾、岳芹艾这样为了“行善”而参加各种祭祀仪式的行为，实际上是为了整个社区共同体的清平安宁。这说明普通民众心中普遍存有社区共同体意识，这种意识也可以在具体的行动中与身体的主观感受相结合，让民众在体验中逐渐建构起一种身体与意识、个人与整体的新的行为逻辑观念。这种观念再反过来赋予他们的行为以公共价值体现的意义。

（三）权威

阁子前村的王翠芳还不满60岁，是村里出名的热心人，尤其热心于村落公共事务。也正因为如此，她进入阁子前村居委会，成为一名非正式的工作人员。实际上她之所以能够进入居委会还有另一个更为重要的原因，那就是她比较懂祭祀的程序。她一直以来都是阁子前村接送颜奶奶仪式的负责人。2006年以后，颜文姜传说入选非遗名录成功让阁子前村决定走申

① “大礼”是当地人对献给某个神灵的一整套祭祀用品的代称，具体包括神袍、神衣、神带、神靴等衣物，金墩、银墩、摇钱树、洋楼、白马、金山、银山等纸扎。

遗的道路。为了能够更好地开展工作，居委会特意把王翠芳吸收了进来，让她具体负责阁子前村“颜文姜省亲习俗”的申遗工作。

与地方的申遗行为普遍重视申遗文本的制作不同，由于个人生活经历所带来的见识和性格，王翠芳认为申遗成功的关键在于把仪式搞得比别的村好，尤其是要比青石关村好，这样等相关领导来“检查”的时候，就能“验得住”了。因此，进入居委会后，身上所背负的为村落谋福利的使命感让她更加拼命地工作。

每年仪式开始之前，她几乎都会挨家挨户地去号召大家抽空参与仪式，还别出心裁地找到村里各大企业的管理者，请求他们动员员工参加活动，以壮大阁子前村仪式队伍的规模。在她的努力下，加之青石关村以王全启为首的老人会正忙于修庙建庙，使得阁子前村参与活动的队伍人数在2008年、2009年、2010年连续三年都超过了青石关连同东顶、北河口两村的人数总和。2010年，阁子前村的“颜文姜省亲习俗”被确定为博山区非物质文化遗产。尽管并没有看到前来检查的领导，但王翠芳始终认为是这几年接连搞出的大声势起到了作用。

青石关、杏花崖等村落组织权威和仪式权威往往由不同的人担任以分散压力、减轻负担，但王翠芳始终一人全揽，这不是她控制欲强，而是她实在和坚忍的性格使然。在村里人看来，王翠芳最大的特点是能坚持十年如一日地做一件事，比如她每天都会按时去村里的观音阁、奶奶棚，给一众神灵拜祭，风雨无阻；每天早上都会去奶奶棚把长条凳摆在奶奶棚前的空地上，再支上一张小桌子，摆上茶具，泡上一壶热茶，等着村里的老年人来这里拉呱，傍晚再来将这些东西放回奶奶棚。还有，她每一年送颜奶奶回婆家前，即使事儿再多再忙也会亲手为颜奶奶扎制一棵摇钱树。或许正是她的这种坚持感动了村里的老人，让他们能够毫无条件地全力支持她。

马克思·韦伯认为权威可以归纳为三种类型，即传统型、奇理斯玛型和理性型。王翠芳既掌握了比他人更多的信仰知识，又因为做事的坚持而具有了令人信服的人格魅力，很明显她应归属于奇理斯玛型权威。这与一般情况下老人因掌握乡村礼仪资本而在传统礼治社会中成为传统型权威的方式有所不同。但是，奇理斯玛型权威的获得与保持仍旧需要长时段历史记忆发挥作用，毕竟如果没有颜文姜传说这个神异性历史记忆成为区域社会内人们的共同记忆，并主导着人们的生活，王翠芳也就没有施展才能的空间了。

（四）诉求

接送颜奶奶的仪式作为一个由不同圈层、不同利益需求、不同价值观念的个人或群体构筑而成的仪式之场，每个群体或个人都可以在这个场域中随意、自由地发声，借由仪式的公共空间表达自己的诉求。

2015 年 8 月 9 日，青石关老人会主要成员都聚集在了南庙中，一是因为石马镇有个村落的人要来拜庙，由于两村在信仰方面多有往来，陈会秋会长向来比较重视；二是为组织好第二天晚上的纳凉晚会开一个准备会，所以老人会超过三分之二的人都已到场。由于石马镇那边迟迟没有来人，也不清楚他们到的具体时间，老人会决定午饭在南庙解决。他们凑钱订了几个菜，还打开了笔者带来的白酒，一番推杯换盏过后，一直比较沉默的周兴桐突然开了腔："这几年庙上也没有大的动静（指的是修庙、盖庙的活动），手头上应该也有点钱，鉴于孙老太太（即前文所提王桂英王老太太，因王桂英嫁到了青石关孙家，所以周兴桐总是习惯于按照民间的老规矩称其为'孙老太太'）给咱们作出来的贡献，我觉得咱们至少应该给她老人家立一个碑！"

周兴桐的诉求当然暂时还没达成，但是从周兴桐的话语中，我们也能读出来身份感带来的不同的身份认同。周兴桐实际上是这届老人会的男性成员中唯一的农民，尽管他一辈子都在工厂里上班，但越是跟工人们进行一样的劳作，所经历的身份上的反差反而越大，所以不管现实情况如何，多年的劳作经验让周兴桐在与工人打交道时，潜意识里就有一种为农民争取利益的诉求，于是便搬出了王老太太这位在农民群体中最受众人爱戴的人，企图通过为她争取"地位"的方式来引起退休工人们对农民的重视。

从以上例子可以看出，八陡庄"接颜奶奶回家歇伏"的仪式，实际上形成了一个非常具有包容性的场域，所有人和组织都可以参与其中，利用参与仪式的身体实践来表达各种诉求，解决现实生活中有关个人、家庭、家族、组织甚至是村际间的各种问题。

第五章　文化资本：个人身份认同与公共文化建构

作为一种长时段的历史记忆，传说始终与地方社会的发展紧密相连，在一定程度上它与地方社会形成了长期的互构关系。颜文姜的传说就是在博山地区的历史发展过程中被建构，然后又深刻地影响了整个博山的地域社会，使之构成了一个颜文姜传说的文化圈。需要指出的是，同一文化圈内部仍然是分地域和层级的，处在不同地域和层级的社区单元对同一文化事象往往有着不同的侧重甚至改变，比如孝妇河流域的民众多强调颜文姜作为孝妇河创造者的身份，神头一带的民众则专注于颜文姜祠以及颜文姜七月初三的庙会，石马一带则围绕着颜文姜挑水处大做文章，而八陡庄则形成了颜文姜娘家村的相关传说。对这些故事情节的强调，究其原因当然与社区单元文化的历史发展和当下建设有关，社区集体或社区中的人会积极地将社区的某段历史与颜文姜传说的某个细节相勾连，以此作为象征性文化资本而作用于当下的建设。

而且我们发现，越小的社区单元反而因为拥有着更加明确的利益需求而在传说的话语重构方面着力更深。因此，本章把八陡庄看作颜文姜传说所依附和影响的社区单元，着重描述八陡庄内部个人和集体如何利用颜文姜传说来实现自身的需求，其中个人需求的满足主要涉及外来人的融入问题，而集体需求的满足则主要描述以青石关和阁子前为主的两个村落如何在争夺“颜文姜娘家村”的博弈中创建自身的公共文化。

第一节　孝妇颜文姜：身世传说与地方社会

在展开对颜文姜传说与地方社会互动过程的描述之前，我们有必要先把在八陡庄流传的颜文姜传说的具体内容呈现出来：

我说一个颜文姜的故事，颜文姜是从外地迁来青州府益都县八陡颜家庄的。因家庭贫困，她的父亲不能养活全家这几口人，就给这个闺女找了个家在博山城凤凰山郭家庄的对象。定下来一个年头后，（这个对象）就大病卧床了，男方他母亲想让他结婚冲冲喜，所以这就叫他结了婚。结了婚过门还没超过一个小时，人就断气了，颜文姜的苦处就在这个地方。男方断气以后，婆婆就开始骂颜文姜："你这个扫把星，你这个丧门星，你不来我儿也死不了，你来我儿死了。"出殡后，颜文姜的婆婆就难为她，做这个也不行做那个也不行，这个也做不好那个也做不好，就是说当个儿媳妇，在婆婆手里是翻不出跟头了。就连她家那个小姑子都欺负她，掐她扭她。

紧说慢说已经过了一年了，也没回娘家，她就问婆婆能不能回娘家看看，她婆婆说行是行，你得今天去今天回。博山到八陡来回四十里啊，但也没办法，她就同意了。她婆婆又想起一个问题，便说："行是行，你拿个一丈二尺布，回家去给我做上七双袜子、八双鞋再回来。"颜文姜就拿上那一丈二尺布，她家里那七大姑八大姨、邻居、朋友都给她帮忙，一天下来就做了七双袜子、七双鞋，就是还有一双鞋没有做完，所以她就拿着那双没做完的鞋回家来了。她婆婆一看，我叫你做的这些鞋你为啥做不出来？这就开始用棍打、动口骂。颜文姜是个孝妇，你说就说，你骂就骂，你打就打。她婆婆心里说："我拾掇你，你也没反应，你啥意思，我啊还得出个点子。"

她婆婆就说："咱这儿的人都喝井水，井水不好喝，不养人，你得去给我打那长流水！"长流水得去石马打，翻山越岭的，来回一百里地。颜文姜心想：叫我打水，我就打水啊，我跟了你，我给你做媳妇，你叫我干啥我就得干啥！就挑着那扁担去打水，她婆婆故意把桶给打成底下尖尖的放不下的那种，不能让她歇着。所以她就挑着那尖底筲去打水。那时候女人都是小脚，路又是山路，她挑着那个尖底筲压得肩膀再疼还是得干啊。结果她挑着那个水在山上边走边哭，心想：我这辈子啥时候才能出头啊，受到婆婆这个样的限制法还有法活？正在这个时候，那边来了个白胡子老头，牵着一匹白马，拿着一个拂尘，对她说："小娘子你挑着这筲水累不累啊？"颜文姜心里说，你还在这笑话我嘞，你看我挑着这个尖底筲歇也不能歇，你还在这问我累不累，就说："我累啊，我想歇歇但也没法放（水桶）。"（白胡子老头说）"我给你戳上两个窝，拿上那个马鞭往地上一指，一边一个眼，那筲啊搁上去正好。"他说了两句话，颜文姜还没有反应过来，那老汉和马就不见了。

挑了这水回来以后还是得天天挑啊，这天又去，挑上水到坑那又去搁下筲，歇歇的功夫老汉又来了，还是牵着那马："小娘子我想问你个事。""啥事啊？""我这个马渴了，用你的水饮饮我这马行不？"颜文姜寻思你弄这两个坑让我歇歇，喝点水不要紧，就说："喝没用布盖的这头，这头是我喝的，马喝完了剩下我喝不要紧，那一头干净的是给俺婆婆和公公喝的。"颜文姜挑水有个特点，就是盖着布子的永远在前头，没盖布子的永远在后头，因为前头眼睛能看得到，万一刮风啥的，把布吹跑了，还能及时捡回来，也能知道有没有进去沙子。后头那个水桶也看不见，盖布还怕掉了，所以说颜文姜孝顺就在这里，考虑很周道。这老头长出了一口气，掏出了一根小鞭："给你这个东西，回家你谁也别说，你放在缸里头，没有水你稍微提一点，你可别提大了，多使多提，少使少提，不使就别提。"

颜文姜把皮鞭弄家去几天没打水，她婆婆又看出问题来了，就想了个办法叫颜文姜走娘家，目的就是支使走她，看看她屋里到底弄啥东西。结果颜文姜走后，她上那屋找，啥也没有找到，就一条小鞭放在缸里。老年人看见挺气得慌，这咋让我喝水，所以她一拖一甩那条鞭，那水就冒出来了。颜文姜刚走出那大门还不远，走到那小山坡上就听她家那个方向嘣噔一声，和地雷爆炸了似的。她一寻思，坏事了，赶快跑回来，一看她婆婆把那条鞭提出来了，水咕嘟咕嘟地往上冒。颜文姜赶紧上去一腚坐到那瓮上，一只手抓着婆婆，一只手抓着公公，一只脚挑着小姑子。无论平时颜文姜婆婆怎么对她，这个时候颜文姜还得救她，还是得有那个孝心。就这样，颜文姜就坐在瓮上成了神，冒出来的水成了泉，泉从山上淌下来就是孝妇河。①

普通民众口述的颜文姜传说与《博山民间故事集》收录的版本在基本情节上完全一致，只是具体话语表述有所不同，可见颜文姜的传说在八陡庄已经形成了一个比较稳定的话语结构。由此可以推测，在当地老人相关知识得来的过程中，文字在其中发挥了重要作用。事实上也的确如此，在八陡和博山有一大批地方文化人热衷于颜文姜传说的挖掘与整理，并形成了一大批内容丰富的文献，有《八陡孝乡风情录》《颜文姜祠历代碑刻集》《孝水古韵》《华夏孝文化概览》以及引发争议的长篇章回体小说《孝贞演义》等。这些书无一例外都详细地记述了正史与传说中颜文姜的不同形象，并且在当地被广泛传阅，不断加深着人们对颜文姜传说的记忆，从而也保持了颜文姜传说的完整性。

传说主要讲述了孝妇颜文姜从人到神的过程，因此在性质上可以算作“身世传说”。对比传说的“情节基干”去查阅历史文献，我们发现颜文姜的身世传说大概是从《续述征记》（一说为《述征记》）的有关记载中被渐渐演绎出来的：

梁邹城西有笼水，云齐孝妇诚感神明，涌泉发于室内，潜以绩笼覆之，由是无瓮汲之劳。家人疑之，时其出而搜其室，试发此笼，而泉遂涌，流漂居宇，故名曰笼水。②

---

① 故事主要讲述人魏青祥（男，1933 年出生，三菱钢窗厂退休工人），陈会秋补充。

② 《续述征记》为东晋郭缘生著，原书已佚，佚文多见于别书征引，本段引文见于〔北宋〕李昉、李穆、徐铉等纂：《太平御览》卷五十九《地部二四·水下》，中华书局 1959 年版，第 284 页。

与追求相对真实、习惯史传体书写方式的历史文献相比，民间口头叙事更加追求丰富的细节、戏剧化的剧情以及激烈的矛盾冲突。另外，民间传说往往不受时空和文本限制，民众在传承的过程中出于各种需要会不断地添加其他故事类型，不同时空的叙事不断地累积，形成了更加生动丰富、有血有肉的文本。在口头文本中，文献所强调的关联物——泉和水的形成被置于次要地位，颜文姜成神成为最主要的结局；太白金星充当了被颜文姜感动继而多次帮助她的角色；婆婆的刁难和颜文姜的孝行占据了最大的篇幅；此外，新加入了刁蛮的小姑子这个角色，以及颜文姜的娘家八陡颜家庄、婆家凤凰山郭家庄、挑水地石马三个地点。可以说这些故事情节的加入都是民众作为传说的建构主体在与地方社会长期的历史互动中对传说不断重构的结果，也就是说，颜文姜的传说实际上是民众在历史时期不断创造和传承的与地方社会相关的长时段历史记忆。

从传说内容来看，孝妇“挑水”是其中的核心事件，灵泉喷涌和孝妇河的形成则是传说的结果。联系该地“人多地少，垦荒造地，石堰层叠，梯山种植，往往冈陵濯濯，山洪为害，又地势不平，田多沙瘠，灌田绝少，旱灾易成”的地域环境以及传统的以农业为主的生产方式，“挑水”可谓是当地日常生活和生产中最重要的劳作。以低山丘陵为主的地貌决定了河道的狭窄和固定，而且“山洪为害”，人们只能远离河道，在山坡上开垦荒田，修建房屋，再加上“旱灾易成”的气候特征，“挑水”就成了这个地方日常饮用和农田灌溉用水的主要来源。因此“挑水”成为颜文姜传说的核心事件，一方面体现了“水”对于山区民众的重要性，另一方面也体现了“挑水”是当地民众最重要也是最普遍的劳作种类之一。时至今日，虽然八陡庄的家家户户都已经铺设了自来水管道，但是八陡庄有很多村民还是习惯去黑山上的接龙泉打水泡茶喝。

另外，传说中对尖底筲的设置固然有体现婆婆故意虐待颜文姜的情节需要，实际上也是对当地地理环境的隐喻。由于当地陶瓷业的发达，民众的日常生活用具基本以陶瓷瓦罐为主，包括盛水用的器具。当地很多老人的历史记忆中都有小时候提着瓦罐去给在地里干活的父母送水的经历，同时也都对挑着瓦罐打水的历史记忆犹新：

> 我 13 岁那年，父亲得了阑尾炎，母亲忙着照顾父亲和我们兄弟姐妹七人，忙得团团转，我自告奋勇打算去耩沟挑水。母亲一个劲儿叮嘱我要注意的事项，我也没听进去，挑起最小的扁担试了一下就走了。去的时候轻松无比，等打上水再回来就不一样了，耩沟前面的大青石又光又滑，挑着扁担根本没法走，我是一罐一罐提溜过去的。好不容易出了耩沟，又有一片上山路。来的时候都是下山路，根本不用考虑坡度的问题，回来就不行了，如不看着点，前头的瓦罐就得碰到石头上，所以就得时时注意着。山上一块平地也没有，想歇息会儿也放不下，只能硬撑着，走着走着身子就开始抖，走路也走不稳当了，看到前面有块石头，赶忙一提前头，前面提得过高，后面的瓦罐哐啷一声就碎了，后面一碎前面也失去了平衡，哐啷一声也碎了。这可把我吓坏了，跑山上去没敢回家，后来还是村里人看到我才把我领回家的。①

从韩广毅的回忆中可以看出挑水在当地的不易。按照这个逻辑，传说最后出现的提起来就会出水的鞭子，我们是否也可以大胆推测是一种对权力和剥削的隐喻呢？颜文姜代表了那些最底层的劳动人民，他们每日重复艰辛的劳作，却未必会获得很高的回报，反倒是那些拥有权力的人往往是最大的受益者。这一点不仅适用于农耕社会，在手工业中，权力和剥削似乎体现得更加直白和强烈。

从颜文姜坐化成神、灵泉喷涌、孝妇河的发生等传说的结果来看，其中包含了民众对个人和生活空间的美好期许，它是一种希望苦尽甘来的美好希冀，也是一种自我宽慰和寄托。可见民间口头叙事虽然具有明显的虚构和神化特征，但更加贴近民众的日常生活。口头文本的生活化既表现在日常生活场景的反复出现，又表现在“神灵救助”“因孝（善）成神”等民众日常信仰活动中的精神追求分别成为文本中解决主要矛盾的唯一方式

① 被访谈人：韩广毅（男，八陡人，1945 年出生，退休官员）。访谈人：张帅。访谈时间：2017 年 2 月 3 日。访谈方式：电话访谈。

和最终结果。灵泉和孝妇河的出现也进一步强化了水在区域社会中的重要地位，无论八陡还是博山县城沿河两岸分布正是体现了这一点。

颜文姜的传说还与当地人矿区的生活密切相关。对于长期在矿区生活的人们尤其是煤矿工人来说，水是让他们又爱又怕的自然事物。煤矿工人的工作充满了未知的危险因素，其中最令人惧怕的莫过于煤矿透水事故，因此婆婆提鞭放水和颜文姜坐瓮止水的故事情节都体现了当地人对水的畏惧。另外，在工厂工作的工人们因为工作的原因很少在家，家里一般只有父母、媳妇等人，没有血缘关系的人共享家庭权力，在没有中间人两边调节的情况下往往会导致家庭内部的纷争与矛盾，因此婆媳矛盾以及媳妇与小姑子之间的矛盾成了传说中的主要矛盾。由此可见，颜文姜的传说完全取材于民众的日常生活，因此，这一传说在民众中有着天然的亲切感，也承载了民众对乡土社会及其文化传统的怀念与想象。民众乐于通过不断的身体实践从中获得相应的情感体验。

第二节　祀神看庙：信仰实践与个人身份认同

本节将视角聚焦于更为具体的人身上，主要关注外来人融入村落生活的问题。尽管八陡庄因为工业化涌入了很多外来人口，且和普通村落相比，体现出了一定的开放性特征。但是乡土社区往往会形成一个非常稳定的社会结构，在这个结构内部，民众因为各种原因结成一个牢不可破的互助型集群组织，在包括水资源的争取与利用、金融互助、医疗救助、红白喜事等方面进行巧妙的合作，以共同应对依靠个人力量难以解决的问题和可能会面临的困难。这样的群体组织一旦结成，就很难再接纳外来户进入。即便有些村落未见有明显的互助组织，但由于村落宅基地、耕地等资源已经难以负担村落人口发展等，大多数村落呈现出保守的一面，再加上文化的差异，外来户仍旧很难融入其中。

青石关村的魏矗浩一家就是该村比较特别的外来户，在青石关村生活的三十年间，他逐步地从被拒绝入籍的流浪汉到村里的边缘角色再到村里不可或缺的重要人物，其在村里生活的历史就是一个外来人融入地方社会的历史，反映了一个外来人地方化的过程。在这之中，颜文姜的文化发挥了重要的作用。

一、最熟悉的“外来户”

从情感上说，魏矗浩并不算真真正正的外来户，因为他本身就是八陡魏家的人，他的父亲、爷爷以及往上数的祖祖辈辈都生活在八陡庄，就连他自己也是在八陡庄出生的。但因为他凄惨的身世和兜兜转转的人生，在迫不得已的情况下，当48岁的他再次回到故土的时候，他已经在法律意义上变成了一个外地人，而迎接他的竟也是意想不到的冷漠与绝情，丝毫没有他想象中的温情脉脉。

魏矗浩，1948年出生。他出生的时候父亲已经去世七个月了，他是遗腹子。他的父亲即前述昆仑陶瓷厂退休工人魏村祥的爷爷，因各种在他们自己家人看来“莫须有”的罪名而被人殴打致死。魏矗浩的父亲娶了两个妻子，她们各生育了五个孩子。魏矗浩是二房的孩子，上面有四个哥哥、五个姐姐。魏矗浩的母亲生他的时候已经45岁了，所以他与哥哥姐姐之间的年龄差距很大。魏矗浩的父亲是当地一个不大不小的地主，凭借自己的能力盖起了一座大宅院供孩子们居住。

由于魏矗浩是遗腹子，村里人不免会对他和母亲指指点点，言语中称他为克死了父亲的不祥之物。面对着别人的冷言冷语，魏矗浩的母亲一狠心带着他和他最年幼的姐姐改嫁到了崮山。但因为魏矗浩算是魏家的男丁，母亲改嫁后，魏矗浩的九大娘又以魏家的男丁不能随便改别人姓为由，把魏矗浩要了回来。实际上真实的原因是魏矗浩的这位大娘没有子嗣，想让魏矗浩来给自己当儿子。于是，魏矗浩从小就跟着自己的九大爷、九大娘生活，喊九大爷为爹，喊九大娘为娘。之后不久，魏矗浩的亲生母亲曾经因思念儿子来找过他。得知消息后的魏家的长辈们为了彻底断了孩子与母亲之间的联系，堵在村口，没让她进村，他的母亲万般无奈之下，给魏矗浩留下两个火烧就哭着离去了，从此以后再也没在魏矗浩的世界中出现过。

被要回来的魏矗浩仍旧阴差阳错地担当着“丧门星”的角色。回来不久，他就生了天花，不但传染给了自己的一个小侄女，造成了她的死亡，自己也奄奄一息，大娘和大爷既没有给他治病的能力，也失去了等他好起来的耐心，就把他扔在了草堆里等他咽气。魏矗浩的一个五婶因为自己有差不多大小的孩子，实在看不过去，就给他喂了一口奶，结果魏矗浩竟然奇迹般地活了过来。

魏矗浩长大以后从别人口中渐渐知道了事情的真相。实际上，当时大爷和大娘对他并不是很好。魏矗浩三岁的时候大娘就让他去给在地里干农活的大爷送饭，路上不小心把罐子摔坏了，回家后就被大娘吊起来打，三岁的孩子原本是不记事儿的，但是在魏矗浩心中这件事的印象尤其真切。后来没多久，魏矗浩的大爷就意外去世了，大娘就认定老伴的死是被魏矗浩这个“丧门星”害的，决定不再收养他，就把他扔到了门外面，不让他回家。

眼瞅着在外面要饿死了，魏矗浩同父异母的大哥就收留了他。当时大哥一家也并不富裕，大哥一人养活了七口人，魏矗浩甚至比大哥的儿子还要小四岁。魏矗浩的嫂子和大哥关系不好，大哥生性比较懦弱，在家里做不了主。魏矗浩的嫂子觉得魏矗浩的到来让他们家的生活更加拮据，于是从来都没有给过魏矗浩好脸色看。寄人篱下的孩子总是成熟得早，魏矗浩从小就会跟着做农活，甚至八岁的时候就已经学会熟练地做煎饼了。家里人多，所有的煎饼都交给魏矗浩来做，一天到晚忙不停。就这样他小心翼翼地在大哥家过了十来年。

魏矗浩 16 岁那年，博山掀起了上山下乡的活动，嫂子在缺乏了解的前提下，认为下乡非常不错，就背着大哥给全家报了名。魏矗浩的大侄子当时已经是酸厂的工人，而且已经结婚了，也不得不辞掉工作跟家人一起去了沂源县的一个偏远农村。他的媳妇因为不愿意去而跟他和平分手。等到了乡下以后，全家人才发现这里跟主任宣传的一点儿都不一样，生活条件特别艰苦，生活质量甚至都达不到他们在八陡的水平。

在沂源住了几年，魏矗浩的大侄子又结了婚，娶了一位当地的姑娘。她在第二年生下一个女儿，但是生完孩子不久，就不幸得了肠结核去世了，他的侄子又成了单身。魏矗浩虽然也到了婚配的年龄，但始终不敢提自己的婚事。他的嫂子为了继续给儿子张罗婚事，不惜让自己的二女儿嫁给本村一家名声不太好的人家，换来了他们家的女儿给自己儿子当媳妇。结果把自己的女儿送进了“狼窝”，她的女儿在那边经常无故挨打。魏矗浩的大嫂和侄子又迫于娶了他们家的女儿为妻而不敢多言。他的二侄女被逼无奈上吊自杀，恰巧被来往的路人救了下来。最后还是魏矗浩出面去跟对方讲道理，才把事情圆满解决。

魏矗浩的三侄女就没有那么好运了，三侄女有一次裤子坏了没缝好，在不知情的情况下穿上后出了门，结果屁股上露了一大块肉。魏矗浩的大嫂就骂了她几句，话说得非常难听。女孩子脸皮又薄，觉得自己受到了侮辱，19 岁的她一气之下竟也学着二姐去路边上吊了。等魏矗浩发现的时候，人已经救不过来了。三侄女的死让魏矗浩憋了一肚子的气，连续几年都无法排解。因为一直没有结婚，魏矗浩已经成了一位大龄青年。他的大侄子是一位心胸不算宽广的教书先生，有时候看到魏矗浩与自己的妻子说话，就会心生不快。后来他们又产生了一些误会。为了证明自己的清白，魏矗浩决定彻底离开大哥一家。1976 年，28 岁的魏矗浩没从家里拿一分钱，而是去村生产队借了十块钱，自己一个人回了八陡老家。

到了八陡后，魏矗浩发现在这里家家都能吃饱饭，他当即决定再也不回沂源了。由于没有身份，既不能参加农业生产队，又不能找工作，魏矗浩只能靠着大家的接济生活。刚开始大家看他可怜，都会或多或少地接济他一下，但当魏矗浩提出要迁回原籍的时候，所有人都开始冷漠起来，大家开始孤立和疏远他。魏矗浩只能栖身在一个废弃的古窑里，为自己的将来想办法。

二、从拒绝到被接纳

万事开头难，魏矗浩尽管已经提前考虑到了重新开始的艰难，却从未想到会是如此艰难。在一个封闭、传统、落后的乡土社会中当外来人，他所遭遇到的除了生活上的困难之外，还不得不面对熟人社会规则下的村民们对他的冷漠与隔绝。即便他是从这个村子走出去的，他认识这个村里大部分人，但是他们情愿不认识他。当然魏矗浩也理解，大家刚从穷苦日子里挣脱出来，谁也不愿意多一个人来分他们的粮食。不过魏矗浩还是决定要以诚动人，要让大家看到他的诚意与努力，让大家知道，有了他，他们的日子只能会更好。

那时候生产队还没有解散，魏矗浩没事就去帮离他最近的第三生产队干农活，每天都勤勤恳恳，在没有任何工分的情况下，甚至比生产队的人干得还拼命。刚一开始，大家觉得魏矗浩是别有用心，但渐渐地也被他的诚意打动，会或多或少给他一些吃的，有时候还会夸赞魏矗浩是干农活的好手。实际上，大多数情况下，魏矗浩都是忍受着饥饿，拼了命地干活。时间一长，三队的社员们就习惯了魏矗浩的在场。于是，魏矗浩开始有意识地用真诚之心去跟社员们交朋友。当时一个生产队有百余人，魏矗浩在短短的两个月内基本上与所有人都搭了话，甭管人家愿不愿意搭理他，至少混了个脸熟，同时也交到了七八位知心的朋友。就这样，魏矗浩算是在三队站稳脚跟了。

有一天集体吃大锅饭，魏矗浩主动去给大家盛饭，忙得一头大汗，自己却没顾上吃。这时候他的一位朋友就冲着大伙儿开口了，说："魏矗浩已经跟着咱们白白干了一季的活了，庄稼收了，人家一个穗儿都没拿，就算是铁秤砣也都捂热乎了，大家商量商量看看，怎么样?"时隔多年，魏矗浩仍然记得当时的场景，三队的所有人都齐声声地回复"没问题"的时候，魏矗浩回乡半年多来第一次哭了。不是入户的事情守得云开见月明，而是他总算被一部分人认可了。回想着一路走来的不容易，魏矗浩泣不成声。

然而，事情总是那么不顺，虽然八陡第三生产队愿意接收魏矗浩，却在落户口的时候出现了问题。因为魏矗浩当时是以市民的身份上山下乡的，所以回来后原则上也必须要落市民的户口，做不回农民也就进不了生产队了。魏矗浩无奈之下只得非常遗憾地选择了市民身份，也告别了生产队，又一次从零开始。有了身份的魏矗浩开始积极讨生活，先是加入八陡修缮队干了两年多，挣了些辛苦钱。1979 年，国家出台政策照顾老知青，积极为 35 周岁以下的男知青推荐工作，31 周岁的魏矗浩才得以进入淄博钢厂工作，成了国家工人，之后在政府的帮助下成家立业，总算过上了安定平稳的生活。

但是这种安定平稳只是个人和家庭的平稳，从小就被人疏离的魏矗浩一直以来都渴望以正常人的身份进入到一种村落的生活秩序之中，而不是作为一个被唾弃或被可怜的异端和另类存在。所以家庭和工作稳定之后的市民魏矗浩，开始积极地参与农村生活。

> 我虽然在山头住，这里有房子有家，但是我始终觉得自己还是八陡青石关的人。虽然小时候在那里没有一天是高兴的，差点活不下去，但是我就是希望回去。你说是从哪里跌倒就从哪里爬起来也好，你说我是想证明自己也好，你说我是贱骨头也好，我就是要回去。我在那边地无一垄、房无一间，没有宅基地，我也自认为我是那边的人。①

为此，魏矗浩没少往里搭钱。他苦日子过惯了，平时是一个极其节俭的人，但是在村落公益事业方面，他向来十分舍得花钱。他后来甚至还出钱买了一套别人不住了的老宅子，简单收拾干净，在院子里养了鸡鸭鹅，租种了别人的地，抽空就回去体验八陡庄户人的感觉。经过自己的努力，魏矗浩逐渐地从被村里人拒绝到被村里人接纳。表面上看起来，魏矗浩与村里其他的工人一样过着两种身份交替的生活，但是魏矗浩明白，他显然还没有完全融入到村落共同体之中。

三、参与仪式：社交圈的搭建

20 世纪 80 年代末，青石关村计划恢复“接颜奶奶回家歇伏”的仪式，魏矗浩虽然从来没了解过，但也积极参与其中，因为他知道对于他来说这是一个融入村落内部的最佳时机。由于不懂这些具体事宜，魏矗浩主动承

---

① 被访谈人：魏矗浩（男，1948 年出生，八陡人，现居住于山头镇山头社区，淄博钢厂退休工人）。访谈人：张帅。访谈时间：2015 年 2 月 13 日上午。访谈地点：山头镇魏矗浩家。

担了打杂的任务。大家都不懂魏矗浩为什么要这么积极，但是刚好人手也不够，就放任他自由行动。有那么几回之后，魏矗浩跟村里以王桂英老太太为首的信仰权威熟悉了起来，通过他们魏矗浩又跟更多的人有了接触。因为他性格好，又肯干，大家都喜欢找他帮忙做些事情。于是，魏矗浩开始义务帮村里人做红白事。这让他在村里的交际圈进一步扩大，凡是请过他帮忙的村民都觉得欠了他一个大人情，对他的评价也就越来越高。

> 红白事帮忙其实是一个费力不讨好的事情。人家有总理有大厨，你去了又不能太出头，显得你比总理还厉害一样，但是人一多一乱，总是有很多事情总理照顾不上，所以我基本上就是相当于跟着总理后面给他擦屁股。有时候去买盒烟、买个灯泡、买个打火机啥的，你也不好去管人家主家要钱，所以基本上回回都得搭点钱。但是我就是高兴，不图别的，就是图跟大家一起忙活忙活。①

后来，接送颜奶奶的活动可以公开做了。当大家都欢天喜地参与进来的时候，魏矗浩已经成了元老级别的人物，原先什么都不懂跟在后面打杂的他已经对仪式的各个环节非常精通了，俨然成了仪式中离不开的人物。1998 年，王桂英老太太因为身体原因不再组织祭祀活动，将祭祀的事项交给了陈义珂，将管理事务交给了包括魏矗浩、陈会秋、魏青祥等在内的六七个人。魏矗浩在里面算是相对年轻的一位，因此跑腿也最多。也因为年轻，魏矗浩还承担电工、打杂等工作，这样一来，他就免不了与众人接触。大家在仪式活动中有什么事情，也必须通过他来解决。就这样不知不觉地，魏矗浩已经借着仪式成了村里面不可或缺的人物。

四、组织仪式：外来人的本地化

尽管魏矗浩已经从一个村落里的边缘人发展成为村落里仪式活动中不

---

① 被访谈人：魏矗浩（男，1948 年出生，八陡人，现居住于山头镇山头社区，淄博钢厂退休工人）。访谈人：张帅。访谈时间：2015 年 2 月 13 日上午。访谈地点：山头镇魏矗浩家。

可或缺的关键人物，但是他在村落整体文化系统中的地位仍不是绝对的。他发挥的作用和在活动中所扮演的角色都是无法替代的，但是村民们对他的认同仍是“非常不错的外来户”。也就是说，尽管他在村落里的地位和评价是不断提升的，但他在村落里的身份认同从根本上说却依然没有改变。除了以打杂的方式参与村落活动，魏矗浩也在尝试融进村落的信仰传统中。

他从最边缘的事情做起，每次有信仰活动，他在做好自己的工作之余，都会去清理神像和神庙里的落灰，清洗布帘和旗帜等物件。同时，魏矗浩开始根据他多年来跟随信仰权威做仪式的印象，去琢磨仪式程序的细节和意义，并试图去阐释仪式，从而有意识地把自己塑造成一个仪式专家。

青石关村老人会成立以后，因为各种原因，王桂英特意交代的陈义珂退出，转而去东顶村举办仪式。会长陈会秋、副会长魏青祥等人年龄又大，况且正式成立老人会之后，他们又承担了很多村落公共事务，对组织仪式有些力不从心。刚好魏矗浩已经把自己“修炼”成了一位仪式专家，因此，他们也有意让魏矗浩来全权操办活动。于是在2003年以后的历次接送颜奶奶活动中，陈会秋、魏青祥等人都退到了幕后，魏矗浩则走向前台，负责整个仪式的全过程，同时也作为老人会认可的“发言人”来应付各路媒体和学者。这样一来，魏矗浩几乎成了村里唯一的仪式专家，真真正正地成了仪式的核心人员。

当然，当没办法得到承认和证明的时候，即便他是核心也只能是一种感觉。真正让魏矗浩感到兴奋的是，2008年北京大学的一位博山籍硕士研究生以颜文姜信仰为研究对象完成学位论文。她在青石关村做访谈的时候，问到仪式程序的相关问题，会长陈会秋把魏矗浩推荐给了她。“北大的高才生特意从八陡赶到山头来，带着东西，在我家里待了一个下午，我把接奶奶、送奶奶的仪式程序完完整整地讲给了她听。她说她在我这里待这一下午获得的知识，能顶平时好几天。我问她是怎么打听来的，她说是陈会秋会长把我介绍给她的，还把我的电话号码给了她。陈会秋说这个仪式没有比我更懂的人了，你看看，会长都没有我懂得多。”①

在这段话中，魏矗浩特意强调了两个事情：第一，北大高才生认为从他这里获取到了非常多的知识；更重要的是第二条，是老人会的陈会秋会长把他推荐给这位研究生的。这证明，所有人都已经把他当作最专业的仪式专家了。“这件事的意义就在于，人家真的把我当村里人了。你想，要不是把我当村里人，为啥把学生介绍到我家里来啊，你看我也不在青石关村住，说的是你们村的事情，你们村没人能讲明白，你找个外地人来讲，这不是自己丢脸吗？把人家介绍到我这里来，首先得是没把我当外人，其次才是因为我知道得多。要是把人当外人，他情愿自己讲讲，讲得好孬也就这样了。”②

研究生和会长的双重认可，让魏矗浩终于可以自信地说，他已经被认可为本地人了。这件事，距离他首次回乡已经过去了32年。那时候魏矗浩已经退休。退休以后的他在山头镇山头社区买了一栋98平方米的商品房，与老伴住在那里。但魏矗浩每天早晚都会坐上11路车经过9站，回八陡庄自己多年前买的老宅子喂自己养的鸡、鸭和猪。魏矗浩是个闲不下来的人，目前，已经70岁的他还在青石关村居委会主任的介绍下担任起了青石关村清洁员的工作，负责清扫青石关村的主要道路。每月都有三千多元退休金的老魏根本不在乎政府给的800元的劳务补贴，他在乎的只是每天都跟青石关村的老街一同出现在众人面前。他拿着扫把，就像这个村的主人一样，走过村子的每条街道，跟村里人打招呼，和村里人一起成为别人眼中的村落日常生活图景。

通过对魏矗浩个人生活史的梳理，我们可以很明确地看到一个外来人用三十多年的时间融入一个传统、保守的乡土社区的过程。虽然提起魏矗浩，村里人还是会先说这是个可怜人，然后再去说这个人有多能、有多好，跟他

---

① 被访谈人：魏矗浩（男，1948年出生，八陡人，现居住于山头镇山头社区，淄博钢厂退休工人）。访谈人：张帅。访谈时间：2015年2月13日下午。访谈地点：山头镇魏矗浩家。

② 被访谈人：魏矗浩（男，1948年出生，八陡人，现居住于山头镇山头社区，淄博钢厂退休工人）。访谈人：张帅。访谈时间：2015年2月13日下午。访谈地点：山头镇魏矗浩家。

相处得有多愉快，但是人们同时也会强调这个人是从村里出去又回来的。实际上，魏矗浩永远都不会摆脱这样的身份，村里人对他的这种身份认同，从他五十年前第一次离开八陡，再到三十多年前回到八陡“地无一垄，房无一间”的时候，就已经深深地烙进了每一个人心中，人们从疏远他到亲近他再到依赖他，这几十年的变化是人们对他的态度和评价的变化，而不是他自身根本性质的变化。而对于魏矗浩个人来说，他在青石关村三十多年的生活经历也是他逐渐融入地方社会的过程，是利用颜文姜信仰的文化资本自我寻求认同感的过程，而不是完全成为本地人的过程。

从他逐渐融入的过程来看，本地人对外地人的接受和认同过程是由外围向中心呈同心圆一层一层分布的，跨过了一层，才能到达上一层，一个外地人越往中间走，就越能感受到本地人对他的认可，就越接近于本地户。

在一个传统村落中，受村落传统文化以及道德与秩序的影响下的村民们往往对一个人的品行特别看重。魏矗浩自小就遭遇一系列家庭变故，始终处在一种非正常的生活状态之中。所以对于他的品行，人们基本是不了解的，反倒是因为一系列在村里人看来过于邪乎的人生遭遇让人们下意识地避而远之。所以当魏矗浩 1976 年首次回到八陡庄的时候，他自然是属于圈外的边缘人。

但随着他的性格和品行被大众了解并认可，魏矗浩逐渐进入了第一圈层，正如他所言：“其实后来大家都挺尊重我的，因为我老实本分，农村人都对老实本分的有好感。我刚来没饭吃，再饿也不会去地里偷吃的，也不会上门要吃的，我宁愿忍着挨饿，也不愿开这个口，我说去地里帮忙就是帮忙，不是为了混口吃的去帮忙，你给我我吃，你不给我，你们吃饭的时候我肯定不会去要。”① 老人会唯一的女副会长许荣萍则对魏矗浩的性格作出了极高的评价：“这个人非常好，脾气也好，什么事都舍得了，功夫、钱，都舍得了。”② 当然，村里人对魏矗浩性格和品行的好坏评价所参照的

---

① 被访谈人：魏矗浩（男，1948 年出生，八陡人，现居住于山头镇山头社区，淄博钢厂退休工人）。访谈人：张帅。访谈时间：2015 年 2 月 13 日上午。访谈地点：山头镇魏矗浩家。

② 被访谈人：许荣萍（女，1947 年出生，八陡青石关村人，三菱钢窗厂退休工人）。访谈人：张帅。访谈时间：2015 年 2 月 18 日上午。访谈地点：青石关村许荣萍家。

还是本村的道德评价系统，有着非常深刻的地方文化烙印。

没有落户成功的魏矗浩因为政策的照顾，生活逐渐好转，有了较高的收入、体面的工作和气派的房子，从一穷二白到生活富足，他的经济能力让他拥有了更多的资本，建立了更大的自信，而他奋斗的过程也让村里人对他刮目相看。经济水平的提高一方面让他有了参与各种活动的资本，另一方面也是他个人能力最直观的体现。魏矗浩从一个什么都没有且没有任何依靠的人成为一个体制内的工人，正是由于自己生活条件的跃升使得村里人不得不对他高看一眼，于是将之前村里人对他的冷漠和疏远消解。

魏矗浩积极参与村落中个人的和集体的各种活动，并通过自己的努力成为活动中不可或缺的角色，可以说魏矗浩作为外来人已经很好地融入了地方社会中。尤其是他通过深度参与和组织颜文姜信仰仪式这一村落代表性文化来寻求自我身份的认同，更是取得了重大的成功。如果说品行得到认可是第一个圈层，财富和能力得到认可是第二个圈层，深度参与村落公共事务是第三个圈层，那么摆在魏矗浩面前的就只剩下最后一个圈层了，那就是血缘关系。

传统的力量对一个乡土社会的影响是难以估量的，我们认为村落的文化传统是有张力的，但文化传统的张力在于人们可以动用自己的智慧通过不同角度的阐释传统来使自己不同以往的行为合理化，而一旦涉及本质问题，传统的韧劲就凸显了出来。在村民们看来，只有在村落里繁衍生息，有了代际传承，你才算是本地户。在传统乡土社会中，村民讲求血亲脉络，村中老人见到不太熟的小孩或者年轻人的时候，总会问其父辈是谁、祖辈是谁。与比较纯正的外来户相比，魏矗浩的优势在于他就是在这个村里出生的，他只需要依靠自己的努力把离开的十多年的空白填补起来即可，但这样也用了他三十多年的时间。这也是大多数的外来人始终作为外来人被看待的根本原因。笔者在多年的田野调查经验中，在全国各地的很多村落都遇到了外来户想方设法融入到村落日常生活中的问题。他们在摸索中不断尝试，那些大致成功了的，经过多次的尝试之后，无一例外都选择了深度参与以信仰仪式为主的村落公共事务，但最终得到的评价也无非是“最本地通”的外地户。他们缺少的就是与村落以及村里的人复杂而又牢固地缠绕在一起的血亲脉络。

第三节　争神抢庙：历史传说的书写与公共文化建构

颜文姜的传说以文姜坐瓮止水、灵泉喷涌结束，既使得地方免于淹没，又为地方社会带来了泽润万物的水源，这在一定程度上代表了对社区整体利益的关照。可见民众的历史记忆尤其是长时段的历史记忆，不仅仅有建立在身体感之上的与个体现实需求有关的个人性历史记忆，还有对生活于其中的社区整体予以情感关怀的集体性历史记忆。集体性历史记忆都依托一定范围的社区单元。如果继续将八陡庄细分出更低一层级的社区单元，我们会发现，不同单元之间在共同支撑起八陡庄的颜文姜文化的同时，也根据自身现实需求进行着话语的重构，尤其以青石关村与阁子前村最为活跃。它们为了争夺仪式的话语权，以“谁是娘家村”的名义展开了激烈的竞争。

“阁子前”的称谓实际上出现在新中国成立以后。该区域因发现有一座据传为宋朝修建的观音阁而被命名为“阁子前大队”，1984 年成为行政村时沿用了“阁子前”的村名。目前村内有居民近 490 户，人口 1160 人，其中农业人口 644 人。旧时八陡庄接送颜奶奶仪式的主要场所——奶奶棚即位于此村，现已成为该村村庙。也正因为如此，阁子前村村民认定本村就是颜奶奶的娘家村，并想当然地以为其他村落也会认同这种说法。然而，青石关的村民们却提出了不同意见，青石关村因村内有一块巨大的天然青石板而得名，有村民近 1800 人。村内有一座观音堂（又称南庙），据传始建于南北朝时期，因庙前有唐槐一棵，五龙溪环庙三面而过，其村又有“五龙溪槐抱观音堂”的美称。在经济实力落后、先天条件不足的情况下，青石关村之所以能够发展成与阁子前村竞争话语权的局面，与他们村的信仰组织有着很大关联。

一、串联：青石关老人会的运作

20 世纪 70 年代中期以后，青石关的王桂英组织十几个人一起恢复了仪式。久而久之他们逐渐形成了一个以王桂英为主，有着固定场所、活动及明确角色分工的信仰团体。在他们的运作和宣传之下，青石关村逐渐在周边村落扩大影响。20 世纪 90 年代，八陡镇的东顶、北河口甚至邻近石马镇的一些村落都选择跟随青石关举行接送颜奶奶仪式，后来阁子前村也开始招呼邻村一起恢复仪式，两个村落各自以自己为核心形成了两股势力。最初，阁子前村提出按照老传统，还是由整个八陡镇一同接送颜奶奶，仍旧将其安置在奶奶棚，阁子前村成为祭祀团体中的主要力量。

随着仪式的进行，最先带动大家恢复仪式而且号召力占据优势的青石关开始不愿屈从于阁子前村，就顺势提出“青石关村才是颜奶奶的娘家村”的说法，并坚持以自己为主举办仪式。阁子前村自然反对。两方僵持不下，索性各自带着队伍举行仪式，一场关于仪式话语权归属的拉锯战也以争夺娘家村的形式拉开了序幕。两股势力一方凭借“奶奶棚”和强大的财力支持，一方凭借多年来形成的舆论支持，一时之间形成一种均势。在谁也不能将另一方压倒的情况下，竞争就发展成为相互拆台的口水仗。

阁子前村一直以奶奶棚作为自己最大的优势资源，青石关村看在眼里，决定依葫芦画瓢，先为颜文姜找一座庙宇，思来想去他们选定了村里被称为南庙的观音庙。1996 年，他们在南庙内增修了颜文姜祠，占一间房屋，起初仅仅是为了安放颜奶奶的牌位，后来逐渐添加塑像、壁画，南庙形成了正式的神殿。他们在保证仪式规模领先于阁子前村之余，还依据大庙（凤凰山颜文姜祠）、奶奶棚、南庙的形成时间并结合颜文姜的相关传说捏合出了一套说辞：“颜奶奶的真身是周朝人，是八陡最古老的人物。阁子前村的奶奶棚是清朝建的，晚了两千年啊，所以奶奶棚不可能是颜奶奶老家，而且那就是个棚子，棚子怎么能住人呢？我们村的南庙可是比大庙还早哩，是八陡最古老的建筑，这不就对上了，南庙为什么叫南庙，就是因为在大庙的南边，一个是娘家，一个是婆家，所以青石关肯定就是颜奶奶的正娘家村！”① 青石关村的这段话显然是精心准备的，他们通过对历

---

① 被访谈人：周兴桐（男，1939 年出生，在工厂做了一辈子临时工的农民）。访谈人：张帅。访谈时间：2015 年 2 月 9 日，访谈地点：八陡庄周兴桐家。

史的回溯，从时间逻辑上否定了阁子前村掌握的最大优势，同时突出强调自己村落的南庙，企图与大庙形成南北呼应之势。

青石关村的一连串动作使得阁子前村颇为被动，但也在客观上提高了阁子前村村民众恢复并扩大仪式的自觉性与积极性。阁子前村居委会也完全参与到了仪式的组织中去。在他们的反复动员下，阁子前村的村属企业和民众都纷纷出资出力，先是于2004年将奶奶棚按照庙宇的构造重新修缮，又定制了全新的轿子、仪仗和有着阁子前村标记的统一服装，并组织企业职工与全体村民共同参与仪式。同时，阁子前村从以下三个方面对青石关村的南庙是颜文姜娘家进行了反驳：

> 第一，南庙是“南海观音庙”的简称，与大庙没有联系；第二，青石关的观音庙因为地势不得已修成了坐北朝南，而一般的观音庙都得是坐南朝北，为了纠正方位带来的不适感，才特意叫的南庙；第三，南庙确实是根据方位来说的，但不是与大庙的对比，而是与八陡庄历史上的东庵、西庵、北寺对应的，按照这四处庙宇的方位来看，南庙确实是位于八陡庄最南边。颜文姜当时家里贫困，住不起房子，只能住我们村的这个窝棚，说它是嘉庆年间建那不假，但没准就像今天这样，是以前就有，然后嘉庆年间重修的呢！他们的南庙是早，但不是颜奶奶的庙再早不也没用！八陡古老的东西可多了去了，也不能因为古老就认定是颜奶奶老家吧！①

在都拥有了一套在自己看来非常“实证”的说法之后，两个村落一个依靠广泛的群众基础，一个依靠居委会和村办企业的大力扶持，形成了两股较为均势的力量，在此后的几年间一直僵持不下。为了不给对方留下口舌，两个村落竞相投入人力物力，在攻人之短的同时不忘增己之长，你来

① 被访谈人：王翠芳（女，阁子前村居委会成员，阁子前村接送颜奶奶仪式的主要组织者）。访谈人：张帅。访谈时间：2014年11月19日。访谈地点：阁子前村居委会办公室。

我往之间任何一方都愈发难以占得先机。当大家开始逐渐习惯这种僵持局面的时候，2004 年《孝贞演义》的出现意外地让原本均势的天平迅速向着青石关村倾斜。

《孝贞演义》以章回体的形式描述了颜文姜短暂的一生，作者①系八陡镇虎头崖村人，退伍军人，曾担任虎头崖村支部书记，兼任虎头崖村办企业的总负责人。作者始终认为颜文姜是历史上真实存在的人物，但颜文姜的传说则充斥了太多封建迷信的内容。这些内容不但把真实的颜文姜虚拟化，还掩盖了她作为“孝顺儿媳”的形象标签。因此，他决定通过《孝贞演义》的书写来还原一个真实的的颜文姜。

对于颜文姜的娘家，作者依据《博山县志》中“城东二十里有颜家庄”这句话，再对照几个村落的实地位置，并在一定程度上参照了民间传说，最终认为青石关村即当初的颜家庄。作者又联想到颜家的贫困和青石关南庙的悠久历史，认为颜文姜一家因为太过贫困，没有自己的房子，只能委身于青石关五龙溪观音堂，以看庙人的身份住在观音庙里。对于阁子前村的奶奶棚，作者则根据窝棚的日常功能和相对位置将其认定为颜文姜回娘家途中避雨的地方。书一经出版，青石关村民众如获至宝，只要有外人问起，他们便会拿出这本书来验证自己的说法。而阁子前村人则大为恼火，认为作者太年轻，根本不懂历史，他之所以这么写就是为了要讨好丈人的村庄（作者的妻子是青石关村人），所以故意篡改历史，歪曲事实。

虽然以专业的眼光看，作者对颜文姜真实性的认定和充满推理的“历史考证”有着极强的主观性和显而易见的漏洞，但尚不自知的作者仍旧深感委屈，他一再否认自己具有主观上的意向性，表示他的认定是经过文献考证和实地考察之后的客观结果，并倔强地以为历史事实不能因为现实的因素而随意更改。因此，他拒绝接受批评，也拒绝了阁子前村人提出的将娘家庄所在地模糊化处理的要求。

《孝贞演义》的成稿恰逢博山区政府打造“华夏孝乡”的规划落地，于是得到了政府的大力支持和推广，印刷量和传阅量非常之大。对于知识水平

---

① 出于隐私需要，隐去作者真实姓名。

有限的农村民众来说，《孝贞演义》虽然在内容上平淡无奇，也没有稳定的叙事结构，但与传说相比确实会给人一种相对真实的感觉，而且文字在乡村社会中有着天然的权威性，相比口耳相传的随意性与即时性，人们往往更加相信“白纸黑字，眼见为实”，再加上政府的出面推广和作者对本书真实性的一再保证，《孝贞演义》的出现在民间层面上几乎让颜文姜的娘家之争盖棺论定。时至今日，一提到颜文姜娘家的问题，八陡的民众大多还会强调：“颜奶奶娘家肯定是青石关，书上都说了，那还能有假?”阁子前村也终于从这件事中认识到了有效性证明的重要性，为了扭转局势，他们开始尝试获得更加权威的认证，“非遗”的出现为他们带来了契机。

二、申遗：阁子前村的文化书写

2006 年，“颜文姜传说”入选“淄博市第一批非物质文化遗产名录”。阁子前村居委会从中受到启发，希望以非遗的形式来获得官方的认定。他们迅速展开工作，居委会成员王翠芳是村里的仪式权威，也是阁子前村接送颜奶奶仪式的主要负责人，她召集起村里的文化人与热心人成立申遗小组，通过走访村里老人、查阅地方文献等方式来搜集大量资料。在另一边，青石关村的信仰群众大多数为远离甚至刻意逃避政治生活的老人，没有与官方力量建立沟通的渠道，对政府信息的反应也相对滞后，再加上在民间话语方面拥有的绝对优势，他们并没有采取任何行动，只是将观音庙中一间小屋改造成了颜文姜祠。其中颜文姜的塑像被特意塑造成了梳双髻留刘海的未出嫁少女形象，与大庙中的妇人形象和奶奶棚的无塑像形成鲜明对比，颇有种大势已定的感觉。

由于村民的热情参与，阁子前村的资料征集工作异常顺利，初步形成了以“颜文姜省亲习俗”为题目的申报文本。尽管非遗文本是由村委会请当地文化人撰写而成的，但文本的形成实际上是对阁子前村村民们的历史叙事进行总结的结果。如果我们把民众用身体参与和感受仪式的过程称为文化实践，那么申遗就可以说是阁子前村村民们对于自己村落历史记忆的文化书写。在书写的初期，他们完全忠实于自身的历史记忆和共同情感，明确提出阁子前村是为颜文姜出嫁前的祖居地和组织仪式的最主要村落，刻意强调了“奶奶棚……是颜文姜故里现存的唯一标志性建筑”“阁子前村村民每年六月迎接颜文姜回故里省亲……最初只有阁子前村组织，邻近村参加，后来八陡等镇也去迎接，甚至影响到整个孝妇河流域以及周边区县”等他们所认为的实际情况。

民众的历史记忆既充满了非此即彼的绝对性，又十分依赖于现实的社会期待。因此，民众回忆过去的时候必然会有所侧重和筛选，这一心理行为往往是潜意识的、非自觉的。青石关村的行为则对这种筛选起到了强烈的干扰和引导作用。阁子前村的民众是在青石关村提出挑战的前提下回忆阁子前村有关颜文姜祭祀仪式的种种过去的。青石关村的那些话语自然就成了民众在唤起回忆的过程中所针对的靶子，在相当大的程度上先是左右了他们对记忆的筛选，又引导了他们的具体叙述，可见民众对自身历史的文化书写总会不自觉地掺杂现实的因素。

尽管民间的文化书写具有相当大的自由性和自主性，但毕竟非遗工作是一项政府主导的国家行为，在非遗申报和审核的过程中，相关部门会以理性的态度对民间的文化书写进行审视。政府虽然力求最大限度地保留这种自下而上的民间行为中所蕴含的情感力量，但对于那些明显不符合历史或现实逻辑的浪漫想象，自然也不会“网开一面”。阁子前村在与博山区主管部门反复对接的过程中，不得不舍弃许多过于主观片面的叙述，而尽可能地趋向理性，其中就包括娘家村的认定这一关键问题。

当阁子前村将文本初稿交给相关部门过目之后，主管人员认为非遗申报应该有着严肃的态度，不能对尚存争议的问题轻易下结论。于是阁子前村不得不将原文改为：“（阁子前）相传为颜文姜省亲的驻跸之地。”这样的改动实际上已经自我否认了“阁子前就是颜奶奶娘家村”的说法，反而与《孝贞演义》中对阁子前村奶奶棚的表述基本一致。阁子前村为了申遗舍弃了一直以来固守的最大优势，这也为后来青石关村的反驳留下了“口舌”。青石关村虽然在申遗上后知后觉，却也始终关注着阁子前村的动向。阁子前村申遗成功以后，他们通过自己的渠道捕捉到了其申遗文本上的“漏洞”，并通过不断言说来尽可能地扩散它的影响，试图让更大范围的民众知道“阁子前村在政府面前没了底气，不敢再硬撑了”。

在村委会和村落主要人员的操作下，阁子前村的具体措施就是弱化仪式的信仰成分，将信仰仪式改称“习俗”，并不断突出其在宣扬作为中华优秀传统文化重要组成部分的孝文化中所具有的社会意义。他们在报送的非遗宣传片中强调：

> 颜文姜故里省亲的习俗，宣传和弘扬的是中华民族优秀传统孝文化。它不仅充分体现了民众对于孝文化的推崇与爱戴，而且使这一优良民族传统代代相传、绵延不断，至今仍是我国道德教育的一项重要内容。博山的孝文化源远流长，是华夏孝文化的发祥地之一。八陡地区颜文姜省亲的习俗已经发展成为尊老敬老的民俗文化活动月。

这样一来，阁子前村的“颜文姜省亲习俗”既与国家的主流价值观相一致，又为博山区政府打造“中国孝文化发源地”的城市名片提供了重要的支撑力量，因此非常顺利地进入了“县级非物质文化遗产名录”。2010年，在博山区政府的力推下，阁子前村的“颜文姜省亲习俗”成为市级非物质文化遗产。

成功取得官方认定之后，尽管在八陡的民间话语中青石关村依旧占据绝对优势，“娘家村”与“话语权”的归属也依旧没有尘埃落定，但对于阁子前村来说，能够再次与青石关村站到同一水平线上就代表着“非遗策略”的成功。相较于地方文人的笔墨，申遗在阁子前村村民心中无疑有着更为纯粹的权威性。在他们看来，申遗成功的意义在于“为我们村颁发了一个国家认定的证书，纠正了《孝贞演义》的错误，也让青石关村成了一个笑话”。更重要的是，申遗的成功为阁子前村带来了预料之外的效果，阁子前村因此受到了外界和官方话语的充分肯定。在博山区政府官网对文姜庙会的介绍中，我们可以看到如下文字：每年农历五月的最后一天，是孝妇颜文姜回娘家的日子，她要在博山区八陡镇的阁子前村住一个月。①

---

①　参见博山政务网—民间风情—民俗—文姜庙会，网址：http：//www. boshan. gov. cn/bs/bsly/lywh/ms/n44681. html. 本次引用略有改动。

《大众日报》《淄博晚报》等媒体也都无一例外地将阁子前村作为颜文姜的娘家村："农历六月二十九日，从颜文姜'娘家'八陡镇阁子前村至颜文姜祠10公里的沿途，群众自发组成的队伍浩浩荡荡。"①

自此以后，两个村在组织好每年的仪式的同时，一个忙于建立并维持与官方及外界的沟通渠道，邀请政府和媒体参与仪式，坚持走自下而上的路线；一个忙于经营与周边村落的守望互助关系，主动称呼相邻几村为颜奶奶姥姥家、姑家、舅家等，甚至帮助邻村筹划信仰仪式，从而走上了"由内到外"的道路，不同的着力方向让两个村落的直接"冲突"少了很多。出于安全的考虑，近年来博山区政府一再压缩仪式的规模，严格限制参加仪式的总人数，并对仪式的某些细节如放鞭炮的次数等作出规定。政府的制度面向的是整体性的仪式，而具体的落实则需要以阁子前村和青石关村为首的村落进行沟通与协调。两村为了在合乎政府规定的同时尽量保持仪式的规模和完整性，形成了一种协同关系。另外，两村还积极参与到八陡镇政府的文化建设中，为将颜文姜传说与仪式塑造成八陡镇的核心文化展开各方面的合作。

总的来说，面对同一民俗事象，两个村是竞争还是协作与所属社群的不同类型以及该社群的社会关系有关。两村的协同基于同处在接送颜奶奶的祭祀团体中，所要处理的是祭祀团体与博山区政府之间的关系；两村的合作基于同处在八陡镇这个社群，八陡镇核心文化的建设要解决的是八陡镇在与上级或者其他平行乡镇的社会交往中如何保持独特性的问题；而两个村落的竞争则基于分属不同的村落共同体，要解决的是村落交往中的身份归属和集体认同的问题。无论处在哪个社群，颜文姜的传说与仪式都是一种用以处理社会关系的象征性文化资本。社群范围越小，人们对社群的依赖感和认同感就越强大，对文化资本的运用也就更为彻底。而当村落共同体发生变化之后，民众急需利用新的文化资本来重新构建村落集体认同观念，所以两个村执拗地去争夺话语权根本目的就在于在实践的过程中重

---

① 杨淑栋、马景阳、苏兵、卢晓卿：《文姜庙会，让孝文化历久弥新》，载《大众日报》2015年8月19日。

新获得依赖感和认同感。因此，对于村民来说，其过程的意义要远远大于结果的意义。

三、文化书写的意义

本章以阁子前与青石关二村围绕历史记忆进行的村际争夺与合作为例，重点分析老人群体如何依据现实情况对历史记忆进行话语重构，从而又反过来赋予现实生活以历史意义的问题。

青石关与阁子前二村在对颜文姜文化的塑造上采取了不同的方式：从性质上说，青石关村与周边村落加强联系，扩大影响，互相结成对子村的做法是一种纯粹的地方性行为；而阁子前村通过申遗的渠道来夺回话语权的做法是一种纯粹的国家性行为。它们互相争斗的过程也就是作为地方性知识的颜文姜娘家村传说与作为国家主流话语的颜文姜娘家村传说相互博弈的过程。实际上，两地的民众并不在意博弈的结果，他们在意的是博弈的过程，在意的是如何在博弈的过程中把社区捏合成一个充满凝聚力的共同体。

两方博弈的过程也是长时段的历史记忆被不断改造和再造的过程。村落文化传统的确立一般遵循的是这样的程序：民众（村里的老年人）从集体性的历史记忆中选择出最能代表自己社区的尚不成系统的文化事象和相关的文化碎片，然后将其捏合成一整套的文化系统，从而形成社区的象征性文化体系，然后再通过不断的言说，修建相应的空间场所，找寻文献依据以及通过身体的实践来强化其在维护社区共同体中的作用，并对外扩大其影响。而当两个村落面对同样的文化事象形成竞争关系的时候，对于行为的主体来讲，所经受的最大考验并不是自己所拥有的文化有没有足够的历史厚度，而在于能不能灵活地依据现实情况“见招拆招”似的改造和包装自己的文化系统，这时候更多的是对历史记忆的改造与创新。如青石关村将原本没有颜文姜殿的南庙加盖颜文姜祠，并特意将祠内的神像塑造成未出嫁女子的形象，以此来强化青石关村作为颜文姜娘家村的认知。而阁子前村则将奶奶棚改为奶奶庙来反驳青石关村对其“棚焉能住人?”的质疑，同时又针对自己没有神像的现实捏合出一套符合地方文化传统的说辞，以最小的成本回击青石关村塑神像的行为。

本章还从历史记忆之主体的角度去观察老人群体如何在记忆之场中通过自己的身体实践来重现历史，并着重分析了他们在记忆之场中行为的目的与意义。我们发现，仪式的记忆能够包容各种各样的记忆方式，既有身体的实践方式，又有口头的叙事方式，还有空间的营造以及文字的书写等。另外，仪式的记忆具有明显的指向性，指向的是区域社会的神异历史，而且这种神异历史是与个人的生活经历紧密结合的。八陡庄的老人群体作为一个拥有着工业化历史民间记忆和长时段历史记忆双重身份的特殊群体，他们经由仪式实践而展示出来的历史重现包含了他们自身对区域社会的更为复杂的认同，这种认同不仅包含着传统的人地关系，还包含着他们在工业化过程中的人生经历与特殊情感。

第六章　老人群体的历史观与历史记忆

学术界对神话与历史关系的讨论由来已久。受理性主义的影响，神话与历史的二元对立曾长期占据西方话语体系的主流，前者被认为是虚构的、想象的，后者则被认为是真实的、客观的。在中国也是如此。近代以来，“古史辨”派无疑是研究历史与神话的集大成者。尽管顾颉刚在一定程度上强调神话与历史之间相互交织、错综复杂的关系，但是其后的“古史辨”派却始终致力于将神话与历史完全剥离开来。之所以会出现这种情况，与“古史辨”派学者们的学科背景相关。他们站在历史学的角度通过文献资料去看待历史与神话的关系问题，而没有顾及在民众中口头流传的神话与传说，因此很容易就陷入追求历史或神话是否真实的漩涡中。

随着新史学的兴起以及多学科对话的展开，历史与神话的关系开始重新被审视。尤其是随着人类学、民俗学等学科的介入，大量的民族志资料被充分利用起来，历史与神话的民间传承在一定程度上受到重视。然而大量的研究成果表明，学界探讨的核心问题仍然停留在历史与神话的真实性与虚构性上，忽视了作为文化持有者与传承者的民众的主体地位与具体实践行为。在民众心中，神话与历史都是一种在一定地域范围内由群体所共认和共享的历史知识。对于民众来说，他们所掌握的这些历史知识无所谓真实与虚构，而是被统一信以为真地应用到日常生活之中来解决各种实际问题。因此，从民众主体的角度来说，他们所掌握的历史知识没有真假之分，反倒是一贯被认为是虚构的神话、传说在民众心中具有更加重要的位置和实际意义，而且神圣的历史叙事往往需要借助一定的信仰仪式来呈现和验证，这也是“接颜奶奶回家歇伏”仪式常在常新的原因。而对老人群体历史观的分析也必须要坚持老人群体的主体地位，并结合其社会历史背景予以分析。

第一节　老人群体的历史观

正如前文所言，短时段历史记忆指的是与个人的某段人生经历有关的历史记忆，从主体的角度来看，一般指主体亲身经历过的某段历史时期所留下来的历史记忆，短时段历史记忆具有可变性、个人性、独特性等特点。长时段历史记忆指的是在地域社会发展的历史过程中逐渐积累下来的较长历史时期的历史记忆，从主体的角度来看，一般指记忆主体无法亲身经历、只能以继承的方式获得的历史记忆，长时段历史记忆具有稳定性、集体性、普遍性的特点。

我们可以从以下两个例子中更好地来理解二者之间的区别：

1. 看戏的历史记忆（陈会秋讲述）

好像是在20世纪60年代，那时候咱们公社成立了很多互助小组。咱们这边农业少，就搞了很多木工组、冶铁组、修理组。我那时候先去了木工组，又去了修自行车的小组。周姑子在博山唱戏的时候我还在木工组。那时候我年纪小，是最后一批进的学徒工，所以每天学习结束后得留下来打扫卫生。那些比我大的一下班就走，那时候也没钱，大家带着一些干粮，走着就去城里了，到城里以后早就有认识的人提前给他们买好票了，他们领了票就进去看戏。我们这些年轻的等收拾完卫生，天就已经黑了，哪有空再去城里看戏。第二天听他们说那戏有多好，听得心里直痒痒，心想不管了，早晚我得去一趟。我们几个就商量下班以后赶紧打扫，早点完事，接着就往城里跑，二十里路一个多小时就到了，到了也晚了，还耽误了给我们买票的也一直没进去。进去一看，还真是好听，一听就上瘾。那时候连续唱了一个多月，我们得听了小二十天，天天都来回走着去。①

2. 鱼头汤的传说（陈会秋讲述）

鱼头汤是我们餐桌上最常见的食品。鱼头汤还有这么一个传说，说是很早很早以前，一家小饭馆的掌柜因不舍得将做菜剩下的鱼头白白扔掉，就将鱼头两面煎熟后添点汤，打两个鸡蛋花，再加点浓醋、浓胡椒煮开了就行了，一尝还挺好吃。后来掌柜开始在自己的饭店里推出鱼头汤这道菜，结果大受好评，从此以后逐渐成为我们这里的家常菜。在老百姓家中，哪天家里要是吃鱼，还经常会把吃剩的鱼头重新拿回去炖成鱼头汤再吃一次。煮过的鱼头再煮一回就碎了，跟用铁锤砸烂了一样，所以又说是“砸鱼头”。

我们这里还有一个故事，八陡一个小伙子做菜特别好吃，就在北京一个大饭店当了厨师。有一天，饭店伙计哭丧着脸端着一个鱼头进了厨房，就跟这小伙子说，刚才有个老头，把这盘鱼头给我，说让我砸鱼头汤，还说拿到后厨和你说，你就明白啥意思了。小伙子一听，这是遇到博山老乡了，赶紧做了一锅鱼头汤让伙计端出去了。过了一会儿，那伙计又来了，说那老头怪得很，还让砸鱼头，小伙子一激灵，这人还是八陡庄的哩，我忙活完这一阵子得赶紧出去见见人家。话还没说完，伙计又进来了，说这老头不讲理，还得让再砸一次。小伙子一听，把炒瓢一扔就赶紧往外跑，一边跑一边说这是俺爹来咧。②

在这由同一个人讲述的两个故事中，第一个故事是陈会秋对学徒时期

① 被访谈人：陈会秋（男，1935 年出生，三菱钢窗厂退休工人，青石关老人会会长）。访谈人：张帅。访谈时间：2014 年 6 月 23 日。访谈地点：八陡镇青石关村陈会秋家。

② 被访谈人：陈会秋（男，1935 年出生，三菱钢窗厂退休工人，青石关老人会会长）。访谈人：张帅。访谈时间：2014 年 6 月 23 日。访谈地点：八陡镇青石关村陈会秋家。

的亲身经历的回忆，这项记忆来自陈会秋的身体经验，是陈会秋独自享有的短时段历史记忆；第二个故事则是陈会秋从老一辈那里听来的，它既不是陈会秋的亲身经历，又非陈会秋所独有，任何知道这个故事的人都可以讲述，应属于长时段历史记忆。

结合本书前面几章的论述，对于八陡庄的老人群体来说，他们关于工业化历史进程的民间记忆从属于短时段历史记忆，而对于八陡地区从农耕时代传承至今的民俗文化的记忆则从属于长时段历史记忆。通常来讲，老人群体作为短时段历史记忆的亲历者与见证者，他们在讲述短时段历史记忆的时候往往会更偏向于结合自身经历，带有主观情感和偏向性的个人叙事；在讲述长时段历史记忆时则往往会更加偏向于不带有任何个人倾向性的集体叙事。

在村落的日常生活现实中，长时段历史记忆往往在指导和安排民众日常生活方面起着更加重要的作用。八陡庄在城镇化到来以前一直都是一个传统的乡村社会，即便它经历了轰轰烈烈的工业化进程。因为中国近代史上的工业化是建立在农业基础之上的工业化，并没有动摇农耕社会的根基。那些在工业化进程中转换了身份归属的工人们——亦工亦农的老人群体——在退休之后又纷纷回归乡土。所以作为长时段历史记忆的民俗文化，仍然作为日常生活知识和经验在村落生活中发挥作用，而回归乡土的老年人则成了长时段历史记忆的主导者和权威解释者。

但另一个不容忽视的事实是，随着中国城镇化建设的开展，八陡庄与其他村落一样遭遇前所未有的可能被城市文化所溶解的危机。面对着越来越走向一种空心化的村落现实，老人群体单纯地依靠日常生活知识来维系村落共同体已经不可能，于是，他们便找到了一种凝聚了更多的情感也更有效用的长时段历史记忆，即本书的核心个案——颜文姜的传说与信仰仪式。颜文姜传说与一般的日常生活知识都是长时段历史记忆的一种，它们之间有哪些不同呢？

长时段历史记忆与短时段历史记忆的两分法是按照时间对历史记忆进行分类的。与此同时，我们还可以根据历史记忆的内容和性质，对民众的历史观进行另一种解读。从历史记忆的具体内容来说，老百姓有两种历史记忆的追求：一种是相对客观实在的历史记忆，与官方所追求的成文历史在内容和意义上大致相同，因此可以称之为“成文式历史记忆”；还有一种是充满了神异性特征的历史记忆，类似于神话的历史叙事，可以称之为“神异性历史记忆”。成文式历史记忆与神异性历史记忆听起来似乎截然相反，但在普通民众看来，成文式历史记忆与神异性历史记忆作为用来解释现实的工具并没有根本意义上的区别，而是统一在民众当下的历史实践中。民众从来都不去探求和考证他们所记忆的历史哪些是真正意义上的真，哪些是绝对意义上的假，因为与真实的历史相比，他们更信奉自己内心中对这段历史的真实的记忆。

神异性历史记忆与成文式历史记忆并不是绝对二元对立的，而是你中有我，我中有你，在很多情况下都会相互影响、相互渗透。比如孝妇颜文姜的传说在长时段的历史演变中就经历了文献记载与民间口传不断交融影响的过程。而且颜文姜作为神异性历史记忆的主人公，她的人物形象也不一定在成文历史中踪迹全无。一般来说，传说往往有非常强大的包容性，经常能够将真实的历史人物、事件吸收进来。与成文式历史记忆相比，神异性历史记忆一般指向一个区域社会的历史发展过程，并且通常与地域社会被拯救的历史叙事相关。因此，神异性历史记忆往往直指人心，在情感维系和社会秩序的强化方面更具优势。

更重要的是，神异性历史记忆通常会以公共仪式作为其实践方式，通过公共仪式的展演来重现民众信以为真的神异历史。由于公共仪式具有的身体性和集体性特征，民众在参与仪式的过程中通过集体性的记忆趋同构成了一个记忆之场，每个人在仪式之场中都有角色表演的意义，在共同的行动中达至对历史共同的理解，赋予现实以共同的意义解释，从而形成共同的价值观。与此同时，记忆之场还为参与其中的每个个体提供了自由发声的机会，因此，它在趋向一种共同理想实现的同时，也有着一定的分裂和博弈，这种分裂与博弈给予个体以充分的尊重。在村落走向消亡、村落的集体趋同意识面临破灭的时候，神异性历史记忆和记忆之场就显得尤为重要了。

第二节 历史记忆的描述、再造与运用

八陡庄实际上是一个非典型的空心化自然村。之所以说空心化，是因为当我们走在村落中的时候所见到的十有八九都是老人，甚至连孩童都不多见；村落的大部分老房子都是大门紧锁、杂草丛生，锈迹斑斑的铁锁与门栓透漏出一种衰败与沉寂；胡同口的电表箱里几乎已经没有了电表，只有一根根的电线裸露在外。所有的一切都在告诉我们，这个位于山水环绕中的古老村落似乎已经成为彻底的空心村。但是它终究是非典型的，当我们深入细致地了解这个社区以后，我们会发觉，这里的年轻人并没有舍弃和远离自己的故土，只是像旧时的老年人一样将自己隐藏在村落的传统世界中；而老年人也并没有像真正的留守老人那样，满眼的孤独和无奈，而是主动担负起了建设村落的责任，继续发挥和贡献着自己的力量。所以今天的八陡庄在沉寂、萧索的外表下始终有一股生机在不断向前涌动，这股生机的创造者正是村落中的老年人，而他们所依靠的就是作为文化资本的历史记忆。

一、记忆历史的理由

随着社会的发展和进步，尤其是城乡交流的增多，这三个社会现象不得不引起我们的注意：第一个是农村人口尤其是农村年轻人对城市的主动依附，它包括但不仅仅是在三十年前就已经出现的农村人口向城市大规模的物理移动，也就是“进城潮”；在经济相对发达、公共交通设施相对完善的沿海农村，村里的很多年轻人都选择继续住在农村，但是工作、娱乐休闲、主要的社会交往、大部分的日常生活都在附近的城区，他们每天早上甚至来不及吃早饭就匆匆开车赶往所依附的城市，用普通话跟同事问好，通过电脑来完成工作，午饭是外卖送来的快餐，晚饭则与好友相约在某个主题餐厅；他们会把子女送到位于城区的学校，会去城区的超市购买日常用品，他们熟悉城区的每一条街道，拥有这个城区的公交卡、银行卡等各种卡片，更重要的是他们会不自觉地把自己当作城区的一分子；至于

他们在农村的家则在大部分时间仅仅充当了一处住所的作用，当然这是比较极端的情况，不过大多数农村年轻人在村落的日常生活中确实都选择了“隐身”的状态。

第二个需要注意的社会现象是，农村由传统乡土社会向现代乡村社会的转变。在国家城镇化建设和新农村建设两大方针的影响下，当今的农村在村容村貌、公共设施、经济发展、文化建设方面都发生了巨大的转变。尤其是在两大方针推行的最初几年，政府采取的模式，使得不同村落之间的个性被抹平，地域间的文化相似性增多。尽管最近几年政府提出了新型城镇化建设，开始注重保护村落的文化生态和文化传统，但民众从一个超稳定的乡土社会一下子迈入到一个不稳定的日新月异的现代化社会中，还是不可避免地产生了一种情感上的失落。

第三个社会现象指向的是村落文化方面，文化多元性逐渐成为当今农村的主要文化特征。作为文化的载体，农村与城市之间的差别在逐渐减少，城市所承载的文化类型在农村也同样被发现，而且农村还显现出比城市更加强大的文化包容性以及比城市还要快的文化消化速度，这必定会促进农村的全面发展，也将进一步缩短城乡之间在文化方面的差距。但与此同时，文化多元性必然会带来文化认同的多元性，而多元的文化认同则会使得原属于同一社区文化共同体的个体拥有了不同的情感认同和身份归属，并从原群体中脱离出来，这就使得原本牢固的社区文化共同体有了解散的可能。

这些文化现象让村落中的民众尤其是老人群体有了一种紧迫感，自身情感依附的缺失和村落共同体的崩坏，让他们觉得必须要找到一种既能够满足自身的情感需求，又能够让年轻人重新思考自己的身份归属，同时还能够维系或者形成新的社区共同体的象征性文化资本来应对这些现实中的社会问题。正如前面几章所描述的，关于地方社会的历史记忆恰如其分地充当了这样的角色。

老人群体作为历史记忆的主体，在表述和实践历史记忆的过程中，他们自己的身体主观感受到的是那个具有“乡土本色”的地方社会，因此情感自然有了依附。他们向年轻人诉说社区的历史，并精心营造出非常态的狂欢气氛来吸引年轻人加入历史记忆的实践——在八陡庄肯定是“接颜奶奶回家歇伏”的仪式中来，让他们去认知和感知自己所处的村落的空间和文化，明确自己的身份归属和认同。在承认个体拥有多重认同的基础之上，从诸多的文化认同中找到或者创造一种大部分人都了解并可以接受的认同，比如对八陡庄为颜奶奶娘家村的认同，然后通过反复的集体实践去一步步强化它，当大家逐渐形成了统一的文化认同时，文化共同体也就出现了。这正是绪论中所提出的“人为什么记忆历史?”这个问题的答案之所在。

二、历史记忆的选择与再造

正如克罗齐所言，“一切真历史都是当代史”①，他认为编年史是僵死的历史，而真正的历史是历史叙述的主体所认定的那些与现实生活相联系的发生在过去的事件。也就是说，历史是可以被叙述主体依据现实生活进行挑选的，那么作为服务于当下生活的普通人心中的历史记忆就更应是如此了。正如前文所述，每个人都知道他们此时此刻提出或者实践历史记忆的目的是什么。根据这个目的，他们会对埋藏在心目中的历史记忆进行选择。

这样的例子在八陡庄俯拾皆是，比如说对于八陡庄接送颜奶奶的历史，青石关的村民总会说：“以前，从阁子前村奶奶棚出发的队伍将颜奶奶接回来了以后，必须先要来我们村南庙拜祭，才能回到奶奶棚安置下来。”其实这就是民众对自己的历史记忆进行选择的结果，实际情况是：过去，从奶奶棚出发的队伍在抬着颜奶奶的“分身”回到八陡庄后，为了代替颜奶奶表示对地方神灵的尊重，会在将颜奶奶安置在奶奶棚之前，去往八陡庄的每一处庙宇，如北河口的真武庙、阁子前村的炉神庙与观音阁、杏花崖的黑山爷爷庙、青石关的山神庙、东顶的东庵以及青石关的南庙等，一一拜祭，试图让颜奶奶与庙中的神灵进行沟通和交流。通过对

---

① ［意］贝奈戴托·克罗齐著，［英］道格拉斯·安斯利英译，傅任敢译：《历史学的理论和实际》，商务印书馆 1982 年版，第 2 页。

比，我们发现青石关的村民们刻意地遗忘了队伍去别的庙宇进行祭拜的历史记忆，而仅仅有“针对性”地选择了队伍去自己村南庙祭拜的历史，以此作为当时两村的“隔空斗法”的绝佳武器。

需要指出的是，行为主体依据现实情况的自主选择并不影响历史事实或者历史记忆的客观性，但是与自主选择同时进行的，往往还有历史记忆的再造。当然，在列维－斯特劳斯看来，历史事实本身就是建构的结果，“历史事实并不比其他事实更具有给定的性质。正是历史学家或历史演变中的行动者借助抽象作用，并仿佛在一种必须进行无限回溯的威胁下，构成了它们”①。而历史记忆的再造也并非天马行空，完全没有道理可言，而是既遵循了一定的逻辑，即地方性知识，又贴合了地域和历史文化背景，更重要的是还与某些大众认为的真实的历史事实存在互文的关系。所以我们选择用历史记忆的“再造”而非“创造”来概括这种主体行为。

去年（2015 年——笔者注）的某一天，11 路终点站的“厂部办公室”正在讨论一个有趣的话题，他们提到了八陡老火车站附近的一个铁道涵洞。这座涵洞位于杏花崖村，由几千块规格差不多的四四方方的大青石堆砌而成，石头之间以石灰混凝土填充，连接处严丝合缝，好像钢板一块。其中一位老人首先提到德国人铺设胶济铁路张博支线的时候修建这座涵洞的事情，讲得头头是道，紧接着又有一位老人强调 2009 年德国政府曾致电八陡镇政府，告知八陡镇这座涵洞的服役期限已经超过了 100 年，需要修缮。随后众人也开始搭话，纷纷夸赞德国人的严谨和实在。

然而德国人并没有在八陡这边铺设铁道，他们修建的张博支线往南到博山站就已经停止了。张八铁路是由日照商人马官和于 1922 年修建的，日本侵略者占领八陡后将铁道进行了升级。他们所提的涵洞究竟是马官和修建的还是日本侵略者修建的已经不得而知，但可以肯定的是绝非德国人修建的。因此，这两位老人的谈话所涉及的内容是不真实的。但是这种并不真实的谈话内容竟然得到了周围至少三位老人绝对的认可。他们之后的热

① ［法］列维－斯特劳斯著，李幼蒸译：《野性的思维》，商务印书馆 1987 年版，第 294 页。

烈讨论正是建立在完全相信这些谈话内容的前提下展开的。他们之所以以假为真，就是因为老人的陈述贴合了德国强占并开发博山的历史背景，又与八陡庄是较早铺设铁轨并设立火车站点的村落之一这个历史事实存在关联，再加上符合了当地地方性知识中对德国人行事风格的一贯认知以及胶济铁路沿线普遍存在的“德国相关部门致电某政府，敦促某政府及时修缮某某设备”的传言的作用。

当然，如果将老人们谈话的内容作为讲述者的历史记忆的话，我们就不能武断地认为它是错的，毕竟这或许真的是他们的历史记忆，是他们在听别人如此这般地讲述时形成的记忆。但即便如此，我们仍可以继续追问，那么第一个将这个段子讲给别人听的那个人是不是在再造历史记忆呢?

事实上，当天那两位老人之所以说这么一段“历史”，是为了借助这一历史来表达诉求。眼前的11路终点站已经建了多年却仍然是没有硬化的土路，公交车一来一去都会带起大量的尘土，这几位老人希望借此提醒相关部门“赶紧修路”。这又一次印证了历史记忆与当前社会生活的紧密相连。更重要的是，为了解决当前社会生活中遇到的问题，行动者往往会以对自己的历史记忆进行遴选甚至再造的方式来记忆历史。

三、历史记忆的运用

在乡村社会中，人们往往习惯以一代代流传下来的生活经验支配自己的生活与劳作，如根据农谚安排农事等，而生活经验的获得方式主要依靠长时间的逐渐积累。所以老人群体往往比青年群体更具村落生活经验。同理，对地方社会的历史记忆同样存在着代际差异，年轻人终究不如老年人经历的历史事件多。反过来说，与年轻人相比，老年人所具有的优势就是更加丰富的生活经验和更加久远的历史记忆。所以，面对公交站年久失修的问题，年轻人可能会直接向相关部门反映，也可能会利用多媒体形成舆论压力逼迫相关部门尽快展开行动；而老年人则选择了用历史记忆来揭露问题。而在如何运用历史记忆方面，老人群体首先要做的便是发挥自己的优势，通过反复的历史叙述和实践来使历史记忆获得一种权威性，从而让更加广泛的人群能够认可历史记忆的真实性，并愿意去尊重和接受它。

然后，老人群体以各种形式如老人会，参与到地方的文化认同、社区共同体的营造与村落日常生活秩序维护的工作中去。此时历史记忆或者是一种工具和手段。面对着八陡庄在行政上的分裂，老人们试图以“两孝、两靠、三半仙、四多、六村、八陡、九槐”的村落空间与文化的历史记忆来模糊八陡六村的边界，从而让“我们都是八陡人”的身份归属继续存在于村民心中，尤其是在交往方面，努力营造一种“大八陡庄”的观念。而在八陡庄内部，拥有独立管理机构的六个行政村又忙于通过找寻并反复实践属于自己村落的历史记忆来建立新的边界，为六村之间的良性交往作好铺垫，阁子前村与青石关村的争端实际上就是还未处理好两村的文化边界的结果。历史记忆又或者是一种制约。面对村落尤其是年轻人价值观念的转变，老人群体利用历史记忆来进行道德规劝，树立起新的价值观，比如八陡庄内公共设施以及住宅小区的命名都以孝或颜文姜为依据，旨在提醒年轻人注重孝道；东顶村关帝庙的庙门大开则旨在唤醒小偷的道德良知。

更重要的是，老人群体利用历史记忆本身所具有的跨越血缘、阶层、经济利益、社会背景等一切可以区分不同群体的标签的特性，把原本涣散的来自不同家族、从事不同职业、代表不同阶层的有着不同的生活方式和劳作模式的人们形成一个整体，进行公共事务的实践。于是，在社会变革的影响下，原本超越村落社会进入到新的发展阶段的人们，又在文化和情感方面重新回归到乡土本色，村落文化共同体被重新确立起来。这也就意味着村落仍旧在全球化和城市化的今天发挥着积极作用，就如同老年人仍旧在这个以年轻人为主的世界中发挥作用一样。

四、乡土社会变迁中的历史记忆与村落集体认同

集体认同所牵涉的实际上就是“你”和“我”依据怎样的相似性如何构建成“我们”的问题。而关于“我们”的内涵，流心在《自我的他性——当代中国的自我系谱》中对“我们”进行了解读，认为其可以“连带出三个相互关联且有所差别的说法：‘我们是’、‘我们必须’以及‘我们知道我们是谁’……‘我们’指明了作为集体性实体的集体认同的存

在。这种集体性由‘我们’的性能来界定，‘我们’包含着一个实体，被用以谋求政治或社会团结。这要求采取‘我们必须’如何的行动，由此‘我们’被赋以集体的能动性。此外，‘我们’一词表示出人们对自身位置的自我意识，或说对作为集体的‘我们’的自我意识，即‘我们知道我们是谁’。在这个意义上，‘我们’所强调的是，我们意识到了与‘他们’相对立的主体位置”①。在他看来，实体、行为和主体性是构成“我们”的必要要素，但是他所强调的仅仅是“我们”如何被“我们自身”建构的主观行为，在一定程度上忽视了客观条件对“我们”的影响。客观环境为集体意识的形成和转变方向提供了可能性，对于处在社会生活剧烈变迁之中的村落来说，这种作用尤为明显。

20 世纪 80 年代末至 90 年代初，对于阁子前和青石关两村的村民们来说是一个充满了各种变动的时期。在经济方面，人民公社的解体让农业人口从生产队的集体生活中脱离了出来，习惯了等待生产队长分配劳作，一边吃着大锅饭一边安于穷困生活的农民们突然被告知要自己种地，自负盈亏，心里难免会有一种懵懂和不安的紧张感。对于村里的工人们来说，新中国成立后的第一批国企职工大部分已经或者即将退休；年轻一些的工人受制于国企职工不允许有第二职业的规定，只能看着那些“种植专业户”等通过个人努力一跃成为远近闻名的“万元户”，内心难免会有波动。计划经济体制下的国企效益低下、弊端重重、积重难返，致使工人群体失去了往日的蓬勃朝气，不再有当初“以厂为家、恐为人后”的认同感、自豪感和奉献感。

在村落行政方面，1984 年阁子前、青石关等村从八陡村中分裂出来单独成村。新村庄的出现让旧村民们不得不重新确定自己的身份归属。他们一方面流连于“我们都是八陡人”的感觉，另一方面又急于想在新的村落共同体中找到自己的位置。在日常生活方面，随着城乡交流的广泛开展，城市生活方式已经显示出逐渐取代农村生活方式的可能性，富有个性的村

---

① ［美］流心著，常姝译：《自我的他性——当代中国的自我系谱》，上海人民出版社 2005 年版，第 153 ~ 154 页。

落“小传统”开始被“大传统”格式化。

以上的这些转变最终给民众带来对内心情感何以寄托的极大困惑。人们发现用以维系集体认同感的血缘、地缘、业缘等各种传统关系纽带都已面临崩塌，正如哈贝马斯所言，面对着社会的转型，“个人不再从传统的、非反思的集体认同中获得构建个人认同的源泉；相反，他们共同参与文化与集体意志的形成过程，在这个过程中，集体认同需要他们共同的塑造”①。阁子前村与青石关村“接颜奶奶回家歇伏”的村落集体祭祀仪式在此时的复兴，正是村民们自觉地通过自身的文化实践来重塑并维护新的集体认同感的结果。

从乡村社会的人际交往来看，贺雪峰认为：“村庄共同体由三种边界构成，一是自然边界，二是社会边界，三是文化边界。”② 新村落的成立代表了自然边界被重新确立，也意味着原有的社会和文化边界被打破。村民依托村落共同体在展开社会交往之前必须重新寻找自己的身份归属和群体文化特性，并依此划出新的社会和文化边界，只有这样他们才能在地方社会的文化网络中找到自己的位置，而地方社会也正是因为这些拥有不同文化特色、政治地位、劳作模式的村落共同体的相互勾连才能成为一个运行稳定的系统有机体。阁子前与青石关两村接送颜奶奶仪式的复兴正是村民们面对这种变化自觉地重塑并维护新的集体认同感的结果。这样的文化自觉在八陡地区并不是个案，而是一种地方性的普遍行为。

杏花崖村西邻阁子前村，拥有黑山的管理权。黑山不单有丰富的矿产资源，还有着深厚的文化和历史积淀，山顶的玉皇庙在当地的认可度很高。杏花崖建村以后，始终围绕黑山打造自己的村落文化，村委每年投入近百万修复黑山文化遗迹，复兴黑山庙会；黑山也作为村民们共同的历史记忆发挥着凝聚村民情感的作用。杏花崖村委对黑山开发的突出事件在于对黑山古庙群的恢复。在王桂英重修黑山顶玉皇庙后，三月三黑山庙会也

① 马珂：《哈贝马斯集体认同理论的发展及其对中国的意义》，载《学术探索》2007 年第 5 期。

② 贺雪峰：《新乡土中国：转型期乡村社会调查笔记》，广西师范大学出版社 2003 年版，第 30 页。

随之恢复，沉寂了好久的黑山一下子又热闹了起来。看着人们兴高采烈地参与庙会，杏花崖村委从中受到启发，开始筹备资金大规模修复黑山群庙。首先他们对黑山爷爷庙进行了恢复。

众所周知，黑山以丰富的煤炭资源著称于世，自唐代就有煤炭开采的现象出现。过去由于安全措施的缺乏，下窑采煤一直以来都是一项高危行业，民间向来有“下窑的都是埋了没死”的俗语来形容煤矿工人工作环境的险恶。另外，在博山的工人群体中，煤矿工人最多，地位也最低下，被称为“煤黑子”“窑黑子”。人身安全缺乏保障，又得不到应有的尊重的煤矿工人急需为心灵寻得寄托。这样一来，黑山爷爷的信仰就应运而生了。据传黑山爷爷庙始建于唐朝，位于黑山山顶，初建时只有一间石垒小庙，后来随着八陡煤炭业的兴旺，黑山爷爷庙也不断被扩建，至清朝中期已扩建为气势宏伟的黑山爷爷大殿，殿内塑有黑山爷爷神像，面色漆黑，表情威严。黑山爷爷作为博山独有的司煤之神成为当地矿工的心灵寄托。只可惜“四清”时期，黑山爷爷神像连同大殿一起被摧毁。到20世纪80年代，黑山煤矿也因资源的枯竭而被迫关停，这使得当地的老煤矿工人先后失去了情感和身体上的寄托。杏花崖村委会决计开发黑山以后，通过广泛的意见征求，率先在原址恢复了黑山爷爷庙。据村里的老煤矿退休工人回忆，神像开光的当天，他拖着老弱的身体登上黑山来祭拜黑山爷爷，竟然看到了许多多年未见的老工友，在那一刻他们仿佛又回到了过去。

虎头崖村，在原八陡庄中属于边缘地段。八陡镇成立以后，随着其他村落的并入，虎头崖成为整个八陡镇的地理中心。镇政府从青石关、东顶一带整体搬迁到虎头崖村，交管所、国土所、地税局、派出所等管理机构，学校、卫生院、邮电局、银行等服务机构都选址虎头崖村，从此虎头崖村从一个边缘社区一跃成为八陡镇的政治和公共服务中心。虎头崖村的村民们也建立起了强大的心理优势，从而更加愿意接受自己作为新的村落共同体之一员的现实，“心态的建构本身又是文化的建构”①。村民们在建

---

① 赵世瑜：《小历史与大历史：区域社会史的理念、方法与实践》，生活·读书·新知三联书店2006年版，第119页。

构心理优势的同时也发展起了新的村落文化。

八陡镇北河口村、东顶村与青石关村以五龙桥为中心呈“品”字形排列，这片区域曾经是八陡庄的集市中心和政治中心，也是沟通博山、沂源、青州、莱芜四地的交通要点，店铺林立、车填马隘，盛极一时。随着八陡经济政治中心的西移，国道、省道的修建，三个村落逐渐走向衰落，政治地位和经济实力都远远落后于阁子前等三村。为了填补衰落带来的空虚和失落感，形成村落集体认同，他们也开始复兴村落文化传统。

北河口村是明代曾官至吏部侍郎的王让的故乡，这里流传着许多与王让有关的历史故事，几乎都与孝道有关。王让故居也位于北河口村，故居主楼以巨型条石砌基，墙厚约 1 米，楼体结构非常坚固，楼内还有地下暗室。据传抗战期间，附近居民封窗锁门藏于楼内，并将家财置于暗室之中，成功躲过了日军的数次“扫荡”。故居与老一代村民的苦难生活史结合在了一起。与王让有关的历史与文化遗存成为北河口村人建构村落集体意识的重要文化资本。

东顶村的东顶大街曾是八陡庄的中心街，大街路面以青石板铺就，两旁是灰砖青瓦的二三层小楼，大街一侧的五龙溪河谷则是一个大型的集市。东顶大街最繁盛的时候，村里的老人们还都处在幼年，他们对东顶大街的繁华与热闹有着非常清晰的历史记忆。如今，东顶大街与新修的文姜大道相比，既狭窄又衰败，气派的小楼也都已经成了不宜居住的危房。2011 年，东顶村委对大街展开大规模拆迁在当地引起了非常大的争议，老人们纷纷走向街头，面对着拆迁的废墟叹息不已；一些外地的摄影爱好者也闻讯赶来，用相机记录下东顶大街最后的影像。村委逐渐意识到了东顶大街之于东顶村的重要象征意义，特意保留了关帝庙一带的大街和古民居来留存东顶村的历史记忆。

两个村落之所以选择颜文姜的信仰与仪式，与上述杏花崖之于黑山、北河口之于王让故居、虎头崖之于镇行政中心、东顶之于八陡大街如出一辙，都是因为后面提及的文化事象构成了人们心中关于前述村落的共同历史记忆。对共同历史记忆的反复实践可以促使一个群体形成共同的文化传统，在这个过程中，历史记忆会成为一种可以利用的文化资本。两个村落在此过程中的“冲突”就是为了抢占和独享文化资本。阁子前和青石关两村之所以不能共享同一个文化资本，就是因为两个新形成的村落急于打造与众不同的村落文化传统，以设置自己的文化边界，对内使村民们明确自己的文化与身份归属，对外则形成自己的村落个性，以强调其与“他者”相对立的主体位置。

总之，本章将老人群体作为历史记忆的文化主体，在对主体理解的基础之上分析老人群体的历史观以及他们对历史记忆的建构与运用，主要得出以下观点：

第一，老人群体记忆历史的目的不是追求历史的真实，而是拥有一种“历史感”。事实上，社会本身就不包含绝对真实的历史。虽然神话和历史在现代学术界被完完全全地割裂开来，但不可否认的是早期尤其是无文字时期的历史基本上以神异性的历史为主，早期的英雄史诗、创世史诗等都是先民对于所处历史阶段的集体记忆。在当今的乡村社会中，神异性历史记忆如颜文姜传说的真实存在也证实了老百姓并不怀疑他们所传承的历史的真实性，更不会用科学主义的方法去验证其是否真实。对于一个集体来说，达至观念上的认同需要他们将神异性的历史信以为真，再通过实践去追求一种共同的“历史感”。民俗文化中的一些规范性传统正是在老百姓追求历史感的反复实践中得以强化，从而对现实社会产生作用，正如老人们对“德国人修建八陡铁路桥”这段子虚乌有的历史的回忆并不是为了讨论它的真假，而是用历史比对现实来表达诉求。

第二，记忆历史的方式是多种多样的，并不只有书面叙事。对于乡村社会的老人群体来说，他们在记忆历史的实践中可能更加注重口头叙事和行为叙事。仪式因其强大的包容性、神圣性以及信仰性而更能体现民众的历史感。颜文姜之所以被当地人当作心目中最重要的历史之一，就在于她通过牺牲自己来拯救地方社会不至于被淹没的神圣行为，这一行为以及孝妇河与地方社会的繁衍生息息息相关，所以比起当今流行的村史写作、农村博物馆建设，八陡人更愿意通过参与“接颜奶奶回家歇伏”的仪式来记住自己的历史。正因如此，颜文姜传说和“接颜奶奶回家歇伏”的仪式在八陡庄展现出了强大的生命力。关注民众的主体行为和观念，从历史记忆实践方式的角度去理解乡村社会的仪式和庙会未尝不是一种新的学术视角。

对于传说、信仰、仪式、庙会等被列入民俗学最佳研究对象的文化事象，学者通常会用一些非常理性和专业的模型来判定并解释它们的属性，而忽略了行为主体的感受，所以得出的结论往往不能贴近底层民众的真实所想。对于老百姓来说，他们通过行为来表达心里所想，展现内心的感受和对事物的认知。因此，对老百姓主体行为的描述本身就包含了其自身对事物的逻辑性的解释，这是我们在今后的民俗志写作与民俗研究中尤其需要注意的。

第三节　历史记忆实践在乡村文化建设中的意义与价值

乡村的历史记忆主要是由乡村中的老年群体作为历史记忆的主体来承担的，这个现实表明那种认为农村的广大民众在市场经济的模式下只重视物质上的追求而从不关心文化自觉与自省的观点是非常片面的。当我们摘下有色眼镜就会发现，在当前城乡一体化发展的进程中，乡村的历史记忆已经成为当代人最伟大的社会实践之一。

接下来我们将抛开对城镇化过程中村落发展趋势的探讨，完全以乡村历史记忆的主体即老年群体的视角来理解他们所理解的乡村未来发展趋势，感受他们在此基础之上的主观感受，从而更好地去体会他们的历史记忆实践活动所展现出来的力量和情怀。

一、老人群体：乡土文化生活传承的担当者

一般认为，长时段与成文式的历史记忆多源自农耕时代形成的民俗文化和生活经验，短时段与神异性的历史记忆则多指向民众所认知的区域社会起源与发展的历史过程。它们作为一种日常生活知识与历史意义在现实社会中发挥的作用是有条件的。首先，历史记忆的行为主体必须也是乡村社会的生活主体；其次，乡村社会仍然保留了一定的“乡土底色”；再次，

作为历史记忆继承者的年轻人并未远离乡土，仍旧生活在原有的村落秩序中。

那么现实的情况是什么样子的呢？在博山八陡庄我们看到，普遍具有“亦工亦农”双重文化身份属性的老人群体已经回归家乡的乡村社会，成为村落中长时段历史记忆的主导者。他们运用所掌握的日常生活知识在村落生活秩序的建构与维系中发挥着重要作用，同时还担负起了培植地域社会文化和强化身份认同的责任。在这帮老年人的努力下，八陡庄的日常生活在传统民俗文化的支配和指导中充满了节奏感。村落中的年轻人也并未远离乡土，在赡养老人、分家以及节庆与礼仪方面受着传统民俗文化的约束。所有的一切似乎都证明我们仍旧“诗意地栖居”在温情脉脉的传统乡土社会中，但村里的老年人比谁都明白，被这种充满了浪漫主义的表象所掩盖的是在这个社会巨变的时代，村落即将被瓦解、农村文化与城市文化快速融合的社会现实。

触动老年人神经的第一个现实，就是他们感觉到长时段历史记忆在日新月异的现代社会中越来越不被年轻人所重视。在城市化的背景下，尽管根植于农村生活空间的具有超强稳定性的传统民俗文化和生活经验给予了年轻人对待生活的基本态度和为人处世的基本原则，但相较于文凭和技能，这种对内在气质的修炼往往是潜在的、长期的、不自知的，所以年轻人从主观上更加愿意将个人生命价值的实现归因于其所获得的现代化的教育。因此，乡村的传统文化被大多数年轻人当成了可有可无的历史记忆。更重要的是，随着社会的进一步发展，年轻人与老年人在文化选择上的差异性会越来越大，甚至存在“分道扬镳”的可能。

另外，与年轻人走出去相伴随的是村落的空心化，老年人成为村落中孤立的年龄群体已经足以让他们失落无比。当前的农村也已经不是传统意义上的农村，现代集约农业、高科技农业、观光农业、乡村工业、民俗旅游业的发展大大降低了人地关系在村落社会中的重要性，农村也就慢慢褪去了乡村社会的“乡土本色”。更为严重的是，村落已经展现出在城市化过程中被城市所溶解的可能。所有的一切似乎都指向了一种令人难以接受的结局——村落将不复存在！

站在这一角度上再去理解老人群体的历史记忆实践行为就会发现，他们赋予了自己的行为以对现实进行抗争的意义。在他们看来，村落终将消失，家乡也终将不复存在，面对社会巨变的滚滚洪流，他们选择了逆势而上，以具体的行动来对抗村落即将消失的事实。即使这种赋予现实以历史意义的行为会随着村落的消失而成为一种悲剧也在所不惜，这种精神来源于他们想要留住家乡文化的伟大情怀和历史使命感。

二、长时段、神异性历史记忆的当代价值

老人群体对乡村历史记忆实践活动的坚持在当前社会中并非只是乡村文化最后的狂欢和末世哀歌。正所谓任何文化行为都有其特定的意义，乡村记忆的实践活动当然也是如此。

对于老年人来说，先后经历过工业化进程与城市化过程的他们在短短的一生中迎来了两次社会的巨变：第一次巨变让他们暂时脱离了传统的劳作模式与生活方式，身份归属也发生了改变；第二次巨变则让他们在本该成为“长老”的老年时期变成村落里孤零零的守卫者。第一次巨变带走的是他们的身份认同，第二次巨变则带走了他们的情感依附。相比较之下，第一次巨变之后，他们还能选择退休以后回归乡土，第二次巨变则有瓦解他们生活空间的可能。也正因为如此，才恰恰体现出了长时段、神异性历史记忆在当前社会于老年群体本身的价值。老年人通过乡村历史记忆的实践来赋予现实生活以历史的意义，进而从历史意义中寻找往日的情怀，在留住乡村文化的同时也维系了自己作为村里人的身份认同，同时也满足了他们日益增长的情感需求。

从老年人与年轻人的关系来说，老年人口占据村落生活主体，是当今乡村社会人口构成的基本特点。年轻人外出打工或者虽然住在农村但在周边县城工作，在村落日常生活中选择性“隐身”的情况已经成为社会常态。他们暂时不再需要颜文姜传说以及村落日常生活知识等长时段历史记忆，也早已成为事实。但是外出的年轻人内心深处都有一份家乡情怀也是社会的事实，无论他们走到哪儿都不会忘记曾经的家乡，而家乡特有的文化支撑起了年轻人心中家乡的形象。

因此，如果家乡的文化是碎片性的，是缺失的，那么年轻人对家乡的认知和印象就是碎片化的不完整的印象；如果有这么一群老年人在村落中通过不断实践，反复地将村落神异性的历史记忆重新呈现出来，反复地言说和解释村落的整体民俗文化，那么等年轻人再一次回到家乡，他们就能真切地感受到自己的家乡曾经拥有什么样的历史，这些长时段的历史记忆给家乡带来了怎样的历史荣耀，又如何影响了祖祖辈辈的生活和地方社会的深刻变化。尽管长时段历史记忆与当下年轻人的城市生活之间没有必然的联系，但是作为一种家乡的文化，它跟年轻人的生活经历息息相关，与自己的父辈、祖辈所经历的历史息息相关，因此，长时段历史记忆可谓是年轻人个人历史的根由。老年人保住了乡村的历史记忆，也就保住了年轻人的乡土之根，也为年轻人的后代们保住了一片寻根问祖的文化土壤。

从历史记忆本身来说，虽然它有随着这一批老年人的离开而失去了赖以存在的主体的可能，但老人群体近乎偏执的文化坚守，为这个社会提供了更多的文化资源。随着村史写作、民俗陈列馆、乡村博物馆等历史记忆方式的日益增多，这些记忆很有可能会以文字资料、实物陈列以及情景再现等形式被保留下来，这在一定程度上也是一种巨大的文化贡献。

结 论

通过对个案的描述和对具体时空的观照，本书可以得出老人群体历史记忆的产生与老人群体本身的形成一致，都是在漫长的历史中逐渐被形塑的。博山地区在工业化之前是一个传统的农耕社会，区域内的人们所共享的民俗文化和日常生活知识在维护社会秩序、建构社会共同体形态方面发挥着重要的作用，也经过一代代的传承形成了当前老人群体的长时段历史记忆。19 世纪末 20 世纪初，八陡庄因为重要的交通位置和黑山的矿藏而成为博山地区持续了六七十年的工业化进程的重要组成部分。八陡庄的老人群体所经历的工业化历史过程让他们具有了亦工亦农的身份属性，这种身份属性导致了他们短时段的工业化历史记忆的形成，从而成了具有双重历史记忆身份的文化主体。这正是老人群体历史记忆形成的历史原因。

在不同历史记忆的文化实践中，作为实践主体的老人群体发挥了重要的作用，这与今天老人群体在农村中所处的文化地位和文化作为有着莫大的关联。随着城镇化的发展，农村的大量年轻人口涌入城市，老人成为农村社会生活的主体，这使得老人群体几乎成为一个孤立的村民群体组织；其次，工业化时代的记忆影响了这批老人群体对今后村落社会文化传统的更自觉的理解。老人群体一方面在村落空心化的形势下被推上了乡村历史记忆的主体的地位，另一方面他们在工业化过程中积累的历史经验的提醒下而生发出一种主动的历史的作为。这是老人群体重塑历史记忆并将其应用于日常生活的现实动因。

老人群体的历史记忆实践广泛地存在于他们的日常生活世界，又突出地表现在作为村落核心文化的颜文姜传说的塑造与信仰仪式的组织之中。

他们根据现实需求忽略官方的历史书写，甚至“歪曲”历史事实来改写历史，重塑历史记忆以解决现实生活中的问题。需要指出的是，从行为主体的角度看，“改写”和“重塑”并不改变历史记忆的客观性，从而影响其社会效果，因为任何“改写”和“重塑”都不是随意而为，而是必定严格遵循了一定的历史和生活逻辑，历史记忆的客观性与重塑历史记忆的规则性都体现了民间社会中所存在的“历史感”。而导论中所提到的第三个问题，即历史记忆在生活实践中被运用的方式，也正是赋予社会现实以“历史感”，再利用民间社会一直以来对待历史尊重而严谨的态度来解决实际问题。

就历史记忆的研究成果而言，目前主要集中在历史学和文学领域，聚焦于历史与文本之间的关系，鲜明地提出任何历史文本都是历史事件和历史书写所处的两个不同时代的心灵对话和意义重释。也就是说，历史学和文学鉴于其学术理念和使命，在历史记忆的研究中更愿意回到“过去”，而民俗学则更加习惯于面向当下。对中国民俗学界影响较为深远的是岩本通弥与王晓葵分别对记忆理论与民俗学之间关系的探讨，可惜的是长于个案研究的民俗学在近十几年来却鲜有以底层民众历史记忆为研究对象的民俗志成果出现，大多只是旁涉历史记忆的相关理论。在中国底层民众的生活世界，历史记忆实则为民众逐渐形成的生活习惯、传统、经验、准则、道德、智慧与情感观念，在民众的日常生活中有着重要的指导作用。另外，在民俗学的田野访谈之中，学者采录到的信息究其性质就是被访谈人对过去某件事情的追忆与重述，也就是说民俗学者所获取的用以阐释主题和佐证观点的资料正是民众的历史记忆。因此，我们有理由相信，历史记忆的研究在民俗学界有着广阔的前景，也期待更多的个案研究的出现。

参考文献

一、中文文献

（一）文献资料

〔南朝陈〕顾野王著，顾恒一等辑注：《舆地志辑注》，上海古籍出版社2011年版。

〔唐〕李冗：《独异志》，中华书局1972年版。

〔北宋〕李昉、李穆、徐铉等纂：《太平御览》卷五十九《地部二四·水下》，中华书局1959年版。

〔元〕于钦：《齐乘》，清乾隆四十六年（1781）刻本。

〔明〕吕兆祥等重修：《陋巷志》，齐鲁书社1996年版。

〔清〕王谟辑：《汉唐地理书钞》，中华书局1961年版。

〔清〕冯文显修，叶先登纂：《颜神镇志》，清康熙九年(1670)刻本。

〔清〕孙廷铨著，李新庆校注：《〈颜山杂记〉校注》，齐鲁书社2012年版。

〔清〕富申修，田士麟纂：《博山县志》，清乾隆十八年(1753)刻本。

吕式斌：《今县释名》，恒和商行民国二十年(1931)版。

谭景文等编著：《博山乡土志》，民国二十年(1931)刻本。

王荫桂等修，张新曾等撰：《续修博山县志》，民国二十六年(1937)刻本。

山东大学编：《淄博煤矿史》，山东人民出版社1986年版。

张福信编：《齐都春秋——淄博历史述略》，山东友谊书社1987年版。

中共淄博矿务局委员会、中共淄博市委党史资料征集委员会编：《煤海风云录》，中共党史资料出版社1987年版。

王守中：《德国侵略山东史》，人民出版社1988年版。

淄博市志编纂委员会编:《淄博市志》,中华书局 1988 年版。

博山区志编纂委员会编:《博山区志(1840—1985)》,山东人民出版社 1990 年版。

李障天、阎象吉编:《淄博经济史料》,中国文史出版社 1990 年版。

刘大可等:《日本侵略山东史》,山东人民出版社 1991 年版。

于中:《淄博乡音乡俗》,香港华夏文化出版社 2002 年版。

中国人民政治协商会议博山区委员会编:《博山陶瓷琉璃文化》,天津古籍出版社 2008 年版。

博山区志编纂委员会编:《博山区志(1986—2002)》,中华书局 2011 年版。

华夏孝文化概览编纂委员会编:《华夏孝文化概览》,中国国际文化出版社 2012 年版。

(二)内部刊物

淄博市博山区志办公室编:《颜山广记》,1983 年。

博山区地名委员会办公室编:《山东省淄博市博山区地名志》,1986 年。

淄博市政协文史资料委员会编:《淄博文史资料选辑》,1986 年。

博山民间文学集成编委会编:《博山民间文学集成》, 1989 年。

颜文姜祠历代碑碣录编辑委员会编:《颜文姜祠历代碑碣录》,2014 年。

(三)专著

[德]卡尔·雅斯贝斯著,魏楚雄、俞新天译:《历史的起源与目标》,华夏出版社 1989 年版。

[德]瓦尔特·本雅明著,陈永国、马海良编:《本雅明文选》,中国社会科学出版社 1999 年版。

[德]哈拉尔德·韦尔策编,季斌、王立君、白锡堃译:《社会记忆:历史、回忆、传承》,北京大学出版社 2007 年版。

[德]冯亚琳、阿斯特莉特·埃尔主编,余传玲等译:《文化记忆理论读本》,北京大学出版社 2012 年版。

[德]赫尔曼·鲍辛格著,户晓辉译:《技术世界中的民间文化》,广西师范大学出版社 2014 年版。

[法]莫里斯·哈布瓦赫著,毕然、郭金华译:《论集体记忆》,上海人民出版社2002年版。

[法]H. 孟德拉斯著,李培林译:《农民的终结》,社会科学文献出版社2010年版。

[法]米歇尔·德·塞尔托著,倪复生译:《历史书写》,中国人民大学出版社2012年版。

[美]埃弗里特·M. 罗吉斯、拉伯尔·J. 伯德格著,王晓毅、王地宁译:《乡村社会变迁》,浙江人民出版社1988年版。

[美]费正清主编,章建刚等译:《剑桥中华民国史》,上海人民出版社1991年版。

[美]费正清:《剑桥中国晚清史》(上卷),中国社会科学出版社1994年版。

[美]明恩溥著,午晴、唐军译:《中国乡村生活》,时事出版社1998年版。

[美]施坚雅著,史建云、徐秀丽译:《中国农村的市场和社会结构》,中国社会科学出版社1998年版。

[美]克利福德·格尔茨著,韩莉译:《文化的解释》,译林出版社1999年版。

[美]阎云翔著,李放春、刘瑜译:《礼物的流动——一个中国村庄中的互惠原则与社会网络》,上海人民出版社2000年版。

[美]保罗·康纳顿著,纳日碧力戈译:《社会如何记忆》,上海人民出版社2000年版。

[美]海登·怀特著,陈永国、张万娟译:《后现代历史叙事学》,中国社会科学出版社2003年版。

[美]乔纳森·弗里德曼著,郭建如译:《文化认同与全球性过程》,商务印书馆2003年版。

[美]克利福德·吉尔兹著,王海龙、张家瑄译:《地方性知识——阐释人类学论文集》,中央编译出版社2004年版。

[美]海登·怀特著,董立河译:《形式的内容:叙事话语与历史再现》,文津出版社2005年版。

［美］米尔斯著，陈强、张永强译：《社会学的想象力》，生活·读书·新知三联书店 2005 年版。

［美］欧文·戈夫曼著，冯钢译：《日常生活中的自我呈现》，北京大学出版社 2008 年版。

［美］爱德华·希尔斯著，傅铿、吕乐译：《论传统》，上海人民出版社 2009 年版。

［美］阎云翔著，龚小夏译：《私人生活的变革：一个中国村庄里的爱情、家庭与亲密关系：1949—1999》，上海书店出版社 2009 年版。

［美］李丹著，张天虹、张洪云、张胜波译：《理解农民中国：社会科学哲学的案例研究》，江苏人民出版社 2009 年版。

［美］李霞著：《个性化的日常生活如何可能——赫勒日常生活理论研究》，人民出版社 2011 年版。

［美］康拉德·科塔克著，张经纬、向瑛瑛、马丹丹译：《远逝的天堂：一个巴西小社区的全球化》，北京大学出版社 2012 年版。

［美］海登·怀特著，陈新译：《元史学：19 世纪欧洲的历史想象》，译林出版社 2013 年版。

［匈］阿格妮丝·赫勒著，衣俊卿译：《日常生活》，重庆出版社 2010 年版。

［英］保尔·汤普逊著，覃方明等译：《过去的声音——口述史》，辽宁教育出版社 2000 年版。

［英］莫里斯·弗里德曼著，刘晓春译，王铭铭校：《中国东南的宗族组织》，上海人民出版社 2000 年版。

［英］帕特里克·加登纳著，江怡译：《历史解释的性质》，文津出版社 2005 年版。

［英］杰克·古迪著，李源译：《神话、仪式与口述》，中国人民大学出版社 2014 年版。

［英］卢克·马特尔著，宋妍译：《社会学视角下的全球化》，辽宁人民出版社 2014 年版。

［英］阿诺德·汤因比著，晏可佳、张龙华译：《一个历史学家的宗教观》，

上海人民出版社2014年版。

安宝:《离乡不离土——二十世纪前期华北不在地主与乡村变迁》,山西人民出版社2013年版。

陈新:《西方历史叙述学》,社会科学文献出版社2005年版。

陈新、彭刚主编:《文化记忆与历史主义》,浙江大学出版社2014年版。

陈泳超:《中国民间文学研究的现代轨辙》,北京大学出版社2005年版。

陈泳超:《背过身去的大娘娘——地方民间传说生息的动力学研究》,北京大学出版社2015年版。

董馨:《文学性与历史性的融通:海登·怀特历史诗学研究》,中国社会科学出版社2010年版。

范丽珠、欧大年主编:《中国北方农村社会的民间信仰》,上海人民出版社2013年版。

费孝通:《乡土中国》,北京出版社2005年版。

费孝通:《江村经济:中国农民的生活》,商务印书馆2001年版。

高丙中:《中国人的生活世界:民俗学的路径》,北京大学出版社2010年版。

郭于华:《倾听底层:我们如何讲述苦难》,广西师范大学出版社2011年版。

贺雪峰:《乡村治理的社会基础——转型期乡村社会性质研究》,中国社会科学出版社2003年版。

贺雪峰:《村治模式:若干案例研究》,山东人民出版社2009年版。

贺雪峰:《新乡土中国:转型期乡村社会调查笔记》,广西师范大学出版社2003年版。

何兆武主编:《历史理论与史学理论——近现代西方史学著作选》,商务印书馆1999年版。

黄平主编:《乡土中国与文化自觉》,生活·读书·新知三联书店2007年版。

黄树民著,素兰、纳日碧力戈译:《林村的故事——1949年后的中国农村变革》,生活·读书·新知三联书店2002年版。

黄淑娉:《黄淑娉人类学民族学文集》,民族出版社 2003 年版。

兰林友:《本土的解说:宗族、族群与公共卫生的人类学研究》,中国社会科学出版社 2012 年版。

蓝宇蕴:《都市里的村庄:一个“新村社共同体”的实地研究》,生活·读书·新知三联书店 2005 年版。

[法]劳格文、[英]科大卫编:《中国乡村与墟镇神圣空间的建构》,社会科学文献出版社 2014 年版。

李培林:《村落的终结:羊城村的故事》,商务印书馆 2010 年版。

林耀华著,庄孔韶、林宗成译:《金翼——中国家族制度的社会学研究》,生活·读书·新知三联书店 2008 年版。

刘晓春:《仪式与象征的秩序——一个客家村落的历史、权力与记忆》,商务印书馆 2003 年版。

吕微、安德明编:《民间叙事的多样性》,学苑出版社 2006 年版。

吕微:《神话何为:神圣叙事的传承与阐释》,社会科学文献出版社 2001 年版。

彭刚主编:《后现代史学理论读本》,北京大学出版社 2016 年版。

瞿明安等:《象征人类学理论》,人民出版社 2014 年版。

申维龙、李森主编:《孝乡八陡风情录》,香港天马图书有限公司 2002 年版。

唐晓腾:《中国乡村的嬗变与记忆:对城市化过程中农村社会现状的实证观察》,中国社会科学出版社 2010 年版。

汪民安、陈永国编:《后身体:文化、权力和生命政治学》,吉林人民出版社 2011 年版。

王铭铭、[英]王斯福主编:《乡土社会的秩序、公正与权威》,中国政法大学出版社 1997 年版。

王铭铭:《村落视野中的文化与权力:闽台三村五论》,生活·读书·新知三联书店 1997 年版。

王晓磊:《社会空间论》,中国社会科学出版社 2014 年版。

王晓葵:《民俗学与现代社会》,上海文艺出版社 2011 年版。

王雪萍主编:《传统与现代:中国历史学研究十年》,黑龙江大学出版社2011年版。

吴毅:《记述村庄的政治》,湖北人民出版社2007年版。

吴守论:《孝水古韵》,香港天马图书有限公司2003年版。

杨金华:《历史虚无主义的生成机理及其克服》,中国社会科学出版社2015年版。

杨晋涛:《塘村老人》,中国社会科学出版社2011年版。

杨懋春著,张雄等译:《一个中国村庄:山东台头》,江苏人民出版社2012年版。

杨念群:《昨日之我与今日之我——当代史学的反思与阐释》,北京师范大学出版社2013年版。

杨念群、黄兴涛、毛丹主编:《新史学:多学科对话的图景》,中国人民大学出版社2003年版。

杨祥银主编:《口述史研究》(第一辑),社会科学文献出版社2014年版。

于建嵘:《岳村政治:转型期中国乡村政治结构的变迁》,商务印书馆2001年版。

翟恒兴:《走向历史诗学:海登·怀特的故事解释与话语转义理论研究》,浙江大学出版社2014年版。

张康之、张乾友:《共同体的进化》,中国社会科学出版社2012年版。

张梅兰:《隐喻:在历史与现实的双重叙事中完成》,华中科技大学出版社2013年版。

张士闪:《乡民艺术的文化解读:鲁中四村考察》,山东人民出版社2006年版。

张士闪:《中国民俗文化发展报告:2013》,北京大学出版社2014年版。

张银锋:《村庄权威与集体制度的延续:"明星村"个案研究》,社会科学文献出版社2013年版。

张禹东、刘素民等:《宗教与社会:华侨华人宗教、民间信仰与区域宗教文化》,社会科学文献出版社2008年版。

赵世瑜:《大历史与小历史——区域社会史的理念方法与实践》,生活·

读书·新知三联书店2006年版。

赵世瑜主编:《大河上下:10世纪以来的北方城乡与民众生活》,山西人民出版社2010年版。

赵世瑜:《狂欢与日常:明清以来的庙会与民间社会》,生活·读书·新知三联书店2002年版。

赵旭东:《权力与公正——乡土社会的纠纷解决与权威多元》,天津古籍出版社2003年版。

赵旭东:《本土异域间:人类学研究中的自我、文化与他者》,北京大学出版社2011年版。

折晓叶:《村庄的再造:一个"超级村庄"的社会变迁》,中国社会科学出版社1997年版。

(四)学术论文

常建华:《他山之石:国外和台湾地区日常生活史研究的启示》,载《安徽大学学报(哲学社会科学版)》2015年第1期。

陈春声、陈树良:《乡村故事与社区历史的建构——以东凤村陈氏为例兼论传统乡村社会的"历史记忆"》,载《历史研究》2003年第5期。

陈泳超等:《羊獬、历山三月三"接姑姑"活动调查报告》,载《民间文化论坛》2007年第3期。

陈泳超、王尧:《姐妹娘娘:作为游神仪式支撑的尧舜传说——以洪洞县"接姑姑迎娘娘"仪式传说为例》,载《民族文学研究》2010年第1期。

陈泳超:《民间传说演变的动力学机制——以洪洞县"接姑姑迎娘娘"文化圈内传说为中心》,载《文史哲》2010年第2期。

陈泳超等:《作为地方话语的民间传说》,载《北京大学学报(哲学社会科学版)》2013年第4期。

杜靖:《超越村庄:汉人区域社会研究述评》,载《民族研究》2012年第1期。

高丙中:《中国民俗学三十年的发展历程》,载《民俗研究》2008年第3期。

郭于华:《农村现代化过程中的传统亲缘关系》,载《社会学研究》1994

年第6期。

郭于华:《口述历史——有关记忆与忘却》,载《读书》2003年第10期。

郭于华:《作为历史见证的“受苦人”的讲述》,载《社会学研究》2008年第1期。

郭于华:《倾听无声者的声音》,载《读书》2008年第6期。

郭于华:《社会记忆与人的历史》,载《中国社会科学报》2009年8月20日。

[英]科大卫:《告别华南研究》,见华南研究会编辑委员会编《学步与超越:华南研究会论文集》,香港文化创造出版社2004年版。

黄宗智:《中国革命中的农村阶级斗争》,见黄宗智主编《中国乡村研究》(第二辑),商务印书馆2003年版。

兰林友:《华北村落的人类学研究方法》,载《中央民族大学(哲学社会科学版)》2002年第6期。

李滨利、谭志满:《历史记忆与族群认同——对鄂西南一个移民村落的历史人类学考察》,载《湖北民族学院学报(哲学社会科学版)》2010年第3期。

李培林:《巨变:村落的终结——都市里的村庄研究》,载《中国社会科学》2002年第1期。

李培林:《村落终结的社会逻辑——羊城村的故事》,载《江苏社会科学》2004年第1期。

李培林:《从“农民的终结”到“村落的终结”》,载《传承》2012年第15期。

刘铁梁:《村落——民俗传承的生活空间》,载《北京师范大学学报(社会科学版)》1996年第6期。

刘铁梁:《作为公共生活的乡村庙会》,载《民间文化》2001年第1期。

刘铁梁:《庙会类型与民俗宗教的实践模式——以安国药王庙会为例》,载《民间文化论坛》2005年第4期。

刘铁梁:《感受生活的民俗学》,载《民俗研究》2011年第2期。

刘铁梁:《劳作模式与村落认同——以北京房山农村为案例》,载《民俗研究》2013 年第 3 期。

刘铁梁:《村庄记忆—— 民俗学参与文化发展的一种学术路径》,载《温州大学学报(社会科学版)》2013 年第 5 期。

刘铁梁:《身体民俗学视角下的个人叙事——以中国春节为例》,载《民俗研究》2015 年第 2 期。

刘亚秋:《从集体记忆到个体记忆——对社会记忆研究的一个反思》,载《社会》2010 第 5 期。

罗树杰、刘铁梁:《民俗学与人类学——人类学学者访谈录之三十四》,载《广西民族学院学报(哲学社会科学版)》2005 年第 3 期。

罗志田:《历史创造者对历史的再创造:修改“五四”历史记忆的一次尝试》,载《四川大学学报(哲学社会科学版)》2000 年第 5 期。

马珂:《哈贝马斯集体认同理论的发展及其对中国的意义》,载《学术探索》2007 年第 5 期。

[日]菅丰著,陈志勤译:《日本现代民俗学的“第三条路”——文化保护政策、民俗学主义及公共民俗学》,载《民俗研究》2011 年第 2 期。

纳日碧力戈:《作为操演的民间口述和作为行动的社会记忆》,载《广西民族学院学报(哲学社会科学版)》2003 年第 3 期。

彭刚:《历史记忆与历史书写——史学理论视野下的“记忆的转向”》,载《史学史研究》2014 年第 2 期。

彭兆荣:《 瑶汉盘瓠神话——仪式叙事中的“历史记忆”》,载《广西民族学院学报(哲学社会科学版)》2003 年第 1 期。

曲彦斌:《略论口述史学与民俗学方法论的关联——民俗学视野的口述史学》,载《社会科学战线》2003 年第 4 期。

沈坚:《记忆与历史的博弈:法国记忆史的建构》,载《中国社会科学》2010 年第 3 期。

孙杰、孙竞昊:《作为方法论的区域史研究》,载《浙江大学学报(人文社会科学版)》2015 年第 6 期。

唐茂林、郝云宏、王淑贤:《农村工业化对村落共同体的冲击和农民的反应》,载《商业经济与管理》2014 年第 7 期。

田毅鹏:《“村落终结”与农民的再组织化》,载《人文杂志》2012年第1期。

王明珂:《历史事实、历史记忆与历史心性》,载《历史研究》2001年第5期。

王铭铭、刘铁梁:《村落研究二人谈》,载《民俗研究》2003年第1期。

王建民:《非物质文化遗产传承人的生活史研究》,载《民俗研究》2014年第4期。

王进业、张军:《“空心村”综合症》,载《乡镇经济》2003年第7期。

王先明:《历史记忆与社会重构——以清末民初“绅权”变异为中心的考察》,载《历史研究》2010年第3期。

王晓葵:《国家权力、丧葬习俗与公共记忆空间——以唐山大地震殉难者的埋葬与祭祀为例》,载《民俗研究》2008年第2期。

王晓葵:《记忆论与民俗学》,载《民俗研究》2011年第2期。

王晓葵:《“记忆”研究的可能性》,载《学术月刊》2012年第7期。

王晓葵:《“灾后重建”过程的国家权力与地域社会——以灾害记忆为中心》,载《河北学刊》2016年第5期。

王晓葵:《“共同体”如何想象》,载《社会科学报》2016年4月14日。

吴毅:《村治变迁中的权威与秩序——20世纪川东双村的表达》,华中师范大学2002年博士学位论文。

田毅鹏:《中国社会后单位时代来临?》,载《社会科学报》2010年8月26日。

萧放:《中国历史民俗学的理论与方法论纲》,载《北京师范大学学报(社会科学版)》2010年第2期。

行龙:《在村庄与国家之间——劳动模范李顺达的个人生活史》,载《山西大学学报(哲学社会科学版)》2007年第3期。

徐国利:《关于区域史研究中的理论问题——区域史的定义及其区域的界定和选择》,载《学术月刊》2007年第3期。

徐勇、徐增阳:《中国农村和农民问题研究的百年回顾》,载《华中师范大学学报(人文社会科学版)》1999年第6期。

[日]岩本通弥著，[日]西村真志叶译，王晓葵校：《“都市民俗学”抑或“现代民俗学”？——以日本民俗学的都市研究为例》，载《文化遗产》2012年第2期。

[日]岩本通弥著，[日]宫岛琴美译，王晓葵校：《以“民俗”为研究对象即为民俗学吗——为什么民俗学疏离了“近代”》，载《文化遗产》2008年第2期。

张荣明：《历史真实与历史记忆》，载《学术研究》2010年第10期。

张士闪：《“顺水推舟”：当代中国新型城镇化建设不应忘却乡土本位》，载《民俗研究》2014年第1期。

张士闪：《眼光向下：新时期中国艺术学的“田野转向”——以艺术民俗学为核心的考察》，载《民族艺术》2015年第1期。

张士闪：《“城乡民俗连续体”有重构趋势》，载《社会科学报》2015年4月16日。

张士闪：《民间武术的“礼治”传统及神圣运作——冀南广宗乡村地区梅花拳文场考察》，载《民俗研究》2015第6期。

张士闪：《“礼俗互动”：当代国家正与民间缔结新契约》，载《联合日报》2016年4月12日。

张士闪：《礼俗互动与中国社会研究》，载《民俗研究》2016年第6期。

张小军：《史学的人类学化和人类学的历史化——兼论被史学“抢注”的历史人类学》，载《历史人类学学刊》创刊号。

赵世瑜、李松、刘铁梁：《“礼俗互动与近现代中国社会变迁”三人谈》，载《民俗研究》2016年第6期。

赵世瑜：《传说·历史·历史记忆——从20世纪的新史学到后现代史学》，载《中国社会科学》2003年第2期。

郑海花、李富强：《人类学的中国乡村社区研究类型》，载《广西民族研究》2008年第4期。

二、外文文献

[日]青岛日本商工会议所调查报告四十三：《山东之物产·第三篇·石炭》，青岛日本商工会议所发行。

［日］南满洲铁道株式会社矿业部矿务课:《山东省矿业资料》,南满洲铁道株式会社矿业部矿务课大正三年(1914)发行。

［日］满铁经济调查会编:《经调资料第106号:山东省中部山地带に于ける 农业事情》,南满洲铁道株式会社经济调查会昭和十一年(1936)发行。

［日］满铁产业部:《山东矿山权益调查》,满铁产业部昭和十二年(1937)发行。

［日］岩本通弥主编:《记忆》,朝仓书店2003年版。

［日］若尾祐司、羽贺祥二编:《记录と记忆の比较文化史:史志・记念碑・乡土》,名古屋大学出版会2005年版。

［日］菅丰:《川は谁のものか? ——人と环境の民俗学》,吉川弘文馆2006年版。

［日］新谷尚纪、岩本通弥编:《都市の暮らしの民俗学》,吉川弘文馆2006年版。

［日］赤坂宪雄、玉野井麻利子、三砂ちづる:《历史と记忆:场所・身体・时间》,藤原书店2008年版。

［日］菅丰:《「新しい野の学问」の时代へ? ——知识生产と社会实践をつなぐために》,岩波书店2013年版。

［日］福田アジオ:《现代日本の民俗学:ポスト柳田の五〇年》,吉川弘文馆2014年版。

［日］福田アジオ:《民俗学のこれまでとこれから》,东岩田书院2014年版。

［日］宫本常一著,田村善次郎编:《生活と文化:宫本常一座谈录》,八坂书房2015年版。

［日］福田アジオ:《历史と日本民俗学:课题と方法》,吉川弘文馆2016年版。

［日］安室知:《自然观の民俗学:生活世界の分类と命名》,庆友社2016年版。

［日］小熊诚:《「境界」を越える冲绳:人・文化・民俗》,森话社2016年版。

后　记

本书是我在博士毕业论文的基础之上修改完成的，论文于 2017 年 6 月定稿，至今已有两年半的时间。两年半对于一个历经千年沧桑变迁的古村来说仿如沧海之一粟，即使是在当前城乡一体化背景下，村落每天都在日新月异地变化着，但近百年来的社会激荡早就让八陡庄对这些变化习以为常。不过，对于本书所关注的这一代老人群体而言，两年半足以让他们“情随事迁，感慨系之矣！”也足以让他们所承担的村落事务成为“过眼风烟”。因此，本书的最大意义并不在于对文化事象的具体描述，而是在于借此向读者展现一个村庄一个群体的“心事儿”，即他们内心深处对某种情结的坚持，这种坚持体现在村落及其文化的变与不变之间。

2019 年 6 月，博山当地的微信群上流出一份《2019 文姜庙会方案》，其中有一段文字引起了诸多从事相关研究的学者的关注：“取消轿辇民俗队伍到颜文姜祠接送活动，确保各民俗队伍不出村，人员不聚集上街，不允许外区县民俗队伍进城，确保文姜庙会活动安全、文明、有序。”近几年来，博山区相关部门一直在限定各村参与仪式的人数，村里的信仰组织各自摸索到了应对的策略并逐渐从心理上适应了这种改变。初见到这一则消息时，正在福鼎做田野调查的我立马联系了青石关村的一位负责人，得到了他如此轻描淡写的回复：“谁知道真假呢，即使是真的，颜奶奶心里有数，不会埋怨人，路上怎么走不要紧，接回家来再好好伺候老人家就是了！”这样淡然的反应符合我的心理预设。对于老人群体来说，他们所经历的变迁实在太多了，疲于应对之后的无可奈何也好，看惯沧海桑田之后的云淡风轻也罢，这种淡然处之的态度体现了乡民们对外在表现形式的不甚关心，但更多的是心理上的强大自信,确信“颜奶奶不会埋怨”,确信村民们不会因此而失去了内心的信仰,更加确信传承了几百年的村落文化并不会因此而真的成为过眼风烟。在他们的历史记忆中,颜文姜的信仰仪式虽有过多次断裂,但从未消亡即明证。

年轻人的离乡让传统的村落被戏称为“613899 部队”,留守的儿童、妇女、老人与凋敝的空间环境一起构成了很多人想象中的“孤烟生暮景”的乡村底色。然而,“少小离家老大回”原本就是传统中国农民的生活方式;从乡绅到族长,“老人治村”原本就是中国乡土社会的基层治理模式。从这一点来看,现代村庄的老人们积极承担村落事务,进行村落文化的维护与建设,并非源自年轻人的缺位,而是历史传统的延续。书中的老年人也用他们的实际行动告诉我们,至少在八陡庄,他们的乡村生活并没有因为年轻人的离乡而了无生机,修家谱,盖村庙,著书立说,移风易俗,恢复传统仪式,解决邻里纠纷……他们当下在做的正是传统乡土社会中的老人们所做的事务。正是他们的努力,让乡村的传统文化得以延续,而这种努力本身也是一种传统。传统并不意味着平庸,而是蕴含着一份伟大的坚韧,让乡村的生活始终保持惬意优雅,为离乡的年轻人守住了魂牵梦绕的故乡。

正因为如此,我在田野调查和文章写作阶段,始终对这一群平均年龄 75 岁的老年人抱有最崇高的敬意。他们的淳朴、善良、平和、热心一次次感动了我,因此我要感谢八陡的父老乡亲们,感谢陈会秋、陈维仕、魏青祥、魏矗浩、魏村祥、陈会明、陈义珂、周兴桐、许荣萍、陈立本等善良的老人们对我的照顾和帮助,忘不了陈会秋老人顶着烈日带着我行走于崎岖的山路上,去寻找庙宇、碑刻和访谈对象,他和老伴为我付出了那么多,却拒绝我给予的任何补偿;忘不了八十多岁的魏青祥,这位精神矍铄的老人从来都是把我当作他的朋友对待,向我敞开心扉,无话不谈;忘不了村里的能工巧匠魏村祥,年届七十的“好儿媳”许荣萍,在艰难和逆境中不屈不挠的魏矗浩……这里的所有人都是我的榜样!

另外,我还要衷心地感谢我的指导老师刘铁梁教授,一提到刘老师,大家往往会在眼前浮现出一副奔走于乡土,为底层民众代言,向一切不尊重民众的行为“开炮”的学者形象;但在我心中,印象最深刻的首先是他“谆谆教诲、善启心灵”的教师形象。刘老师是一位风骨峻峭的学者，同时也是一名温和宽厚的老师，博士阶段我有幸能在他的指导下完成学业，无时无刻不在被他的认真和负责所感动，为了指导我们的论文，他频繁地往返于北京与济南，在学生圈中获得了“高铁飞人”的“荣誉称号”。他始终把我们的论文放在心上，一有了新的想法就立马停下手头的工作与我们电话联系，电话里他滔滔不绝、看似临时生发出来的话语实际上包含着他几十年积累下来的学术思考，轻易间就会让我们茅塞顿开。与此同时，他还总会在生活上给予我贴心的关怀，这种温暖让我记忆犹新。

感谢山东大学民俗学研究所的张士闪教授、王加华教授、刁统菊教授、龙圣副教授，日本东京大学东洋文化研究所菅丰教授，中国传媒大学的耿波教授等老师多次对我的论文作出指导，帮我发现问题，引导我如何解决问题。同时还要感谢刘德龙教授、朱以青教授、刘宗迪教授、李浩副教授、赵彦民副教授在学业上、生活上带给我的关怀、鼓励和帮助。感谢日本神奈川大学的小熊诚教授，他的无私帮助让我得以赴神奈川大学交流一年，在获得了大量日文资料的同时，也得到了他的悉心指导。

感谢赵世瑜教授、常建华教授、刘晓春教授、赵旭东教授、王琛发教授等在论文开题时提出的建议，感谢张小军教授、李松教授、林继富教授、施爱东研究员、耿波教授在预答辩和答辩时给予的意见与批评。感谢李生柱、刘捷、李向振、朱振华、郭佳、李海云、金晶、张兴宇、周连华、蒋帅、汪林、厉彦萍等同门，愿我们都一帆风顺！

论文之所以能迅速出版，得益于齐鲁书社申报的国家出版基金项目——《田野中国·当代民俗学术文库》的立项。感谢齐鲁书社许允龙主任以及本书的责编孔帅，正是他们仔细、严谨、勤恳的工作态度让此书能够顺利出版。

最后，感谢我的父母养育我长大并一直在背后不计任何回报地默默支持着我，父母恩情重，三生报答轻。感谢我的妻子，一直在为我做出牺牲，在我求学的道路上与我一起四处漂泊，在我一无所有的时候帮助我、鼓励我，在我最无助最失落的时候安慰我、温暖我。感谢我的儿子，你的出生与成长给我们带来了无尽的快乐，也成为我前进的动力，愿你永远健康快乐。

行文至此，各种过往和记忆如被风吹散的旧照片一般一一掠过心头，瞬间百感交集，尤其是文章写作和修改过程中的艰难让我明白荀子所言"佚而不惰，劳而不僈"方为治学乃至生活的真谛。前事昭昭，足为明戒，革心易行，永矢弗谖！

张　帅

2019 年 11 月定稿于杭州临安